Ophelia mischt sich ein

Danksagung

Wie immer, wenn ein Traum in Erfüllung geht, geschieht dies nicht, ohne die unzähligen guten »Feen«, die im Hintergrund ihr »Unwesen« treiben. Freunde, Bekannte und Familie, ohne deren Zuspruch dies alles nicht möglich gewesen wäre.

Ganz besonderer Dank gilt denen, die immer daran glaubten, eines Tages ein Buch von mir in den Händen zu halten!

Nicole und Jassi und ihrer ganze Familie. Uli, Marlene, Gaby, Melli und Chris, die mir mit Ideen, Anregungen und auch Kritik tatkräftig zur Seite standen!

Dem Team des Kloster Kostenz, für die Möglichkeit, mich sorglos und gut behütet, aus dem Alltag zurückziehen zu können ohne mich um irgendetwas kümmern zu müssen!

Doch ohne eine Person wäre es niemals Wirklichkeit geworden! Ich danke dir von ganzen Herzen, Peter! Für deine Unterstützung, Geduld und dein Verständnis, wenn ich mich wieder einmal nicht von meiner Geschichte losreißen konnte.

KARIN BECK

Ophelia mischt sich ein

Bibliografische Information der Deutschen Nationalbibliothek
Die Deutsche Nationalbibliothek verzeichnet diese Publikation
in der Deutschen Nationalbibliografie; detaillierte bibliografische
Daten sind im Internet über http://dnb.d-nb.de abrufbar.

Umschlagdesign, Satz, Herstellung und Verlag:
BoD - Books on Demand, Norderstedt

ISBN 978-3-7519-8186-6

PROLOG

Sie hörte, wie im Büro nebenan heftig gestritten wurde. Sie vermutete, dass der Mieter, von dem sie annahm, aber nicht mit Bestimmtheit sagen konnte, dass er mit Geld fremder Leute spekulierte, wieder einmal mit dem Gesetz in Konflikt geraten war. Es wäre nicht zum ersten Mal! Sie hatte schon mehrfach mitbekommen, wenn auch unfreiwillig, dass die Polizei bei ihm vor der Tür stand. Am späten Nachmittag war es meist ruhig in Belgravia, weshalb sie die Beamten hörte, als sie klopften. Sie seufzte, denn eigentlich war sie froh um die Stille gewesen, da sie noch einiges an Recherche erledigen musste, um die Spur, die sie nun endlich hatte, nicht kalt werden zu lassen. Und diese Spur war derart vielversprechend, dass es ihr mit ziemlicher Sicherheit bald möglich war, diesen äußerst lukrativen Auftrag abschließen zu können, an dem sie gerade arbeitete. Erstausgaben von Jane-Austen-Büchern waren zwar normalerweise nicht so schwer aufzutreiben, wie man allgemein vermuten würde. Aber unter mysteriösen Umständen verschollene, mitunter doch. Wie es aussah, hatte sie nun endlich die gesuchte, bei einem Brand verloren gegangen geglaubte, von Generation zu Generation weitergegebene Ausgabe von Stolz und Vorurteil gefunden. Die Familie, die die Suche danach in Auftrag gegeben hatte, zahlte gut und Dr. Ophelia Cavill war dem Honorar nicht abgeneigt. Die Mieten in London waren selbst für ein Hinterhofbüro mitten in Belgravia horrend und bezahlten sich nicht von selbst, auch wenn sie sich nicht über mangelnde Aufträge beklagen konnte.

Bereits zum zweiten Mal hatte er ihn aufgefordert, die Unterlagen herauszurücken. Doch Francis Durham weigerte sich vehement. Der Detektiv Chief Inspector stöhnte laut auf, da Mr. Durham ebenfalls zum wiederholten Male darauf hinwies, dass er den Behörden rein gar nichts zu übergeben hätte. Die beiden von ihm mitgebrachten Beamten wurden allmählich ungeduldig, da es merklich auf ihr Dienstende zuging. »Und ich sagte Ihnen bereits, dass ich einen Durchsuchungsbefehl habe!«, meinte der DCI gelassen. »Dann werde ich Sie darauf hinweisen, dass es mir vollkommen einerlei ist und ich Ihnen alleine deshalb schon nichts mitzugeben habe«, konterte Durham. Er sah den Beamten zornig an und sagte laut mit deutlich erkennbarer Erregung in der Stimme: »Sie haben doch keine Ahnung, mit wem sie sich eigentlich eingelassen haben, Inspector!« Der DCI merkte, dass er so nicht weiterkommen würde. Auch nicht mit dem richterlichen Beschluss, den er in der Tasche hatte. »Also gut, Mr. Durham!«, meinte er resigniert, den Kopf schüttelnd und schwer darum bemüht, ruhig zu bleiben: »Dann werde ich jetzt gehen! Vorerst! Aber nur, um mit dem Staatsanwalt zu telefonieren. Sie können sich denken, was dies bedeutet!« Dann drehte er sich um, nickte den beiden Beamten zu, dass sie den Raum verlassen sollten und folgte ihnen in den Flur hinaus. Er schloss laut die Tür hinter sich. Der einzige Gefühlsausbruch, den er sich erlaubte. Er ging zusammen mit ihnen die Treppe aus dem zweiten Stock hinunter in den Hinterhof.

Das laute Schließen der Bürotür nebenan ließ Ophelia aufschrecken, denn sie hatte es tatsächlich trotz des Lärms geschafft, sich wieder auf die geöffnete Internetseite ihres Rechners zu konzentrieren. Stöhnend und leicht verärgert, schmiss sie den Stift, den sie in der Hand hatte, zur Seite und stand auf. Unter dem Fenster ihres Büros war eine kleine Küchenzeile installiert und darauf stand immer bereit die Kaffeemaschine. Während sie sich eine große Tasse einschenkte, sah sie, wie die vermeintlichen Besucher ihres Nachbars vor die Tür und in den Innenhof traten. Es waren definitiv Polizisten und sie hatte sich, wenn auch unfreiwillig, verhört. Zwei in Uniform, einer in ziviler Kleidung, der gerade heftig gestikulierend mit den anderen beiden sprach und sein Mobiltelefon aus der Tasche zog. Sie wollte sich gerade abwenden, als sie Bewegung in der Richtung der Ausfahrt wahrnahm und bemerkte, dass ein Lieferwagen eines Paketdienstes, frech, genau davor parkte. Ophelia musste grinsen, denn selbst wenn er tatsächlich nur kurz etwas zu liefern hatte, würden sich einige der Anwohner lautstark darüber beschweren.

Der Inspector war entnervt und er spürte, dass es seine beiden Kollegen ebenfalls waren, wenn auch aus anderen Beweggründen heraus. Als sie im Hof standen, versuchte er ihnen schonend klar zu machen, dass er nicht gewillt war, ohne die geforderten

Akten von Durham abzuziehen. Er würde zuerst mit ihrem Captain telefonieren, damit dieser den Staatsanwalt kontaktierte, dass sie schnellstmöglich zu dem Durchsuchungsbefehl auch noch einen Haftbefehl bekamen. Als er ihn endlich in der Leitung hatte und einen der Beamten nach oben vor das Büro Durhams schickte, parkte ein Lieferwagen in der Hofeinfahrt. Er verdrehte die Augen und hoffte im Stillen, dass er verschwunden sein würde, ehe die Verstärkung eintraf. Er wollte dem Captain gerade schildern, was ihn zu dem Anruf veranlasste, als es einen unglaublich lauten Knall gab und auch schon die Fensterscheiben der umliegenden Häuser zu Bruch gingen. Er drehte sich zu der Hofausfahrt und sah einen Feuerball auf sich und den, bei ihm verbliebenen Beamten zurasen. Er hatte nicht einmal mehr die Zeit, um zu reagieren oder auch nur, um vor Entsetzen aufzuschreien, als ihn irgendetwas hart in die Brust traf, ihn zusammen mit der anrollenden Druckwelle von den Beinen holte und etliche Meter nach hinten durch die Luft und an eine Wand schleuderte, wo er durch den Aufprall, bewusstlos geworden, zu Boden ging.

Sie drehte sich vom Fenster weg, um weiterzuarbeiten, als in diesem Moment die Scheibe ihres Fensters mit einem Grauen erregenden Kreischen in tausend Splitter zerbarst. Die Druckwelle, die augenblicklich darauf folgte, warf selbst sie im zweiten Stock mit einer derartigen Gewalt zu Boden und ließ sie quer durch den Raum schlittern. Heiße Luft und Staub hüllten den Raum ein und bei dem Versuch, sich aufzurichten, musste Ophelia keuchend husten. Als sie endlich, nach einer gefühlten Ewigkeit, aufrecht stand, lehnte sie sich noch immer nach Atem ringend in den Türrahmen ihres nun ehemaligen Büros. Die Explosion war so heftig gewesen, dass der Raum, obwohl im zweiten Stock des Hauses gelegen, einem Ort der Verwüstung glich. Auch im Büro nebenan hörte sie keuchendes Husten und ehe sie reagieren konnte, stürmte ihr Nachbar heraus, mit mehreren Aktendeckeln unter dem Arm, und rannte die Treppe hinunter. Mit einem Mal fielen ihr die Beamten im Hof ein. Sie hatten mit ziemlicher Sicherheit so einiges abbekommen und sie machte sich sofort auf den Weg nach unten. Sie musste über Unmengen Schutt klettern, um zur Haustür zu gelangen. Dort lag einer der

Uniformierten mit verdrehtem Körper und starren Augen, die
vor Entsetzen weit aufgerissen waren. Ophelia hätte sich um ein
Haar übergeben, als sie die Leiche des Beamten sah, der wohl von
einem der sich gelösten Deckenbalken des Treppenhauses er-
schlagen worden war. Vorsichtig stieg sie über ihn hinweg nach
draußen. Der Anblick, der sich ihr bot, war grauenvoll. Wie die
Bilder aus den zerbombten Städten im Zweiten Weltkrieg. Keines
der Fenster im Innenhof war heil geblieben und die Scherben
lagen wie ein dichter Teppich auf dem Pflaster. Überall brannten
kleinere Feuer und dichter, atemraubender Rauch lag in der Luft.
Hustend und sich die Hand vor den Mund haltend, versuchte
sie etwas durch die Rauchschwaden zu erkennen und entdeckte
dann, an der rückwärtigen Mauer des Hofes, zwei weitere leblose
Körper. Auch der zweite uniformierte Beamte war tot. Halb be-
graben unter den herabgefallenen Trümmern und unter seinem
Körper glänzte eine große Blutlache im unwirklich erscheinen-
den Licht der unzähligen kleinen Brände. Ophelia versicherte
sich, dass ihm tatsächlich nicht mehr zu helfen war und sah zu
dem zweiten leblosen Körper. Ein paar Meter weiter rechts von
dem toten Beamten lag der in zivil gekleidete mit dem Gesicht
nach unten, und auch unter ihm bildete sich rasend schnell eine
Blutlache. Doch mit einem Mal erkannte sie, dass er sich bewegte,
oder es zumindest versuchte. Sie ging zu ihm und half ihm, sich
auf den Rücken zu drehen. Sie konnte einen leisen, erstickten
Schrei nicht unterdrücken, als sie ihn ansah. Er war voller Blut
und Ruß, aber bei Bewusstsein, als sie ihn ansah. Ungläubig und
eindeutig unter Schock stehend, erwiderte er ihren Blick und
wollte etwas sagen, doch das Blut in seinem Mund erstickte den
Versuch im Keim und endete in einem sich furchtbar anhören-
den Hustenanfall. Ophelia wollte ihn ein wenig aufrichten, um
ihm das Atmen zu erleichtern, doch er schrie vor Schmerzen
auf. Als sie an seine Brust fasste und in das feuchte Blut darauf,
spürte sie etwas Hartes unter ihren Fingern. Sie zog die Jacke ein
wenig zur Seite. Mitten in seiner Brust steckte ein großes Metall-
teil, das wahrscheinlich von dem explodierten Wagen stammte.
Und es steckte tief im Brustkorb des Beamten. Immer wieder
bäumte er sich auf, doch jeder seiner Versuche endete mit einem
blutigen Röcheln, was ihn langsam in blinde Agonie verfallen

ließ. Ophelia spürte, wie er langsam, aber sicher, keine Kraft mehr zum Atmen haben würde. Sie konnte zwar die sich bereits nähernden Rettungskräfte hören, aber sie wusste nicht, wie viel Zeit, dem Beamten noch blieb. Es schien, als ahnte auch er, dass es nicht reichen würde. Er fasste nach ihrer Hand, die noch immer auf seiner Brust lag und drückte sie. Er lächelte sie an, wollte etwas sagen, doch in diesem Augenblick brachen seine Augen und er sackte tot oder bewusstlos, das hätte sie nicht zu sagen vermocht, in sich zusammen und lag dann vollkommen leblos vor ihr. Sie bemerkte Bewegung durch die Rauchschwaden auf sie zukommen und blickte nach oben. Sekunden später kniete bereits ein Notarzt sich neben ihm nieder, schüttelte den Kopf und schob ihre Hand weg, nur um die Seine an die Stelle zu legen. Ophelia sah ihn nochmals Mal an. Plötzlich öffnete er, wohl noch ein letztes Mal die Augen und in diesem Augenblick beschlich sie das Gefühl, dass der Tod sich in ihnen widerspiegelte, als er, ruhig lächelnd ihren Blick erwiderte. Erst dann wurde es auch um sie gnädiger weise dunkel und sie sackte in sich zusammen, um bewusstlos inmitten der Trümmer liegen zu bleiben, wo sie der Rest der eintreffenden Rettungskräfte fand!

Kapitel 1

Der Frühsommer hatte Coventry endlich erreicht und als Dr. Ophelia Cavill durch die Straßen der Innenstadt schlenderte, um zu dem Blumenladen ihrer Freundin zu gelangen, herrschte um sie herum emsiges Treiben. Viele der Passanten gönnten sich das erste Eis des Jahres und ließen sich in der warmen Sonne treiben. Ophelia ging an der Ruine der im Zweiten Weltkrieg zerstörten Kathedrale vorbei in Richtung Altstadt. Auch ihre Laune hatte sich seit dem Anruf, vor etwas mehr als einer Stunde, erheblich gebessert. Man bot ihr einen neuen Auftrag an und sie wollte ihre Freundin bitten, sich zumindest die nächsten zwei Tage um ihre Wohnung und ihre Blumen zu kümmern. Seit ihrem Umzug von London nach Coventry sahen sie sich fast täglich und Melisande verwöhnte sie dementsprechend. Sie war es gewesen, die Ophelia massiv dazu gedrängt hatte. Ophelia war froh, dem Drängen ihrer Freundin letztendlich doch noch nachgegeben zu haben, denn sie hätte sich nach der Explosion in dem Hinterhof, ohnehin ein neues Büro suchen müssen. Was in der Innenstadt von London beinah unmöglich gewesen wäre. Schlussendlich war es egal, wo sich ihr Büro befand, denn die meiste Zeit war sie beruflich ohnehin im ganzen Land unterwegs. Wenigstens hatte man damals noch die Festplatte ihres Rechners retten können, sodass sich ihr materieller Verlust in Grenzen hielt und sie nur ihre Wohnung auflösen und nach Coventry ziehen musste. Das leise Bimmeln der altmodischen Türglocke brachte sie jedes Mal zum Lächeln, wenn sie in Melisandes Laden trat. Er war in einem der wenig übrig gebliebenen, viktorianischen Gebäude der Stadt untergebracht und dementsprechend verwinkelt. Die vielen kreuz und quer stehenden Blumen taten ihr Übriges, um den Laden als ein einziges, großes Durcheinander wirken zu lassen. »Ich bin sofort bei Ihnen!«, ertönte es aus dem hinteren Teil, in dem, wie Ophelia wusste, das Lager und der kleine Kühlraum untergebracht waren. »Ich bin es nur, Melisande!«, rief sie nach hinten. »Du brauchst dich nicht zu beeilen!« Sie hörte das Lachen ihrer Freundin. »Doch es eilt! Denn du hast sicherlich Kaffee mitgebracht!« Ophelia stellte den Becher auf den Tresen. Ihre Freundin hatte eine Schwäche für die cremig klebrigen Kaffeemischungen einer bekannten Kaffeehauskette und wie immer, wenn Ophelia sie besuchen kam, brachte sie ihr einen mit. Sie selbst hatte sich auch einen gegönnt. Als Melisande vorkam, lächelte sie Ophelia an, als sie den Becher stehen sah. »Wie habe ich mich darauf gefreut, als du angerufen hast!«, sagte sie, kam um die Theke herum und drückte Ophelia kurz an sich. »Vielen Dank, meine Liebe!« Sie nahm einen Schluck, seufzte zufrieden und fragte dann: »Du klangst am Telefon ein wenig aufgeregt! Sag schon, was ist los?« Ophelia lachte. »So kann man es auch nennen, Melisande! Ich habe einen Anruf bekommen und einen neuen Auftrag. Einen sehr lukrativen und ich kann schon morgen anfangen! Darum wollte ich dich bitten, zumindest für die nächsten zwei Tage nach meiner Wohnung zu sehen!« Melisande stellte den Kaffeebecher ab, nickte und erwiderte: »Selbstverständlich, Ophelia! Und wo geht es diesmal hin?« »Nicht weit weg! Aber ich muss erst einmal sehen, wie es funktioniert, und was genau man von mir will!«, erklärte Ophelia. »Ich soll nach Warwick auf das Castle kommen! Der Kurator rief an. Er vermisst ein Buch!« Melisande lachte prustend. »So wie du das immer sagst, hört es sich niedlicher an, als es eigentlich ist!« Ophelia nickte. »Ja aber in dem Fall ist er sich scheinbar selbst noch nicht so ganz sicher, und hat mich gebeten, mir das mal anzusehen! Er zahlt auf jeden Fall gut, selbst, wenn es sich als nichtig erweist! Mit ein wenig Glück erledigt sich die Sache in ein paar Tagen und ich komme als wohlhabende Frau zurück!« Erneut lachte Melisande auf und erwiderte dann: »Das hört sich tatsächlich gut an! Wann willst du losfahren?« »Morgen früh, denn vor neun macht das Castle nicht auf und wie es scheint, muss ich tatsächlich im Inneren der Burg arbeiten! Der Kurator erwartet mich um zehn am Haupteingang!« »Brauchst du das Auto?«, fragte Melisande vorsichtig, doch Ophelia schüttelte sofort den Kopf. »Ich nehme den Zug! Das geht schneller und der Bahnhof ist in der Nähe der Burg!« Melisande nahm einen Schluck Kaffee und erwiderte: »Das ist gut, denn ich bräuchte es morgen selbst, da ich eine Hochzeit zu dekorieren habe!« »Dann werde ich dich auch gar nicht länger aufhalten! Ich muss ohnehin noch ein paar Sachen vorbereiten und packen!« Sie wandte sich zum Gehen, als Melisande ihr noch nachrief: »Pass auf dich auf und melde dich mal zwischendurch!« Ophelia nickte nur und verschwand. Melisande Bloombottom sah ihr lange nach, denn sie kannte Ophelia nur zu gut! Sie würde selbst anrufen müssen, um zu erfahren, wie die Dinge standen. Das war schon immer so, und als sie noch in London wohnte, war es leichter beim Premierminister einen Termin zu bekommen als Ophelia ans Telefon. Seit der grauenvollen Explosion vor zwei Jahren war sie noch verschlossener geworden! Melisande seufzte, aber immerhin war ihre Freundin aus Kindertagen nun in der Nähe, was sie sehr angenehm fand, da sich doch immer wieder einmal die Gelegenheit fand, den Abend im Pub zu verbringen oder Essen zu gehen.

Am nächsten Morgen saß Ophelia um halb neun in dem Regionalzug nach Birmingham, der in Warwick halten würde. Bummelzug traf die Sache wohl eher und sie war froh, den früheren Zug genommen zu haben. So konnte sie wenigstens in aller Ruhe ihren Laptop, ihr wichtigstes Arbeitsmittel, hochfahren und schon bereits einige Dinge vorbereiten, sodass sie den kleinen Spaziergang vom Bahnhof hoch zum Castle durch die wunderschöne Altstadt genießen konnte, wenn sie angekommen war. Ophelia war schon einige Male in Warwick gewesen. Zwar hauptsächlich beruflich, aber es hatten sich schon zu der Zeit immer ein paar Gelegenheiten zu einem Kaffeebesuch ergeben. Es gab dort auch zwei gut sortierte Antiquariate, mit deren Besitzern sie eng und gerne zusammenarbeitete. Sie hatte sich auf jeden Fall vorgenommen, die beiden zu besuchen und wenn auch nur auf einen kleinen Plausch. Als der Schaffner Warwick als nächste Station aufrief, war sie gerade fertig geworden und packte alles zusammen. Sie hatte nur einen Rucksack mit ein paar Klamotten und ihre Laptoptasche mitgenommen, denn selbst wenn sie dort länger beschäftigt war, konnte sie innerhalb einer Stunde ihre Wohnung erreichen, sollte sie etwas benötigen. Auch an diesem Morgen schien die Sonne wieder warm und in der Altstadt regten sich schon die ersten morgendlichen Passanten, um die Kaffees zum Frühstück zu erobern. Am Haupteingang des Castle standen bereits die ersten Besucher in einer Schlange am Kassenhäuschen, um eingelassen zu werden. Ein wenig abseits stand ein älterer Mann, der ihr suchend entgegenblickte. Als er sie auf ihn zukommen sah, lächelte er und meinte: »Sie müssen Dr. Cavill sein?« Ophelia nickte. »Sehr erfreut, Sie kennen zu lernen!«, meinte er und hielt ihr die Hand zum Gruße entgegen, die er dann auch kräftig drückte. Er öffnete mit seinem Ausweis eine der Gittertüren und ließ sie eintreten. »Ich werde Sie gleich zur Bibliothek bringen!«, sagte Kurator Stevens, als er voranging und sich nach ihr umdrehte. Als Ophelia aufgeschlossen hatte, fragte sie: »Sie erwähnten gestern keine Bibliothek und ich dachte, man hätte sie schon vor Jahren ausgelagert, als die Burg verkauft worden war!« Der Kurator nickte: »Ja, das ist richtig! Aber in einem der kleineren Thronsäle hat man einen Raum als Bibliothek belassen, um den Besuchern bei den Führungen einen Eindruck zu vermitteln, wie so etwas früher ausgesehen hat! Der Bestand der Familienbibliothek ist bei dem Verkauf damals nach Birmingham gegangen, wo die Familie ein Landhaus besitzt! Die Bücher hier sind zum Teil nur Leihgaben oder aus anderen Bibliotheken zugekauft!« Ophelia nickte. Dies war eine übliche Praxis und manche der Besitzer mussten die Räumlichkeiten Besuchern öffnen, um ihre Ländereien zu finanzieren. Meist brachte man die wirklich teuren, wertvollen Bücher in anderen Räumen unter oder lagerte sie komplett aus, denn die Gefahr, dass sich unter den Touristenströmen ein Langfinger befand, war zu groß. Selbst Andenkenjäger schreckten nicht davor zurück, sich aus den Regalen, die zumeist gut erreichbar waren, zu bedienen. »Dennoch werden Sie feststellen, dass es sich bei den ausgestellten Exemplaren um ein paar ausgewählte Exponate handelt, deren Wert nicht unerheblich ist!«, schreckte sie der Kurator aus ihren Gedanken hoch. Ophelia sah ihn an und fragte: »Und Sie denken, dass Ihnen eines abhandengekommen ist?« Kurator Stevens seufzte, hob die Schultern und erwiderte: »Die Sache ist ein wenig komplizierter, fürchte ich, Dr. Cavill! Aber lassen Sie uns hineingehen, dann erkläre ich es Ihnen!« Sie waren zwischenzeitlich fast über die ganze Burganlage gegangen und am Pallas angekommen. Der Kurator trat ein und sie standen, ein wenig unvermittelt, in einer großen Halle, die ungewöhnlich gestaltet war. Man hatte die Zwischendecken aus dem Wohnturm entfernt. Zumindest bis etwa in das dritte Stockwerk hinauf, um somit einen großen Raum zu schaffen, in dem sich unzählige Rüstungen, Wandteppiche und andere mittelalterliche Devotionalien befanden. Vor dem riesigen gemauerten Kamin stand eine große, komplett eingedeckte Tafel, nur darauf wartend, dass an ihr gespeist wurde. Durch zwei gemauerte Bögen führte sie der Kurator in einen nicht ganz so großen Nebenraum, der früher wohl den Damen des Hauses als Näh- und Musizierzimmer diente, denn man konnte darin noch ein Spinnrad und den Vorläufer einer heutigen Harfe erkennen. An den Wänden befanden sich Regale, die tatsächlich mit Büchern gefüllt waren. Ophelia erkannte auf den ersten Blick, dass es sich tatsächlich um Werke aus der Zeit des Mittelalters bis ca. 19. Jahrhundert handelte. Aber, und auch dies sah sie sofort, es waren Nachdrucke oder Abschriften. Nicht billig gemacht und die meisten in Leder gebunden, aber zu neu, um Originale aus jener Zeit, die sie repräsentierten, zu sein. Der Kurator hatte recht, wenn er behauptete, dass einige der Exemplare durchaus ihren Wert hatten, da sie handwerklich einwandfrei gearbeitet waren. »Bitte Dr. Cavill!«, sagte er und deutete auf einen großen Tisch, der eine Abtrennung zum Rest des Raumes bildete und auf dem mehrere großformatige Fotografien lagen. »Ich habe Ihnen, wie gewünscht, die Bilder zukommen lassen! Vergrößert und auf Hochglanzpapier! Sie können sich gerne dort ausbreiten!« Ophelia lächelte ihn an, legte die Laptoptasche daneben und blickte kurz über die Bücher. Dann sah sie den Kurator an und meinte: »Und nun sagen Sie mir, was genau ich für Sie tun kann!« Durch den Kurator ging ein Ruck und er fragte vorsichtig: »Sie wollen sich wirklich darum kümmern?« Ophelia sah ihn kurz fragend an, nickte und erwiderte: »Aus dem Grund bin ich hier!« Kurator Stevens straffte sich. »Also gut! Aber wie gesagt, die Sache ist nicht ganz so einfach, aber ich beginne am besten von vorne!« Er setzte sich halb auf den Tisch und sagte: »Ich habe erst vor zwei Jahren den Posten des Kurators hier übernommen! In meinen Bereich fallen die Hauptburg und die dazugehörigen Nebengebäude, die ich inhaltlich wie auch thematisch betreue! Ich kümmere mich um Ausstellungen und um alles darum herum. Das bedeutet mitunter auch, dass ich mit Besitzern von Exponaten, die man uns zur Verfügung stellt, verhandle oder diverse Modalitäten vereinbare. Vor einer Woche trat der Besitzer eines dieser Bücher, die er uns zur Verfügung gestellt hat, an mich heran und wollte es wieder haben. An und für sich kein Problem beziehungsweise kein Drama. Nur, dass es sich nicht hier befindet! Und meiner Meinung nach auch niemals hier war! Ich kann es in keinem Werkverzeichnis finden und auch auf keiner der Inventarlisten! Dennoch behauptet der Mann, dass er es uns beziehungsweise meinem Vorgänger vor mehr als zehn Jahren geliehen hat, mit der Option, es jederzeit wieder zurückzuholen, wenn er es wünscht!« »Und nun hoffen Sie, dass ich es finde?«, fragte Ophelia neugierig. Der Kurator nickte. »Es hieß, Sie seien die Beste und als ich mich ein wenig umhörte, bekam ich nur positive Reaktionen, als ich Ihren Namen nannte! Ihre Referenzen sind beeindruckend!« Ophelia sah ihn nachdenklich an. So eine Konstellation war nicht unüblich, und doch wunderte sie sich ein wenig über das Anliegen des Kurators. »Ich werde auf jeden Fall versuchen, etwas herauszufinden, Mr. Stevens!«, sagte sie. Der Kurator wirkte erleichtert. Er sah sie an. »Ich habe, wie gesagt, alles veranlasst, was Sie mir auf ihre Liste gesetzt haben. Inklusive dem Internetzugang! Sie brauchen sich nur einwählen! Wenn Sie heute Abend fertig sind, habe ich im Warwick House Inn ein Zimmer für Sie reserviert, es liegt am Fuße des Berges, gleich am Eingang zur Altstadt! Sollten Sie noch etwas benötigen, lassen Sie es mich einfach wissen!« Damit schob er ihr einen Zettel über den Tisch, auf dem die Nummer eines Mobiltelefons notiert war. Ophelia nickte und fragte dann: »Haben Sie noch die Aufzeichnungen ihres Vorgängers? Hat er vielleicht eine eigene Inventarliste geführt?« Stevens sah sie an, überlegte kurz und meinte: »Ich bin mir nicht ganz sicher, aber ich werde in seinen Unterlagen nachsehen und wenn ich etwas finde, dann bringe ich es Ihnen!« Er wandte sich zum Gehen, aber ihm fiel noch etwas ein: »Sollten Sie einen Kaffee oder etwas dergleichen benötigen, sagen Sie einfach Curtis Bescheid! Er hat heute Dienst im Pallas und passt hier während der Führungen auf!« »Danke!«, erwiderte Ophelia. »Das ist nett von Ihnen!« Dann ging Stevens endgültig und ließ sie mit den gut gefüllten Regalwänden allein. Sie fuhr den Rechner hoch und öffnete die benötigten Programme, während sie die Fotos auf dem Tisch ausbreitete und sie sich ansah. Es waren, wie von ihr gewünscht, Bilder von den Regalwänden, aufgenommen immer zur Inventur, und das fortlaufend über die letzten zehn Jahre, sodass sie die Regale vergleichen konnte, bis zu ihrem heutigen Zustand. Den Titel, und wie es angeblich laut Aussage des Besitzers gebunden war, hatte ihr der Kurator bereits am Vortag zukommen lassen, per Mail, damit sie sich im Voraus ein wenig einarbeiten konnte. Ihr Laptop war eines der neusten Generation, sodass sie die Fotos nur zu scannen brauchte, um dann die Suchparameter festzulegen.

Sie hatte schon einige Stunden gearbeitet und trotz der Führungen, die immer wieder ihren Nebenraum streiften, war sie zumindest für die ersten Stunden gut vorangekommen. Auch Curtis hatte seinen Teil dazu beigetragen, indem er sie regelmäßig, wenn gerade keine Führung im Pallas war, mit Kaffee und Gebäck versorgte. Am frühen Nachmittag, sie hatte bereits alles für einen ersten Suchdurchlauf vorbereitet, kam wieder einmal eine Führung vorbei und sie hörte, da sie auf den Rechner warten musste, mit einem Ohr zu, wie die ältere Dame, wohl ehrenamtlich, die Gruppe Touristen durch die Örtlichkeit führte. Sie musste lächeln, denn die Dame schien äußerst versiert und sie schmückte ihre Führung mit viel Fachwissen und Herzblut aus, wobei sie gerne auf die blutigen Details der Burggeschichte einging, und so manches erstaunte Raunen bei den Gästen hervorrief. Sie sah kurz hoch und ihr fiel ein Mann auf, der der Gruppe mit ein wenig Abstand folgte und neugierig in den Nebenraum sah. Er lächelte sie an und einen winzigen Augenblick lang hatte sie das Gefühl ihn zu kennen. Doch es verschwand genauso schnell wieder, wie es gekommen war. Er folgte auch sofort der Gruppe, die sich bereits dem Ausgang näherte und schloss auf. Sie sah auf den Bildschirm und seufzte, als sie erkannte, dass der Rechner wohl noch eine Zeit lang brauchen würde, bis er fertig war und stand auf. Sie ging zu dem Regal, stellte sich davor und betrachtete es. »Darf ich fragen, was genau Sie hier machen?«, hörte sie plötzlich eine tiefe, dunkle Stimme hinter sich. Erschrocken drehte sie sich um und erkannte den Mann, der vorher neugierig in den Raum gesehen und sie angelächelt hatte. Er lehnte lässig an einem der Durchgangsbögen und grinste sie an. Ophelia sah ihn an. Er war Anfang bis Mitte vierzig und in Jeans und schwarzem Polohemd gekleidet. Eine dunkle, ziemlich abgetragen wirkende Lederjacke hatte er über seinen Arm gelegt, da es ihm scheinbar zu warm geworden war. Sein Bart, der ordentlich gestutzt Oberlippe und Kinn umrahmte, bildete einen starken Kontrast zu seinem Kurzhaarschnitt, der wohl gewollt so aussah, als ob er gerade aus dem Bett gekrochen war. Sein Grinsen wurde aufgrund ihrer Musterung noch ein wenig breiter, er sagte aber nichts. Ophelia straffte sich. Sie war sich durchaus bewusst, dass sie ihn länger anstarrte, als es gemeinhin höflich gewesen wäre. »Und darf ich Sie fragen, wie Sie hier ohne Führung hereingekommen sind?«, fragte sie zurück. Er deutete mit dem Kopf nach draußen in Richtung Curtis und meinte frech: »Es hat ein wenig Überredungskunst gekostet, Curtis davon zu überzeugen, dass es Zeit für eine kleine Pause wäre!« Ophelia schüttelte den Kopf, grinste aber. »Ich denke, die Aussicht auf eine schnelle Zigarette und einen Kaffee ließ ihn wohl ein wenig nachlässig werden!« Er nickte nur. Er trat vollends in den Nebenraum und meinte: »Sie haben meine Frage noch nicht beantwortet.« Ophelia lachte auf. »Ich wüsste nicht, warum ich das tun sollte! Sie sehen ja selbst, dass ich arbeite!« Er fuhr sich über das Kinn und nickte. »Ja, das sehe ich sehr wohl! Die Frage ist doch aber, was Sie genau arbeiten! Es sieht interessant aus!« »Gegenfrage!«, meinte sie und er lächelte auffordernd. »Warum interessiert Sie, was ich mache und warum sollte ich Ihnen eine Antwort darauf geben?« Nun war er es, der lachte. »Vielleicht, weil es mich rein beruflich interessiert, warum Sie hier mit einem Hochleistungs-Laptop einem Stapel Fotografien, vor einem wahrscheinlich sehr alten Bücherregal stehen!« Erstaunt sah sie ihn an. »Sind Sie Antiquar?« Bedächtig nickte er und erwiderte, aber ausweichend: »So etwas in der Art, ja! In Wahrheit bin ich einfach nur neugierig, was Sie hier treiben, sonst nichts!« Ophelia seufzte und erwiderte seinen Blick. »Ich suche verschwundene Bücher!« »Aha!«, kam es von ihm. »Interessante Methode!« Sie ging einen Schritt auf ihn zu und sagte: »Also gut! So wie es aussieht, werde ich Sie nicht los, ehe ich Ihnen erkläre, was genau ich mache! Aber nur unter einer Bedingung!« Er lächelte sie an. »Und die wäre?« »Besorgen Sie mir zuerst frischen Kaffee!«, meinte sie. Er lachte. »Ich hoffe nur, Curtis wird mir das gestatten!« »Oh ich bin mir sicher!«, antwortete sie. »Wenn Sie ihm einen mitbringen, würde er Ihnen seine Großmutter zum Kauf anbieten! Er ist süchtig danach!« Er drehte sich um und ging. Ophelia schüttelte ungläubig den Kopf, zuckte aber dann mit den Schultern. Sollte er doch neugierig sein, erklären konnte sie es ihm ja! Dennoch wunderte er sich, dass er dafür eigens zurückgekommen war. Ein paar Minuten später kam er tatsächlich mit Curtis im Schlepptau zurück und reichte ihr einen großen Becher. Praktischerweise war im Burghof im Gebäude neben dem Pallas eine kleine Cafeteria untergebracht, in der sich auch Curtis und der Rest der Belegschaft mit Kaffee eindecken konnten. Curtis bedankte sich bei ihm und Ophelia vermutete, der Mann hatte ihm tatsächlich einen spendiert, um wieder hereinzukommen. »Mein Name ist übrigens Gabriel Cavendish!«, sagte der Mann zwischen zwei Schlucken und hielt Ophelia die Hand hin. »Dr. Ophelia Cavill!«, erwiderte sie, während sie drückte. »Und bitte keine Witze über meinen Namen! Ich kenne sie alle!« Er lachte. »Verständlich!« Dann wandte er sich ihrem Rechner zu. »Und Sie suchen tatsächlich beruflich, verschwundene Bücher?« »Ja, das tue ich! Meist im Auftrag von Leuten, die verschollene Familienerbstücke suchen, oder wie in diesem Fall hier Ausgaben, die wohl im Laufe der Jahre verloren gegangen, verkauft, versehentlich an die Falschen zurückgegeben worden sind, oder auf eine andere Art und Weise aus den Bibliotheken verschwunden sind!« Er setzte sich, wie der Kurator, halb auf den Tisch, sah die Fotos an und fragte: »Wieso so viele Aufnahmen? Was haben Sie damit vor?« Sie lächelte, denn Mr. Cavendish schien wahrlich interessiert zu sein. »Das sind Aufnahmen, die zu Inventurzwecken gemacht wurden! Einmal im Jahr nimmt man das Regal samt Bestand auf und vergleicht es mit den Inventarlisten! Das sind die Aufnahmen der letzten zehn Jahre, die ich mit einer von heute vergleiche, indem ich sie eingescannt habe und nur ein spezielles Bildbearbeitungsprogramm darüber laufen lasse, das Differenzen im Bild erkennt! Dieses Programm benutzen normalerweise Geologen, um Veränderungen in den Erdschichten zu erkennen, um Erdbeben vorauszusagen, aber ich habe es mit Hilfe eines Bekannten der

British Library ein wenig abgewandelt, sodass sie es, ebenso wie ich, benutzen können!« »Und wie hoch ist die Trefferquote?«, fragte er nach einem weiteren Schluck Kaffee. »Bei den Erdbeben oder bei den Büchern!«, konterte sie frech. Er verzog das Gesicht, grinste schief und erwiderte: »Sie wissen genau, was ich meine!« Ophelia lachte auf, nickte und meinte dann: »Bei Regalen und Anordnungen wie diesen, sehr hoch, in etwa bei achtzig Prozent!« Er holte Luft, doch sie kam ihm zuvor. »Mit Anordnungen wie diesen, meine ich, dass dies keine gewachsene Bibliothek im laufenden Betrieb ist, wo das eine oder andere Buch schon mal an einer anderen Stelle landet! Diese Bücherwand wurde für touristische Zwecke bestückt mit Leihgaben, da sich die eigentliche, zur Burg gehörende Bibliothek nicht in diesem Gebäude befindet. Es ist sozusagen eine nachgestellte Bibliothek und seit Bestehen beinahe unberührt!« Er sah nachdenklich die Regale an, nickte und fragte: »Ist das denn eine gängige Praxis? Sie nickte wieder. »Durchaus, oder hätten Sie es gerne, wenn Touristen und Schaulustige durch Ihre Privatbibliothek laufen würden, in denen Originale von unschätzbarem Wert herumstehen oder liegen, weil sie die Bibliothek regelmäßig nutzen!« Er schüttelte den Kopf. »Nein, das würde ich nicht wollen, da haben Sie recht!« Sie lehnte sich an die Fensterbank. »Ich denke, das ist eine Folge der Käufe, die der National Trust im Laufe der letzten Jahrzehnte getätigt hat! Der Unterhalt einer Burg oder eines Landhauses ist teuer und viele sind auf das Angebot des Trusts eingegangen und öffnen gegen Auflagen ihre Häuser! Zumindest über den Sommer! Ich hatte schon mehr solcher Aufträge, wo einzelne Bücher verloren geglaubt wurden und sich letztendlich irgendwo wieder fanden, meist in irgendwelchen verstaubten und vergessenen Kisten, die auf Dachböden oder Scheunen gelandet sind!« »Das klingt durchaus plausibel!«, meinte er nachdenklich, sah auf den Rechner und fragte: »Und was machen Sie, sollten Sie nicht fündig werden?« Ophelia hob die Schultern. »Dann wird es ein wenig komplizierter und ich fange an, im Internet oder bei Antiquaren zu forschen, ob sie etwas über den Verbleib wissen, oder ob es ihnen zum Kauf angeboten worden ist!« »Das kann aber mitunter sehr langwierig sein, nicht wahr?«, hakte er nach. Ophelia lächelte und meinte grinsend:

»Na, ja! Es nimmt sehr viel Zeit in Anspruch, aber immerhin werde ich ja dafür bezahlt!« Sie blickte kurz auf den Rechner und als sie sah, dass er immer noch nicht fertig war, fragte sie: »Weshalb interessieren Sie sich dafür?« Er lächelte sie an, schüttelte den Kopf und meinte: »Tatsächlich ist es so, dass mir vor einiger Zeit ein guter Freund erzählte, dass er scheinbar von Ihnen gelesen hat! Er war, drücken wir es mal sachte aus, ein wenig amüsiert darüber, denn er kann nicht verstehen, wie Leute ihre Bücher verlieren können und dass es dann jemanden wie Sie gibt, der sie sucht! Er selbst liebt seine durchaus umfangreiche Bibliothek heiß und innig und weiß bestens darüber Bescheid, was sich darin befindet. Und als ich Sie vorhin sah, erinnerte ich mich an das Gespräch und wollte einfach nur nachfragen, ob es das war, nach was es aussah!« Ophelia lachte auf und nickte. »Ihr Freund hat wohl den Artikel in einer der einschlägigen Literaturzeitungen gelesen, der vor einiger Zeit erschienen ist! Man hat auch mich darin erwähnt, da die British Library meine Arbeit unterstützt, indem sie mir ihre Archive und Datenbanken zur Verfügung stellt!« Mr. Cavendish lächelte sie an und sagte: »Das kann gut sein, denn in der Regel liest er tatsächlich so etwas!« »Sie nicht?«, fragte sie frech zurück. Er schüttelte den Kopf. »Mir ist das Ganze ein wenig zu trocken! Ich lese die Bücher lieber, als dass ich sie im Regal verstauben lasse!« Sie musste grinsen. Der Rechner gab einen Ton von sich und Ophelia beugte sich über den Bildschirm. Leider hatte das Programm keinen Treffer gelandet. »Und nun?«, fragte er. Sie sah hoch und er konnte erkennen, dass sie ein wenig enttäuscht war. »Altmodische Recherchearbeit!«, antwortete sie. »Inventarlisten, Aufzeichnungen der Leihverträge und dergleichen! Es sieht aus, als ob es ein wenig aufwendiger werden würde!« Er nickte, lächelte sie an. »Dann werde ich Sie nicht länger aufhalten! Danke für die Informationen! Ich fand es sehr interessant!« Er wandte sich ab und ging in Richtung der Durchgangsbögen. »Danke für den Kaffee!«, sagte Ophelia, während sie ihm nachsah. Kurz drehte er sich um. »Gern geschehen!« Dann war er auch schon verschwunden. In diesem Augenblick kam Kurator Stevens herein und Mr. Cavendish grüßte ihn, bevor er zum Ausgang des Pallas ging. »Wer war denn das?«, fragte er, als auch er ihm nachsah.

»Nur ein Gast, der mich bei einer der Führungen bemerkte und neugierig war!« Der Kurator nickte, legte ein paar alte, ziemlich vergilbte Notizbücher auf den Tisch und sagte: »Ich habe tatsächlich noch ein paar Aufzeichnungen meines Vorgängers gefunden!« Er sah auf den Rechner und fragte: »Haben Sie schon was gefunden?« Ophelia sah ihn an und schüttelte nur den Kopf. Der Kurator lächelte sie an: »Ich bin sicher, Sie werden es finden, Dr. Cavill!« Ophelia schmunzelte. »Bestimmt! Aber ich denke, ich werde es wohl auf die altmodische Art und Weise tun müssen!« Dann zog sie die Bücher zu sich und fing an, sich darin zu vertiefen.

Es war schon nach halb sechs, als Curtis in den Raum kam und sich verlegen räusperte: »Entschuldigen Sie bitte, Dr. Cavill, aber wir schließen jetzt und ich soll Ihnen vom Kurator ausrichten, Sie sollten auch Feierabend machen. Morgen ist auch noch ein Tag und Sie können, wenn Sie möchten, ab halb acht durch den Seiteneingang hereinkommen!« Bei den letzten Worten legte er ihr einen Ausweis auf den Tisch und schob nach: »Den ließ Kurator Stevens für Sie anfertigen! Er konnte ihn nur nicht selbst vorbeibringen, da er heute noch eine kulturelle Verpflichtung hat und bereits weg ist! Links neben dem Haupteingang ist ein wenig versteckt, eine kleine Tür, die öffnet der Ausweis, wenn Sie ihn vor das Lesegerät halten!« Ophelia, die vertieft vor dem Rechner vollkommen die Zeit vergessen hatte, sah auf die Uhr, nickte, stand auf und meinte: »Danke Curtis! Das ist lieb von Ihnen!« Er lächelte sie schüchtern an und sagte: »Ich habe morgen frei, aber ab acht ist Susann, meine Kollegin, hier! Auch Sie wird Ihnen Kaffee bringen, wenn Sie möchten. Ich habe ihr gesagt, dass Sie hier arbeiten werden!« »Fein!«, erwiderte Ophelia. »Dann werde ich mich mal auf den Weg zum Hotel machen! Einen schönen Tag Curtis, und Danke für alles!« Sie nahm nur den Laptop mit, die Bücher und Fotografien gab sie Curtis, damit dieser sie in einen der Schränke für die Angestellten wegsperren konnte. Er gab ihr den Schlüssel dazu, als er sie zur Tür begleitete und sie in den Feierabend entließ. Ophelia folgte einfach den letzten Touristen, die sich ebenfalls auf den Weg zum Haupteingang machten und ließ sich ein wenig treiben. Die Burganlage war gepflegt und überall blühte es in den angelegten Rabatten.

Sie musste an Melisande denken und dass sie in nicht allzu ferner Zukunft mit ihr einen Ausflug hierher planen sollte, denn die Arrangements würden ihr mit ziemlicher Sicherheit sehr gefallen. Als sie durch das Tor geschlüpft war, wandte sie sich, wie vom Kurator beschrieben, am Eingang zur Altstadt ein wenig nach links und konnte bereits das Warwick House Inn sehen. Ein niedlicher kleiner Fachwerkbau, der etwas windschief als Pforte für eine der unzähligen Seitengassen dort stand. Unten ein Pub und wohl auch die Rezeption und oben die Zimmer, vor denen ebenfalls unzählige Blumenkästen in voller Pracht hingen. Sie war gespannt, wie es wohl innen aussah, aber sie freute sich schon auf ein gemütliches Bier am Abend in dem Pub oder an einen der vielen Tische, die man davor aufgestellt hatte. Sie ging hinein und wurde nicht vom äußeren Eindruck enttäuscht. Es war ein uralter, uriger Raum, den man zum größten Teil so belassen hatte, wie er schon immer war. In einer der vielen Nischen fand sie die Rezeption und als sie ihren Namen nannte, war der Mann, der sowohl die Bar betreute als auch die Rezeption, freudig begrüßt. Er betonte, dass Kurator Stevens gerne seine Gäste bei ihm einquartierte und er freute sich, dass auch sie den Weg zu ihnen gefunden hatte. Wenn sie mochte, konnte sie auch hier essen, sagte der Mann, denn ab sechs hatte er einen Koch, der sich auf sein Handwerk verstand. Sie lächelte, nahm den Schlüssel und machte sich auf in den zweiten Stock, wo sich ihr Zimmer befand. Genauso plüschig, verwinkelt und windschief wie der Rest des Hauses. Lachend warf sie ihren Rucksack und die Laptoptasche auf das Bett. Trotzdem wollte sie noch nach draußen und den schönen Abend genießen und machte sich auf den Weg zurück in die Altstadt, um sich dort noch ein wenig umzusehen. Als sie nach einem wunderschönen, fast zweistündigen Spaziergang zurückkam, hatten sich die Tische bereits gut gefüllt und sie beschloss spontan, auch in dem Pub zu essen, denn das, was die Bedienung heraus und an die Tische brachte, sah wirklich fantastisch aus. Der Lammeintopf war unglaublich schmackhaft und das Gemüse dazu auf den Punkt. Zudem aus der Region, wie die Bedienung betonte, und erst heute geliefert worden, ebenso wie das Fleisch. Sie lehnte sich zurück mit ihrem Glas Rotwein in der Hand, als sie mit einem Mal bemerkte, dass sie beobachtet wurde. Mr. Cavendish stand am Eingang des Außenbereiches und hatte sie beim Studieren der Tageskarte entdeckt. Er lächelte sie an und als Ophelia einladend nickte, kam er auf sie zu. »Setzen Sie sich doch, Mr. Cavendish!«, sagte sie, als er vor ihr stand. »Ich will Sie nicht stören, Dr. Cavill!«, meinte er ein wenig verlegen. »Aber mir wurde der Pub empfohlen, auf der Suche nach etwas Essbarem!« »Dann müssen Sie sich erst recht setzen, Mr. Cavendish!«, meinte sie. »Das Essen hier ist hervorragend!« Sie nickte ihm auffordernd zu und er setzte sich zu ihr. »Sind Sie beruflich in der Stadt?«, fragte sie lächelnd. »Sie haben mir noch nicht gesagt, was Sie eigentlich genau machen!« Er lächelte sie unverbindlich an und wollte etwas sagen, doch der Kellner, der am Abend in dem Pub aushalf, kam an den Tisch. Genauso wie bei Ophelia zählte er auf, was die Tageskarte hergab und auch Mr. Cavendish entschied sich für das Lamm. Allerdings nahm er ein, im Haus gebrautes Ale dazu. Als der Kellner gegangen war, sah er sie an und meinte: »Ja, ich bin tatsächlich beruflich in der Stadt! Und habe heute Nachmittag die Gelegenheit genutzt, mir die Burg anzusehen, da ich wohl noch bis morgen Nachmittag hier festsitze!« Ophelia musterte ihn und bewunderte, wie elegant er das Thema erneut umschiffte. Sie wusste immer noch nicht, was genau er macht, beließ es aber dabei. Zumindest momentan. Sie konnte sich nicht vorstellen, dass es irgendetwas Illegales war. Mr. Cavendish machte nicht den Eindruck, als ob er etwas zu verbergen hatte, außer seinen tatsächlichen Beruf. »Sind Sie am Nachmittag noch ein wenig zum Arbeiten gekommen?«, fragte er, als er ihrer Musterung gewahr wurde. Sie nickte und erzählte ihm, was sie noch unternommen hatte. Bevor das Essen gekommen war, hatte sie noch ein paar Mails verschickt, an örtliche und ihr bekannte Antiquare, ob ihnen das Buch untergekommen war. Und, ähnlich wie Mr. Cavendish, war sie sich sicher, dass sie vor morgen, später Vormittag, keine Antworten bekommen würde. Sie unterhielten sich angeregt und es war bereits weit nach Mitternacht, der Pub war bereits geschlossen, aber der Abend noch lau, sodass sie sitzen geblieben waren, als Mr. Cavendish sich verabschiedete. Ophelia hatte, wie sie sich eingestehen musste, den Abend sehr genossen und die regelmäßigen Versuche von Melisande, sie zu erreichen, schlichtweg

ignoriert. Kurz vor dem Zubettgehen schrieb sie ihr eine kurze
Mitteilung, dass sie nur den Abend in netter Gesellschaft verbracht hatte und ging schlafen. Ziemlich sicher, Mr. Cavendish,
nicht wiederzusehen.

Kapitel 2

Sie war bereits wieder über eine Woche aus Warwick zurück und gerade bei Melisande im Laden, als sie den Rosen die unteren Blätter und Stacheln entfernte, damit sie zu Gestecken für eine Hochzeit verarbeitet werden konnten, ihr Mobiltelefon eine eingegangene Mail ankündigte. Sie seufzte, ging aber nicht nachsehen, da sie die, ihr von Melisande aufgetragene Arbeit erst zu Ende bringen wollte. Ms. Bloombottom war in dieser Hinsicht äußerst pingelig und diese Arbeit ließ sie nicht jeden machen. Ophelia kam es ganz gelegen, denn sie hatte das vermisste Buch von Kurator Stevens dann doch recht schnell gefunden. Ein Antiquar hatte es im Namen des Besitzers, der von nichts mehr wusste, vor einigen Monaten verkauft. Da er akribisch Buch führte, hatte sich die Sache zügig aufklären lassen, sehr zur Erleichterung des Kurators. Er hatte sie auch, wie versprochen, großzügig entlohnt und Ophelia war mehr als zufrieden. Doch in der letzten Woche waren keine Folgeaufträge gekommen und so begrüßte sie es sehr, als Melisande sie bat, ihr ein bisschen unter die Arme zu greifen, da an dem kommenden Wochenende gleich zwei Hochzeiten anstanden, die den Blumenschmuck bei ihr in Auftrag gaben. Melisande bediente gerade einen jungen Herrn, der einen Strauß für seine Mutter wünschte und nachdem Ophelia die letzte Rose ihrer Stacheln entledigt hatte, ging sie zu dem kleinen Tisch in dem Raum, wo die Blumen gelagert waren und nahm ihr Smartphone zur Hand. Als Melisande wieder nach hinten kam, fand sie ihre Freundin mit gerunzelter Stirn in eine Mail vertieft vor. »Was hast du denn?«, fragte sie. »Wieder einen Auftrag?« Ophelia hob die Schultern, sah Melisande ein wenig irritiert an und antwortete: »Das könnte man so sagen, Melisande! Aber die Umstände sind ein wenig obskur!« Melisande lachte auf. »Das erkläre mir bitte näher!« »Sagt dir der Name Belmont etwas?«, fragte Ophelia neugierig, denn normalerweise war ihre Freundin bestens informiert, was Klatsch und Tratsch in Adelskreisen anging. »Lord Nathan Belmont?«, meinte Melisande fragend, worauf Ophelia nur nickte. »Wow!«, kam es zurück. »Das glaub ich jetzt nicht! Du bekommst eine

Mail von Lord Belmont?« Ophelia seufzte. »Ja, so sieht es wohl aus! Und es scheint, als ob er tatsächlich Arbeit für mich hätte! Und jetzt sag schon, was es zu wissen gibt, denn er will möglichst zügig, wie er sich ausdrückt, eine Antwort!« Melisande nahm ihren obligatorischen Kaffeebecher, den Ophelia wieder einmal mitgebracht hatte, nahm einen Schluck und erwiderte: »Na ja! So viel, wie du vielleicht denkst, ist es gar nicht! Lord Nathan Belmont lebt wohl sehr zurückgezogen irgendwo in Wales an der Küste am Rande des Snowdonia Nationalparks! Und ihm gehört angeblich Harlech Castle!« Ophelia nickte vorsichtig. »Er lädt mich dorthin ein! Zu einem Symposium unter Kollegen, wie er schreibt! Aber ich dachte die Burg ist unbewohnt?« Melisande nahm noch einen Schluck und meinte: »Vielleicht findet die Veranstaltung nur dort statt und er wohnt woanders?« Ophelia grinste. »Pragmatisch, wie immer, aber das könnte durchaus sein, denn er lädt mich ein über Nacht zu bleiben, um am nächsten Tag über einen eventuellen Auftrag zu sprechen!« Melisande sah sie nachdenklich an und sagte: »Das würde ich mir auf keinen Fall entgehen lassen, Ophelia! Der Mann entstammt aus eines der ältesten Adelsgeschlechtern Englands und er zahlt bestimmt dementsprechend, denn soviel ich weiß, hat er seinen Besitz nicht dem National Trust überschrieben und wehrt sich vehement dagegen, Harlech Castle der Allgemeinheit zugänglich zu machen! Eigentlich unüblich, aber ich habe gelesen, dass er in dieser Beziehung sehr unnachgiebig sein soll. Andererseits aber, den Leuten in den umliegenden Ortschaften sehr zugetan. Er fördert den Tourismus und die örtlichen Geschäfte, wo er nur kann! Eine Kollegin aus Barmouth bekommt regelmäßig große Aufträge von ihm!« »Und sonst?«, fragte Ophelia grinsend. Melisande dachte einen Augenblick nach, hob entschuldigend die Schulter und meinte: »Nicht so viel, wie du vielleicht erwarten würdest! Wie gesagt, er lebt wohl sehr zurückgezogen. Er taucht kaum in den Klatschspalten auf und vermeidet öffentliche Auftritte, wo es nur geht. Lädt aber selbst gerne ein! Beziehungsweise bietet den Rahmen für hochkarätige, wissenschaftliche Veranstaltungen, die er auch, angeblich zumindest, fördert! Die Einladung an dich würde in das Bild passen!« »Du denkst also, ich sollte sie annehmen?«, fragte Ophelia sachte nach, woraufhin

Melisande heftig nickte. »Aber den Wagen kannst du am Wochenende nicht haben!«, meinte sie dann bestimmt. »Du weißt selbst, dass ich ihn dringend brauche! Und dich eigentlich auch!« »Ach, Melisande!«, lachte Ophelia. »Dafür bekommst du diesmal Tratsch aus erster Hand! Das kommt dir doch nur gelegen, oder?« Beide mussten lachen. »Er bietet mir an, mich vom Bahnhof in Harlech abholen zu lassen! Ich sollte ihm nur mitteilen, mit welchem Zug ich komme!«, meinte Ophelia nachdenklich. »Na, dann!«, erwiderte Melisande. »Lass uns mal eine Zugverbindung an das Ende der Welt heraussuchen!«

Ophelia stand am Samstag mit eher gemischten Gefühlen am Bahnhof von Coventry und wartete auf den Zug, der sie zuerst nach Caernforn und von dort nach Harlech bringen würde. Sie würde am späten Nachmittag dort abgeholt werden. Zumindest hatte ihr das Lord Belmont hocherfreut über ihre Zusage versprochen! Er würde einen Wagen schicken, der sie zu ihm bringen würde und es bliebe noch genug Zeit für einen kurzen Plausch und um sich von der langen Reise frisch zu machen. Ophelia hatte beim besten Willen keine Ahnung, auf was genau das Ganze hinauslaufen würde. Doch Melisande war hartnäckig dabei geblieben, dass sie fahren sollte. Für die Hochzeiten hatte sie eine ihrer unzähligen guten Feen organisiert, die ihr helfen würde, überall zugleich zu sein. Irgendwie freute sie sich, aber doch auf ein Wochenende am Meer, und vielleicht ergab sich die Gelegenheit, sich dort noch ein wenig umzusehen, ehe sie wieder zurückmusste.

Der Bahnhof in Harlech war einer jener, die gerne in den typisch britischen Filmen gezeigt wurden und mit denen man das englische Eisenbahnsystem ein wenig verherrlichte. Er war jedoch frisch renoviert und wirkte auf Besucher durchaus anheimelnd. Spätestens bei der Ankunft war man sich sicher, wo man war. Sie hatte ihre kleine Reisetasche dabei und als sie aus dem Gebäude auf den Vorplatz trat, bemerkte sie einen älteren Herrn, gekleidet in einem schlichten, aber sehr teuer wirkenden Anzug, der lächelnd auf sie zukam. »Dr. Cavill?«, fragte er sie vorsichtig und als sie nickte, nahm er ihr die Tasche ab und erwiderte: »Mein Name ist Ernest! Lord Belmont schickt mich, um Sie abzuholen!« Ophelia war, trotz der Ankündigung von Lord Belmont, ein wenig überrascht. Sie hätte allenfalls mit einem von ihm organisierten Taxi gerechnet. Der Mann ging auf einen Geländewagen der neuesten Generation zu, verstaute ihre Tasche im Kofferraum und bat sie einzusteigen. »Wir werden in zwanzig Minuten in Harlech sein, Dr. Cavill! Lord Belmont erwartet Sie bereits!« Ophelia dankte ihm und ließ, als der Mann losfuhr, die Landschaft an sich vorbeiziehen. Die See zeigte sich an diesem Tag eher von ihrer sanften Seite. Sie lag ruhig da und die Sonnte spiegelte sich in den kleinen Wellen. Ophelia genoss den Ausblick, der sich ihr aus dem Seitenfenster des Range Rovers bot und sie war fast ein wenig enttäuscht, als sie in Harlech ankamen. Die Burg lag, wie sie auf Fotos bereits gesehen hatte, auf einem Hügel, ein wenig landeinwärts und sie war unbewohnt. Darum war sie neugierig, wohin der Mann sie bringen würde. Er bog im Ortskern in die Richtung der Burg, fuhr aber an der Straße, die nach oben führte, vorbei und nach ein paar Meilen bog er erneut ab. Am Fuße des Burgberges befand sich ein Herrenhaus, das von einem weitläufigen Park umgeben war, durch den eine von großen Platanen gesäumte Straße zum Haus führte. Am Ende der Allee befand sich ein großer Vorplatz, inklusive Brunnen, der als Auffahrt für das Haus diente. Direkt vor dem Portal hielt der Wagen und ihr Chauffeur stieg aus, um ihr die Tür zu öffnen. Sichtlich beeindruckt stieg Ophelia aus, sah sich um und als sie gerade ihre Tasche nehmen wollte, öffnete sich die Tür und ein junger Mann kam heraus. Lächelnd und sichtlich erfreut! Er kam auf sie zu und Ophelia, die ihn auf maximal Mitte dreißig schätzte, konnte eigentlich nicht glauben, dass der Mann Lord Belmont sein sollte. »Dr. Cavill!«, sagte er lächelnd, als er vor ihr stand. »Ich bin sehr erfreut, Sie zu sehen!« Auch er war in einem schlichten, dunklen Anzug gekleidet und die Krawatte war ordentlich gebunden! »Lassen Sie uns doch hineingehen! Sie sind bestimmt nach der Reise durstig!« Er ließ sie, ganz Gentleman, unterhaken und zog sie, wenn auch sachte, Richtung Haus. Sie ahnte, dass sie ihm nicht einfach davonkommen würde und ließ sich widerstandslos hineinführen. Er durchquerte die Halle und brachte sie in einen kleinen, angrenzenden Salon, in dem trotz des schönen Tages, der Kamin befeuert war und dem Raum etwas

Einladendes gab. Auf einem Tischchen standen Gläser und er steuerte zielstrebig darauf zu. »Ich habe mir erlaubt, Ihnen einen frischen Gin Tonic zu mixen!«, sagte er, als er ihr das gut gefüllte Glas inklusive Eiswürfel und Gurke reichte. »Ich finde, am Ende einer Reise ist es das Beste, den Staub loszuwerden!« Er hielt ihr das Glas hin und meinte ihr zuprostend: »Schön, dass Sie meiner Einladung gefolgt sind, auch wenn es, zugegebenermaßen, ein wenig kurzfristig war!« Ophelia nahm einen Schluck und war angenehm überrascht, denn eigentlich waren Gin Tonics nicht so ihr Ding, aber das Mischungsverhältnis war tatsächlich erfrischend und der Alkohol nicht zu dominant. »Wie komme ich denn zu der Ehre, Lord Belmont?«, fragte sie neugierig, wenn er schon zugab, ein wenig sehr spontan gewesen zu sein. Der Lord lachte auf und antwortete nonchalant: »Sie wurden mir wärmstens empfohlen, von jemandem, der um mein Problem weiß!« Sie sah ihn fragend an und Lord Belmont spürte, dass er ihr ein wenig korrekter antworten musste. »Kurator Stevens hat sich sehr positiv über Ihre Arbeit geäußert, als ich ihn Anfang der Woche in London traf!« Ophelia lächelte, erwiderte aber nichts darauf, denn sie nahm an, dass der Lord schon sagen würde, was er von ihr genau wollte. Doch sie hatte nicht damit gerechnet, dass er wohl noch keine große Lust dazu verspürte, zum Geschäftlichen zu kommen. »Sie werden mich entschuldigen müssen, Dr. Cavill!«, sagte er, nachdem er noch einen Schluck genommen hatte. »Es gibt noch einiges für heute Abend vorzubereiten und ich bin unabkömmlich! Ernest wird, wenn Sie ausgetrunken haben, ihnen Ihr Zimmer zeigen, damit Sie sich frisch machen können! Er wird dann mit Ihnen zum Harlech Castle hochfahren, wo ich Sie mit den anderen Gästen zum Dinner erwarten werde!« Dann lächelte er sie an und meinte: »Fühlen Sie sich wie zu Hause, Dr. Cavill!« Sie bemerkte, dass er das tatsächlich ernst meinte, lächelte zurück und als er es noch immer lächelnd bemerkte, nickte er kurz und verschwand genauso schnell, wie er vorhin auf der Bildfläche erschienen war. Kopfschüttelnd sah sie ihm nach, setzte sich vor den Kamin und trank in aller Ruhe ihren Gin Tonic aus. Nach kurzer Zeit erschien der Mann, der sie vom Bahnhof abgeholt hatte und räusperte sich, in der Tür stehend. Ophelia lächelte, erhob sich und ging zu ihm. Er deutete auf die große Freitreppe und sagte: »Ich werde Sie nach oben in ihr Zimmer bringen, Dr. Cavill! Ihre Tasche habe ich bereits hinaufgebracht! Sie können sich frisch machen!« Sie nickte, dankte ihm und der Mann, der sich ihr als Ernest vorgestellt hatte, wie ihr auf dem Weg nach oben wieder einfiel, ging voran. Das Zimmer war genau, wie man es sich in so einem Anwesen vorstellte. Ein Himmelbett mit riesigem Baldachin, überall Plüschkissen und ein Kamin. Ernest ging zu einer angrenzenden Tür, machte sie auf und sagte: »Ihr Badezimmer, Dr. Cavill!« Er wandte sich ab und ging Richtung Tür. »In etwas mehr als einer Stunde hole ich Sie!« Dann war er auch schon wieder verschwunden. Ophelia schüttelte, der Obskurität der Situation schuldig, den Kopf und ging zu dem Bett, um ihre Tasche auszupacken. Den Hosenanzug für den Abend legte sie zurecht und beschloss, dem Rat des Butlers, oder was auch immer dieser Ernest für eine Position in Lord Belmonts Haus bekleidete, zu folgen und ging duschen.

Als es ein wenig später klopfte, war sie bereits angezogen und ausgehfertig. Ernest brachte sie ohne viele Worte hoch in die Burg, die dem Anlass entsprechend hergerichtet worden war. Überall in der weitläufigen Anlage waren Kohlenbecken zur Beleuchtung aufgestellt und in dem alten und wahrscheinlich vor nicht allzu langer Zeit renovierten Pallas hatte man Tische aufgestellt, die eingedeckt warteten. Im Raum verteilt, standen kleinere Stehtische, auf denen man Getränke und Knabbereien platziert hatte. Viele der Gäste unterhielten sich bereits angeregt, während sie auf die offizielle Eröffnung warteten oder auf das Dinner. Je nachdem! Ophelia hoffte, dass es nicht mehr zu lange dauern würde, denn sie selbst bekam allmählich Hunger. Sie hatte einige alte Bekannte aus Studienzeiten beziehungsweise aus der Zeit in London entdeckt und sie begann sich nun allmählich wirklich auf den Abend zu freuen.

Melisande sollte recht behalten, Lord Belmont war ein guter Gastgeber. Nach dem Dinner folgte ein kleiner, offizieller Teil, doch der Rest des Abends verlief entspannt und mit allerlei Fachgesprächen, die Ophelia im Laufe des Abends sehr genoss, da sie normalerweise alleine arbeitete, oder nur per Mail mit Kollegen in Kontakt stand. Auch Lord Belmont mischte sich unter seine

Gäste und unterhielt sich angeregt mit ihnen. Ophelia hatte bei den angeregten Gesprächen mitbekommen, dass sie nicht der einzige Gast war, der die Nacht auf Lord Belmonts Anwesen verbringen würde und so war sie doch ein wenig beruhigter. Irgendwann bemerkte sie aus den Augenwinkeln, wie jemand auf sie zukam. »Guten Abend, Dr. Cavill!«, hörte sie eine Stimme, die ihr bekannt vorkam. Als sie sich umdrehte, war Ophelia überrascht, in Mr. Cavendishs Gesicht zu sehen, der sie anlächelte und ihr ein gut gefülltes Glas Whisky in die Hand drückte! »Sind Sie unter die Literaturwissenschaftler gegangen, Mr. Cavendish?«, fragte Ophelia lächelnd und nahm ihm das Glas dankbar ab. Er lachte charmant, schüttelte den Kopf und erwiderte: »Bestimmt nicht, Dr. Cavill! Ich bin nur auf Einladung eines Freundes hier!« Mit einem Mal dämmerte es ihr und sie musste grinsen: »Herrje, ich verstehe! Sie waren es, der mich Lord Belmont empfohlen hat, oder?« »Nicht nur! Kurator Stevens hat, soviel ich weiß, ebenso einen Teil dazu beigetragen!«, antwortete er und nahm einen Schluck Whisky. »Aber ich denke, zumindest Sie haben einen vergnüglichen Abend!« »Ja, durchaus! Ein paar meiner Kollegen habe ich schon seit Studienzeiten nicht mehr gesehen und dementsprechend war die Wiedersehensfreude! Ihr Freund ist bei der Auswahl seiner Gäste sehr sorgsam, wie es scheint! Fast die ganze Elite des Literaturbetriebes ist zu Gast!« Cavendish ließ seinen Blick über die Gäste schweifen, sah sie an und fragte ruhig: »Ist dem so, Dr. Cavill? Denn ich habe tatsächlich keine Ahnung!« Erstaunt sah sie ihn an und er hob entschuldigend die Schulter. »Ich bin wirklich nur zu der Veranstaltung gestoßen, weil ich über Nacht Gast bei Lord Belmont bin und morgen Nachmittag zusammen mit ihm nach London reisen werde! Ich bin erst vor etwa einer halben Stunde angekommen!« Ophelia lachte, zog ihn ein wenig zur Seite und meinte dann leise: »Ja, dem ist so! In dem Raum befinden sich zwei der bedeutendsten europäischen Literaturprofessoren, der Kurator der British Library und ein Studienkollege, der in der Zwischenzeit in Weimar am Konservatorium für mittelalterliche Literatur lehrt!« Cavendish schien beeindruckt. »Und Sie, mittendrin!« Ophelia sah ihn an, nicht wissend, wie er das gerade genau meinte und gab ein wenig irritiert zu: »Ja, und ich mittendrin! Ich bin mir schon den ganzen Abend nicht sicher, ob ich Ihrem Freund dankbar sein soll oder nicht!« Diesmal sah er sie fragend an. »Na ja!«, erwiderte sie. »Er deutete an, dass er vielleicht einen Auftrag für mich hat und doch befinden sich in diesem Raum wesentlich mehr fähigere Leute als ich!« Cavendish trank und lächelte sie an. »Kehren Sie da Ihr Licht nicht ein wenig unter den Scheffel, Dr. Cavill! Zumindest denkt er anscheinend, dass Sie die geeignetste Person sind!« Ophelia zog die Augenbrauen hoch. »Wenn er mir erklärt, was er von mir will, werden wir es ja sehen! Aber vorerst werde ich mich noch nicht dazu äußern, Mr. Cavendish!« Er musterte sie. Es waren nur wenige Damen anwesend und Dr. Cavill, lässig in Hosenanzug und hochgesteckten Haaren, war die Einzige, die nicht hier zu sein schien, um sich jemanden zu angeln. Ihr Auftreten gefiel ihm. Auch, wenn er es niemals zugegeben hätte, gefiel sie ihm schon auf Warwick Castle. Er war neugierig geworden, was Lord Belmont von ihr wollte. »Gehen wir ein wenig an die frische Luft?«, fragte er mit einem Mal. Ophelia grinste, nickte aber. »Sehr gerne!« Sie hakte sich bei ihm unter, als er ihr seinen Arm anbot und sie gingen nach draußen in den von den Kohlenbecken erleuchteten Burghof. Er führte sie ein wenig abseits in Richtung Mauer. »Von dort drüben hat man eine wunderbare Aussicht auf das Meer!« Widerstandslos ließ sie sich von ihm mitziehen und als sie nach unten sah, war sie wirklich beeindruckt. Vor ihnen, schwach erleuchtet, lag die Ortschaft Harlech und im Hafen waren einige Yachten und Segler vor Anker gegangen, die wohl am Wochenende beabsichtigten, Richtung Irische See zu fahren. Es war noch nicht ganz Vollmond, doch schon die Sichel, die am wolkenlosen Himmel aufgegangen war, erleuchtete das Meer, das glatt und ruhig vor ihnen lag. »Sie sind wohl öfters hier, oder?«, fragte Ophelia, nachdem sie bemerkte, wie sehr er den Anblick genoss. »Ja durchaus! Immer wenn es die Zeit erlaubt, komme ich, natürlich mit Lord Belmonts Erlaubnis, hier rauf!« »Mr. Cavendish ...!«, weiter kam sie nicht, als er lächelnd abwinkte und meinte: »Gabriel reicht vollkommen! Wenn ich so frei sein darf, Ophelia!« Sie lachte und erwiderte: »Selbstverständlich!« Ophelia erwiderte seinen Blick und setzte erneut an: »Sie werden mir wohl immer noch nicht verraten, was Sie beruflich machen, oder Gabriel?«

Erneut lachte er auf, holte kurz Luft und meinte knapp: »Nein! Aber Sie werden es in absehbarer Zeit erfahren! Da bin ich mir ziemlich sicher!« Dann wandte er sich ab und Ophelia verdrehte die Augen. »Entschuldigen Sie, Gabriel! Ich wollte Sie nicht beleidigen!« Er drehte sich zu ihr um, grinsend: »Haben Sie nicht! Aber es war ein langer Tag und ich werde Ernest bitten, mich hinunter ins Herrenhaus zu bringen!« Sie folgte ihm und als sie ihn eingeholt hatte, fragte sie: »Würden Sie mich mitnehmen! Auch ich hatte einen langen Tag!« Er lächelte und als sie vor dem Portal standen, meinte er: »Wenn Sie wollen, können Sie schon mal zum Wagen gehen! Soll ich Sie, außer bei Lord Belmont, noch bei jemandem entschuldigen?« Sie schüttelte dankbar den Kopf und als er nach drinnen ging, wandte sie sich zu dem Wagen, mit dem sie und Ernest gekommen waren. Es dauerte nicht lange und Gabriel kam zurück, ohne den Butler, dafür aber mit dem Autoschlüssel, den er ihr grinsend zeigte. »Ernest kommt später mit Lord Belmont herunter! Er würde gerne noch beim Aufräumen helfen, da momentan gerade Aufbruchsstimmung herrscht! Einige der Herrschaften müssen noch ihre Züge erwischen!« Er öffnete den Wagen und sie stiegen ein. Ophelia fragte sich, wie sie wohl in das Herrenhaus hineinkommen würden, doch im Augenblick war sie tatsächlich so müde, dass es ihr egal war, denn sie war sich irgendwie sicher, Gabriel würde es schon wissen. Er fuhr sicher und ruhig und es dauerte nicht lange, als sie vor dem Herrenhaus standen. Ophelia stieg aus und freute sich ehrlich auf ihr Bett und als sie Gabriel zusah, wie er zu einem der Pflanztöpfe in Löwenform ging, hatte sie das Gefühl, dass sie es auch bald genießen konnte. Er fasste der Steinfigur an die Nase und es öffnete sich eine kleine Nische. Er griff hinein und zog den Haustürschlüssel heraus. Ophelia musste lachen, als er ihr einladend die Tür aufstieß und dann den Schlüssel wieder an seinen Platz zurücklegte. »Wie einfallsreich!«, sagte sie, als sie eintraten. »Zumindest einmal etwas anderes als unter dem Blumentopf!«, erwiderte Gabriel, ein Gähnen unterdrückend. Er schien sehr müde zu sein und er war auch ein wenig blass geworden auf der Fahrt von der Burg herunter. »Ist alles in Ordnung, Gabriel?«, fragte sie vorsichtig. »Es war wirklich nur ein langer Tag! Kommen Sie, lassen sie uns raufgehen!« Ophelia folgte ihm und als sie oben angekommen waren, verabschiedete er sich von ihr, denn er war in dem Zimmer ihrem gegenüber untergebracht. Nachdenklich sah sie ihm nach, ehe sie in das ihre ging. Auf der Burg hatte sie wieder das Gefühl beschlichen, als ob sie ihn schon einmal früher irgendwo getroffen hätte. Sie ging hinein, den Gedanken verwerfend und begab sich zu Bett.

Als sie am nächsten Morgen erwachte, wusste sie im ersten Moment nicht, wo genau sie sich befand, musste aber lächeln, als ihr einfiel, in wessen Bett sie die Nacht verbracht hatte. Seufzend drehte sie sich noch einmal in dem breiten, bequemen Bett herum und versuchte den Gedanken, sich jemals daraus erheben zu müssen, zu verscheuchen. Doch es half nichts. Lord Belmont würde sie sicherlich erwarten. Also wusch sie sich und zog sich an. Es war noch ruhig im Haus und als sie die Treppe nach unten ging, hörte sie jedoch Stimmen aus dem kleinen Salon, in dem sie der Lord am Vortag empfangen hatte. Sie wollte nicht stören und sah sich um. Ziemlich weit hinten, in der weitläufigen Halle, sah sie eine Tür und ging darauf zu, in der Hoffnung, dahinter die Küche oder zumindest etwas Essbares oder vielleicht sogar Kaffee zu finden. Vorsichtig klopfte sie und es öffnete ihr Ernest, der sie anlächelte. »Gerade wollte ich nachsehen, ob Sie schon wach sind, Dr. Cavill! Kommen Sie herein, das Frühstück ist schon fertig!« Sie trat in die große Küche, in deren Zentrum ein riesiger alter Tisch aus Holz stand. Auch hier befand sich ein großer gemauerter Kamin, in dem, wie in solchen Küchen früher üblich, ein ganzes Schwein am Spieß gebraten werden konnte und er war sehr zu ihrer Freude befeuert. Am Tisch, ziemlich nah am Feuer, saß bereits Gabriel und ließ es sich schmecken. Er sah zu ihr herüber nickte und meinte kauend: »Kommen Sie her, Ophelia! Ernest macht das beste Frühstück weit und breit! Das sollten Sie sich nicht entgehen lassen!« Sie ging zu ihm und setzte sich ihm gegenüber. Ernest war zwischenzeitlich wieder in den modernisierten Küchenteil, der mit den neuesten Geräten ausgestattet war und im starken Kontrast zu der restlichen Einrichtung stand, gegangen und machte sich daran, den Speck und die Eier zu braten. Kaffee und eine Tasse für sie standen bereit und Ophelia bediente sich. »Lord Belmont wollte eben nur noch die anderen beiden Gäste verabschieden, dann wird er zu uns stoßen!«, sagte Gabriel sie anlächelnd und den Teller von sich schiebend. Sichtlich satt und zufrieden. »So wie es sich gerade angehört hat, als ich herunterkam, wird das wohl noch ein wenig dauern!«, erwiderte sie nach einem großen Schluck Kaffee. »Haben Sie es so eilig, wieder zu gehen!«, meinte er nachdenklich. Er wandte sich an Ernest und sagte, besorgt wirkend: »Ich denke, Sie sollten der Dame großzügig auftischen, Ernest! Sonst fürchte ich, wird Sie Lord Belmont nicht abwarten wollen!« Der Butler lachte, sah kurz herüber und meinte dann verschmitzt grinsend: »Ich habe den Auftrag von Master Nathan, sobald Dr. Cavill ihr Frühstück hat, eine Rettungsaktion zu starten! Ich denke, Dr. Cavill wird nicht allzu lange warten müssen!« Gabriel lachte, nahm sich nochmals Kaffee und trank ihn ruhig. Ophelia spürte, dass sich Gabriel hier in der Küche sehr wohl fühlte und er und Ernest sich schon lange kannten. Sie erschrak beinah, als Ernest ihr einen Teller vor die Nase setzte. Darauf eine riesige Portion Eier und Speck. Dazu ein Körbchen mit frischem, wie es schien, selbst gemachtem Brot. »Lassen Sie es sich schmecken! Ich gehe währenddessen Lord Belmont retten!« Grinsend dankte sie ihm und griff zu. Es roch einfach zu verführerisch, als dass sie sämtliche Diätpläne, sofern sie diese überhaupt gehabt hätte, sausen und es sich schmecken ließ. »Gut, nicht wahr?«, stellte Gabriel mittendrin fest und lächelte sie an, während er ihre Tasse noch einmal füllte und aufstand, um für Nachschub zu sorgen. Als er wieder saß, sah Ophelia ihn an und fragte: »Weshalb sind Sie wirklich hier, Gabriel?« Erstaunt sah er sie an, doch Ophelia winkte ab und meinte: »Hören Sie! Ich glaube nicht unbedingt an schicksalhafte Begegnungen und ich glaube auch nicht daran, dass Sie aus reiner Freundschaft zu Lord Belmont hier sind!« Gabriel straffte sich und wollte etwas erwidern, als sie mit einem Mal Lord Belmonts Stimme aus Richtung der Türe vernahmen. »Nein, Dr. Cavill! Aus reiner Freundschaft ist er tatsächlich nicht hier. Auch wenn er ein Freund ist! Aber er soll mir, genauso wie Sie, bei einem Problem helfen!« Er lächelte sie und Gabriel an und sagte mit tadelnder Stimme, während er näher trat: »Aber so wie ich unseren lieben Gabriel kenne, wird er Ihnen einfach nur ein paar Tatsachen verschwiegen haben, die seine Anwesenheit erklären würden! Angefangen beim Namen, nicht wahr, mein Freund? Du hast dich, wie ich gestern von verschiedenen Seiten hörte, wieder einmal als Mr. Cavendish vorgestellt, oder?« Gabriel hob entschuldigend die Schultern, ließ aber den Einwurf von Lord Belmont unkommentiert. »Es ist immer das gleiche Spiel, Gabriel!«, seufzte dieser, die Tasse entgegennehmend, die Ernest ihm über den Tresen reichte. »Du weißt genauso gut wie ich, dass mein richtiger Name mehr Türen verschließen, als öffnen würde! Und das kann ich mir nicht leisten, Nathan!«, erwiderte Gabriel ungerührt und schenkte Lord Belmont ein. »Und nun setz dich her und verrate uns endlich den Umstand deiner Einladung! Dr. Cavill wird bereits unruhig und auch ich habe, wie du weißt, nicht ewig Zeit!« »Alter Spielverderber!«, konterte Lord Belmont belustigt, was Ophelia ihn fragend ansehen ließ. Er wandte sich zu ihr und meinte grinsend: »Gabriel ist nicht unbedingt für seine Geduld bekannt, Dr. Cavill! Leider! Dabei wollte ich nur, dass ihr Beide einen schönen Abend habt!« Gabriel beugte sich vor, sah Lord Belmont an und sagte scharf: »Herrgott, Nathan! Ich bitte dich doch nur darum, uns endlich zu sagen, was du willst!« Er lächelte zuerst ihn, dann Ophelia an und meinte: »Kaum zu glauben, dass wir verwandt sind, nicht wahr?« Gabriel stöhnte auf, lehnte sich zurück und schüttelte missbilligend den Kopf. Mit einem Seitenblick zu Gabriel, der Lord Belmont mit unterdrücktem Zorn ansah, sagte Ophelia vorsichtig: »Ich danke Ihnen sehr für die Einladung, Lord Belmont! Und ich hatte einen vergnüglichen Abend, wahrlich! Aber ich stimme Gabriel zu, wenn er meint, es wird allmählich Zeit uns aufzuklären. Sie sprachen von einem etwaigen Auftrag für mich und es würde mich interessieren, um was es dabei geht! Ich sagte es bereits gestern zu Gabriel, dass ich mir nicht sicher bin, ob ich die richtige Person dafür bin, da Ihrer Einladung hochrangige Mitglieder des Literaturbetriebes gefolgt sind. Was also wollen Sie ausgerechnet von mir?« Lord Belmont lachte leise auf. »Sie sind die richtige Person, glauben Sie mir! Ich habe Sie nicht umsonst eingeladen! Und ich möchte, dass Sie mit Gabriel zusammenarbeiten und mir helfen, etwas zu finden!« »Moment mal!«, warf Gabriel ein, noch immer mit verschränkten Armen am Stuhl lehnend. »Ich soll mit Dr. Cavill zusammenarbeiten, um dir zu helfen! Ich wüsste nicht, wie ich das könnte!« »Und ich,

Lord Belmont«, gab Ophelia zu bedenken, »arbeite grundsätzlich allein, wie Sie sicherlich wissen!« Neuerlich lachte er auf. »Genau aus diesem Grund seid ihr Beide die richtige Wahl für mein Projekt!« »Was hast du dir denn nun schon wieder ausgedacht, Nathan!«, stöhnte Gabriel. Lord Belmont lehnte sich nun ebenfalls zurück, nahm einen großen Schluck von seinem Kaffee, den Gabriel ihm eingeschenkt hatte und erklärte ruhig: »Ihr Beide sollt etwas für mich finden! Und wie Dr. Cavill richtig vermutet, ein Buch! Und du Gabriel sollst Ihr dabei helfen, denn Sie allein wird es ohne dein Fachwissen und die Möglichkeit, in Akten einzusehen, nicht finden können!« Dann stellte er die Kaffeetasse zurück auf den Tisch, beugte sich vor und raunte: »Und ich möchte, dass ihr für mich allein arbeitet! Was bedeutet, dass Dr. Cavill während dieser Zeit hier im alten Gärtnerhäuschen Quartier bezieht, für die Dauer der Suche! Du, Gabriel, sollst sie unterstützen und da du sowieso die meiste Zeit hier bist, dürfte das kein Problem sein!« Nun war es Ophelia, die auflachte. »Nehmen Sie es mir nicht übel, Lord Belmont, aber ich denke nicht, dass Sie dieses Angebot ernst meinen!« »Warum denn nicht!«, konterte er. »Mir ist durchaus bewusst, dass es nicht so schnell gehen wird, wie der Auftrag von Kurator Stevens! Aber ich bin mir sicher, wenn ich Ihnen mein Angebot genau unterbreite, werden Sie es nur zu gerne annehmen!« »Dir ist schon bewusst, wie sich das gerade anhört, oder?«, fragte Gabriel plötzlich sehr nachdenklich. »Nach einem fairen Angebot auf Arbeit!«, erwiderte Lord Belmont gelassen. »Nicht mehr und nicht weniger!« Gequält stöhnte Gabriel, schüttelte den Kopf und sah ihn mit drohendem Blick an. »Himmel, Gabriel!«, lachte Lord Belmont. »Du weißt doch gar nicht, um was es geht! Und du sollst Dr. Cavill doch nur zuarbeiten, mehr nicht!« »Ich kann mir in der Zwischenzeit denken, was du wieder einmal mehr vorhast!«, sagte Gabriel ruhig, aber mit deutlich erkennbarer Erregung in der Stimme. »Du willst etwas wieder aufrühren, was wir doch eigentlich schon für erledigt hielten und ich finde das nicht in Ordnung! Du wirst Dr. Cavills Ruf ruinieren! Da wird auch all dein Geld nicht helfen, Nathan!« »Und wenn Sie erfolgreich ist, wird das Ihr Sprungbrett in den Olymp des Literaturbetriebes werden, Gabriel! Die Chance auf einen zweiten Doktortitel oder vielleicht auch zu noch etwas Höherem!« »Hörst du dir eigentlich gerade selbst zu, Nathan!«, raunte Gabriel. »Himmel, Ernest! Was haben Sie ihm denn in den Kaffee getan!« Der Butler lachte, machte aber in der Küche einfach weiter, ohne auf Gabriels Kommentar einzugehen. Ophelia hatte ihnen still und ruhig zugehört! Die Blicke zwischen den beiden schweifen lassend. Plötzlich räusperte sie sich vernehmlich. »Bevor hier irgendwer über meine weiteren Karrierepläne spekuliert, bitte ich doch sehr darum, mich in diese Diskussion miteinzubeziehen! Wenn ich das alles richtig verstanden habe, verlangen Sie von mir, dass ich, wenn auch gegen Bezahlung, exklusiv und nur für Sie allein arbeiten soll! Selbst wenn ich, wonach mir momentan nicht der Sinn steht, auf Ihr Angebot eingehen sollte, würde ich zu allererst gerne wissen, was für ein Buch ich überhaupt suchen soll!« Gabriel sah sie an, schüttelte den Kopf und sagte leise, aber eindringlich: »Bitte fragen Sie nicht weiter, sondern gehen Sie, Ophelia! Diese Suche ist für kein Geld der Welt wert, durchgeführt zu werden!« Abrupt stand er auf und ging zu Ernest in den hinteren Teil der Küche, nur um sich am Spülbecken abzustützen. Er blickte nach draußen, um sich wieder zu beruhigen! Lord Belmont sah ihm kurz nach, lächelte über Gabriels Aufgebrachtheit und blickte dann zu Ophelia zurück. Er straffte sich. »Wie Sie bestimmt wissen, ist das Geschlecht der Belmonts sehr alt und reicht weit in der Geschichte zurück!« Ophelia nickte wissend, auch wenn Melisande es nur angedeutet hatte. »Es geht das Gerücht, dass unsere Wurzeln bis in das heutige Ungarn zurückreichen und dass unsere Familie mit Vlad dem Pfähler, sagen wir mal so, eng befreundet war!« Ophelia schmunzelte. »Das hat schon Bram Stocker behauptet, Lord Belmont! Und wie Sie wahrscheinlich wissen, hat ihm diese Behauptung einiges an Ärger eingebracht! Wenn ich mich richtig erinnere, hat ihn der damalige Lord Belmont sogar wegen Verleumdung vor Gericht gezerrt, nachdem er sein Buch veröffentlichte! Dass er nicht in das Gefängnis musste, war nur dem Umstand zu verdanken, dass dieses Buch damals als Fiktion abgetan wurde und die angeblich bestehende Verbindung zu der Familie Vlad nicht eindeutig nachweisbar war!« Lord Belmont lächelte anerkennend. »Ja, das ist richtig! In unserer Bibliothek gibt es sogar noch die alten Gerichtsprotokolle, die dies bestätigen!« »Aber nicht die Gerüchte um Vlad!«, warf Gabriel von hinten aus der Küche ein. »Es ist nach wie vor ein Gerücht!« »Um das es auch nicht geht, Gabriel!«, konterte Lord Belmont. »Wie du nur zu gut weißt!« Gabriel lachte hart und ohne Humor auf. »Natürlich nicht! Obwohl du sicherlich Dr. Cavill gleich erklären wirst, dass der Kontext wichtig ist, um zu verstehen, was du von Ophelia willst!« »Ganz genau, mein lieber Freund!«, antwortete Lord Belmont gelassen. »Das wäre mein nächster Ansatz gewesen!« Ophelia sah Gabriel an, der sich umwandte und die Augen verdrehte. »Hören Sie Lord Belmont!«, sagte sie. »Wenn Sie wollen, dass ich Beweise finde, dass es Dracula wirklich gegeben hat, sind Sie bei mir wahrlich an der falschen Adresse! Das haben schon Andere versucht und sind daran kläglich gescheitert! Auf das werde ich mich nicht einlassen, falls Sie das ernsthaft in Erwägung gezogen haben!« »Nein, natürlich nicht!«, erwiderte Lord Belmont. »Und dass es Vlad gegeben hat, ist ja hinlänglich bewiesen!« Er setzte sich aufrecht hin und meinte: »Tatsächlich geht es um etwas Anderes! Innerhalb der Familie! Intern, sozusagen! Denn es ist tatsächlich so, dass Beziehungen zwischen der Familie Belmont und der von Vlad bestanden haben! Es gibt Beweise, die ich Ihnen auch vorlegen kann, da sie sich im Besitz der Familie befinden!« »Aber Ihre Familie hat es niemals offiziell bestätigt, noch dementiert, oder?«, fragte Ophelia neugierig. »Denn wenn das bekannt geworden wäre, hätte das kein gutes Licht auf die Familie Belmont geworfen! Sehe ich das richtig?« Lord Belmont nickte. »Ja, dem ist so! Und es hätte den Lauf der Geschichte der Familie Belmont nachhaltig beeinflusst, als sie hier in England sesshaft geworden ist!« Ophelia sah ihn fragend an und Lord Belmont ergänzte: »Wir stammen ursprünglich aus Frankreich und als es dort ein wenig unangenehm wurde für adelige Familien, beschloss man, hier sesshaft zu werden! Natürlich unter den strengen Augen der Obrigkeit und man einigte sich innerhalb der Familie, diese Beziehungen, die sich laut den Dokumenten nur auf Handel und kulturellen Austausch bezogen, einfach zu verschweigen, da Ungarn zu dieser Zeit nicht in der Gunst des englischen Königshauses stand!« »Verstanden!«, erwiderte sie knapp. »Und was für ein Buch suchen Sie nun tatsächlich, wenn all diese Beziehungen scheinbar sorgsam dokumentiert sind und die Beweise sich in Ihrem Besitz befinden?« »Jetzt wird es interessant!«, sagte Belmont grinsend und fuhr fort: »Der letzte Lord Belmont, der noch in Frankreich ansässig war, hat ein Jahr vor der Umsiedlung der Familie Vlad in Ungarn einen Besuch abgestattet! Vornehmlich, um neue Handelswege mit ihr zu besprechen. Es war gerade in Mode gekommen, Kaffee und Wein aus Österreich zu beziehen und er wollte mit der Familie Vlad diese Gelegenheit für beide Häuser nutzen, um mehr Profit aus den Beziehungen zu schlagen. Ihm hat man aber bereits zu diesem Zeitpunkt wohl hinter vorgehaltener Hand erzählt, dass es im Hause Vlad nicht mit rechten Dingen zuging und ihm abgeraten, diese Handelsbeziehung weiter auszubauen oder gar zu vertiefen, um seinen Ruf nicht zu gefährden! Man sprach von Wiedergängern und Werwölfen, die sich dort im näheren Umkreis des Grafen herumtrieben und schon so mancher Besucher blieb verschwunden und kam nicht wieder! Lord Belmont ließ sich jedoch nicht beirren, wie wir aus seinen Tagebuchaufzeichnungen wissen und fuhr trotzdem hin. Doch dann werden seine Aufzeichnungen wahrlich ungenau und lückenhaft und man hat den Eindruck, er würde unter Wahnvorstellungen leiden, die darin gipfelten, dass er scheinbar mit der damaligen Frau des Grafen im Bett landete und sie ihm, als er anscheinend davon wieder genesen war und die Rückreise antreten wollte, ein Buch in die Hand gedrückt hat, dass sie vom Papst persönlich erhalten hatte. Darin enthalten waren vatikanische Beschwörungsformeln, um Wiedergänger und Werwölfe zu bekämpfen. Und, und das ist das Spannende, ein Heilmittel für Vampirismus!« Ophelia sah ihn ungläubig an, dann lachte sie auf, schüttelte den Kopf und meinte noch immer grinsend: »Das ist nicht Ihr Ernst, oder?« Lord Belmont nickte, ohne das Gesicht zu verziehen. Hilfesuchend sah sie zu Gabriel hinüber, der noch immer am Fenster stand und Nathan mit undurchdringlichem Gesichtsausdruck musterte. Als er Ophelias Blick bemerkte, hob er nur entschuldigend die Schultern. Ophelia sah wieder den Lord an und sagte: »Also gut! Mal angenommen, die Geschichte ist bis zu diesem Punkt wahr! Was geschah dann damit? Ich nehme an, dass es jenes Buch ist, das sie vermissen, oder?« Lord Belmont nickte ernst. »Das ist richtig! Genau um dieses Buch geht es! Und es befand sich wohl nachweislich, bis vor circa fünfzig Jahren, auch im Besitz der Belmonts!« »Und dann verliert sich jede Spur!«, warf Gabriel ein. »Denn es hat niemals existiert! Du hast doch selbst gerade zugegeben, dass er wohl an Wahnvorstellungen litt! Vermutlich hat er den Wein nicht vertragen, den man ihm serviert hat!« »Und du kennst, genauso gut wie ich, die Familienchronik, Gabriel!«, sagte Lord Belmont ein wenig entnervt über Gabriels Einwände, wie Ophelia fand. »Man kann es bis zu besagtem Zeitpunkt, an dem dann du ins Spiel kommst, in den Inventarlisten finden!« Gabriel stieß sich von der Spüle ab, kam wieder zu dem großen Tisch und setzte sich. Er sah Lord Belmont ernst an. »Du glaubst also ernsthaft, dass man es bei dem Überfall gestohlen hat?« »Ja, das denke ich! Und darum braucht Dr. Cavill deine Hilfe, um in die Akten der Polizei einsehen zu können, ob man vielleicht in diesem Punkt etwas übersehen hat!« »Es gab einen Überfall?«, fragte Ophelia gespannt. Gabriel sah sie an. »Ja, den gab es! Es war ein Raubüberfall, bei dem Nathans Großvater getötet und etliche Kunstgegenstände entwendet wurden. Auch einige der wertvollen Pferde, die der damalige Lord, aktiv Pferdezucht betreibend, im Stall stehen hatte!« Er machte eine Pause, sah sie an und fuhr fort: »Aber es wurden definitiv keine Bücher gestohlen, darum denke ich, dass Nathan Sie zu Unrecht in die Sache involviert. Es kann nicht verschwunden sein, weil es schlicht und ergreifend nicht existent war oder ist!« »Gabriel hat, da er als Chief Inspector beim Scotland Yard arbeitet, die Akten von damals eingesehen!«, sagte Lord Belmont erklärend. »Und er beteuert, dass nicht ein Buch als gestohlen gemeldet wurde!« »Nathan bitte!«, sagte Gabriel nun wirklich entnervt. »Das hatten wir doch schon! Ich bin mir sicher, dass keines gestohlen wurde, zumal der Rest des Diebesgutes wieder aufgetaucht ist! Jedes einzelne Stück davon! Weshalb sollte dann ausgerechnet dieses Buch verschollen sein!« Lord Belmont wollte etwas sagen, doch Gabriel kam ihm zuvor. »Nein, Nathan! Komm mir nicht mit dem Argument, dass Tante Henrietta und dein Vater um das Buch nicht gewusst haben mussten! Es gab genaue Inventurlisten, nach denen ging man vor! Sie brauchten es schlicht und ergreifend nicht wissen!« »Warum fragen Sie

denn die beiden nicht?«, meinte Ophelia nachdenklich. »Sie
könnten Ihnen doch sicherlich genauer Auskunft geben!« Lord
Belmont stöhnte leise auf und antwortete: »Das geht leider nicht,
da beide bereits tot sind!« Er sah zu Gabriel und als dieser nickte,
sagte er: »Mein Vater kam wenige Jahre nach meiner Geburt bei
einem Jagdunfall ums Leben und Tante Henrietta kurz darauf
bei einem Bootsunfall, sodass niemand mehr genau weiß, was
an jenem Abend des Überfalls genau geschehen ist und wir uns
vollkommen auf die Akten des damaligen Beamten verlassen
müssen!« »Die Berichte sind sehr detailliert und genau!«, warf
Gabriel Nathan streng ansehend ein. »Ich hätte beim besten Willen keinen Grund zur Beanstandung finden können, als ich sie
einsah!« Lord Belmont fuhr sich über das Gesicht, sah Ophelia
an und meinte: »Sie würden uns schon einen großen Gefallen
erweisen, wenn Sie wenigstens eine Spur finden könnten, wo es
denn abgeblieben sein könnte!« »Nein, Nathan!«, sagte Gabriel
frostig. »Dr. Cavill würde dir einen Gefallen erweisen! Nicht mir!
Ich würde das gerne klarstellen. Für mich ist diese Geschichte
erledigt, wie du nur zu gut weißt!« Ophelia sah ihn an, nachdenklich, dann stand sie auf, schüttelte den Kopf und sagte leise:
»Ich denke, Sie sollten die Sache auf sich beruhen lassen, Lord
Belmont! Sie mögen vielleicht recht haben, wenn Sie vermuten,
dass ich mehr Quellen nutzen kann oder über gute Kontakte zu
sämtlichen Bibliotheken des Landes besitze. Aber unter den gegebenen Voraussetzungen bin ich nicht bereit, Ihnen zu helfen!«
Ophelia nahm ihre Jacke vom Stuhl. »Ich wäre Ihnen sehr zu
Dank verpflichtet, wenn mich jemand zum Bahnhof bringen
könnte! Ich würde gerne nach Hause fahren! Ich danke Ihnen
sehr für die Einladung zu dem Symposium, aber helfen werde
ich Ihnen nicht!« Lord Belmont sah sie lange an, nickte aber
dann. »Also gut! Ernest wird Sie fahren!« Gabriel erhob sich mit
einem Mal. »Wenn du nichts dagegen hast, nehme ich den Wagen und bringe Dr. Cavill auf dem Weg nach London zurück nach
Coventry! Dort werden wir uns dann, wie besprochen, am Abend
treffen!« Lord Belmont sah ihn resigniert an. »Wenn du denkst,
dass dies das Beste ist, bitte! Ich habe nichts dagegen!« Ernest
kam aus dem Küchenteil hervor, legte einen Autoschlüssel auf
den Tisch, von dem Ophelia annahm, dass er zu dem Range Ro-

ver gehörte und sagte: »Ich bringe Ihrer beider Gepäck herunter!« Gabriel lächelte ihn dankbar an, nickte Ophelia zu, ihm zu folgen und ging. Lord Belmont erhob sich nicht und sie nickte ihm nur zum Abschied zu. Er war sichtlich geknickt, sie konnte es an seinem Gesichtsausdruck erkennen, doch sie würde ihre Entscheidung nicht zurücknehmen! Die Aussicht auf Erfolg war zu gering und Gabriel hatte durchaus recht, wenn er vermutete, dass sie sich mit unter ihren hart erarbeiteten Ruf ruinieren könnte! Oder sich, mit ziemlicher Sicherheit, lächerlich machte, indem sie ihm half, denn sie nahm an, dass er mit seiner Bitte nicht nur an sie herangetreten war und dementsprechende Gerüchte in der Literaturwelt kursierten! Dies wollte sie noch weniger riskieren, da sie es sich nicht leisten konnte, wegen solch einem Unfug Aufträge zu verlieren! Als sie Gabriel nach draußen folgte, holte sie tief Luft, als sie die Tür zur Küche behutsam schloss. Gabriel wartete draußen vor dem Portal auf sie. Lächelnd, aber deutlich distanzierter als am Vortag. Ernest hatte die Taschen bereits verstaut und die Türen geöffnet. »Der nächste Bahnhof wird reichen, Gabriel!«, sagte sie leise, während sie auf den Wagen zuging. »Sie müssen nicht den Umweg über Coventry machen, wenn Sie nicht möchten!« Er lachte leise. »Ich hätte Ihnen nicht das Angebot gemacht, wenn es mir nicht in den Kram passen würde!« Dann stieg er ein und Ophelia tat es ihm gleich, dankbar für die ehrlichen Worte. Als er den Wagen startete, meinte er: »Sie haben Nathan ganz schön vor den Kopf gestoßen!« Ophelia sagte nichts darauf, denn darüber war sie sich selbst im Klaren. Dennoch wollte sie nicht mit Gabriel darüber reden, denn er musste mit ziemlicher Sicherheit gewusst haben, was er ihr vorschlagen würde. Gabriel ahnte, was ihr gerade durch den Kopf ging und meinte: »Ophelia, bitte!« Weiter kam er nicht, denn sie hob abwehrend die Hand und sagte mit deutlicher Verärgerung in der Stimme: »Seien Sie still, Gabriel! Und tun Sie nicht so, als ob Sie nicht gewusst hätten, was er vorhatte!« Gabriel seufzte. »Ob Sie es mir nun glauben oder nicht! Ich wusste es nicht!« Kurz sah er sie an, ehe er in Harlech auf die nächst größere Straße abbog, die sie ins Landesinnere in Richtung Coventry bringen würde. »Zumindest nicht, dass er Sie bitten würde, ausgerechnet dieses Buch zu suchen! Ich dachte ehrlich, er wollte Sie nur engagieren, um seine Bibliothek zu erweitern. Er ist immer irgendwie auf der Suche nach Büchern dafür!« Ophelia sah ihn an, schüttelte den Kopf und sah wieder nach draußen. »Hören Sie, Ophelia!«, sagte er dann leise, ohne seinen Blick von der Straße zu nehmen. »Mir ist durchaus bewusst, dass Sie nicht unbedingt auf sein Geld angewiesen sind, aber …!« »Stopp!«, keuchte sie. »Bleiben Sie sofort stehen, Gabriel!« Er fuhr links ran und er stand noch nicht richtig, als sie bereits die Tür öffnete und ausstieg, um tief Luft zu holen. Er wusste nicht, was er gerade falsches gesagt hatte, stieg ebenfalls aus und sah sie fragend an. In ihrem Gesicht konnte er Wut, Ungläubigkeit und Entsetzen erkennen. Alles zugleich und er spürte, dass sie sehr verärgert war. »Woher wollen Sie wissen, dass ich das Geld nicht brauche? Oder was denken Sie überhaupt, über mich zu wissen, dass Sie es wagen, eine solche Behauptung in den Raum zu stellen?« Gabriel wollte etwas sagen, doch sie winkte ab und stöhnte. »Lassen Sie bitte jeglichen Versuch, sich zu rechtfertigen, Gabriel! Ich kann mir schon denken, wie das abgelaufen ist, oder wollen Sie leugnen, dass es reiner Zufall war, dass Sie mir in Warwick über den Weg gelaufen sind?« Er sah sie ein wenig betreten an und schüttelte den Kopf. »Er hat Sie von Anfang an auf mich angesetzt, nicht wahr?«, fragte sie erbost. »Und da Sie schon mal dabei waren und wohl dazu auch die Möglichkeiten besitzen, haben Sie gleich mal nachgesehen, was ich sonst noch so zu verbergen habe, oder?« Er konnte nur nicken, immer noch mit betretenem Gesichtsausdruck. »Na toll!«, erwiderte sie verärgert. »Dann sind Sie wohl auf die nicht abstreitbare Tatsache gestoßen, dass ich sehr früh Witwe geworden bin, oder täusche ich mich etwa! Da Sie so explizit auf das Thema Geld ansprachen!« Er erwiderte nur ihren Blick. Sagte aber nichts darauf, denn er ahnte, jegliche Antwort darauf wäre die falsche gewesen, denn es stimmte. Er hatte sich ein wenig kundig gemacht und war auf diese Geschichte gestoßen und auch auf den Verdacht, dass sie vielleicht nicht ganz unschuldig an dem Tod ihres Mannes gewesen war, den man vergiftet aufgefand und der ihr ein nicht unerhebliches Vermögen hinterließ. Ophelia musterte ihn lange eindringlich, schüttelte sichtlich enttäuscht den Kopf und meinte: »Sie hätten mich auch einfach fragen können, Gabriel!« Sie drehte sich weg von ihm und ging ein paar Meter den Waldweg entlang, an dem Gabriel zufällig gehalten hatte. Vorsichtig folgte er ihr. »Es tut mir leid, Ophelia! Aber nachdem er den Artikel über Sie und ihre Arbeit in der Zeitschrift entdeckte, wollte er einfach mehr wissen! Und sie haben recht, wenn Sie glauben, dass ich mich ein wenig schlaugemacht habe! Ich ahnte jedoch nicht, was er plante! Es ergab sich nur, da ich tatsächlich beruflich in Warwick war und Nathan von Kurator Stevens erfuhr, dass er Sie für sein Anliegen gewinnen konnte!« Sie drehte sich zu ihm und meinte dann: »Das nehme ich Ihnen sogar ab, Gabriel! Sie haben an diesem Abend nicht den Eindruck gemacht, ein anderes, derart perfides Ziel zu verfolgen!« Dann ging sie noch ein Stück und fragte, während er ihr folgte: »Lord Belmont erwähnte, Sie wären verwandt?« »Fluch oder Segen, vermag ich Ihnen nicht zu sagen!«, antwortete Gabriel ehrlich. »Aber es ist wahr! Er ist mein Cousin! Meine Mutter war die Schwester seines Vaters!« Fragend sah sie ihn an und Gabriel stöhnte leise. »Meine Eltern sind ebenso wie Nathans sehr früh verstorben! Ebenfalls unter etwas merkwürdigen Umständen, sodass man vielleicht an den Fluch der Belmonts glauben mag, der ebenso wie die Gerüchte um dieses vermaledeite Buch kursieren. Seit unsere Familien in England ansässig wurde, ist keiner der Lords wirklich alt geworden und so mancher Unfall hat die nächste Generation sehr früh in ihre Verantwortung gezwungen!« Sie lächelte verschmitzt. »Glauben Sie an so etwas, oder wollen Sie Ihren Cousin in Schutz nehmen!« Er holte tief Luft, schüttelte den Kopf und antwortete: »Wohl letzteres! Nathan ist ein guter Kerl! Und man kann ihm sicherlich viel vorwerfen, aber er steht zu seinem Wort und ich bin mir sicher, dass er das Angebot, das er Ihnen unterbreiten wollte, erfüllt hätte! Aber, und das gebe ich gerne zu, ohne sich darüber Gedanken zu machen, was dies eventuell für Folgen für Sie hat!« Sie dachte nach, während sie zum Wagen zurückging. Dort angekommen fragte sie: »Steht Ihr Angebot noch, mich nach Coventry zu bringen, oder soll ich am nächsten Bahnhof aussteigen?« »Natürlich, Ophelia!«, erwiderte er, froh, über den von ihr angebotenen Waffenstillstand. Sie lächelte und stieg wieder in den Wagen. Sie waren bereits wieder eine Weile unterwegs, als Ophelia, die nicht leugnen konnte, dass sich die Geschichte durchaus ein wenig abenteuerlich anhörte, fragte: »Denken Sie wirklich, dass das Buch nicht existiert?« Er stöhnte theatralisch lächelnd auf: »Ophelia, bitte! Nathan hat sich da in etwas verrannt, was man sich bei uns als Gutenachtgeschichte innerhalb der Familie erzählte! Nein, ich glaube wirklich nicht, dass es existiert! Oder es je existiert hat! Auch wenn die Beziehung zu der Familie des Vlad wohl beweisbar ist! Aber seien wir doch ehrlich, wer glaubt denn schon daran, dass es Vampire, Wiedergänger oder dergleichen wahrlich gibt! Es sind Märchen! Ebenso, wie die Geschichte um Dracula! Obwohl ich zugeben muss, eine gute! Bram Stoker hat es verstanden, fesselnd zu schreiben!« »In jedem Märchen steckt ein Körnchen Wahrheit!«, erwiderte sie grinsend. Er sah sie kurz an, schüttelte den Kopf und hakte nach: »Sie hören sich fast so an, als ob Sie Nathans Vorschlag doch nicht so ganz abgetan wären!« Sie hob die Schultern und antwortete ehrlich: »Ich gebe Ihnen Recht! Es hört sich abenteuerlich an! Aber auch, verlockend! Und es hält mich nicht die Bezahlung davon ab, in diesem Punkt gebe ich Ihnen durchaus auch Recht!« »Was dann?«, fragte er, neugierig geworden. Sie dachte kurz nach, erwiderte seinen Blick, den er ihr kurz zugeworfen hatte, um sicherzugehen, sie nicht wieder zu verärgern. »Mein Ruf, wie ich unumwunden zugeben muss, Gabriel! Ich würde mich nur ungern der Lächerlichkeit preisgeben, sollte ich nicht erfolgreich sein! Und Lord Belmonts Enttäuschung, wenn es mir nicht gelingen würde, denn ich hatte heute Morgen den Eindruck, ihm liegt viel daran! Es täte mir leid, wenn ich seine Erwartungen nicht erfüllen könnte und auch noch Geld dafür verlangen würde!« Gabriel lächelte. »Glauben Sie mir, daran würde es nicht scheitern! Aber Sie haben es erkannt! Ihm liegt viel daran! Zu viel, meiner Meinung nach! Auch, wenn ich Ihnen nicht sagen kann, weshalb!« Ophelia dachte kurz nach. »Meist ist es nicht der materielle Wert, der Leute verschollene Bücher suchen lässt! Vielmehr sind es Erinnerungen, die sie damit verbinden! Oder gute Gefühle aus der Kindheit, die sie gerne wiederhaben möchten! Ich hatte schon einige solcher Gründe als Auftraggeber! Viele davon konnte ich erfüllen! Tatsächlich war es meistens gut bezahlt, das gebe ich gerne zu, aber einige Male machte es mir einfach Freude zu sehen, wie sich die Leute an dem wiedergefundenen Buch oder Dokument erfreuen konnten, sodass ich nur die Hälfte oder gar nichts verlangt habe! Was ich mir, eben durch den bedauerlichen frühen Tod meines Mannes auch leisten konnte! Aber bei Lord Belmont liegt der Fall irgendwie anders!« »Wie meinen Sie das?« Ophelia hob die Schultern. »Ich kann es noch nicht einmal genau definieren, aber alleine die Tatsache, dass es existieren könnte, macht mich, das muss ich leider zugeben, neugierig!« Gabriel stöhnte: »Typisch Nathan! Wie es scheint, hat er Sie, wie auch immer, um den Finger gewickelt!« »Ich habe nicht gesagt, dass ich den Auftrag annehmen werde, Gabriel!«, lachte sie. »Ich habe nur gesagt, dass er mich neugierig gemacht hat! Und irgendwie sagt mir mein Gefühl, dass ich es auch dabei belassen sollte! Er hat uns ja ausdrücklich davor gewarnt, eigenständig zu handeln. Er wollte uns beide exklusiv für sich und ich werde es nicht wagen, Ihn zu reizen, um wie Stoker von der Familie Belmont vor Gericht gezerrt zu werden! Das schließt Sie übrigens mit ein! Ich werde mich auch nicht mit dem Scotland Yard anlegen!« »Und doch sitzen wir hier und führen dieses »Was-wäre-wenn«-Gespräch!«, konterte Gabriel grinsend. Ophelia musste grinsen. »Allmählich beschleicht mich der Verdacht, Sie wollen mich nur aushorchen, um dann Lord Belmont heute Abend zu berichten, was ich gesagt habe!« Sie waren gerade in eine größere Ortschaft gekommen und Gabriel fuhr bei einem kleinen Bäckerladen links ran. Er sah sie an. Ernst, wie Ophelia erstaunt feststellte. Er stellte den Wagen ab und sagte unterkühlt: »Nein, das werde ich nicht! Noch einmal kriegt er mich nicht dazu, für ihn zu spionieren, Ophelia! Und ganz im Ernst! Nehmen Sie nicht an! Es würde zu nichts führen und ich möchte nicht daran Schuld tragen, wenn Ihr Ruf ruiniert ist!« Dann stieg er aus, fragte knapp: »Kaffee?« Und als Ophelia nickte, ging er in den Laden, um welchen zu besorgen. Nachdenklich sah sie ihm nach. Er war offensichtlich besorgt um sie, warum auch immer! Aber sie gab ihm Recht. Im Grunde ihres Herzens wollte sie diesen Auftrag nicht, selbst auf dieses, durchaus verlockende Angebot hin! Es war zu gefährlich und wenn sie ehrlich sich selbst gegenüber war, auch unmoralisch, denn sie würde es nicht aus Leidenschaft, sondern des Geldes wegen machen, auf das sie nicht einmal angewiesen war. Gabriel musste an der Tür zum Laden erst erstmal tief Luft holen, ging hinein und bestellte zwei große Becher Kaffee zum Mitnehmen! Er fragte sich ernsthaft, warum er ihr davon abriet, auch wenn ihm die rationalen Gründe dafür durchaus einleuchtend erschienen. Er stand auch hinter ihnen. Dennoch wollte er einfach nicht, dass sie sich ähnlich wie Nathan in etwas verrannte, was vollkommen sinnlos war. Gabriel verfluchte sich innerlich, dass Nathan ihn überhaupt dazu überreden konnte, mehr über sie zu erfahren, damit er ihr dann, ohne sein Wissen, dieses obskure Angebot unterbreiten konnte. Gabriel würde am Abend ein ernstes Wort mit ihm reden müssen. Als der Kaffee fertig war, bedankte er sich, bezahlte und ging hinaus zu Ophelia, die auf einer Bank neben dem Auto Platz genommen hatte und gab ihr den Becher. Sie trank ihn schwarz, wie er am Morgen bemerkte und sie nahm ihn dankbar. Schweigend tranken sie ihn und als sie fertig waren, fuhren sie in beiderseitigem Einvernehmen, vorerst schweigend, weiter. Ophelia war froh, dass sie nicht mit dem Zug zurückmusste und genoss still und in sich gekehrt, die vorbeiziehende Landschaft. Kurz vor Coventry schreckte Gabriel sie aus ihren Gedanken, als er sie fragte, wo er sie denn absetzen sollte. »Lassen Sie mich am Coventry Transport Museum aussteigen! Dort in der Nähe hat meine Freundin einen Blumenladen, an der Grenze zur Altstadt und ich würde gerne bei ihr vorbeisehen, bevor ich in meine Wohnung gehe!« Er nickte und bog auf die Straße, die zu dem Museum und auch zum Bahnhof führte. Er war schon einmal dort gewesen und wusste, wie er am besten dorthin kam. Als er auf einem der Parkplätze stand, sah er sie an und fragte vorsichtig: »Ist es hier recht, Ophelia?« Sie nickte und wollte aussteigen, als er sie sanft zurückhielt. »Ich werde heute Abend mit Nathan reden und ihn bitten, Sie nicht weiter zu belästigen!« Sie lächelte ihn an. »Danke, Gabriel! Und danke, dass Sie mich hergebracht haben!« Ophelia stieg aus und Gabriel folgte ihr, um ihre Tasche aus dem Kofferraum zu holen. Sie nahm sie, lächelte ihn an und sagte knapp: »Auf Wiedersehen, Gabriel!« Noch ehe er etwas erwidern konnte, hatte sie sich umgedreht und auf dem Weg in die Stadt gemacht.

Es war ein Fehler gewesen, zu Melisande zu gehen und auch, wenn sie den Laden am Sonntag geöffnet hielt, gab es nicht genügend Kunden, als dass Melisande nicht doch die Zeit gefunden hätte, sie genauestens über den Besuch bei Lord Belmont auszufragen. Ophelia stöhnte innerlich, wusste aber, dass sie ihr nicht auskommen würde und erzählte ihr, was an den beiden Tagen geschehen war. Jedoch, ohne allzu sehr ins Detail zu gehen. Ophelia beschloss, beim nächsten Mal ohne Umweg sofort zu ihrer Wohnung zu gehen, zumal sie noch einen Schlüssel besaß und nicht den von Melisande gebraucht hätte. Irgendwann schaffte sie es, sich einigermaßen höflich davonzustehlen, als eine Kundin einen größeren Auftrag mit Melisande besprechen wollte. Als sie zu Hause angekommen war, stellte sie nur ihre Tasche in den Flur und flüchtete in den Stadtpark, um ein wenig spazieren zu gehen. Sie wollten den Kopf frei bekommen. Erst dann würde sie sich ihre Mails und den Anrufbeantworter zur Brust nehmen. Vielleicht hatte sie ja doch einen neuen, anderen Auftrag an Land gezogen.

KAPITEL 3

Es war bereits später Nachmittag, als Gabriel endlich in London ankam. Er war mitten in den sonntäglichen Rückreiseverkehr gekommen. Als er Nathans Wagen in Kensington vor einem der renovierten Stadthäuser parkte, welches er sich mit Nathan teilte, schloss er kurz die Augen und freute sich auf ein kühles Bier und eine Dusche. Doch als er die Treppe zur Haustür hochging und ihm Ernest öffnete, ahnte er, dass es wohl dauern würde, seine Vorsätze in die Tat umzusetzen. »Kommen Sie herein, Master Gabriel!«, sagte Ernest einladend. »Sie sehen müde aus von der langen Fahrt.« »Das bin ich auch, Ernest!«, seufzte er. »Aber ich glaube kaum, dass mir ein ruhiges Bier und eine Dusche vergönnt sind, oder?« Der Butler lachte, schüttelte den Kopf und erwiderte: »Ich werde sehen, was ich tun kann!« Gabriel trat ein, stellte seine Tasche am Fuße der Treppe ab und ging nach hinten in den sogenannten Salon. Das Haus war schon seit vielen Jahrzehnten im Besitz der Belmonts und Gabriel nutzte es, ebenso wie Nathan, wenn er in London war. Für Gabriel war es jedoch schon immer mehr ein Zuhause gewesen, da er es während der Studienzeit als Londoner Wohnsitz nutzte. Beruflich war er zu viel im Land unterwegs, als dass er sich eine eigene Wohnung hier leisten wollte und die kleine Wohnung in Caerforn auf dem elterlichen Anwesen war mehr oder weniger sein Urlaubsdomizil. Als er eintrat, saß Nathan in einem der Sessel vor dem Kamin, den unvermeidlichen Gin Tonic in der Hand und sah ihm lächelnd entgegen. »Es sieht fast so aus, als wärst du schon länger hier, Nathan!«, meinte Gabriel und wollte sich ebenfalls einen Drink nehmen, als Ernest eintrat und ihm eine kalte Flasche Bier brachte. Gabriel dankte ihm und machte es sich bequem. Lord Belmont stieß mit ihm an und nahm einen Schluck. »Ihr seid noch keine halbe Stunde weg gewesen, als ein Bekannter aus Harlech anrief und mir anbot, einen Rundflug mit seiner neuen Cessna zu unternehmen! Er hat mich und Ernest dann hierher gebracht!« »Was dir natürlich gerade recht kam, oder?«, fragte Gabriel grinsend zwischen zwei großen Schlucken Ale. Nathan nickte, ging aber nicht weiter darauf ein. Gabriel ahnte nur zu gut, auf was er eigentlich hinaus wollte und tadelte ihn leise, fast ein wenig drohend. »Vergiss es, Nathan! Du wirst sie nicht überreden können!« Lord Belmont holte tief Luft und erwiderte: »Dafür wirst du schon gesorgt haben, nehme ich an!« Gabriel lachte spöttisch auf: »Was hast du erwartet! Immerhin hast du mich für deine Zwecke eingespannt, ohne mich zu warnen, was du vorhast!« »Weil mir bewusst war, dass du, hätte ich dir die Wahrheit gesagt, niemals darauf eingegangen wärst! Und ich wollte, wenn überhaupt, nur sie für mein Anliegen!« Gabriel sah ihn lange an und schüttelte den Kopf. »Und weshalb ausgerechnet Dr. Cavill?« Nathan hob die Schultern. »Sie genießt einen guten Ruf und gestern Abend waren alle voll des Lobes für sie und ihre Arbeit! Auch aus diesem Grund habe ich sie eingeladen, um zu sehen, wie ihre Kollegen auf ihre Anwesenheit ansprechen! Die Reaktionen hast du ja selbst gesehen!« »Daran, dass du damit vielleicht ihren Ruf ruinieren könntest, hast du aber nicht gedacht, oder!«, konterte Gabriel. »Noch viel schlimmer ist, finde ich, dass du sie damit eventuell der Lächerlichkeit preisgibst!« Nathan sah ihn verständnislos an. »Herrgott, Nathan!«, stöhnte Gabriel. »Bist du tatsächlich so naiv, oder tust du nur so! Was glaubst du werden ihre Kollegen sagen, wenn sie sich einem Projekt widmet, dass von vornherein zum Scheitern verurteilt ist! Nur weil ein junger Lord glaubt, in der Vergangenheit wühlen zu müssen! Um sich irgendetwas zu beweisen! Du kannst dich doch sicherlich noch an die Reaktionen erinnern, als du es zum ersten Mal versucht hast!« »Du denkst, sie würde sich lächerlich machen?«, fragte er nachdenklich, sich über das Kinn streichend. »Ich weiß es nicht, Nathan!«, antwortete Gabriel ehrlich. »Aber sie denkt es! Das allein sollte eigentlich Grund genug für dich sein, es nicht weiter zu versuchen, sie für deine Sache zu gewinnen!« »Und mein Angebot?«, fragte Nathan. »Es ist doch gut, oder etwa nicht? Will sie mehr Geld?« Gabriel stellte die Flasche vehement vor sich auf den Tisch und sah Nathan streng an. »Ich habe dir schon einmal gesagt, dass sie darauf nicht angewiesen ist, Nathan! Daran hat sich zwischenzeitlich nichts geändert! Allmählich dürftest auch du begreifen, dass man nicht alles mit Geld regeln kann!« Dann stand er auf und ging zur Tür. »Wo willst du hin, Gabriel!«, fragte Nathan vorsichtig. »Du weißt, dass wir noch etwas vorhaben, oder?« Gabriel drehte sich um und meinte knapp: »Eben darum würde ich gerne duschen! Wir sehen uns nachher!« Er ging hinaus, schnappte sich seine Tasche und die Treppe hinauf in den ersten Stock, den nur er zur Gänze bewohnte, wenn er hier war. Er warf die Tasche auf das Bett und setzte sich darauf, fuhr sich über das Gesicht und wäre am liebsten zurück nach Harlech gefahren, um seine Ruhe zu haben. Doch der abendliche Termin stand schon seit einigen Wochen und er würde nicht umhinkommen, daran Teil zu nehmen. Immerhin ging es um das Anwesen seiner Eltern, welches sein Bruder in seinem Namen verwaltete und das dieser gerne, zumindest in Teilen, dem National Trust überschreiben wollte. Gabriel war damit mehr als einverstanden und Geoffrey hatte alles in die Wege geleitet. Es war nun alles ausgehandelt und an diesem Abend würde ein Notar dazukommen, um die letzten Formalitäten zu dokumentieren. Unter anderem würde Gabriel zu Gunsten seines Bruder auf seinen Titel verzichten, damit Geoffrey frei agieren konnte. Gabriel hatte diesen Termin herbeigesehnt. Endlich war er diese Bürde los, auch wenn es Nathan nicht gefiel. In Zukunft würde er sich, wenn es sich um Familienangelegenheiten handelte, mit Geoffrey auseinandersetzen müssen. Gabriel war es nur recht. Er hatte genug Arbeit, um sich um sein Auskommen nicht kümmern zu müssen und war erleichtert gewesen, als er und Geoffrey sich einigen konnten. Sein Bruder würde den wirtschaftlichen Teil behalten und das Anwesen, nun in Händen des Trusts, würde zusätzlich Geld abwerfen, um es zu erhalten. Geoffrey selbst lebte schon seit einigen Jahren in dem Herrenhaus, das zum Landwirtschaftsbetrieb gehörte und verwaltete es mit großem Erfolg! Darum gönnte Gabriel ihm dieses Arrangement von ganzem Herzen. Geoffrey selbst hatte sich nicht lumpen lassen und wollte ihm, sofern die Geschäfte weiter so gut liefen wie bisher, eine großzügige, jährliche Apanage zahlen, um ihm den Verzicht auf den Titel zu versüßen, den Gabriel, wenn er ehrlich war, sowieso nicht wollte. Nathan hatte zusammen mit Geoffrey die Verhandlungen mit dem Trust geführt und alle waren damit zufrieden, wie man sich geeinigt hatte. Darum verstand es Gabriel auch nicht, warum Nathan diese alten Geschichten wieder herauskramen wollte. Es kam ihm fast so vor, als würde er sich wieder eine neue Beschäftigung suchen, damit ihm nicht langweilig wurde. Als er fertig geduscht war, zog er sich an, diesmal in Anzug und Krawatte, er wollte zumindest seinem Bruder zuliebe einen ordentlichen Eindruck hinterlassen und ging nach unten, damit Ernest sie zu dem vereinbarten Herrenclub in London bringen konnte.

Der Abend war für alle Beteiligten sehr angenehm verlaufen und als sie danach in Kensington ankamen, war Gabriel froh, dass Geoffrey den Vorschlag, über Nacht zu bleiben, ablehnte. Er wollte sofort zurück nach Caerforn fahren, um am nächsten Morgen dort auf den zuständigen Ämtern vorstellig zu werden, damit alles weitere seinen Gang gehen konnte. Gabriel war unendlich müde und freute sich auf sein Bett. Im Laufe des Abends bekam er einen Anruf seines Vorgesetzten, der ihn bat, nach Newcastle zu fahren, um sich dort um einen kürzlich verübten Kunstraub zu kümmern. Gabriel nahm nur zu gerne an und er versprach ihm, sich morgen im Laufe des nächsten Vormittags auf den Weg zu machen. Nathan überließ ihm sogar bis auf weiteres den Wagen und so würde das Ganze nicht unangenehm werden. Als er am Morgen zum Frühstücken hinunterging, saß Nathan schon in der Küche, wo Ernest ihn gerade mit Kaffee versorgte. Gabriel setzte sich zu ihm und schenkte sich ein. »Wirst du lange in Newcastle sein?«, fragte er plötzlich noch ein wenig verschlafen. Gabriel hob die Schultern. »Keine Ahnung! Warum willst du das wissen?« Nathan sah ihn an, schob die Zeitung, in der er gerade gelesen hatte, zur Seite und erwiderte abwiegelnd: »Nur so! Ernest und ich werden heute noch zurück nach Harlech fahren! Und wenn du Zeit und Lust hast, kannst du gerne vorbeikommen, bevor du wieder zurück nach London fährst!« Gabriel sah ihn forschend an. »Was hast du vor, Nathan? Du würdest mir nicht etwas anbieten, was ich sowieso getan hätte, wie du weißt, wenn du nicht irgendetwas aushecken würdest!« Nathan lächelte. »Ich werde nochmal mit Dr. Cavill sprechen! Vielleicht kannst du sie, sollte sie auf mein neuerliches Angebot eingehen, auf dem Weg zu mir mitnehmen!« Gabriel keuchte auf und verschluckte sich beinahe an seinem Kaffee. »Nathan, bitte! Mach dich nicht zum Idioten!«, sagte er, als er sich wieder beruhigt hatte. »Ihre Absage war eindeutig und du hast keinen Anreiz,

der sie ihre Meinung ändern lassen würde! Was soll das also?«
»Bist du dir da so sicher?«, konterte Nathan. Gabriel sah ihn
lange an, nickte dann und meinte: »Ja, das bin ich! Ich kann mir
nicht vorstellen, was sie zu einer Zusage bewegen würde!« »Und
die Geschichte um ihren verstorbenen Gatten?«, meinte Nathan
augenzwinkernd. »Die du mir verschwiegen hast!« »Wage es
nicht, Nathan!«, erwiderte Gabriel erbost. »Was willst du damit
bezwecken! Ihr drohen, oder was? Ihre Unschuld ist bewiesen,
daran gibt es nichts zu rütteln!« Nathan lachte. »Du magst sie,
nicht wahr? So wie du sie verteidigst!« »Ob ich sie mag oder nicht,
tut hier nichts zur Sache, Nathan!«, erwiderte Gabriel, leise drohend. »Sollte aber dir verdeutlichen, dass du kein Druckmittel
hast, um sie aus Coventry wegzulocken!« »Nein! Da gebe ich dir
vollkommen Recht, mein Lieber!« Ich würde es nicht wagen! Ich
wollte einfach nochmal mit ihr reden! Vielleicht hat sie es sich
doch anders überlegt! Ich verspreche dir, sollte sie mir erneut
eine Abfuhr erteilen, lasse ich es gut sein!« Gabriel sah ihn an.
Lange. Er erhob sich und sagte mit bedrohlichem Unterton in
der Stimme: »Sollte Ophelia sich bei mir melden, und sie sich
über dich beschweren, dann Gnade dir Gott, Nathan! Ich meine
es ernst! Höre endlich auf, daran zu glauben, dass du alles, was
du willst, bekommst, wenn du nur mit den Fingern schnippst!«

Ophelia war nach einer extrem unruhigen Nacht, in der sie
immer wieder von Albträumen heimgesucht worden war, zu
Melisande in den Laden geflüchtet, wo sie sich freiwillig bereit
erklärte, die Rosen zu entlauben. Sie wollte einfach ihre Ruhe
haben und verzog sich nach hinten. Während sie die Rosen trak-
tierte, versuchte sie wieder einen klaren Gedanken zu fassen.
Melisande spürte, dass sie nicht reden wollte und den ganzen
Vormittag war sehr viel Kundschaft im Laden, sodass sie auch
nicht dazu kam Ophelia zu fragen, was denn eigentlich los war.
Es ging bereits auf den frühen Nachmittag zu, als sie es endlich
nach hinten schaffte. »Was um Himmels willen haben dir denn
die armen Rosen getan!«, sagte sie lachend, als sie Ophelia zusah, wie sie verbissen bei einer nach der anderen die Blätter von
den Stielen rupfte. Ophelia sah kurz hoch, legte das Messer weg
und antwortete: »Nichts! Aber ich habe heute Nacht nicht gut geschlafen!« »Aha!«, war die kurz angebundene Antwort von Meli-

sande. »Ich glaube vielmehr, das viele Geld, das du in den Wind geschlagen hast, hat dir den Schlaf geraubt, oder?« Ophelia sah sie böse an. »Du weißt genauso gut wie ich, dass es das bestimmt nicht war, was mich nicht hat zur Ruhe kommen lassen!« Melisande setzte sich auf den Tisch und sah ihre Freundin an. »Aber du hast doch selbst gesagt, dass du das Angebot nicht annehmen wolltest! Aus verständlichen Gründen! Warum also hast du so schlechte Laune?« Ophelia hob die Schultern, da sie es sich eigentlich selbst nicht erklären konnte, zumal sie gestern in ihren Mails noch einen Auftrag gefunden hatte, der sich vielversprechend anhörte. »Ich verstehe!«, meinte Melisande grinsend, sie von der Seite musternd. »Irgendwie würde dich die Sache doch reizen, nicht wahr?« »Wahrscheinlich ist es das!«, gab Ophelia ehrlich zur Antwort. »Aber die Gefahr, mich lächerlich zu machen, ist einfach zu groß! Dabei habe ich dir noch nicht einmal erzählt, was genau ich suchen soll! Selbst du würdest mir dann davon abraten, glaub mir!« »Und deine scheinbar sehr nette Zufallsbekanntschaft!«, lästerte Melisande. »Die natürlich rein zufällig ein Freund deines Lords ist, trägt keine Schuld daran, dass du nun hier sitzt und Trübsal bläst?« »Gabriel?«, fragte Ophelia sicherheitshalber nach, und Melisande nickte nur. »Bestimmt nicht! Gabriel selbst hat mich eindringlich davor gewarnt, mich von Lord Belmont um den Finger wickeln zu lassen! Nein! Das ist es auch nicht!« Sie seufzte und wollte eigentlich etwas sagen, als ihr Telefon, das sie auf dem Tisch liegen hatte, laut läutete. Stirnrunzelnd sah sie die ihr unbekannte Nummer an, schloss kurz die Augen und entschloss sich, doch abzuheben. »Lord Belmont!«, sagte sie erstaunt, als sie erkannte, wer sich da bei ihr meldete. Sie bemerkte, wie Melisandes Ohren sich mehr oder weniger in ihre Richtung bewegten, da sie eigentlich wieder auf dem Weg nach vorne war. »Warten Sie einen Moment!«, stoppte Ophelia grinsend seinen Redeschwall, der über sie hereinbrach. »Ich bin momentan im Blumenladen meiner Freundin, deren Ohren gerade riesengroß geworden sind! Ich gehe nur kurz nach draußen, dann können wir reden!« Melisande warf mit einem Lumpen nach ihr. Halb belustigt, halb verärgert, aber ihr doch lächelnd die Tür aufhaltend. Ophelia ging ein Stück die Straße hinauf zum Eingang der St. Mary Priory, wo im Schatten einer alten Platane eine Bank stand. »Was kann ich für Sie tun, Lord Belmont!«, meinte sie vor sich hin grinsend, während sie darauf zuging. Der Lord zögerte deutlich wahrnehmbar. »Nochmal mit Ihnen reden, Dr. Cavill!« Ophelia verdrehte innerlich die Augen. »Ich dachte, ich habe mich gestern verständlich ausgedrückt, Lord Belmont!« Er lachte. »Ja, das haben Sie in der Tat! Doch ich hoffe ehrlich, dass wir darüber noch nicht das letzte Wort gesprochen haben, Dr. Cavill!« Sie erwiderte nichts darauf und sie hörte, wie der Lord am Ende der Leitung tief Luft holte: »Hören Sie! Gabriel hat mir gestern Abend ordentlich den Kopf gewaschen, Dr. Cavill! Und ich gebe zu, ich habe mir wirklich keine Gedanken darüber gemacht, dass ich Ihnen mit meiner Bitte vielleicht auch schaden könnte! Oder, wie Gabriel mir erklärte, Sie eventuell innerhalb Ihrer Zunft damit lächerlich mache. Es war mir nicht bewusst, dass mein Anliegen derart brisant sein könnte! Aus diesem Grund will ich Sie bitten, nochmal herzukommen, um mit mir in Ruhe darüber zu sprechen, wie wir das Ganze, falls Sie doch zusagen sollten, angehen können, ohne dass ich Sie dabei in irgendwelche Schwierigkeiten bringe!« Ophelia spürte selbst durch das Telefon hindurch, dass ihm der Anruf unangenehm war! Aber er es tatsächlich ehrlich meinte. Sie musste grinsen. »So, so! Gabriel hat Ihnen den Kopf gewaschen!« Lord Belmont stöhnte. »Ja, darin ist er gut! Mich auf den Boden der Tatsachen zurückholen! In Anbetracht dessen, was ich Ihnen mit meiner Offerte antun könnte, wohl auch zurecht!« Ophelia musste unwillkürlich lachen. »Herrje, ich hoffe er ist nicht grob geworden, Lord Belmont! Obwohl er sehr ungehalten über Sie zu sein schien, als er mich in Coventry absetzte!« Der Lord gab einen unwilligen Laut von sich und meinte deutlich verlegen: »Drücken wir es so aus! Grob wurde er nicht, aber seine Wortwahl war nicht unbedingt die sanfteste!« Ophelia schmunzelte vor sich hin, kommentierte aber seine kleine Beichte aber nicht. »Dr. Cavill!«, hörte sie ihn dann. »Kommen Sie doch einfach nochmal nach Harlech. Ziehen Sie für ein paar Tage in das Gärtnerhäuschen und wir fangen einfach noch mal von vorne an. Ich zeige Ihnen, was ich vorzuweisen habe und wenn Sie dann sagen, es besteht keine Aussicht auf Erfolg, dann belassen wir es dabei. Sollten Sie jedoch anderer Meinung sein, werden wir über die Modalitäten neu verhandeln!« Ophelia atmete tief durch, denn dieses Angebot war tatsächlich fair. Sie überlegte kurz, obwohl es eigentlich nichts zu überlegen gab, aber sie wollte es ihm nicht zu einfach machen. »Also gut, Lord Belmont!«, sagte sie dann ruhig. »Ich werde hier noch ein paar Dinge erledigen und morgen Nachmittag bei Ihnen sein!« Sie legte auf, ohne seine Antwort abzuwarten. Ophelia war sich sicher, er hätte ihr angeboten, dass Ernest sie vom Bahnhof abholte, aber sie wollte sich ein Taxi nehmen. Als sie aufgelegte, bemerkte sie Melisande, die sie von ihrer Ladentür aus beobachtete und grinste sie an. Sie deutete ihr an, dass sie Kaffee holen würde, was ihre Freundin mit einem Daumen nach oben voll und ganz befürwortete. Ophelia machte sich sofort auf, welchen zu organisieren, denn sie hatte nach diesem Gespräch einen süßen Kaffee mit viel Karamell und Sahne obenauf, mehr als nötig.

Als sie sich am nächsten Tag wieder einmal auf den Weg zum Bahnhof machte, hätte sie mit vielem gerechnet, aber nicht mit Gabriel. Er stand direkt vor dem Eingang! Mehr oder weniger, im absoluten Halteverbot und sah ihr lässig an den Geländewagen, mit dem er sie schon nach Coventry brachte, gelehnt, entgegen. Sie konnte in seinem Blick nicht erkennen, was er dachte, doch als sie näher kam, lächelte er, nahm ihr ohne ein Wort zu sagen, die Tasche ab und verstaute sie im Kofferraum. »Lassen Sie uns fahren!«, meinte er nur, während er ihr die Tür öffnete. »Lange kann ich den Constable nicht mehr davon überzeugen, dass ich nur etwas einladen will!« »Oh!«, erwiderte sie süffisant. »Jetzt werde ich schon verladen!« Er stieg zu ihr in den Wagen und lächelte sie an. »Nathan meinte, sollte ich, natürlich nur rein zufällig, auf dem Weg zu ihm an Coventry vorbeikommen, könnte ich Ihnen die Zugfahrt ersparen!« »Natürlich rein zufällig!«, sagte Ophelia grinsend. »Ich nehme an, Sie waren auch rein zufällig, versteht sich, ganz in der Nähe!« »Na ja!«, meinte er verlegen. »In der Nähe nicht, aber auf dem Rückweg aus Newcastle und ich habe Nathan versprochen, ihm auf der Rückreise einen kleinen Besuch abzustatten. Die Aussicht auf ein Abendessen von Ernest gekocht, hat die Entscheidung dann nur noch geringfügig beeinflusst! Heute Morgen rief er mich an und erzählte mir, dass

Sie ihm und seiner Geschichte noch eine Chance geben wollen und bat mich Sie abzuholen!« »Sie hören sich nicht gerade begeistert an, Gabriel!«, sagte Ophelia und sah ihn nachdenklich an, während er sich in den fließenden Verkehr einordnete. Er hob leicht die Schultern, schüttelte den Kopf und konterte: »Es ist Ihre Entscheidung, nicht meine! Wenn Sie ihm noch eine Chance geben wollen, dann bitte!« Ophelia lachte leise. »Dennoch wirken Sie enttäuscht, dass ich Ihren Rat nicht angenommen habe!« »Also gut! Sie haben gewonnen! Ich kann es nicht leugnen! Aber wie gesagt, es ist Ihre Entscheidung und ich werde sie nicht anzweifeln!« »Doch das tun Sie, Gabriel!«, konterte Ophelia sofort. »Doch bin ich mir sicher, dass letztendlich Lord Belmonts Argumente mich nicht von meiner ursprünglichen Entscheidung abbringen werden! Aber er bat mich, nachdem Sie Ihm scheinbar den Kopf gewaschen haben, es noch einmal zu überdenken, indem ich mir ansehe, was er an Dokumenten zu bieten hat! Erst dann soll ich eine endgültige Entscheidung treffen!« »Er hat zugegeben, dass ich ihm in das Gewissen geredet habe?«, fragte Gabriel, sichtlich erstaunt, vorsichtshalber nach. »Das ist ja mal ganz was Neues!« Dann sah er sie kurz lächelnd an und murmelte, als er sich wieder auf den Verkehr konzentrierte: »Das sieht ihm zwar überhaupt nicht ähnlich, spricht aber ausnahmsweise mal für ihn!« »Das hört sich aber nicht sehr überzeugt an!« »Ich weiß!«, antwortete Gabriel. »Aber er kann nun mal sehr charmant sein!« Ophelia nickte schmunzelnd. »Ja, das kann er! Doch seien Sie versichert, ich werde mir das alles wirklich gründlich überlegen!« Sie setzte sich ein wenig in seine Richtung und meinte: »Hören Sie, Gabriel! Ich habe mich ein wenig umgehört! Und Ihr Cousin ist mit seinem Anliegen nicht nur bei mir gelandet! Es kursieren Gerüchte, dass er dieses Buch scheinbar schon länger sucht und ich bleibe bei meiner persönlichen Meinung, ebenso wie Sie, dass es nicht existiert! Ich wollte ihm nur einen Gefallen tun und dabei versuchen, mich nicht zu weit aus dem Fenster zu lehnen, denn meine Befürchtung, mich damit lächerlich zu machen, ist durchaus begründet!« Gabriel nickte, ohne den Verkehr aus den Augen zu lassen. »Ich dachte es mir fast! Schon damals, als ich die alten Akten heraussuchte, erweckte es den Eindruck, dass er bei ihren Kollegen auf Ablehnung gestoßen war und als auch ich nichts fand, wo er ansetzen konnte, dachte ich eigentlich, die Sache wäre erledigt!« Ophelia blickte ihn fragend an und Gabriel seufzte. »Nathan war schon damals voller Hoffnung, dass ich irgendetwas finden könnte. Auch bei mir war er mehr als nur enttäuscht, als ich versuchte, ihm klar machen, dass da nichts war!« »War dem wirklich so, oder wollten Sie sich nur aus der Affäre ziehen?«, fragte Ophelia ihn ohne Umschweife. Gabriel lachte, schüttelte energisch den Kopf und erwiderte: »Nein, es war wirklich so! Ich wollte ihn nicht anlügen und ich habe es auch nicht getan. Auch ich war neugierig, ob ich nach all den Jahren etwas finden würde! Nennen Sie es berufliche Intuition, wenn Sie so wollen! Das gebe ich unumwunden zu. Aber es gab tatsächlich nichts, wo ich hätte ansetzen können!« Ophelia dachte kurz nach. »Und Sie denken, dabei wird es bleiben?« »Ja, das wird es, denn ich bin fest davon überzeugt, dass es nur eine Legende ist. Nichts weiter!« Ophelia setzte sich wieder gerade hin. »Ich bin froh, dass Sie mir Ihre Meinung unmissverständlich dargelegt haben und ich verspreche Ihnen, ich werde sie berücksichtigen! Aber ich gebe gerne zu, dass er mich neugierig gemacht hat und ich will sehen, was er mir vorzuweisen hat!« Gabriel sah sie kurz an. »Ich finde, das sollten Sie auch wirklich tun! Unter den Sachen sind bestimmt auch die alten Ermittlungsakten, die ich ihm in Kopie überlassen habe. Ich werde Ihnen meine Nummer geben, ehe ich abreise! Wenn Sie dazu Fragen haben, können Sie mich jederzeit anrufen!« Ophelia lächelte ihn dankbar an. »Gerne! Ich danke Ihnen!«

Den Rest der Fahrt redeten sie über Alltägliches und Gabriel zeigte abermals viel Interesse an ihrer Arbeit, sodass ihnen der Gesprächsstoff nicht ausging und die Zeit wie im Fluge verging. Am frühen Nachmittag, nach einem kurzen Stopp, um einen Kaffee zu trinken, kamen sie am Herrenhaus in Harlech an. Gabriel war noch nicht einmal richtig die Auffahrt hinaufgefahren, als Ernest ihnen bereits die Tür öffnete und ihnen entgegenkam. Mit einem erfreuten Lächeln auf dem Gesicht. »Schön, Sie beide, wieder zu sehen!«, meinte Ernest, nachdem er Ophelia die Wagentür geöffnet hatte. »Master Nathan erwartet Sie bereits!«

»Das kann ich mir denken, Ernest!«, lachte Gabriel und stieg ebenfalls aus. Er wollte sich um das Gepäck kümmern, doch der Butler schüttelte den Kopf. »Master Nathan wird Sie nachher bitten, das Gepäck von Dr. Cavill in das Gärtnerhäuschen zu bringen, ehe ich das Essen serviere!« »Gute Idee, Ernest!«, erwiderte Gabriel. »Die Tasche war schwer, als ich sie in den Kofferraum legte und ich nehme an, Dr. Cavill hat Ihre schweren Geschütze für die Arbeit eingepackt!« Ophelia hob nur entschuldigend die Schultern und erwiderte: »Da ist durchaus etwas Wahres dran, Gabriel!« Sie gingen hinein und der Butler deutete beiden an, dass sie zusammen in den kleinen Salon, in dem Lord Belmont sie schon bei ihrem ersten Besuch empfangen hatte, gehen sollten. Wieder war der Kamin befeuert, als sie eintraten und wieder erwartete sie der junge Lord mit einem Glas in der Hand und einem Lächeln im Gesicht. »Gabriel!«, sagte er, als er aufstand und ihm entgegentrat. »Schön, dass du es tatsächlich einrichten konntest! Dr. Cavill, es freut mich sehr, Sie zu sehen! Tretet näher und lasst euch nach der Fahrt einen Drink geben!« Sie stießen an und der Lord lächelte versonnen. »Wie war es in Newcastle, Gabriel?« Gabriel schüttelte den Kopf und erwiderte: »Nichts Tragisches! Ein Kunstsammler hatte einen Einbruch gemeldet und die Spurensicherung war bereits vor Ort! Ich denke, die Sache wird sich bald aufklären, denn es sieht verdächtig nach ein paar alten Bekannten aus!« Lord Belmont lachte leise. »Ich bin mir sicher, du wirst bald fündig werden!« Dann wandte er sich Ophelia zu, sah sie lächelnd an und sagte ruhig: »Es freut mich wirklich sehr, dass Sie es sich doch noch überlegt haben, Dr. Cavill!« »Und ich hoffe, du hältst dich an dein Versprechen, sollte Ophelia zu keinem Ergebnis kommen, Sie nicht weiter zu belästigen, Nathan!«, warf Gabriel ein, noch ehe Ophelia Gelegenheit bekam, Lord Belmont zu antworten. »Sie hat mir erzählt, was du ihr angeboten hast!« Lord Belmont seufzte theatralisch, erwiderte aber grinsend: »Das war mir schon klar, Gabriel! Und ich werde mich daran halten, wie versprochen! Aber nun lass Dr. Cavill in Ruhe ihren Drink genießen und erst einmal richtig ankommen!« Gabriel verdrehte die Augen und Ophelia musste unwillkürlich lachen. »Sie waren gestern am Telefon reumütig genug, Lord Belmont!«, sagte sie nach einem Schluck Gin Tonic.

»Ich denke, wir werden uns einig, ohne dass Gabriel Ihnen nochmals den Kopf zurechtrücken muss!« Lord Belmont lachte. »Das freut mich wirklich, dass Sie es so sportlich sehen können, Dr. Cavill! Gabriel wird Sie in das Gärtnerhäuschen bringen und es Ihnen zeigen! Ernest hat alles vorbereitet! Ich muss leider kurz nach Harlech, um mit dem Bürgermeister wegen der nächsten Ausstellung, die auf der Burg stattfinden wird, weiter zu verhandeln, da wir uns noch nicht in allen Punkten einig sind. Ich bin aber pünktlich zum Abendessen zurück! Dann werden wir alles genau besprechen!« Er stellte sein Glas ab, griff nach den Autoschlüsseln, die auf dem kleinen Tisch bereitlagen und wandte sich an Gabriel: »Ich bitte dich, heute Nacht hier zu bleiben und dem Gespräch beizuwohnen! Um Dr. Cavills Willen und um deinen, Gabriel! Dann sehen wir weiter!« Lord Belmont verabschiedete sich charmant und ging. Ophelia sah ihm nachdenklich nach, ebenso wie Gabriel, der sich dann leise seufzend zu ihr setzte. »Umtriebig, wie immer!«, meinte er, drehte versonnen das Glas in der Hand und sah Ophelia an. »Aber zumindest fair!« Sie nickte lächelnd, setzte sich ebenfalls und fragte: »Finden Sie etwa, dass dies keine gute Idee ist?« »Das Abendessen oder meine Anwesenheit heute Abend?«, konterte er. Ophelia verdrehte die Augen. »Beides, wenn Sie mich so fragen!« Gabriel grinste. »Das Essen auf jeden Fall, Ophelia!«, erwiderte er schmunzelnd. »Er will sich absichern, indem er mich zuhören lässt, was er Ihnen offeriert, damit ich ihn hinterher nicht zurechtweisen kann! Das war mir aber bereits heute Morgen nach seinem Anruf bewusst!« Gabriel stellte sein Glas auf den Tisch. »Aber lassen wir das! Es sind nur Spekulationen! Ich werde Sie hinüberbringen und ich bin mir sicher, Sie werden begeistert sein, auch wenn Sie das Häuschen zumindest heute Nacht mit mir teilen müssen!« Fragend sah sie ihn an und Gabriel lächelte: »Ich übernachte fast immer dort, wenn ich hier bin! So kann er mich nicht in nächtelange Streitgespräche verwickeln und es ist weit genug vom Herrenhaus entfernt, dass er sich selten die Mühe macht, mir dorthin zu folgen, wenn ich meine Ruhe haben will!« Ophelia grinste: »Wollen Sie mir etwa damit sagen, dass Sie nicht immer Lord Belmonts Ansichten teilen und dann flüchten!« Gabriel nickte nur, stand auf und forderte sie freundlich lächelnd auf, ihm zu folgen. Er ging jedoch nicht, wie erwartet, sofort zum Wagen, sondern in die Küche. Ernest stand im hinteren Teil, der zum Garten hinausging und war mit den Vorbereitungen beschäftigt. Es roch verführerisch und Ophelia begann sich wirklich darauf zu freuen. »Was gibt es denn, Ernest!«, fragte Gabriel neugierig, während er auf den Butler zuging. Der drehte sich um, lächelnd, aber mit einem Messer in der Hand. »Keinen Schritt weiter, Master Gabriel!«, sagte er nicht wirklich drohend. »Ich werde es Ihnen keinesfalls verraten!« »Ach, Ernest!«, Gabriel Enttäuschung vorspielend. »Mir können Sie es doch verraten! Ich verspreche, auch nicht zu petzen!« Dabei lachte er, wich aber zurück, als der Butler ebenfalls lachend den Kopf schüttelte, aber noch immer das Messer in der Hand hielt. »Nichts, da!«, wimmelte Ernest ihn ab. »Bringen Sie lieber Dr. Cavill in das Gärtnerhäuschen, damit ich mich hier konzentrieren kann!« Gabriel seufzte. »In Ordnung, Ernest! Muss ich noch irgendetwas wissen!« Der Butler drehte sich nochmals um, kurz nachdenkend, und antwortete: »Nein, es ist wie immer Ihr Zimmer für die Nacht gerichtet, Master Gabriel! Für Dr. Cavill habe ich das große Schlafzimmer vorbereitet und in der Bibliothek ist der Schreibtisch geräumt und der Internetanschluss eingerichtet!« Dann sah er Ophelia an und sagte direkt zu ihr: »Die Zugangscodes liegen daneben bereit, sodass Sie sich nur noch einwählen brauchen! Sollten Sie zusätzlich noch etwas benötigen, rufen Sie einfach mit dem Hausapparat an! Master Gabriel wird Ihnen zeigen, wie es funktioniert!« »Vielen Dank, Ernest!«, sagte sie und nickte ihm freundlich zu. Sie folgte dann Gabriel aus der Küche. »Ich bin mir sicher, Ernest wird sich wieder übertreffen!«, meinte Gabriel voller Vorfreude, als sie aus der Tür traten und zum Wagen gingen. »Es roch schon sehr lecker!«, erwiderte Ophelia. Und stieg ein, neugierig, wohin sie Gabriel nun bringen würde, wenn sie den Wagen nahmen. »Allein Ernests Essen war den Umweg schon wert, glauben Sie mir, Ophelia!«, meinte Gabriel, als er den Wagen startete und ein Stück die Einfahrt zurückfuhr. Plötzlich bog er rechts in einen kaum erkennbaren, aber geteerten Feldweg ein und sie fuhren eine Weile durch ein Wäldchen, ehe sich mit einem Mal eine Lichtung auftat. Vom Herrenhaus nicht einsehbar, stand ein kleines, mit Efeu umranktes Häuschen. In Fachwerkbauweise und ein wenig windschief, aber eindeutig viktorianisch. Gabriel hielt davor und deutete ihr an, zu folgen. »Das Herrenhaus liegt gleich hinter der Lichtung!«, sagte er, während er auf die kleine Haustür zuging. »Sehen Sie den kleinen Weg dort drüben!« Ophelia sah in die von ihm angedeutete Richtung und nickte. »Es sind keine fünf Minuten Fußweg, aber durch ein kleines Wäldchen, das an das Herrenhaus angrenzt! Ich hoffe Sie fürchten sich nicht hier draußen!« Ophelia schüttelte den Kopf. »Bestimmt nicht, Gabriel! Dafür ist es herrlich ruhig und vermeintlich abgelegen!« Am anderen Ende des Hause, zum Kräutergarten hin, stand ein Wagen und sie fragte: »Ist außer uns noch jemand zu Gast?« Gabriel sah kurz hin, verneinte und spekulierte dann: »Ich nehme an, dass Nathan ihn besorgt hat! Für Sie! Sollten Sie bleiben! Damit Sie einen Wagen haben!« Ophelia sah ihn erstaunt an, doch Gabriel winkte nur ab. »Das würde ihm zumindest ähnlich sehen!« »Wow!«, erwiderte sie nur und folgte Gabriel, der endlich die Tür, die sich ein wenig sperrte, aufgebracht hatte, hinein. Der Flur war dunkel und eng und Ophelias Augen brauchten einen Moment, ehe sie sich an das diffuse Licht im Inneren gewöhnten. Rechter Hand führte eine Treppe nach oben und weiter hinten gingen zwei Türen von dem Flur ab. »Wohin zuerst?«, fragte Gabriel. »Arbeits- oder Schlafzimmer?« Ophelia bat ihn, die Tasche abzustellen und öffnete sie. Sie nahm zwei Laptoptaschen heraus und antwortete: »Arbeitszimmer! Dann wird die Tasche schon mal ein wenig leichter!« Gabriel grinste, stellte sie an den Fuß der Treppe und ging vor. So dunkel und eng, wie der Flur war, so hell und freundlich gestaltete sich die Bibliothek. Auf drei Seiten waren Bücherregale, die gut gefüllt die Wände einnahmen, aufgestellt. Selbst um den Kamin hatte man Regale herum gebaut. Doch die vierte Wand war vor nicht allzu langer Zeit komplett herausgerissen und durch eine Glasfront ersetzt worden, die einen freien Blick auf den Garten zuließ. Ophelia stieß einen erstaunten Laut aus, ging darauf zu und öffnete eine der großen Türen, um die Nachmittagssonne hereinzulassen, die die Lichtung erwärmte und in sämtlichen Grüntönen erstrahlen ließ! Sie atmete tief durch, legte die Taschen auf den ausladenden Schreibtisch und sah sich in dem Raum um. »Beeindruckend, nicht wahr?« Ophelia nickte. »Ja, das ist es!« Sie ging zu den Regalen und betrachtete die Buchrücken. Es waren fast alle einschlägigen Nachschlagewerke vorhanden, sodass sie mit ziemlicher Sicherheit den Internetzugang kaum brauchen würde. Doch es waren auch belletristische Werke dazwischen, um auch nur zum Vergnügen schmökern zu können. »Und was denken Sie, Ophelia?«, fragte Gabriel, der ihre bewundernden Blicke bemerkt hatte. Sie lachte. »Man kann es hier durchaus länger aushalten!« Sie erwiderte seinen Blick. »Aber lassen Sie uns die Sachen noch nach oben bringen, ehe ich mich hier einrichte!« Gabriel ging voran aus dem Raum und zurück zur Treppe, wo er sich ihre und seine Tasche schnappte und nach oben stieg. Ophelia folgte ihm. Wieder ging er den Flur bis ganz zum Ende und öffnete eine Tür. »Das ist Ihr Zimmer, Ophelia!«, sagte er dann und hielt sie einladend auf. »Es geht zum Garten hinaus und besitzt ein eigenes Badezimmer!« Er drückte sich an ihr vorbei und stellte die Tasche vor das riesige Bett, das ganz klassisch vier Pfosten und einen Baldachin besaß. Ophelia musste lächeln, denn das Haus konnte kaum verbergen, aus welcher Epoche der englischen Geschichte es stammte. Gabriel wandte sich wieder zur Tür. »Ich hoffe wirklich, es ist eigentlich nicht Ihr Zimmer, Gabriel!«, sagte sie leise, denn sie wollte nicht, dass er es wegen ihr hätte räumen müssen. Gabriel sah sie an, schüttelte den Kopf und antwortete ruhig: »Nein, Ophelia! Meines geht nach vorne raus und ist am anderen Ende des Flures!« Er musterte sie eindringlich und meinte vorsichtig: »Wenn es Ihnen nicht recht ist, dass ich heute Nacht hier schlafe, dann ziehe ich in das Herrenhaus! Sie müssen es nur sagen, Ophelia!« »Gabriel bitte! So habe ich das nicht gemeint! Ich wollte nur nicht, dass Sie dieses wunderschöne Zimmer wegen mir ...!« Weiter kam sie nicht. »Still, Ophelia! Es war nie das Meine und es wird es auch nicht! Nehmen Sie es in Beschlag und machen Sie es sich darin gemütlich! Ich werde nur kurz den Wagen zurückbringen und komme dann zu Fuß zurück!« Mit diesen Worten drehte er sich um und ging hinaus. Ophelia war ein wenig irritiert über seine seltsam verhaltene Reaktion, ließ es aber dabei bewenden. Sie packte ihre Tasche aus und als sie hörte, wie sich der Wagen entfernte, ging sie nach unten in die Bibliothek, um ihre Rechner vorzubereiten.

Auf dem Schreibtisch lagen mehrere Aktendeckel und während die beiden Laptops hochfuhren, öffnete sie den ersten. Es waren, wie Gabriel vermutete hatte, die Kopien der Ermittlungsakten des Überfalls. Sie setzte sich und begann zu lesen. Immer wieder einen Blick auf die Bildschirme werfend. Gabriel hatte recht gehabt. An der Art und Weise, wie der Beamte ermittelte, gab es nichts auszusetzen. Detailliert und präzise formulierte er die Aussagen aus und es machte nicht den Eindruck, als ob er etwas verschwiegen hätte. Ophelia zog einen weiteren Aktendeckel hervor und stieß auf einen Stammbaum der Familie Belmont, der weit zurückreichte. Wenn sie es auf den ersten Blick richtig sah, bis in das zwölfte Jahrhundert. Also noch zu der Zeit, als die Familie ihren Sitz in Frankreich hatte. Sie ahnte, dass sie wohl dort ansetzen musste, um überhaupt an Informationen über das Buch zu kommen und machte sich dementsprechend eine Notiz in ihrem eigens dafür vorgesehenen Notizblock. Auch den Stammbaum der Familie Vlad würde sie sich vornehmen müssen und notierte sich dies ebenfalls. »Ich sehe, Sie haben bereits Feuer gefangen!«, sagte Gabriel, als er durch die noch immer geöffnete Terrassentür trat. Erschrocken sah Ophelia hoch. Gabriel lächelte sie an. »Entschuldigen Sie, ich wollte Sie wirklich nicht erschrecken, aber ich dachte, Sie hätten mich kommen gesehen!« »Haben Sie aber, Gabriel!«, stöhnte sie, lehnte sich zurück und sah ihn an. Er war wieder ein wenig blass um die Nase und sah übernächtigt aus. Doch so schnell wie der Eindruck ihr erschienen war, so schnell war er auch wieder verschwunden. Er trat vollends in den Raum, ging um den ausladenden Tisch herum und sah neugierig auf die aufgeschlagenen Aktendeckel. »Und was denken Sie?«, fragte er leise. Ophelia lachte leise auf. »Momentan noch gar nichts! Ich versuche im Augenblick nur meine Rechner hochzufahren, um mir dann vielleicht auf die Schnelle einen Überblick zu verschaffen! Aber weiter bin ich noch nicht. Für mehr war die Zeit einfach zu kurz!« »Kaffee?«, fragte Gabriel nicht weiter darauf eingehend und Ophelia lächelte dankbar. »Nebenan ist eine kleine Küche! Kommen Sie, ich zeige Ihnen die Maschine! Wenn Sie möchten, können wir uns auch raus setzen!« Sie nickte, ohne ihn anzusehen. »Komme sofort!« Dann wandte sie sich nochmals an ihre Rechner, erledigte ein paar Eingaben und als diese zu arbeiten begannen, folgte sie Gabriel in die Küche. Klein war ein wenig untertrieben. Ebenso wie im Herrenhaus war sie mit den modernsten Geräten nahezu komplett ausgestattet. Inklusive eines Kaffeevollautomaten, vor dem Gabriel nun stand und ihnen Kaffee machte. Er hielt ihr lächelnd eine Tasse entgegen und deutete mit dem Kopf zu einer weiteren Terrassentür, die nach draußen zu einer kleinen Sitzgruppe führte. Ophelia schlenderte, sich umsehend, hinaus und setzte sich in die Sonne, um auf Gabriel zu warten, der ihr bald folgte. »Gegen halb sechs sollen wir uns auf den Weg machen! Ernest ist sehr akkurat, was die Essenszeiten angeht!«, sagte Gabriel zwischen zwei Schlucken Kaffee. »Abendgarderobe?«, fragte Ophelia knapp. »Nein! Es sind wirklich nur wir beide zu Gast! Nathan hat es sich zum Glück verkniffen, noch jemanden dazu zu bitten!« Ophelia lachte leise, doch Gabriel erwiderte nichts darauf. Sie sah ihn an und meinte dann seufzend: »Sie sehen aus, als ob Ihnen das alles nicht behagt!« Er schüttelte den Kopf, konnte ihr aber nicht in die Augen sehen. »Was ist los, Gabriel? Ich komme mir momentan vor, als ob ich, zumindest für Sie, völlig fehl am Platze wäre! Ich dachte, wir hätten das am Morgen im Wagen geklärt!« Gabriel seufzte leise, schüttelte erneut den Kopf und meinte verlegen: »Nein, Ophelia, das ist es nicht! Ich habe mir nur vorhin, als ich zurückging, Gedanken gemacht, ob Sie ihren Vorsatz auch einhalten können! Sie sehen doch selbst, was Nathan alles dafür getan hat, um einen guten Eindruck zu hinterlassen!« »Sie denken also ernsthaft, ich bin nicht standhaft genug, auch nein zu sagen!«, erwiderte sie säuerlich. Gabriel nickte. »Ach kommen Sie, Gabriel! Ich habe Ihnen doch gesagt, warum genau ich hier bin und daran werde ich mich auch halten! Es scheint mir fast so, als ob Sie Angst hätten, dass ich etwas finde, was Sie übersehen haben! Oder übersehen wollten!« Gabriel schmunzelte. »Jetzt sind wir wieder genau so weit, wie heute Mittag im Wagen!« Dann wurde er wieder ernst und sah sie an. »Nein, Ophelia! Ich fürchte mich nicht davor, denn zumindest von meiner Seite her gibt es nichts, vor dem ich Angst haben müsste! Sie sind es, um die ich mir Sorgen mache! Und ich kann Ihnen noch nicht einmal genau sagen, weshalb!« Er stellte die Kaffeetasse lautstark auf den Tisch und schloss kurz die Augen. »Irgendwie werde ich das Gefühl nicht los, dass hinter diesem Anliegen von Nathan mehr steckt, als er zugeben will! Er ist normalerweise nicht so extrem hartnäckig! Er verliert in der Regel, wie ein kleines Kind, schnell das Interesse an seinem Spielzeug, wenn er glaubt, genug davon zu haben. In den meisten Fällen hört er auch auf meinen Rat, wenn ich ihm denn einen gebe! Ich mische mich in den seltensten Fällen in seine Angelegenheiten und genau deshalb irritiert mich sein Verhalten!« Ophelia holte tief Luft, musterte Gabriel und erwiderte: »Es ist nett, dass Sie ihre Vorbehalte mir gegenüber so deutlich artikulieren, Gabriel! Und ich verspreche Ihnen nochmals, ich werde mich daran halten! Und ganz ehrlich! Als ich vorhin kurz über die Sachen sah, die Lord Belmont mir hinlegen ließ, bin ich spontan auf nichts gestoßen, was Ihre These, dass dieses Buch nicht existent ist, widerlegen würde!« Sie setzte sich ein wenig aufrechter hin, beugte sich zu ihm und meinte: »Ich mache Ihnen einen Vorschlag, Gabriel! Lassen Sie mir einen oder zwei Tage Zeit und ich manifestiere Ihre Meinung und reise dann wieder ab!« Gabriel sah sie lange eindringlich an und nickte, sichtlich erleichtert. »Das ist ein guter Vorschlag, Ophelia!« Gabriel erhob sich plötzlich und sagte: »Lassen Sie uns hinübergehen! Durch den Garten! Wir haben noch ein bisschen Zeit und ich würde Ihnen gerne die Anlage zeigen, denn sie ist wirklich sehenswert!« Sie lächelte und erhob sich ebenfalls, denn ein wenig Bewegung würde auch ihr nicht schaden.

Sie waren über eine Stunde unterwegs und Ophelia war wirklich begeistert über die Anlage, die zum Teil im Urzustand belassen und zu einem sehr kleinen Teil wunderschön angelegt worden war. Während sie gingen und sich angeregt unterhielten, bestand Gabriel mittendrin darauf, dass sie endlich aufhörte, ihn immer förmlich anzureden und sie stimmte ihm nur zu gerne zu. Lachend und scherzend, näherten sie sich dem Herrenhaus, wo Ernest gerade dabei war, auf der Terrasse einzudecken, die von der abendlichen Sonne warm erleuchtet war. »Das ist eine wunderbare Idee, Ernest!«, meinte Gabriel lächelnd, als sie dort angekommen waren. »Der Abend ist viel zu schön, als ihn in dem verstaubten Salon zu verbringen!« »Das verstaubt habe ich überhört, Master Gabriel!«, erwiderte Ernest lachend.

»Aber Sie haben recht und ich dachte mir, Dr. Cavill würde es bestimmt gefallen, mit Blick auf den Garten zu speisen!« »Die Aussicht darauf, im Freien zu essen, gefällt mir wirklich sehr gut!«, antwortete Ophelia und half dem Butler, die letzten kleineren Arbeiten am Tisch zu erledigen, während Gabriel ihnen ein Glas Whisky aus dem Salon holte. Er hielt ihr das gut gefüllte Glas unter die Nase. »Ich hatte letztens schon den Eindruck, du magst Whisky lieber, als Nathans heißgeliebte, wenn auch gut gemachten, Gin Tonics!« Lachend nickte sie, roch an dem Glas und sog den angenehmen, torfigen Geruch des, wie sie vermutete, sehr alten Whiskys ein. »Das stimmt!«, erwiderte sie, als sie einen Schluck genommen hatte. Sie wollte noch etwas sagen, doch Lord Belmont kam gerade auf die Terrasse. Leger in Jeans und Hemd gekleidet und lächelte die beiden an. »Wie ich sehe, Gabriel hat sich bereits als Gastgeber engagiert!«, meinte er und hielt ihnen seinen Gin Tonic entgegen, um mit ihnen anzustoßen. »Ernest hatte noch in der Küche zu tun! Und ich wollte ihn auf keinen Fall aufhalten!« Lord Belmont lachte. »Das ist auch besser so, denn ich bin mir sicher, er übertrifft sich wieder einmal selbst! Er war mir am Abend des Symposiums beleidigt, da ich einen Catering Service bestellt habe und nicht ihm die Versorgung der Gäste überließ! Aber es waren einfach zu viele Leute, die zugesagten und ich wollte ihn nicht unnötig belasten!« Bei den letzten Worten zeigte er auf den Tisch und bat die beiden, sich doch zu setzen. Er hielt Ophelia den Stuhl bereit und schob ihn dann zurecht, als sie saß. Er übernahm auch das Einschenken des vorbereiteten Weines und als er erneut das Glas hob, um mit ihnen anzustoßen, kam Ernest bereits mit der Suppe, um ihnen aufzulegen. »Ich hoffe, Ihnen gefällt es im Gärtnerhäuschen und Sie haben alles zu ihrer Zufriedenheit vorgefunden?«, fragte er, nachdem sie den ersten Gang im einvernehmlichen Schweigen eingenommen hatten. Ophelia nickte. »Ein schöneres Büro könnte man sich kaum wünschen, Lord Belmont!« »Das freut mich!«, erwiderte er. »Sie sollen auf keinen Fall den Eindruck bekommen, ich wollte Sie einsperren!« Gabriel lachte amüsiert. »Wie charmant du sein kannst, Nathan! Aber ich bin mir sicher, Ophelia hat dein Bemühen nicht falsch verstanden!« Nathan lächelte seinen Cousin an. »Und du bist direkt

wie immer, Gabriel! Danke vielmals für die Blumen! Was wird
Dr. Cavill nur von mir denken, wenn Sie dich so reden hört!«
»Sicherlich nur das Beste!«, konterte Gabriel. »Dieses Arrangement lässt auch kaum etwas anderes zu, mein Lieber!« Gabriel
erhob sein Weinglas und prostete Nathan nonchalant lächelnd
zu. Lord Belmont verdrehte die Augen. »Du machst es mir wirklich nicht leicht, Gabriel! Aber deine Worte letztens waren eindringlich. Ich werde mich an unsere Abmachungen halten!«
Dann wandte er sich Ophelia zu und meinte beruhigend: »Um
eines von vornherein klar zu stellen! Ich werde Ihnen genau sagen, was ich will! Sie sollen das Für und Wider abwägen. Und
wirklich erst dann entscheiden, was Sie weiter tun wollen! Daran
werde ich mich vorbehaltlos halten. Auch dann, wenn Ihre Entscheidung nicht so ausfallen sollte, wie ich es mir vielleicht wün-
sche!« Er warf einen Blick zu Gabriel, der vorsichtig nickte. »Es
ist wirklich ein aller letzter Versuch! Sollten Sie mir absagen,
Dr. Cavill, werde ich die Sache wahrlich auf sich beruhen lassen!
Ein für alle Mal! Ich denke, dass ist auch in Gabriels Sinne, dessen Bedenken ich in meine Entscheidung, Sie neuerlich zu kontaktieren, mit einbezogen habe! Er wird Ihnen sicherlich erzählt
haben, dass dies normalerweise nicht meine Art ist und ich selten auf ihn höre. Diesmal jedoch ist es so und ich stehe auch
dazu! Auch aus dem Grund, da es sich, wenn auch nicht unmittelbar, um seine Familie handelt! Aber ich will endlich wissen,
ob an den vermeintlichen Gerüchten etwas Wahres ist oder
nicht!« Ophelia hatte ihm aufmerksam zugehört, nickte und
sagte dann: »Ihre Beweggründe kann ich durchaus nachvollziehen, Lord Belmont! Trotzdem sollten Sie sich nicht zu viele
Hoffnungen machen, dass ich wirklich zu einem Ergebnis
komme. Dies passiert in den seltensten Fällen!« »Sie sind aber
laut meinen Nachfragen die Beste auf diesem Gebiet!«, erwiderte
Nathan, halb fragend, halb feststellend. Ophelia seufzte. »Das
mag schon sein! Ich will auch gar nicht unbescheiden sein! Ich
hatte in den letzten Jahren durchaus Erfolg und es gelang mir so
manches als endgültig verschollen geltendes Buch wieder auf-
zufinden. Dennoch sollten Sie sich bewusst sein, dass es in Ihrem
Fall schwierig werden wir. Ich muss erst einmal den Beweis finden, dass es überhaupt existiert hat, ehe es verschwinden

konnte! Aber, und das gebe ich gerne zu, einen Versuch ist es allemal wert! Erst dann kann ich mit Bestimmtheit sagen, wie und ob das Ganze weitergehen wird! Aus diesem Grund bin ich auf Ihr Angebot eingegangen. Auch dies sollten Sie sich bewusst machen, ehe Sie mir Ihre Forderungen darlegen!« Lord Belmont sah sie an, ohne zu erkennen zu geben, was genau er dachte. »Das sind eindeutige Worte, Dr. Cavill!« Er sah zu Gabriel hinüber, der ihn grinsend betrachtete, nachdem ihm Ophelia ihre Position eindeutig dargelegt hatte. Mit einem Mal ging ein Ruck durch Lord Belmont und er stöhnte ein wenig theatralisch. »Also gut! Ich nehme Ihre Bedingungen an! Denn ich bin mir sicher, Sie wissen am besten, wie die Sache laufen muss!« »Du warst es doch, der ihre Kompetenz für sich beanspruchen wollte, Nathan!«, mischte sich Gabriel ein. »Also finde dich auch damit ab, dass Ophelia gewisse Bedingungen stellt!« Lord Belmont seufzte, meinte aber einlenkend: »Ich habe es kapiert, Gabriel! Vielleicht will ich einfach zu viel in zu kurzer Zeit!« Gabriel nickte sachte. »Das Gefühl hat mich auch schon beschlichen, Nathan! Was aber auch die Frage aufwirft, warum und weshalb ausgerechnet jetzt, wo wir alle dachten, das Thema hätte sich erledigt?« Lord Belmont wollte etwas sagen, doch der Butler kam ihm zuvor und servierte den Hauptgang. Filet Wellington, wie Gabriel belustigt feststellte. Eines seiner persönlichen Lieblingsgerichte, wenn es Ernest für ihn zubereitete. Dazu eine traumhaft gute Soße und frisches, für einen Engländer ungewohnt, gut zubereitetes Gemüse. Der Butler lächelte ihn wissend an, als er ihm auflegte und als er fertig war, konnte Gabriel nicht umhin, sofort zu beginnen, denn das Wasser lief ihm bereits im Munde zusammen. Nathan beobachtete ihn, sah dann Dr. Cavill an und schüttelte beinah unbemerkt von den beiden den Kopf. Er wusste, Gabriel würde ihn nach dem Essen erneut darauf ansprechen und er wusste auch, dass er ihm wie immer keine Antwort schuldig bleiben konnte. Sie kannten einander zu gut und schon als Kinder und Jugendliche war es Nathan kaum möglich gewesen, den ein paar Jahre älteren Gabriel anzulügen. Außerdem verfügte Gabriel über einen ausgeprägten Gerechtigkeitssinn, der Nathan so einige Male gehörig in Schwierigkeiten brachte und seine Stellung als zukünftiger Lord Belmont so manches Mal direkt in Frage stellte. Als Gabriel fertig war, legte er das Besteck zur Seite und meinte: »Was ist nun, Nathan? Du hast meine Frage von vorhin nicht beantwortet!« Nathan sah ihn an und in seinen Augen funkelte es ein wenig. »Herrgott, Gabriel! Muss ich das denn?« Gabriel lachte nur, hob abwehrend seine Hände und erwiderte: »Wegen mir nicht, Nathan! Aber es wäre trotzdem interessant, wenn du mich so fragst! Auch für Ophelia! Findest du nicht?« Nathan stöhnte ergeben. »Du hast wie immer die überzeugenderen Argumente, Gabriel! Dennoch ist es tatsächlich nur die Neugierde, ob an den Gerüchten etwas dran ist oder nicht!« Gabriel sah ihn ernst an und Nathan schob nach: »Ich weiß, ich weiß, Gabriel! Das nimmst du mir nicht ab, und du findest es nicht gut. Deiner Meinung nach sollte ich die Finger davon lassen, da ich mich schon einmal daran verbrannt habe! All das hast du mir schon mehrmals verdeutlicht! Aber nachdem ich den Artikel gelesen hatte, in dem Dr. Cavills Arbeit im Speziellen vorgestellt wurde, ließ mich der Gedanke daran nicht mehr los!« Ophelia beugte sich ein wenig vor und sah den Lord an. »Was genau ließ Ihre Neugierde erneut aufflammen, Lord Belmont? Ich meine, Sie waren doch deswegen schon mit Kollegen von mir in Kontakt und auch diese unterstützten Ihre These nicht! Warum ausgerechnet, soll ich nun nach Beweisen der Existenz suchen und weshalb denken Sie, dass ich zu einem anderen Ergebnis kommen könnte?« Lord Belmont lehnte sich zurück, drehte versonnen sein noch nicht zur Gänze geleertes Weinglas in der Hand und meinte: »Weil es Ihr täglich Bort ist, Dr. Cavill! Eine Tätigkeit, von der Sie Ihren Lebensunterhalt bestreiten. Nicht, wie Ihre Kollegen, die mehr oder weniger nur so zum Spaß forschen!« »Naja, Lord Belmont!«, konterte Ophelia. »Nur so zum Spaß werden auch sie es nicht tun! Obwohl Sie natürlich recht haben. Die meisten von Ihnen haben einen Lehrstuhl inne oder ein festes Engagement!« »Und genau aus diesem Grund haben Sie mein Anliegen entweder nicht ernst genommen oder ähnlich wie Gabriel voreilige Schlüsse gezogen!«, erwiderte Lord Belmont. »Deshalb verstehe ich Ihr Argument, sich damit vielleicht lächerlich zu machen, durchaus! Aber irgendetwas sagt mir, dass dies so nicht richtig ist und ich würde wahrlich gerne wissen, was es genau ist, das mich immer wieder zu der Theorie zurückkommen lässt, dass dieses Buch vielleicht doch existiert!« »Übertreibst du es mit dieser Art der Ahnenforschung nicht doch ein wenig, Nathan?«, fragte Gabriel sachte, sich durchaus bewusst, dass er sich damit schnell den Zorn von Nathan zuziehen konnte. Lord Belmont schüttelte fast ein bisschen resigniert den Kopf. Er stellte sein Glas ab und sagte: »Ich bin mir, wenn ich wirklich ehrlich sein soll, nicht ganz sicher! Es mag schon sein, dass ich damit ein wenig übertreibe, Gabriel! Aber ich bleibe dabei! Irgendetwas irritiert mich an der Sache und ich möchte dies einfach gern geklärt haben! Und ich möchte auch, dass Dr. Cavill diese Aufgabe übernimmt! Ihre Referenzen und Ihre bis jetzt abgelieferten Arbeiten sprechen einfach für Ihre Kompetenz und ich würde, nach dem jetzigen Stand der Dinge, niemand anderem diese, wie ich sehr wohl weiß, heikle Angelegenheit übergeben. Es ist wirklich der letzte Versuch in diese Richtung gehend!« Ophelia sah ihn an, dann Gabriel. »Vielen Dank für die Blumen, Lord Belmont!« Der Lord grinste sie an. »Nein, Dr. Cavill! Die Blumen haben Sie sich schon selbst zuzuschreiben! Ich bin nur derjenige, der es vielleicht zu schätzen weiß! Aber im Ernst, Dr. Cavill! Nach der Lektüre des Artikels und nach Gabriels Bericht aus Warwick erschien es mir als das einzig Richtige, Sie damit zu belästigen!« Lord Belmont stand auf, schenkte ihnen allen ein Glas Whisky ein und gab es Ophelia und Gabriel. »Aus diesem Grund habe ich auch das Gärtnerhäuschen für Sie richten lassen, damit Sie ungestört von mir oder anderen äußeren Einflüssen arbeiten können! Ich werde Sie in keiner Weise belästigen oder bedrängen! Arbeiten Sie sich in die Sache ein! Und am Ende der Woche sagen Sie mir ehrlich, was Sie davon halten! Ich werde Ihnen für diese Zeit Ihr übliches Honorar bezahlen. Kost und Logis frei! Sollten Sie dann sagen, ja, es ist Wert, der Sache weiter nach zu gehen, können Sie dort weiter bleiben, um zu arbeiten! Den Wagen, den Gabriel mit Sicherheit bemerkt hat, steht Ihnen jederzeit zur Verfügung, sollten Sie den Wunsch verspüren, das Häuschen zu verlassen oder zu Recherchezwecken ein Transportmittel zu benötigen!« »Das ist sehr großzügig von Ihnen, Lord Belmont!«, sagte Ophelia beeindruckt. »Es scheint Ihnen wirklich ernst damit zu sein!« »Ja, das tut es!«, war seine kurz angebundene Antwort, dann nahm er einen großen Schluck Whisky und sah Gabriel an. »Ich hoffe, du bist mit dieser Vereinbarung einverstanden, mein Lieber?«, fragte er ihn dann leise. Gabriel nickte, ohne Nathan auch nur einen Moment aus den Augen zu lassen. »Auch, wenn es einer gewissen Ironie nicht entbehrt, Nathan!« »Wenn du denkst, ich würde Dr. Cavill zu etwas nötigen, vergiss es!«, erwiderte er frech grinsend. »Aber ich weiß, dass mein Angebot gut ist!« Alle lachten, doch Ophelia wurde wieder ernst. »Was passiert, Lord Belmont, sollte ich am Ende der Woche entscheiden, dass es mir die Sache Wert ist, für Sie zu arbeiten?« Nathan holte tief Luft, sah sie an und meinte: »Sollte dies wirklich der Fall sein, Dr. Cavill, werde ich Ihnen sämtliche Rechte auf Ihr bis dahin gesammeltes Material überschreiben!« »Sie wissen, was das bedeutet, oder?«, fragte sie vorsichtig. Lord Belmont nickte, sich dem Ernst seiner Aussage voll bewusst. »Ja, das weiß ich! Und ich würde mir ehrlich wünschen, dass Sie es auch verwenden, sollte es Ihnen zu einer weiteren Dissertation oder dergleichen von Nutzen sein!« Ophelia sah ihn ehrlich erstaunt an, denn dies wäre ein Freibrief und mit Geld kaum aufzuwiegen! »Du setzt sehr viel Vertrauen in Ophelia, Nathan!«, warf Gabriel leise ein. Lord Belmont sah ihn an, irritiert über Gabriels Einwurf. »Ja, das tue ich!«, gab er zur Antwort. »Denn ich spüre, dass auch du ihr vertraust, Gabriel! So ganz umsonst war mein Anliegen, dass du sie nach Möglichkeit hierherbringst, nicht!« »Und wieder einmal hast du mich ...!«, konterte Gabriel, doch Lord Belmont brachte ihn mit einer unwilligen Handbewegung zum Schweigen. »Nein, mein Lieber!«, sagte er, als er wieder Gabriels volle Aufmerksamkeit hatte. »Ich habe dich nicht benutzt, falls du dies dachtest! Aber du bist nun mal derjenige von uns beiden, der die bessere Menschenkenntnis besitzt! Das brauchst du nicht leugnen und in diesem Fall war mir dein, wenn auch nicht ganz freiwillig erbetener Rat mehr als recht!« Gabriel seufzte und schüttelte den Kopf. »Warum erstaunt mich das gerade nicht!« Nathan hob entschuldigend die Schultern, erwiderte aber nichts darauf. Gabriel sah ihn daraufhin lange und eingehend an. »Ich denke, dein Angebot ist wirklich gut, Nathan!«, sagte er endlich. »Und ich denke auch, dass Ophelia es annehmen sollte!« Dann nickte er Ophelia zu und wartete ab, was sie sagen würde. Ophelia straffte sich, sah zuerst Gabriel an, dann Lord Belmont. »Also gut! Unter den nun besprochenen Bedingungen bin ich bereit, einen Versuch zu wagen, Lord Belmont!« Nathan lachte erleichtert auf, erhob sich und ging hinein. Als er zurückkam, hatte er eine Flasche Champagner in der Hand und meinte: »Das freut mich, Dr. Cavill! Lassen Sie uns auf unsere Zusammenarbeit anstoßen! Er entkorkte die Flasche und schenkte ihnen in die bereits von Ernest bereit gestellten Flöten ein. Als sie angestoßen hatte, meinte Gabriel süffisant: »Lass mich ja nicht vergessen, dir meine Nummer zu geben, falls du diesem Wahnsinn vorzeitig entfliehen willst, Ophelia!« Nathan lachte nur. »Ich glaube kaum, dass dies nötig sein wird, Gabriel! Aber tue, was du nicht lassen kannst! Außerdem bin ich mir sicher, dass du noch vor Ende der Woche wieder hier aufschlägst, um zu sehen, welche Fortschritte Dr. Cavill macht!« Gabriel stöhnte theatralisch auf. »Ich denke, Ophelia wird mich auch so auf dem Laufenden halten, Nathan!« Erneut erhob er das Glas und leerte es in einem Zug. »Ich werde mich jetzt auf den Rückweg machen!«, meinte Gabriel, als er das Glas auf den Tisch abstellte und seinen Stuhl zurückschob. »Ich muss morgen zusehen, dass ich so früh wie möglich nach London komme! Es wird ein langer Tag werden!« Als er stand, sah er Ophelia an, die leicht nickte und sich ebenfalls erhob. »Vielen Dank für die Einladung, Lord Belmont! Ich werde mich Gabriel anschließen, damit auch ich morgen ausgeschlafen bin und sofort anfangen kann!« Gabriel bot ihr seinen Arm und sie hakte sich unter. »Gute Nacht, ihr beiden!«, rief ihnen Lord Belmont mit zufriedener Stimme nach. »Bis bald und hoffentlich mit guten Nachrichten!« Was oder wen er damit genau meinte, ließ er offen und Gabriel fragte sich, ob er nicht doch etwas anderes im Schilde führte. Er verwarf den Gedanken jedoch. Er wollte auf dem Spaziergang, zurück zum Gärtnerhäuschen, keinen Unmut verbreiten und Ophelias Laune verderben.

Am nächsten Morgen, es dämmerte bereits, hörte Ophelia, wie Gabriel sich in der Küche an der Kaffeemaschine zu schaffen machte. Irgendetwas hielt sie jedoch davon ab, nach unten zu gehen und sich von ihm zu verabschieden. Erst, als sie den Wagen hörte und wie Gabriel wegfuhr, stand auch sie auf und ging ebenfalls nach unten. Neben der Maschine lag ein Zettel, nur mit seiner Mobilfunknummer darauf. Es stand sonst weiter nichts darauf und Ophelia musste unwillkürlich den Kopf schütteln, obwohl ihr Gabriel am Vorabend gesagt hatte, er würde sie dalassen. Als der Kaffee lief, speicherte sie die Nummer in ihrem Telefon und setzte sich hinaus auf die Terrasse, um ihn dort im ersten warmen Morgenlicht zu genießen. Sie ahnte, dass sie mit ziemlicher Sicherheit den Rest des Tages vor dem Rechner sitzend verbringen würde, um die ersten Dokumente zu sichten und um sich zu orientieren. Sie machte sich noch eine zweite Tasse und nahm sie mit hinüber, in die zum Arbeitszimmer umfunktionierte Bibliothek, fuhr die Rechner hoch und setzte sich leise seufzend davor. Tatsächlich war es spannend, sich in die Familiengeschichte der Belmonts einzuarbeiten und Ophelia war so darin vertieft, dass sie, nachdem sie einmal angefangen hatte, nur kurz aufstand, um sich erneut Kaffee zu holen. Sie begann zu ahnen, dass es wohl wirklich ein paar Tage dauern würde, genau herauszufinden, ob es dieses Buch gegeben hat und wenn ja, wo es abgeblieben war. Sie schrieb an ein paar verschwiegene Kollegen Mails, in denen sie vorsichtig anfragte, ob sie vielleicht damit in Kontakt gekommen waren. Vornehmlich Leute, von denen sie wusste, dass sie bereits zu Zeiten des Überfalls, der doch schon mehr als fünfzig Jahre zurück lag, im Literaturbetrieb tätig waren. Und die sich zum größten Teil schon im Ruhestand befanden, sodass sie nicht groß Gefahr lief, zu viel Aufmerksamkeit auf ihr Projekt zu ziehen. Am späten Nachmittag erschien Ernest und brachte ihr frische Lebensmittel und etwas zu essen, damit sie versorgt war. Lord Belmont selbst war laut Aussage des Butlers in London und würde erst am nächsten Tag abends zurück sein. Der Butler lud sie aber für eben diesen Abend im Herrenhaus zum Dinner, sodass sie dem Lord einen Zwischenstand berichten konnte. Ophelia musste grinsen, als sie ihn so hörte, dankte ihm aber für die herzliche Einladung und versprach, sich darauf vorzubereiten.

Am nächsten Morgen, sie war bereits bei der zweiten Tasse Kaffee angelangt, vernahm sie den Laut, den ihr Mobilfunktelefon von sich gab, wenn eine Mail eingegangen war und sie öffnete sie noch auf den Weg zurück in die Bibliothek. Stirnrunzelnd las sie die Mail und ging zu den Terrassentüren, die sie geöffnet hatte, um die Sonne hereinzulassen. Erstaunt las sie die Mail eines eben jener älterer Kollegen, legte dann ihr Telefon weg, um sich erst einmal darüber klar zu werden, was genau sie da gerade gelesen hatte. Leise stöhnte sie auf. Dann schrieb sie Gabriel eine Textnachricht, mit der Bitte, sich bei ihr zu melden. In diesem Fall musste sie mit ihm reden, ob er vielleicht noch in London war und wenn ja, ob er ihr einen Gefallen tun könnte. Dennoch dauerte es bis zum frühen Nachmittag, ehe das Telefon endlich klingelte. »Was ist los, Ophelia?«, fragte Gabriel, nachdem sie sich gemeldet hatte. »Deine Nachricht klang ein wenig dringend!« Ophelia atmete tief durch und erwiderte: »Dringend vielleicht nicht unbedingt, aber ich brauche deine Hilfe, Gabriel!« Es war kurz still in der Leitung und sie konnte im Hintergrund Leute sprechen hören. »Warte einen Moment!«, hörte sie dann Gabriel sagen. »Ich gehe nur kurz hinaus!« Es dauerte nicht lange. »Schieß los! Was kann ich für dich tun?« »Bist du noch in London, Gabriel?«, fragte sie vorsichtig. Und als er bejahte, meinte sie: »Darf ich dich um einen Gefallen bitten?« Er lachte. »Natürlich, Ophelia! Aber sag endlich, was los ist!« Erneut holte sie tief Luft. »Du musst für mich ein Dokument abholen, damit ich es einsehen kann! In London, bei einem Kollegen von mir, den ich wegen Lord Belmonts Anliegen angeschrieben habe! Ich will nicht, dass er es per Post oder Kurier schickt und da ich annehme, dass du bald wieder hier sein wirst, wollte ich dich bitten, es mir mitzubringen!« »Selbstverständlich tue ich dir diesen Gefallen, Ophelia!«, antwortete er. »Um was für ein Dokument handelt es sich denn?« Es herrschte kurz Stille in der Leitung und Gabriel nahm deutlich wahr, dass ihr das Ganze scheinbar unangenehm war. »Etwa ein Jahr nach dem Überfall auf das Anwesen der Belmonts bekam ein bekannter Antiquar von mir, der bereits im Ruhestand ist, einen Brief aus Ungarn, Gabriel! In dem jemand ganz explizit nach eben diesem Buch fragte!« Einen Augenblick lang war es still in der Leitung, dann hörte Ophelia ein kurzes Aufstöhnen. »Und du denkst, dass dieser Brief wichtig ist für deine Nachforschungen?«, fragte Gabriel vorsichtig. »Ich bin mir nicht sicher, Gabriel!«, gab Ophelia ehrlich zur Antwort. »Da mir der Name des Absenders ebenso wie dem Londoner Antiquar, bei dem du es abholen sollst, unbekannt ist! Dennoch wurde dieser Brief scheinbar an mehrere Antiquare versandt, wie er mir in seiner Mail an mich schrieb. Anscheinend in der Hoffnung, einen Zufallstreffer zu landen. Ich will wissen, wer genau dahintersteckt, da er Details enthält, die mir Lord Belmont eigentlich nur als Insiderwissen überlassen hat! Ich habe zwar den Brief in Kopie an die Mail angeheftet vor mir liegen und kann ihn dir schicken, wenn du möchtest! Aber das Original hätte ich trotzdem gerne.« Einen Moment lang war es still in der Leitung und Gabriel hatte das Telefon anscheinend kurz weggelegt, denn sie hörte ihn gedämpft mit jemandem sprechen. »Entschuldige bitte!«, hörte sie ihn dann. »Ich bin gerade im Büro des Yards und muss in Kürze auf eine Besprechung! Schicke mir die Adresse des Antiquars und ich werde mich nachher darum kümmern!« »Danke Gabriel!«, sagte sie. »Ich werde dich ihm ankündigen und er wird dir das Original aushändigen!« »Sehr gut! Ich melde mich am Abend bei dir, Ophelia!«, erwiderte Gabriel kurz angebunden. »Bis dann!« Da hängte er auch schon ein, denn allem Anschein nach musste er tatsächlich auf diese Besprechung, denn Ophelia hatte im Hintergrund erneut drängende Stimmen vernommen. In Gedanken versunken, machte sie sich daran, Gabriel die Adresse zu schicken, die sich nicht unweit ihres alten Büros in Belgravia befand, und schrieb dem Antiquar, dass sie einen guten Bekannten vom Scotland Yard schicken würde. Sie hoffte, das machte genug Eindruck, dass dieser Gabriel den Brief ohne Probleme aushändigen würde. Ophelia machte sich wieder an die Arbeit, denn am Morgen hatte sie begonnen, die Protokolle, die Gabriel einst kopierte, mit den Bestandslisten der damaligen Bibliothek zu vergleichen. Dabei übersah sie vollkommen die Zeit und als ihr Telefon plötzlich klingelte, erschrak sie. Eigentlich sollte sie bereits im Schlafzimmer stehen und sich für das Abendessen fertig machen. Es war jedoch nicht, wie erwartet, Gabriel, sondern Melisande, die sich bei ihr melden wollte, um zu hören, wie es ihr ging. Sie vertröstete sie auf den nächsten Tag und ging nach oben, um sich wenigstens in ordentliche Klamotten zu werfen. Insgeheim hoffte sie, dass nur sie es wäre, die zu Gast war und der Hosenanzug, den sie mitgenommen hatte, der Etikette genügen würde.

Als sie auf dem Fußweg zum Herrenhaus war, klingelte es erneut und diesmal war es tatsächlich Gabriel, der sich meldete. »Ich habe den Brief, Ophelia!«, sagte er ein wenig außer Atem. »Es war gut, dass du mich angekündigt hast, denn so recht wollte er ihn nicht herausrücken!« Ophelia lachte. »Mr. Gilbert kann ein wenig störrisch sein, ich weiß! Darum habe ich ihm die Mail geschrieben, denn ich ahnte es bereits!« Gabriel schnaufte leise, erwiderte aber nichts darauf, denn er wollte die Diskussion, die er gerade mit dem alten Herrn geführt hatte, nicht noch einmal wiedergeben. »Ich nehme an, du vermutest mehr dahinter, als eine einfache Anfrage, oder?«, fragte er. Ophelia wurde wieder ernst. »Ja, das tue ich! Aber ich würde mich ungern am Telefon dazu äußern, Gabriel! Ich will sie zuerst im Original sehen und dann entscheiden, ob ich dem weiter nachgehe.« Gabriel musste den Brief wohl gelesen haben, denn sonst hätte er nicht so explizit nachgefragt. »Ich werde ihn übermorgen mitbringen, Ophelia!«, meinte er leise. »Dann komme ich wieder nach Harlech! Reicht dir das?« »Ja, Gabriel!«, antwortete sie. »Eine Kopie der Mail habe ich bereits, in der mir Mr. Gilbert die Sache schildert! Aber ich würde gerne den Originalbrief sehen, ob er auch wirklich keine Fälschung ist! Da bricht wohl der Wissenschaftler in mir durch!« Sie hörte Gabriel lachen. »Ich habe mich, ehrlich gesagt, schon gewundert! Hast du schon irgendwelche Nachfragen diesbezüglich unternommen?« »Gabriel ich ...!«, dann stockte sie, holte tief Luft und fuhr fort: »Ich habe mir heute Nachmittag nach unserem Telefonat so meine Gedanken gemacht, wo ich genau ansetzen könnte und habe daraufhin zwei Mails geschrieben! Mehr möchte ich noch nicht dazu sagen, bitte! Und außerdem bin ich gerade auf dem Weg zum Herrenhaus! Lord Belmont hat zum Dinner geladen!« »Du bist spät dran, Ophelia!«, meinte Gabriel und Ophelia war sich sicher, dass er grinste. Sie stöhnte auf. »Ja, das bin ich! Melisande hat mich angerufen und ich musste sie schon abwürgen!« »Dann halte auch ich dich nicht länger auf!«, hörte sie Gabriel leise lachen. »Viel Spaß und richte Nathan und Ernest Grüße aus!« Sie hatte nicht einmal mehr die Zeit, ihm zu antworten, als er bereits auflegte. Ophelia ahnte, dass er nicht unbedingt gerne am Telefon quasselte, aber schüttelte den Kopf, als sie auf die Terrasse trat und das Telefon wieder einsteckte. Lord Belmont erwartete sie bereits und der Tisch war auf der Terrasse eingedeckt, damit sein Gast den Abend an der frischen und in der Zwischenzeit wirklich warmen Luft genießen konnte! »Das war mit ziemlicher Sicherheit Gabriel!«, begrüßte Lord Belmont sie lächelnd. »Zumindest nach Ihrem Gesichtsausdruck zu urteilen! Er hasst es zu telefonieren und legt meist sehr unvermittelt auf!« »Sie kennen ihn wirklich gut, Lord Belmont!«, erwiderte sie schief grinsend. »Ja es war tatsächlich Gabriel, und ich soll Sie und Ernest herzlich grüßen!« Lord Belmont lachte, nickte Ernest zu, der sich sichtlich über die Grüße freute. Er deutete an, sie solle sich doch setzen und Ophelia kam der Aufforderung dankend nach. Wohl wissend, dass dieses Essen auch einen Hintergrund hatte, der ihr nicht unbedingt behagte. Aber immerhin wurde ihr die Gesellschaft von weiteren Gästen erspart und darüber war sie ehrlich froh. Tatsächlich wurde es ein sehr angenehmer Abend und auch, wenn sie nicht wirkliche Fortschritte vorweisen konnte, zeigte sich der Lord sehr interessiert an dem, was sie bis jetzt getan und herausgefunden hatte. Es war weit nach Mitternacht, als sie sich auf den Weg zurück machte. Allein. Den Vorschlag, dass Ernest sie begleiten sollten, lehnte Ophelia dankend ab und genoss auf dem Rückweg die milde Luft des noch immer warmen Abends. In dem kleinen Häuschen angekommen, ging sie nochmals in die Bibliothek und fuhr einen der Rechner hoch, nur um zu sehen, ob sich noch jemand auf ihre Anfragen gemeldet hatte. Doch dem war nicht so und sie zog sich zurück in ihr Schlafzimmer, wo sie sich eigentlich ganz zufrieden mit dem Abend hinlegte und augenblicklich einschlief!

Am nächsten Morgen, Ophelia war wieder früh aufgestanden, machte sie sich alsbald daran, weiterzuarbeiten. Es waren nur noch zwei Tage, ehe sie eine Entscheidung treffen musste und Gabriel würde erst am nächsten Tag auftauchen. Sie wollte bis dahin wissen, wer genau hinter dem Brief steckte! Denn zwischenzeitlich fand sie in einem der Aktendeckel, die Lord Belmont ihr überließ, eine Diskrepanz, was die bestehende und die damalige Inventurliste betraf. Und es sah fast so aus, als ob man einen Teil der Bibliothek ausgelagert beziehungsweise verkauft hatte. Ophelia wollte unbedingt herausfinden, ob bei diesem

Unterfangen vielleicht ein Subskriptionsfehler aufgetreten war. Es war bereits früher Nachmittag, als sie aufgab. Ophelia kam nicht weiter und sie musste, ob sie nun wollte oder nicht, mit Lord Belmont reden und ihn um eine aktuelle Inventarliste bitten. Oder um eine Sichtung der Bibliothek im Herrenhaus. Seufzend erhob sie sich, fuhr die Rechner herunter, nahm den Aktendeckel mit den Listen und machte sich zu Fuß auf den Weg zum Haus. Selbst wenn Lord Belmont persönlich nicht anwesend war, würde zumindest Ernest im Haus sein. Er wollte am Nachmittag im Gärtnerhaus vorbeikommen, um ihre Vorräte aufzufüllen. Sie war sich sicher, dass ihr auch der Butler helfen konnte und so ging sie durch das kleine Wäldchen auf das Herrenhaus zu. Die Terrassentür war verschlossen, obwohl der Tag genauso schön und sonnig war, wie die letzten beiden. Sie ging um das Haus herum und wunderte sich, als sie den Wagen, den Gabriel normalerweise benutzte, vor dem Portal stehen sah. Die Tür selbst stand offen und Ophelia trat ohne zu klingeln ein. Ophelia vernahm Stimmen aus dem hinteren Teil des Hauses. Sie vermutete, dass Gabriel zuerst zu Ernest in die Küche gegangen war, wo der Butler sich meistens aufhielt. »Nein, Ernest!«, hörte sie Gabriel sagen. »Ich bleibe wirklich nicht hier! Morgen Nachmittag! Aber ich muss heute noch dienstlich nach Cardiff und dachte, ich bringe Ophelia das Dokument vorbei, dass ich ihr besorgen sollte!« Die Antwort des Butlers konnte sie nicht hören, wohl aber Gabriel, der daraufhin abwiegelnd meinte: »Bitte Ernest! Eine Tasse Kaffee reicht vorerst!« Ophelia ging auf die Küchentür zu, die offen stand und klopfte sachte an den Türrahmen. Gabriel drehte sich zu ihr um und ein Lächeln erschien auf seinem Gesicht. »Wie schön, dich hier zu treffen!«, sagte er und ging auf sie zu. »Ich wollte gerade rübergehen und dir den Brief bringen! Aber Ernest konnte mich noch zu einer Tasse Kaffee überreden! Ich bin sicher, du möchtest auch welchen!« Er bat Ernest, ihr auch welchen zu machen, als Ophelia die Einladung dankend annahm. Dann ging er zu der Anrichte und reichte ihr den Brief, den er sorgfältig in einer Klarsichthülle verstaut hatte. Sie nahm ihn, sah ihn kurz an und meinte vorsichtig: »Ich hoffe, es waren wirklich keine Umstände, Gabriel!« Lachend schüttelte er den Kopf. »Nein Ophelia! Ich war froh, nach dieser Bespre-

chung noch ein wenig an die Luft zu kommen!« Fragend sah er
Ophelia an. »Aber ich hoffe, es hilft dir weiter?« Sie hob die
Schultern, erwiderte seinen Blick und meinte ehrlich: »Ich bin
mir noch nicht so ganz sicher, aber immerhin habe ich eine Vermutung, woher die Anfrage vielleicht kam!« Gabriel nickte nur,
scheinbar zufrieden mit ihrer Antwort. Ernest drückte ihr eine
große Tasse in die Hand ebenso wie Gabriel. »Eigentlich bin ich
aber aus einem anderen Grund rübergekommen!«, sagte sie nach
einem großen Schluck und sah dabei Ernest an. »Was kann ich
für Sie tun, Dr. Cavill?«, fragte er. Ophelia schüttelte den Kopf.
»Bitte lassen Sie das Dr. Cavill sein, Ernest! Ophelia reicht vollkommen!« Sie trank nochmals einen Schluck Kaffee und meinte:
»Ich wollte eigentlich Lord Belmont fragen, ob es eine Inventarliste von dieser Bibliothek hier im Haus gibt. Und wenn ja, ob ich
sie einsehen könnte?« Ernest dachte kurz nach, warf Gabriel
einen fragenden Blick zu und als dieser zustimmend nickte, erwiderte er: »Ja, die gibt es wirklich, Ophelia! Ich hole Sie ihnen
gleich!« Ernest ging hinaus und ließ sie mit Gabriel allein, der
sie eingehend musterte. »Was glaubst du zu finden?«, fragte er
neugierig. »Nicht das Buch, wenn du dies dachtest! Aber in den
Listen, die Lord Belmont mir zur Verfügung gestellt hat, sind
einige vermerkt, die nach dem Stand meines Wissens nicht hier
sein dürften!« »Wie genau meinst du das?«, fragte Gabriel plötzlich angespannt. »Bücher, die ich in London wähnte!«, antwortete sie. »In der British Library! Als Leihgaben und ich wüsste
nicht, dass Lord Belmont sie wieder zurückgefordert hätte! Darum wollte ich nachsehen, ob sie hier im Bestand verzeichnet
sind und wenn ja, wie lange schon!« Gabriel sah sie nachdenklich
an und fragte vorsichtig: »Du denkst, er verheimlicht dir etwas?«
Ophelia hob die Schultern. »Ich weiß es nicht, Gabriel! Vielleicht
fehlt auch nur der Kontext dazu und weshalb sie wieder hier sein
sollten! Ich habe bereits an einen Bekannten in der Library eine
offizielle Anfrage danach gestellt! Aber bis jetzt ist er mir noch
eine Antwort schuldig geblieben!« »Und der Brief?«, fragte Gabriel kurz angebunden. Sie sah ihn an, dann zur Tür, was Gabriel
veranlasste zu sagen: »Du kannst ganz offen sprechen, Ophelia!
Ernest kann schweigen wie ein Grab! Ich glaube sogar, er ist kein
großer Befürworter von Nathans Anliegen an dich!« Ophelia

seufzte erneut: »Wenn ich mich nicht täusche, dann hat die Familie Vlad selbst über einen Mittelsmann versucht, herauszufinden, was mit dem Buch, nachdem es aus ihrem Besitz verschwunden oder entwendet wurde, geschehen ist! Ich versuche gerade mit dem Mann, der die Anfrage stellte, Kontakt aufzunehmen!« Gabriel strich sich über das Kinn. »Das ist interessant! Und du glaubst tatsächlich, sie waren es selbst?« Sie sah ihn ernst an. »Was aber voraussetzt, dass sie zumindest daran glauben, dass es existiert hat!« »Herrje!«, meinte Gabriel. »Das wirft natürlich, sollte es wahr sein, ein anderes Licht auf die Geschichte!« Ophelia nickte stumm. Ernest kam zurück mit zwei dicht mit Schreibmaschine beschriebenen Blättern und gab sie ihr lächelnd! Ophelia dankte ihm, überflog es kurz und überlegte, wie sie die Liste vielleicht über ihr Programm laufen lassen konnte, das sie sonst auch für Listen dieser Art nutzte. »Darf ich Sie etwas fragen, Ernest?«, meinte sie dann. Der Butler nickte. »Jederzeit, gerne!« »Wie lange sind Sie schon im Hause Belmont?«, wollte sie wissen. Der Butler dachte kurz nach und antwortete: »Etwas mehr als zwanzig Jahre! Lord Nathan Belmont, damals noch Count, war etwa zwölf, als ich in Lord Belmonts Dienst trat!« »Dann haben Sie den Überfall nicht miterlebt, oder?«, fragte Ophelia neugierig. Ernest schüttelte den Kopf. »Nein, das nicht! Aber ich habe natürlich in den Zeitungen darüber gelesen!« »Dennoch wäre interessant, ob während Ihrer Zeit in Diensten des Lords Verkäufe oder Leihgaben getätigt wurden und wenn ja, über welche Agenturen diese liefen!«, sagte Ophelia nachdenklich. Ernest, der sich eigentlich wieder in den hinteren Teil der Küche zurückziehen wollte, drehte sich zu ihr und sagte: »Es wurden solche Dinge erwähnt, Ophelia! Aber persönlich war ich nicht zugegen! Doch habe ich Einsicht in die Bücher des Hauses Belmont. Die Buchhaltung obliegt mir! Ich werde mal nachsehen, ob ich etwas finde, was Ihnen weiterhelfen könnte!« Sie lächelte ihn an. »Das wäre sehr nett von Ihnen!« Dann stellte sie die Kaffeetasse auf die Anrichte und sagte: »Dann werde ich mich wieder zurück an die Arbeit machen und euch nicht länger aufhalten als nötig!« Gabriel lächelte sie an. »Ich fahr dich schnell rüber! Ich muss auch noch weiter, ehe ich morgen komme!« Auch er stellte die Tasse ab und verabschiedete sich von Ernest, der ihnen nachrief, morgen ja pünktlich zum Abendessen zu erscheinen. Gabriel lachte. »Als ob ich mir das entgehen lassen würde!« Sie gingen nach draußen zu, wie Ophelia in der Zwischenzeit annahm, Gabriels eigenem Wagen und als sie eingestiegen waren, fragte Gabriel: »Wirst du Nathan morgen darauf ansprechen?« Sie hob die Schultern. »Ich bin mir noch nicht sicher, Gabriel, ob ich das tun sollte!« Gabriel startete den Wagen und fuhr die Auffahrt hinunter in Richtung der Abzweigung zum Gärtnerhäuschen. Er sprach nicht und Ophelia hatte den Eindruck, er dachte über etwas angestrengt nach. Er bog ab und als er vor dem Häuschen stand, machte er, wider Erwarten, den Motor aus. Dann sah er sie durchdringend an und meinte ernst: »Ich denke, du solltest es nicht tun, Ophelia!« Fragend erwiderte sie seinen Blick. Gabriel seufzte vernehmlich, drehte sich ein wenig zu ihr und sagte: »Du kannst dich doch erinnern, dass ich dich, von Newcastle kommend, in Coventry abgeholt habe!« Ophelia nickte. Er fuhr sich angestrengt über das Gesicht. »Dort fand am letzten Wochenende ein Kunstraub statt. Ich soll in diesem Fall ermitteln! Darum war ich dort! Und ich bin mir nicht ganz sicher, ob Nathan vielleicht nicht etwas damit zu tun hat!« Ophelia sah ihn sehr erstaunt an und fragte: »Wie kommst du denn darauf, Gabriel?« Erneut seufzte er. »Dabei wurden auch einige Bücher aus der Sammlung eines bekannten Mäzens gestohlen! Und wenn ich mich nicht täusche, stand eines davon auf der Liste, die Ernest dir gerade eben gegeben hat!« Ophelia stöhnte leise. »Das ist nicht dein Ernst, oder?« Er hob die Schultern. »Ich bin mir nicht ganz sicher! Aber ich werde, wie geplant, nach Cardiff fahren, da sich dort ein mir gut bekannter Kunsthändler gemeldet hat, dem eines der Beutestücke angeboten wurde! Wenn ich dort bin, werde ich mir die Liste aus dem Netzwerk des Yards ziehen und sie dir zum Abgleich schicken! Ich wäre dir sehr dankbar, wenn du für mich nachsehen könntest!« Ophelia nickte ein wenig unsicher, sagte aber dann: »Wenn du das wirklich möchtest, werde ich das natürlich für dich tun, Gabriel! Aber denkst du wahrlich, dass dies überhaupt möglich sein könnte!« Erneut hob er die Schultern, dann schüttelte er den Kopf und erwiderte: »Eigentlich nicht, Ophelia! Dafür kenne ich ihn zu gut! Aber ich will sicher sein, dass ich mich getäuscht habe!« Sie sah ihn lange an, dann öffnete sie die Wagentür, schloss kurz die Augen und erwiderte: »Ist in Ordnung, Gabriel! Ich warte, bis du dich meldest!« Sie ging zur Tür und machte sie auf. Gabriel atmete tief durch, beobachtete Ophelia dabei, wie sie hineinging und startete den Wagen, um sich auf den Weg zu machen. Er war eigentlich schon viel zu spät dran, aber er hatte ihr unbedingt selbst den Brief vorbeibringen wollen. Zurecht, wie er fand, denn nun hatte er die Information, was Ophelia vermutete, noch vor Nathan bekommen! Es behagte ihm zwar nicht, dass er ausgerechnet eines jener gestohlen gemeldeten Bücher auf der Liste gesehen hat! Aber irgendwie passte es zu der Geschichte und wieder einmal fragte er sich ernsthaft, was genau Nathan plante. Als er in Harlech in Richtung Cardiff abbog, schüttelte er den Kopf und versuchte, wieder einen klaren Gedanken zu fassen. Er konnte ohnehin nichts unternehmen, bevor er Ophelia nicht die Liste geschickt hatte, also konzentrierte er sich auf den Verkehr, um wenigstens zügig nach Cardiff zu kommen.

Gabriel war, wider Erwarten, doch schneller in Cardiff angekommen und machte sich sofort auf den Weg zu der Galerie, die dem Kunsthändler selbst gehörte. Er wurde bereits erwartet und als er sich für die Verspätung entschuldigte, gestand Mr. Porter ihm grinsend, dass es ihm durchaus gelegen gekommen war, da sich am Nachmittag spontan ein paar interessierte Kunden angekündigt hatten. Erleichtert ließ Gabriel sich von ihm nach hinten in das Büro führen, wo Mr. Porter ihm die Mail mit dem Angebot in die Hand drückte. Tatsächlich war es eines der Bilder, die der Sammler in Newcastle als gestohlen angegeben hatte. Gabriel seufzte leise, als er den Namen des Anbieters las, denn er wusste, Nathan kannte ihn und war bereits das eine oder andere Mal mit ihm ins Geschäft gekommen. Er nickte dem Mann zu. »Vielen Dank für Ihre schnelle Reaktion! Ich denke, es wird das Beste sein, Sie zeigen sich weiter interessiert und ich werde versuchen, über Scotland Yard einen inszenierten Kauf zu organisieren! Natürlich nur, wenn Sie damit einverstanden sind!« »Selbstverständlich, Detektiv Chief Inspector!«, kam die prompte Antwort. »Ich werde sofort im Namen der Galerie auf das Angebot antworten und weitere Instruktionen abwarten!« Gabriel dankte ihm und verabschiedete sich, um sich umgehend auf dem Weg zum Revier zu machen, um die weiteren Schritte in die Wege zu leiten. Er musste mit seinem Captain in London telefonieren und sich grünes Licht holen, damit der Kunsthändler überhaupt ein entsprechendes Angebot machen durfte. Außerdem wollte er mit Ophelia wegen der Liste Kontakt aufnehmen. Es würde ein langer Abend werden, ehe er sich in das Hotel, das er am Morgen gebucht hatte, zurückziehen konnte. Er war gerade auf dem nicht weit von der Galerie entfernten Revier angekommen, als sein Mobiltelefon klingelte. Er sah Ophelias Nummer und hob ab. »Entschuldige, dass ich dich störe, Gabriel!«, hörte er sie sagen. »Doch ich denke, es ist wichtig!« »Schieß los!«, antwortete er gespannt. »Ich komme gerade von der Galerie und bin auf dem Weg zum Revier, um dir die Liste zu schicken!« Er hörte, wie sie Luft holte und es war einen kurzen Moment still in der Leitung. »Ich habe gerade eine Mail aus Weimar bekommen, Gabriel!«, sagte sie. »Professor Ebenstein leitet dort die berühmte Anna Amalia Bibliothek! Schon über viele Jahre! Und er erinnerte sich, als ich ihn anschrieb, dass auch seine Bibliothek eine Anfrage von dieser Agentur, die ich erwähnte, erhalten hat! Man schrieb die Bibliothek zwar vor seiner Zeit an, bat aber ebenso um Auskunft darüber, ob ihnen das Buch zum Kauf angeboten worden war! Er konnte sich daran erinnern, als er meine Mail las und hat sich den Brief, der dort lagert, herausgesucht! Gleicher Absender, gleiche Schreibmaschine, gleicher Wortlaut wie bei jenem, den du mir gebracht hast! Und auch er vermutet nun die Familie Vlad als Auftraggeber, nachdem er ihn mit meiner Anfrage in Kontext brachte!« Gabriel fuhr sich angestrengt über die Stirn. »Wie kommt er zu dieser Vermutung, Ophelia?« »Es kam einige Wochen nach der Anfrage Besuch aus Ungarn!«, antwortete sie, die Antwort des Professors wiedergebend. »In der Delegation, die wohl Weimar besuchte, befand sich ein Nachkomme der Familie Vlad, der am Abend bei den dabei einhergehenden Festlichkeiten persönlich bei dem damaligen Kurator nachfragte, ob man nicht doch ein Buch angeboten bekommen habe! Das Ganze passt zeitlich genau zu unserem Brief und Professor Ebstein hat zudem in den Aufzeichnungen des damaligen Kurators einen dementsprechenden Vermerk auf dieses Gespräch gefunden. Gabriel dachte kurz nach. »Kannst du herausfinden, ob es noch mehr europäische Bibliotheken gibt, die ein solches Schreiben erhalten haben?« »Darum wollte ich dich anrufen, Gabriel!«, erwiderte sie leise. »Denn wenn ich das tue, lasse ich definitiv die Hosen runter und ich kann die Lawine, die ich damit vielleicht lostrete, nicht mehr stoppen! Und du weißt, was dies dann bedeuten würde!« »Verdammter Mist!«, kam die prompte Antwort von Gabriel. »Ja, ich kann es mir fast denken! Und sollte sich der Verdacht mit dem gestohlenen Buch auch noch bestätigen, hängen wir beide in der Sache tiefer drin, als wir es je vorhatten!« Ophelia erwiderte nichts darauf, denn auch ihr war der Gedanke bereits gekommen, dass es durchaus im Bereich des Möglichen lag, dass Gabriel in die Sache verstrickt wurde. Ganz zu schweigen von dem Aufschrei, der durch die Literaturwelt gehen würde, sollten sie sich wahrlich der Sache annehmen. »In Ordnung!«, hörte sie ihn plötzlich sagen. »Lass mich bitte darüber nachdenken, was wir tun sollen! Als erstes schicke ich dir die Liste, damit du wenigstens das klären kannst! Ich habe hier noch ein paar Dinge zu erledigen! Sobald ich im Hotel bin, melde ich mich bei dir!« »Ist gut, Gabriel!«, sagte sie und weiter kam sie auch nicht, denn Gabriel legte augenblicklich auf und sie nahm an, dass er am Revier angekommen war.

Gabriel kannte die meisten der Beamten aus Cardiff, da er schon mehrmals, von Harlech kommend, ihr Revier als Büro missbraucht hatte. Er war jedoch ein gern gesehener Gast und als er eintrat, wurde er freudig begrüßt. Noch ehe er es sich richtig versah, bekam er eine riesige Tasse Kaffee in die Hand gedrückt und einen Schreibtisch inklusive Rechner mit Zugang zum Yard-Netzwerk. Er erklärte dem Diensthabenden, Sergeant Travis, mit dem er sogar schon mehrfach persönlich zusammengearbeitet hatte, kurz, warum er hier war und ob er, natürlich nur in Zusammenarbeit, mit ihm die Sache mit dem Deal einfädeln durfte, sollte er von London die Genehmigung bekommen. Der Beamte war hocherfreut, dass Gabriel ihn mit den Vorbereitungen betraute und machte sich sofort daran, die Sache anzugehen. Gabriel war erleichtert und machte sich aber als erstes an die Liste, um sie Ophelia zu schicken. Es war bereits nach neunzehn Uhr, als alles besprochen war und er sich auf den Weg zum Hotel machte. Dort wollte er nur in Ruhe etwas essen und sich dann mit Ophelia in Verbindung setzen, in der Hoffnung, dass sie nichts gefunden hatte, was Nathan belastete. Als er gegessen hatte und endlich in seinem Zimmer angekommen war, waren die Kopfschmerzen, die ihn schon den ganzen Tag quälten, schlimmer geworden und er wünschte sich nichts sehnlicher, als sich einfach hinzulegen und zu schlafen. Doch er musste diesen Anruf hinter sich bringen. Auch um Ophelias Willen. Also wählte er und hoffte, sie würde gleich drangehen. Es schien, als hätte sie darauf gewartet und als sie abnahm, konnte er an ihrer Stimme erkennen, dass sie sich Sorgen um ihn gemacht hatte. Mit fast ein wenig schlechtem Gewissen entschuldigte er sich bei ihr. »Was hast du herausgefunden?«, fragte er sie leise, wohl wissend, dass sie ihm anhörte, dass ihm der Grund des Anrufes nicht behagte. »Du hattest leider recht, Gabriel! Eines der Bücher ist tatsächlich auf der Liste, die Ernest mir gab und auf der deinen! Die Frage ist dann wohl nur, wie kam es nach Newcastle?« »Herrgott, Nathan!«, entfuhr es Gabriel, dann fasste er sich wieder und schob nach: »Es muss nicht zwangsläufig auf illegalem Wege dorthin gelangt sein, Ophelia! Aber es zeigt dir zumindest, dass die Liste nicht unbedingt auf dem neuersten Stand ist! Warum auch immer!« »Mag sein!«, antwortete sie. »Und vielleicht wurde der Verkauf einfach nicht vermerkt! Aber das würde sich mit Ernests Durchsicht der Buchführung erklären lassen!« »Ja, das würde es! Und ich denke, das wird es auch! Aber es erklärt nicht, warum es zu diesen Diskrepanzen kam und weshalb sie ausgerechnet jetzt an das Tageslicht kommen!« »Da ist allerdings etwas Wahres dran, Gabriel!«, erwiderte Ophelia nachdenklich. »Und ich würde gerne deine Meinung zu dem anderen Problem hören!« Gabriel fuhr sich über das Gesicht. »Ich weiß! Aber momentan kann ich dir meine Meinung nicht sagen, da ich noch keine habe!« Ophelia schwieg und Gabriel meinte, sich entschuldigend: »Ich habe mir noch keine Gedanken machen können! Es war einfach zu viel los auf dem Revier! Entschuldige bitte! Aber ich werde morgen, am frühen Nachmittag zuerst zu dir kommen! Dann reden wir noch einmal in aller Ruhe darüber, ehe wir zum Essen rüber in das Herrenhaus gehen!« Ophelia lachte leise. »Das ist auf jeden Fall ein guter Vorschlag, Gabriel! Immerhin soll ich Lord Belmont morgen sagen, was ich weiter tun werde! Und im Moment wäre mir deine Meinung dazu sehr wichtig!« »Verständlich!«, erwiderte Gabriel grinsend, doch wurde er gleich wieder ernst. »Wir werden darüber reden, Ophelia! Versprochen! Ich will sehen, was du in der Zwischenzeit herausgefunden hast, ehe ich dir überhaupt zu irgendetwas raten werde!« »Einverstanden, Gabriel!«, erwiderte sie ruhig. »Und nun leg auf und geh schlafen! Du hörst dich erschöpft an! Bis morgen!« Ohne Gabriels Antwort abzuwarten, legte sie diesmal einfach auf und Gabriel schloss die Augen. Er legte das Telefon zur Seite und wollte eigentlich noch einmal aufstehen und sich, trotz der Kopfschmerzen, ein Bier im Pub, das zum Hotel gehörte, holen. Doch irgendwie konnte er sich nicht mehr aufraffen und ehe er es sich versah, war er eingeschlafen.

Am nächsten Morgen erwachte er in seiner Kleidung, die er am Vortag getragen hatte, aber immerhin ohne Kopfschmerzen. Er duschte sich, zog sich um und ging hinunter, um zu frühstücken und zu zahlen! Er wollte nur noch kurz auf dem Revier vorbeischauen, ob sich dort etwas getan hatte und sich dann gleich auf den Weg nach Harlech machen. Er war neugierig, was Ophelia ihm zu berichten wusste, denn er würde, ob sie nun wollte oder nicht, Nathan mit gewissen Dingen, die sich in den letzten Tagen ergeben hatten, oder er von Ophelia erfahren hatte, konfrontieren. Er brauchte Klarheit! Zur Not würde er eine Antwort von ihm erzwingen, was er wirklich vorhatte. Hauptsächlich, um Ophelia aus dieser Sache herauszuhalten, ehe sie zu tief hineinschlitterte. Wenn dies überhaupt noch möglich war. Selbst ungewollt, würde es ihr nur Probleme einbringen. Nicht nur von Seiten der Literaturgemeinde. Als er auf dem Revier angekommen war, informierte ihn Sergeant Travis darüber, dass alles wie von ihm gewünscht organisiert war und man nun die Antwort des Verkäufers, der wahrscheinlich nur ein Hehler war, abwarten musste. Aber vor Montag würde wahrscheinlich nichts passieren und Gabriel verabschiedete sich. Er wusste, sollte sich früher etwas ergeben, würde der Diensthabende ihm augenblicklich Bescheid geben und ihn informieren. Als er sich auf den Weg nach Harlech machte, spürte er, wie allmählich die Neugierde in ihm hochkroch und er war wirklich gespannt, was Ophelia ihm erzählen würde.

Ophelia indes hatte am Vormittag die letzten Vorbereitungen getroffen und war höchst erfreut, als sie die Mail einer in Deutschland sitzenden Literaturagentur bekam, in der ihre Nachfrage mehr oder weniger bestätigt worden war. Sie brauchte nichts weiter zu tun, als zu antworten, ob man das Ganze weiterverfolgen wollte. Wenn ja, würde man alles Weitere dafür in die Wege leiten! Sie druckte die Mail aus und begab sich in die Küche, um Scones zu backen. Sie hoffte Gabriel eine Freude damit zu machen, denn sie nahm an, dass er bald aufschlagen würde. Am Vorabend hörte sie, trotz der Müdigkeit in seiner Stimme, die in ihm aufkeimende Neugierde und sie musste bei dem Gedanken daran Lächeln, mit welcher Anspannung er hier wohl ankommen würde. Dennoch konnte auch sie nicht leugnen, dass die letzten Tage mehr als anregend gewesen waren und sie war, wie sie auch schon zu Gabriel gesagt hatte, wirklich nicht mehr sicher, ob sie ihren Vorsatz, die Finger von der Geschichte zu lassen, einhalten konnte.

Als Gabriel die Tür zum Gärtnerhäuschen öffnete, roch es verführerisch nach frischem Backwerk und er musste grinsen, als er ahnte, dass sich Ophelia wohl in der von Ernest voll ausgerüsteten Küche betätigt hatte. Er wusste, dass Ernest stets darauf achtete, dass der Kühlschrank gut gefüllt und alle Grundnahrungsmittel vorhanden waren, denn auch er vermied es, wenn möglich, im Herrenhaus zu essen. Gabriel versorgte sich lieber selbst, wenn er länger hier war. Ophelia hatte den Wagen und die Tür gehört und rief: »Ich bin in der Küche, Gabriel!« Sie war gerade dabei, die Scones auf ein Tablett zu richten, ebenso wie die dazu gehörende dicke Sahne und Erdbeermarmelade. Es war eigentlich sehr untypisch für England, wieder warm und sonnig und sie wusste, Gabriel würde es vorziehen, es sich draußen gemütlich zu machen. Er nickte lächelnd und deutete ihr an, damit mehr als nur einverstanden zu sein, nach draußen zu gehen. Gabriel machte sich sofort daran, den Kaffee vorzubereiten. Auch, wenn er vor Ungeduld beinah platzte, freute er sich sehr auf die von Ophelia vorbereiteten Scones, die er auf dem Tablett erspäht hatte. Als er mit dem Kaffee nach draußen kam, saß sie bereits am liebevoll gedeckten Kaffeetisch und lächelte ihn an. »Wie ich sehe, liegen deine Talente nicht nur im Auffinden von verschwundenen Büchern verborgen!«, sagte er schmunzelnd, als er sich zu ihr setzte. »Woher weißt du, dass ich Scones liebe?« Sie lachte. »Ein in Livree gekleideter Spatz hat es mir gezwitschert, als ich ihn heute Morgen anrief und fragte!« Gabriel lachte laut auf, nahm sich einen und bestrich ihn dick mit Sahne und Marmelade. »Mmmh! Lecker!«, meinte er nach zwei Bissen und aß ihn vollkommen auf. Dann sah er sie an und Ophelia ahnte, was er wissen wollte. »Ja, Gabriel!«, sagte sie darum. »Der Brief ist tatsächlich echt und ich habe heute im Laufe des Vormittags eine Mail aus Deutschland bekommen, die die Aufträge dieser Agentur aus Ungarn übernommen hat, als diese wegen Nachfolgeproblemen schließen musste! Sie würden mir auch, sofern wir uns wirklich dazu entschließen, weiter vorzudringen, die dementsprechenden Dokumente schicken, damit ich mich mit den ursprünglichen Auftraggebern, welche ihnen auch nicht bekannt sind, in Verbindung setzen kann. Erst, wenn ich weiter nachforschen will, wird das beim Notar hinterlegte Dokument geöffnet und mir geschickt. Womit wir dann endgültig wüssten, wer wirklich dahintersteckt!« »Wow«, war die knappe Antwort von Gabriel auf Ophelias Worte. Er nahm sich einen weiteren Scone, die denen von Ernest wirklich in nichts nachstanden und aß ihn ruhig, aber nachdenklich. Gabriel erhob sich, noch immer schweigend und machte ihnen nochmals Kaffee. Als er wieder saß, musterte er Ophelia eingehend. »Also gut, Ophelia! Wir wissen nun, dass wohl mehr Parteien Interesse zeigen, als ursprünglich angenommen. Wir wissen auch, dass Nathan nicht unbedingt alle Karten offenlegte, als er dich darauf ansetzte! Und, dass es gewisse Diskrepanzen gibt, ihn und seine Geschäfte betreffend! Was sollen wir also deiner Meinung nach tun?« Ophelia erwiderte seinen Blick und er konnte in ihrem Gesicht nicht erkennen, was genau ihr durch den Kopf ging. Dann setzte sie sich ein wenig aufrechter hin, musterte ihn und meinte vorsichtig: »Nachdem du immer von uns beiden sprichst, wirst du, sollte ich mich entscheiden ihm zu helfen, wohl auch sein Angebot, für ihn exklusiv zu recherchieren, annehmen! Verstehe ich das richtig, Gabriel?« »Es bleibt mir dann scheinbar ja nichts anderes übrig! Denn so, wie sich die Sache augenblicklich darstellt, wirst du ohne meine Hilfe nicht weiterkommen! Und ich ohne die deine genauso wenig! Wir werden diese Entscheidung gemeinsam treffen müssen und ich kann dir schon jetzt versprechen, dass ich ihm allein dafür schon den Kopf abreißen werde. Geschweige denn von dem Rest, der sich dann sonst noch so ergibt!« Auch Gabriel setzte sich aufrecht. »Die Frage ist jetzt eigentlich nur, ob du weitermachen willst oder nicht?« »Und genau an diesem Punkt fängt es an, kompliziert zu werden, Gabriel!«, erwiderte sie prompt und sah ihn dabei mit festem Blick an. »Nach wie vor glaube ich nicht, dass dieses Buch existiert! Aber es denken wohl mehrere Parteien, dass dem doch so sei!« Sie nahm einen Schluck Kaffee. »Wenn wir einmal davon ausgehen, es existiert tatsächlich und ich diese Mail an diverse Bibliotheken in ganz Europa losschicke, wie von dir vorgeschlagen, werden wir eine Lawine lostreten, die kaum aufzuhalten sein wird, Gabriel! Egal, ob es nun wahr ist oder nicht! Die Familie Vlad wird glauben, Lord Belmont verheimlicht ihnen etwas, da sie über all die Jahre immer wieder Interesse daran zeigte. Und meine Kollegen im laufenden Literaturbetrieb werden auf mich losgehen, da sie mich für komplett durchgeknallt halten! Wenn wir nicht aufpassen, wird das Ganze an die Öffentlichkeit dringen und ich werde somit, zusammen mit dir, ein gefundenes Fressen für die gesamte britische Klatschpresse!« »Das dachte ich mir fast!«, erwiderte Gabriel. »Ich hatte schon am Telefon so eine Ahnung, als du so distanziert auf meinen Vorschlag reagiert hast!« Er blickte sie nachdenklich an. »Glaubst du wirklich, dass dies solche Wellen schlagen würde, wenn ein unbedeutender Lord sich um ein verschollenes Buch aus seiner Hausbibliothek bemüht?« »Das ist nun die alles entscheidende Frage, Gabriel!«, konterte Ophelia prompt. »Zumal dein Cousin kein so unbeschriebenes Blatt ist, wie du vielleicht denkst! Zumindest nicht, was die Literaturwelt betrifft! Und dort wirst du so einige Klatsch- und Tratschtanten finden, die nichts Besseres zu tun haben werden, als Lord Belmont durch den Dreck zu ziehen!« »Da werde ich mich auf dein Urteil verlassen müssen, Ophelia!«, gab Gabriel etwas entnervt zu. »Dafür weiß ich zu wenig, was genau er in dieser, deiner Welt so alles treibt!« »Er hat sich jedenfalls bei einigen Institutionen einen gewissen, sagen wir, spendablen Ruf erkauft und seine Spenden für diverse Ankäufe in den verschiedensten Bibliotheken, unter anderem auch für die British Library, waren nicht unerheblich!«, erklärte sie Gabriel leise. »Würde ich mich weiter um sein spezielles Anliegen kümmern, machen wir uns beide zum Gespött der Leute! Erst recht, da die meisten um diese leidige Geschichte seines Hauses mit Bram Stoker wissen!« »Du hast dich in den letzten Tagen genau informiert, oder?«, fragte Gabriel vorsichtig. »Zwangsläufig, Gabriel!«, konterte sie schärfer, als beabsichtigt, nicht wissend, was er mit dieser Frage bezwecken wollte. »Ich musste meine Anfragen um den eigentlichen Kern der Sache herum formulieren, sodass es letztendlich nicht ausblieb, seinen Namen, wenn auch mit Bedacht, zu erwähnen!« »Entschuldige, Ophelia!«, beschwichtigte Gabriel erschrocken. »Ich wollte dir damit nichts unterstellen und mir war schon klar, dass du so etwas in der Art machen musstest, um an Informationen zu kommen! Ich bin nur wirklich erstaunt, was er in dieser Hinsicht so alles treibt, denn erwähnt hat er es, zumindest mir gegenüber, nicht!« »Obwohl du Kunst und Architektur studiert hast, ehe du zur Polizei gegangen bist?«, konterte sie verschmitzt lächelnd. »Ernest ist und bleibt eine Labertasche!«, schmunzelte Gabriel. »Aber es stimmt, Ophelia! Doch teilen Nathan und ich nicht unbedingt immer dieselben Interessen!« Sie lächelte ihn vielsagend an und er fragte: »Du wirst also Nathans Angebot annehmen, oder?« »Aber nur unter einer Bedingung, Gabriel! Und eben die betrifft nur dich allein und im Speziellen!« Erstaunt runzelte er die Stirn, gab ihr aber zu verstehen, dass sie fortfahren sollte. »Wenn ich das tue, will ich, dass du mir dabei hilfst! Ich will, wenn ich diese Mails und Briefe losschicke, deinen Namen darunter schreiben dürfen. Ich weiß, dass es dir dein Rang beim Scotland Yard erlaubt, dies als Anfrage, um Mithilfe für die Aufklärung eines möglichen Verbrechens, zu formulieren, ohne dass der eigentliche Hintergrund genannt werden muss! Ich würde dies als deine Beraterin in diesem Fall tun und würde, zumindest vorerst, nicht in das Lampenlicht treten, in das ich nicht gezerrt werden möchte! Und wir werden diese kleine Scharade Lord Belmont verschweigen!« »Warum?«, fragte er kurz angebunden.

»Weil ich zwar noch immer nicht glaube, dass dieses Buch existiert, aber ich vermute, dass etwas anderes, größeres dahintersteckt, das uns dein Cousin nicht verraten hat!« »Du hast etwas gefunden, dass dich dies vermuten lässt?«, fragte er neugierig. Ophelia nickte. »Hinweise darauf, dass der Vorfahr von Lord Belmont tatsächlich mit etwas im Gepäck zurückkam, das ihm Fürst Vlads Frau mitgegeben hat! Aber nicht das, was er uns versucht weiszumachen! Ich weiß nur noch nicht genau, was es war! Aber nach seiner Rückkehr brachen sämtliche Handelsbeziehungen nach Ungarn ab. Sehr abrupt und aus heiterem Himmel. Nur damit der österreichische Kaiser diese anstelle der Vlads antrat, als ob es nie anders gewesen wäre, zwischen dem Haus Belmont und dem österreichischem Kaiserreich! Und ich denke, die Familie Vlad im Laufe der Zeit und wechselnden Staatsregierungen sämtlicher Titel enthoben, hat ein starkes Interesse daran, herauszufinden, was damals genau passiert ist, da es sie letztendlich Land, Ansehen und eine Menge Geld gekostet haben muss, was wohl auch den politischen Umbrüchen des letzten Jahrhunderts geschuldet war. Ziemlich wahrscheinlich aber auch dem Eingreifen von Lord Belmont selbst und der Familie des Lords! Und ab diesem Zeitpunkt, Gabriel, hat die Familie Vlad, so wie es sich mir momentan darstellt, immer wieder Anfragen dieser Art in Auftrag gegeben. Dokumente, Korrespondenz zwischen den Häusern und noch einmal, erst vor ein paar Jahren, direkt bezogen auf das Buch!« »Gott im Himmel!«, keuchte Gabriel. »Das sind allerdings heftige Neuigkeiten!« Unvermittelt erhob Gabriel sich und ging einige Schritte in den Park hinaus, der direkt an das Gärtnerhäuschen grenzte. Er musste nachdenken, doch im Endeffekt hatte er sich bereits entschieden. Er wusste, Ophelia arbeitete gründlich und es gab an ihren Recherchen nichts anzuzweifeln. Dafür sprach allein schon ihre Reputation, wie er bei den Erkundigungen über sie herausgefunden hatte. Sie würde dies nicht von ihm verlangen, wenn sie es nicht belegen oder beweisen konnte. Die Bitte um seine Mithilfe bestätigte dies eigentlich nur, denn es sah so aus, als würde auch sie Nathan in erster Linie nicht schaden wollen. Selbst wenn sie ihm unterstellte, einige Tatsachen verschwiegen oder verdreht zu haben. Gabriel drehte sich zu ihr um und sah ihr direkt in die Augen. »Also gut! Ich werde dir helfen! Schon um Nathans Willen! Auch, wenn mir der Gedanke, er könnte mit seinem Anliegen etwas anderes im Sinn haben, als dieses vermaledeite Buch zu finden, zutiefst zuwider ist! Ich werde deine Bedingungen annehmen, Ophelia! Vorbehaltlos!« Sie nickte ohne zu lächeln und erhob sich. »Dann lass es uns hinter uns bringen! Ernest wird schon auf uns warten, Gabriel!« Sie brachte das Geschirr nach drinnen und Gabriel beobachtete sie dabei nachdenklich. Er holte tief Luft und als sie wiederkam, bot er ihr seinen Arm an, unter den sie sich ohne zu zögern einhakte, um mit ihm zusammen zum Herrenhaus zu gehen. Sie waren erst einige Meter gegangen, als Gabriel plötzlich meinte: »Darf ich dich etwas fragen, Ophelia?« Ohne stehen zu bleiben, sah sie ihn an und nickte nur. »Warum machst du das?«, fragte er sofort, als er ihr Nicken sah. »Ich meine, du denkst nach wie vor, dieses Buch gibt es nicht und trotzdem willst du weitermachen, obwohl das, was du bis jetzt herausgefunden hast, nichts mit Nathans eigentlichem Anliegen zu tun hat! Weshalb willst du dies alles auf dich nehmen und deinen Ruf, wenn auch nun anders als erwartet, gefährden. Ich denke, dass es immer noch für genug Aufsehen sorgen wird, wenn herauskommt, was du genau hier tust!« Eine Weile erwiderte sie nichts darauf, denn sie wusste die Antwort, die sie auf Gabriels Frage durchaus parat hatte, würde ihm nicht so ohne weiteres gefallen. Ophelia blieb kurz stehen, sah ihn ernst an und antwortete endlich: »Weil ich, wenn auch nur durch Zufall, erfahren habe, dass du schon jetzt tiefer in dieser Geschichte drin hängst, als du es auch nur im Ansatz ahnst, Gabriel! Und dich das ebenso wie mich, deinen Ruf und vielleicht auch deine Stellung kosten kann!« Ungläubig sah Gabriel sie an. »Wie kommst du denn darauf?« Sie holte tief Luft, erwiderte seinen Blick und meinte: »Als ich dich vorgestern bat, den Brief in London zu besorgen, kam kurz nach dem Telefonat Ernest vom Einkaufen und füllte die Vorräte im Gärtnerhaus auf. Wir fingen an zu reden und ich sprach ihn darauf an, dass er dich stets mit Master Gabriel anredete! Ich war ehrlich gesagt neugierig und wollte wissen, was dies zu bedeuten hat!« Gabriel stöhnte leise auf, erwiderte aber nichts darauf. »Und mir fiel ein, dass du, nachdem Lord Belmont dich tadelte, dich mir nur mit dem Mädchennamen deiner Mutter vorstelltest, du wiederum daraufhin meintest, dass dein richtiger Name mehr Türen verschließen, als öffnen würde. Ernest gestand mir nach längerem Zögern, dass auch du von Geburt aus einem alten englischen Adelsgeschlecht entstammst und eigentlich dein voller Titel Count Gabriel Beauly-Belmont lautete. Hättest du nicht deinen Titel abgegeben!« »Verdammt!«, stöhnte Gabriel ein wenig belustigt. »Ernest ist einfach unverbesserlich!« Er sah sie an und meinte: »Schön und gut, Ophelia! Nun kennst du meine genaue Herkunft, aber es ist eigentlich nur ein Name, den ich, nachdem ich den Titel ganz offiziell meinem Bruder übertragen habe, nicht einmal mehr tragen darf! Was mir mehr als nur recht ist, wie du dir vorstellen kannst. Es ist tatsächlich wenig hilfreich, wenn ich bei meiner Arbeit erst einmal meine Stellung klar machen müsste! Und Verbrecher arbeiten noch weniger mit einem Aristokraten zusammen als mit der Polizei!« Ophelia musste unwillkürlich lachen. »Das kann ich mir denken, Gabriel! Aber das ist es letztendlich nicht, was ich damit sagen wollte! Doch war ich schon zuvor in diversen Dokumenten und Kopien, die ich bekommen habe, immer wieder einmal auf diesen Namen gestoßen und ich fing an, ein wenig tiefer in eurer gemeinsamen Familiengeschichte zu graben und auch deine Ahnen standen wohl mit der Familie Vlad in Kontakt! Leider nicht im positiven Sinne, Gabriel! Und das ist es, was mir ehrlich gesagt Sorgen bereitet!« Ehrlich erstaunt sah er sie an und fragte neugierig geworden: »Wie genau muss ich mir das vorstellen?« Sie holte tief Luft. »Ich stieß mehrmals auf Übertragungsurkunden, die im Zusammenhang mit den Anfragen auftauchten! Oft nur in Kopie und achtlos beigefügt, da man bei früheren Recherchen scheinbar durch den Doppelnamen darauf gestoßen war! Als der Vorfahr Lord Belmonts zurückkam und die Familie Vlad durch sein Verhalten an Macht und Einfluss in Ungarn verlor, begann dein Zweig der Familie Land zu erwerben, welches man im Zuge von Enteignungen den Vlads abgesprochen hatte. Oft weit unter dem Nennwert und auch das eine oder andere Mal nicht ganz legal! Und ohne, dass der Name Belmont in den Urkunden auftaucht, da es sich ja um eine andere aristokratische Familie aus England handelte. Ich vermute, niemand machte sich die Mühe, genau herauszufinden, wer hinter dem Namen Beauly steckte, oder ob diese Familie explizit etwas mit den Belmonts zu tun hatte. Das Ende vom Lied war, dass etwa hundert Jahre nach der Rückkehr Lord Belmonts Vorfahr mehr als die Hälfte des ursprünglichen Landbesitzes der Vlads an die Familie Beauly veräußert worden war. »Und was machten meine Vorfahren mit dem ganzen Land?«, fragte Gabriel nachdenklich. »Sie bauten Tabak an, Gabriel!«, erwiderte Ophelia. Gabriel blieb erneut stehen und sah sie überrascht an. »Weshalb ausgerechnet Tabak?« »Ich habe herausgefunden, dass der österreichische Kaiser zu jener Zeit eine Art Monopol für den Handel mit eben jenem auf dem europäischen Kontinent hatte und ihn zusammen mit dem Kaffee und Gewürzen, die er von den Türken bezog, handelte!«, sagte sie erklärend. »Man hat so über viele Jahre hinweg den Vlads ihre Existenzgrundlage genommen, um ihnen dann zu gegebenen Zeitpunkt und den damals politischen Umständen schuldend, ihre Titel, das Vermögen und wohl auch sämtliches verbliebenes Land zu nehmen!« Ophelia spürte, dass Gabriel ein wenig überfordert war mit den Fakten, die sie ihm so unvermittelt an den Kopf warf. »Und was folgerst du nun daraus?«, fragte er verwirrt. »Was genau hat das mit Nathans Anliegen zu tun?« »Ernest erzählte mir, dass du erst vor Kurzem deinen Titel abgegeben hast!«, sagte sie leise. »Und ich fürchte, dass dies der ungünstigste Zeitpunkt dafür war, Gabriel, denn Lord Belmonts neuerlich erwachtes Interesse an diesem Buch und deine Verzichtserklärung könnten jene Parteien, von denen wir noch nichts genaueres wissen und die ebenfalls Interesse an dieser Geschichte haben, vermuten lassen, dass du ihm damit zuspielst! Was genau auch immer!« »Weshalb?«, meinte er kurz angebunden. »Weil vor etwas mehr als hundert Jahren deine Vorfahren wiederum sämtliche Besitzansprüche der Liegenschaften in Ungarn an Lord Belmonts Vorfahren überschrieben haben, nachdem die Vlads in der Bedeutungslosigkeit verschwunden waren. Den Todesstoß versetzte ihnen dann sicherlich auch noch die Veröffentlichung und die damit einhergehende Verleumdung durch Bram Stokers Roman, in dem er die vermeintlichen Abenteuer Lord Belmonts Urahn aufgezeichnete und umarbeitete!« »Das!«, stotterte Gabriel, »hört sich schier unglaublich an, Ophelia!« »Lässt sich aber, bis auf letztere Vermutung, alles sehr genau belegen!«, konterte sie. »Obwohl ich zugeben muss, dass es wirklich reiner Zufall war, dass ich darauf stieß und auch nur, nachdem sich Ernest verplappert und mich, mehr oder weniger, unfreiwillig mit der Nase direkt darauf gestoßen hat!« »Und du denkst ernsthaft, dass, sollten wir weitere Nachforschungen anstellen, jemand darauf aufmerksam wird und dann beschließt, sich nach all der Zeit an mir zu rächen! Glaubst du nicht, dass dies ein wenig übertrieben wäre?« Ophelia hob die Schultern. »Ich habe keine Ahnung, was passiert, wenn ich die Mails und Briefe losschicke! Und meiner Meinung nach ist da noch immer jemand im Hintergrund, der Lord Belmonts Umtriebe bezüglich dieses Buches beobachtet!« Sie waren bereits in Sichtweite des Herrenhauses gekommen, als Gabriel erneut stehen blieb. »Ich hätte dir vielleicht doch nicht so voreilig meine Hilfe zusagen sollen!«, meinte er mit ironischem Unterton in der Stimme. »Aber ich muss zugeben, dass hört sich, wenn auch ziemlich obskur, durchaus plausibel an!« Er atmete tief durch, hakte sie wieder unter und sagte leise, aber wieder mit fester Stimme: »Dennoch wirst du morgen diesen Brief verfassen und losschicken! Jetzt will ich erst recht wissen, was Nathan vorhat und warum er nicht unerhebliche Details verschweigt! Aber versprich mir, vorsichtig zu sein!« Sie lächelte ihn an und nickte. »Nun setz aber ein freundlicheres Gesicht auf, Gabriel! Wir haben eine Scharade aufzuführen!« Gabriel schmunzelte. »Es wird mir schwerfallen, ihm im Laufe des Abends nicht gegen die Wand zu klatschen, Ophelia! Aber du hast recht! Vorerst werden wir dieses Spiel, das er sich ausgedacht hat, mitspielen! Je weniger wir ihn daran zweifeln lassen, dass er die Zügel in der Hand hat, umso mehr wird er herausrücken. Da bin ich mir ziemlich sicher, denn im Endeffekt ist er stets darauf bedacht, seinen Spaß zu haben!« Bei den letzten Worten traten sie auf die Terrasse des Herrenhauses, auf der Ernest wieder eingedeckt hatte und sie bereits mit zwei Gläsern Whisky erwartete. Dankbar nahm Gabriel es an, nahm einen großen Schluck und sagte mit gespielter Empörung: »Eigentlich, sollte ich Ihnen den ins Gesicht schütten, Ernest, wenn er nicht derart gut wäre! Sie haben mich ganz schön in Verlegenheit gebracht, mein Lieber!« Voller Erstaunen sah ihn der Butler an, dann warf er Ophelia einen vielsagenden Blick zu und erwiderte Gabriel leise tadelnd: »Aber Master Gabriel! Nur weil ich die Dinge beim richtigen Namen genannt habe und nicht, wie von Ihnen gewünscht, Ihre Herkunft verleugne! Ich habe es ja nicht an die britische Klatschpresse weitergegeben und ich bin mir sicher, die Informationen, Sie betreffend, sind bei Ophelia bestens aufgehoben!« »Warum nur kann ich mich nicht des Verdachtes erwehren!«, konterte Gabriel, »dass Ihnen Ophelias Fragen nur gelegen kamen, um mal wieder einen ordentlichen Tratsch zu halten!« Ernest lachte. »Ich kann nicht leugnen, Master Gabriel, dass sich Ophelia und ich angeregt unterhalten haben, während ich die Vorräte auffüllte!« Dann wandte er sich Ophelia zu und fragte: »Und wie waren die Scones, meine Liebe?« Sie sah kurz Gabriel an, lächelte und meinte verschwörerisch: »Gut gelungen! Zumindest kamen keine Beschwerden, Ernest! Ich habe mich genau an Ihr Rezept gehalten!« Gabriel stöhnte theatralisch auf und lachte. »Ihr habt euch gegen mich verschworen! Ahnte ich es doch! Das grenzt an Bestechung eines Beamten, Ernest!« Der Butler kicherte nur und machte sich dann daran, die letzten Vorbereitungen zu treffen, dass sobald Lord Belmont auf der Bildfläche erschien, gegessen werden konnte. Gabriel trat an die Balustrade und sah in den Park hinaus. Er musste sich selbst eingestehen, dass ihn Ophelias Ausführungen gerade schwer beschäftigten und er musste sich wirklich beherrschen, seinen Ärger auf Nathan nicht größer werden zu lassen, als er ohnehin schon war. »Lass es erst einmal sitzen, Gabriel!«, sagte Ophelia leise, als sie neben ihn getreten war und an ihrem Glas nippte. »Und versuch eine Nacht darüber zu schlafen!« Er nickte, lächelte sie an und erwiderte, bemüht seine Stimme ruhig klingen zu lassen: »Dennoch kannst du nicht leugnen, dass du dir wohl ernsthafte Sorgen um mich machst, oder?« Sie schüttelte den Kopf. »Nein, das kann ich nicht! Erwischt! Aber im Ernst, Gabriel! Als sich mir das Ausmaß von Lord Belmonts scheinbar harmloses Anliegen plötzlich darlegte, musste ich mir überlegen, dir entweder die Wahrheit zu sagen oder zu gehen! Und zwar, ohne mich zu erklären! Das wollte ich jedoch nicht, denn irgendwie habe ich das Gefühl, es wird dich, wenn auch vielleicht nicht unmittelbar und sofort, aber letztendlich doch betreffen!« Er sah sie lange an. »Dafür bin ich dir auch sehr dankbar, Ophelia! Aber nun lass uns wirklich erst das Essen hinter uns bringen und eine Nacht darüber schlafen! Der Rest wird sich dann schon irgendwie ergeben!« »Da seid ihr ja, meine Lieben!«, hörten sie plötzlich Lord Belmonts Stimme hinter ihnen. »Und sogar pünktlich!« Er nahm sich Gin von dem kleinen Beistelltischchen, das Ernest neben den großen Tisch gestellt hatte, wo bereits der Wein entkorkt und gekühlt auf seinen Einsatz wartete. Nachdem er fertig war, stellte er sich neben die beiden und fragte: »Wie war deine Anreise aus Cardiff, Gabriel! Ich hörte du warst beruflich dort!« Gabriel stellte sein Glas auf die Balustrade und drehte sich zu Nathan um. »Danke, ganz gut! Der übliche Wochenendverkehr, aber ich bin zeitig weggekommen!« »Kommst du voran?«, fragte Nathan. Gabriel seufzte. »Ja, das tue ich! Aber wir müssen uns darüber nochmal unterhalten, Nathan! Denn ich fürchte, eines der als gestohlenen Bücher tauchte auf einer Inventarliste deiner Bibliothek auf!« Nathan runzelte die Stirn, nahm einen Schluck Gin Tonic. »Das erkläre mir bitte genauer!« »Ophelia stieß, mehr oder weniger, zufällig darauf!«, antwortete Gabriel. »Sie bat Ernest um eine Inventarliste der sich im Haus befindlichen Bücher und ich stand zufällig daneben, als er sie ihr aushändigte und erkannte es!« Nathan dachte nach, angestrengt, wie Ophelia fand. Nach einiger Zeit fragte er: »Kann es sein, dass es sich bei den beraubten Kunstsammler um den Kurator des Newcastle Museum of Modern Art handelt und das Buch eine illustrierte Ausgabe des Leyland-Motorenwerks-Standard-Handbuchs ist?« Gabriel nickte nur bestätigend. »Mr. Delglish hat es vor circa einem halben Jahr von mir abgekauft, da er es für eine Ausstellung in Newcastle wollte. Es ging in seinen Privatbesitz über, da er es danach in seine eigene Sammlung integrieren wollte!« Erleichtert stöhnte Gabriel. Nathan lachte auf. »Dachtest du wirklich, ich wäre in etwas Illegales verwickelt!« Gabriel blickte ihn um Neutralität bemüht an, erwiderte aber nichts darauf. »Gabriel, ich bitte dich! Ich habe nur vergessen, es von der Liste zu nehmen! Wenn du möchtest, kann ich dir nachher gerne die offizielle Kaufurkunde zeigen und Mr. Delglish wird es dir gerne bestätigen!« Lord Belmont sah ihn eindringlich an, als Gabriel noch immer nichts sagte. »Entschuldige bitte, dass ich dir solche Umstände bereitet habe! Ich habe es tatsächlich einfach nur vergessen! Die Inventarliste ist sowieso nicht auf dem neuesten Stand!« Dann wandte er sich zu Ophelia und bat: »Auch, wenn Ihnen irgendwelche Ungereimtheiten auffallen, sagen sie mir Bescheid! Ich bin mir sicher, wir können das augenblicklich klären, da ich den Bestand meiner Bibliothek im Kopf habe!« Sie lächelte ihn an, dankte ihm und sagte: »Ich komme gerne darauf zurück, wenn es soweit ist. Aber momentan suche ich noch heraus zu finden, nach was ich eigentlich genau suche! Es war nur so eine Idee und wahrlich reiner Zufall, dass Gabriel gerade in diesem Moment zugegen war!« »Schön! Ich bin erleichtert, dass wir das klären konnten! Wenn mich mein eigener Cousin schon verdächtigt, illegale Geschäfte zu machen!«, meinte er lachend und bat die beiden zu Tisch, da Ernest mit dem ersten Gang auf die Terrasse erschienen war. Es gab völlig untypisch, selbstgemachte italienische Antipasti mit frischem Weißbrot und einem leichten Rotwein und Ophelia fragte sich, ob der Butler wieder einmal eher Gabriels Vorlieben berücksichtigte. Der Verdacht, dass der gute Geist des Hauses Belmont eine Schwäche für den Cousin des Lords hatte, war ihr schon beim ersten Abendessen in den Sinn gekommen! Es war ihr jedoch in keiner Weise unrecht, da auch sie die italienische Küche schätzte und sie ließ sich die hervorragend zubereiteten Kleinigkeiten schmecken. Lord Belmont ließ sich aber nicht anmerken, ob es überhaupt recht war oder nicht, sondern aß, ohne das Gespräch auf den eigentlichen Grund des Essens zu lenken. Er unterhielt sich mit Gabriel über anstehende Arbeiten, die wohl in einem von ihnen beiden bewohnten Stadthaus in London anstanden und besprach viele Details mit ihm, da, wenn Ophelia das richtig verstand, Gabriel nächste Woche dort länger anwesend war. Erst, als Ernest den Nachtisch brachte, eine italienische Sahnecreme mit frischen Erdbeeren, wo auch immer er diese erstanden hatte, sah Lord Belmont sie an und fragte: »Dr. Cavill, ich hoffe, das Essen hat Ihnen geschmeckt, aber nun würde ich gerne von Ihnen wissen, wie Sie sich entschieden haben!« Ophelia schob den leeren Teller von sich, nahm einen Schluck Wein und sah ihn an, ehe sie meinte: »So wie sich momentan die Sache darstellt, Lord Belmont, bin ich tatsächlich gewillt, noch ein wenig tiefer zu graben, als ich es bisher getan habe!« Halb erstaunt, halb erfreut sah der Lord sie an. »Wie genau meinen Sie das, Dr. Cavill?«, fragte er, nachdem er Gabriel einen kurzen Blick zugeworfen hatte. Sie seufzte leise. »So, wie ich es gerade gesagt habe, Lord Belmont! Ich würde mir gerne noch ein paar Tage von Ihnen erbeten, denn ich habe bei meinen bisherigen Recherchen Dinge herausgefunden, die den Schluss zulassen, dass es vielleicht wert wäre, gezielter zu suchen!« Lord Belmont lehnte sich zurück. »Darf ich fragen, um welche Dinge es sich handelt, die Sie zu dieser Schlussfolgerung kommen lassen?« Sie blickte ihn, wie er fand, ein wenig herausfordernd an, nickte und erwiderte gelassen. »Sie können sich vorstellen, dass ich mir nicht gerne vorschnell in die Karten schauen lasse, Lord Belmont! Aber Tatsache ist, dass ich in Ihren, mir zur Verfügung gestellten Unterlagen wahrlich Hinweise gefunden habe, die mich denken lassen, dass dieses Buch, wie von ihnen ja stets behauptet, existent ist oder zumindest war! Ich habe daraufhin ein paar unauffällige Anfragen gestellt und noch ein paar ausstehende Gefallen eingefordert, auf deren Antwort ich noch warte!« Wieder warf Lord Belmont Gabriel einen Blick zu, der nur sachte nickte, aber nichts dazu sagte. Dann lächelte er und drehte versonnen sein Weinglas zwischen seinen Finger. »Sie lassen mich also, sozusagen, an der langen Leine laufen und schüren meine Hoffnungen?« »Nathan!«, stöhnte Gabriel genervt, doch Lord Belmont schüttelte den Kopf. »Schon gut, Gabriel! Ich wollte es ja so! Natürlich gewähre ich Ihnen noch ein paar Tage mehr, Dr. Cavill, wenn Sie dies wünschen. Sehr gerne sogar! Was halten Sie davon, wenn Sie sich auch noch die ganze nächste Woche im Gärtnerhäuschen einquartieren?« »Vielen Dank, Lord Belmont!«, antwortete Ophelia lächelnd. »Aber ich quäle Sie nicht länger als nötig, Lord Belmont! Es gibt wirklich ziemlich konkrete Hinweise und ich würde gerne die eine oder andere Mail noch abwarten, ehe ich mich exakt äußere!« Dann warf sie Gabriel einen kurzen Blick zu. »Und Ihr Cousin war mir eine große Hilfe bei der bisherigen Suche! Darum bin ich mir sicher, auch er würde es begrüßen, wenn ich noch ein paar intensivere Nachforschungen anstelle!« »Das erstaunt mich nun aber wirklich!«, erwiderte Lord Belmont lachend. Er sah Gabriel grinsend an. »Mit vielem habe ich gerechnet, mein Lieber, aber nicht, dass du Dr. Cavill tatsächlich unterstützt!« Gabriel stöhnte verhalten. »Das heißt aber nicht, dass ich deine These für bare Münze nehme, Nathan! Das sollte dir klar sein! Aber du hattest recht mit der Annahme, dass ich ihr bei einigen kleinen Recherchen durchaus behilflich sein konnte!« Dann nahm er einen großen Schluck Wein, um seine zunehmend angespannten Nerven zu beruhigen und sah Ophelia an, die ihn noch immer lächelnd musterte. Sie wussten beide, ein falsches Wort und ihre Scharade würde auffliegen und beide hofften in diesem Moment auch, Lord Belmont würde es dabei belassen und nicht weiter nachfragen. Ophelia spürte Gabriels Nervosität, obwohl er sie zu verbergen suchte und sagte darum zu Lord Belmont gewandt: »Ich würde Sie gerne, nachdem ich einige Antworten bekommen habe, darüber informieren, was ich bis jetzt herausgefunden habe und würde vorschlagen, Sie kommen Mitte der Woche zu mir und ich zeige Ihnen die Ergebnisse!« Nathan lächelte sie an, völlig unbedarft, wie Gabriel fand, nickte und erwiderte: »Das ist eine wunderbare Idee, Dr. Cavill! Es freut mich wirklich, dass Sie weitermachen wollen! Lasst uns darauf anstoßen!« Er stand auf und ging zu dem Beistelltischchen und schenkte ihnen passend zum Essen einen Grappa ein, den Ernest hergerichtet hatte. Ophelia hörte, wie Gabriel leise, aber vernehmbar den angehaltenen Atem ausstieß, als sie diese Klippe erfolgreich umschifft hatte. Sie sah ihn an und er verdrehte nur die Augen, nickte ihr aber dankend zu.

Den Rest des Abends unterhielten sie sich nur noch über Belangloses und irgendwann verabschiedete sich Lord Belmont, da er am nächsten Tag früh raus wollte, um auf Harlech Castle nach dem Rechten zu sehen, da die Ausstellung, die er zusammen mit dem Bürgermeister von Harlech geplant hatte, für das nächste Wochenende anstand. Ophelia erbat sich noch den Wagen für die nächsten beiden Tage, da sie in Coventry noch einige Sachen holen wollte, die sie für ihre Arbeit benötigte und außerdem Melisande einen längst überfälligen Besuch inklusive genauester Berichterstattung schuldete. Dann machte sie sich zusammen mit Gabriel auf den Weg zurück zum Gärtnerhäuschen. Auf halbem Weg, bereits außer Sichtweite des Herrenhauses, blieb sie plötzlich stehen und fragte leise: »Glaubst du, er hat uns die Story abgenommen, Gabriel?« »Ehrlich? Ich weiß es nicht!«, antwortete Gabriel nachdenklich. »Manchmal bin ich mir bei ihm nicht sicher, ob er wahrlich so naiv ist, wie er manchmal tut!« Er ging weiter. »Dennoch bin ich froh, dass du ihn noch um ein paar Tage gebeten hast!« Fragend sah Ophelia ihn an und Gabriel hob die Schultern. »Ich habe mir während des Essens so meine Gedanken gemacht, Ophelia! Bezüglich der Dinge, die du mir auf dem Weg dorthin erzählt und geschildert hast!« »Und zu welchem Ergebnis bist du gekommen?«, fragte sie neugierig. Gabriel stöhnte leise auf, sah sie nur kurz an und meinte: »Ich bin nächste Woche in London und ich werde dort in dem Haus, das Nathan erwähnt hatte, wohnen! Es gehört uns zusammen, wie du dir vielleicht schon gedacht hast und ich werde dort ein wenig in den Papieren, die sich dort befinden, stöbern! Vielleicht finde ich etwas, was uns weiterhilft!« »Es beschäftigt dich, oder?«, fragte sie vorsichtig nach. Gabriel nickte, erwiderte aber im ersten Moment nichts darauf, da er, wenn er ehrlich zu sich selbst war, Ophelias Bedenken hinsichtlich seiner Familiengeschichte mehr als bedenklich fand. »Ja, das tut es!«, sagte er mit einem Mal mit belegter Stimme. »Und es beschäftigt mich, dass ich davon nichts wusste! Aus welchem Grund auch immer! Obwohl ich fast annehme, dass mein Bruder, der nun die Geschicke der Familie Beauly führt, nachdem ich meinen Titel abgegeben habe, ebenso wenig darüber Bescheid weiß wie ich!« Ophelia dachte kurz nach. »Darf ich dich etwas Persönliches fragen, Gabriel?« »Nur zu!«, war die kurz angebundene Antwort. »Hast du den Titel freiwillig abgegeben oder wurdest du dazu gezwungen!« Wider Erwarten lachte Gabriel auf, schüttelte den Kopf und sagte noch immer grinsend, wie Ophelia feststellte: »Diese Frage hat man mir schon öfter gestellt, aber es war tatsächlich freiwillig, Ophelia! Ich wollte diesen Titel und die damit einhergehenden Verpflichtungen niemals! Und als sich im Laufe der Jahre herausstellte, dass sich mein Bruder als ein äußerst umsichtiger und geschäftstüchtiger Verwalter profilierte, fand ich es nur mehr als gerecht, ihm auch den Titel zuzusprechen. Er versteht sich gut darauf, das

Land unserer Familie zu bewirtschaften und zu verwalten! Das dazugehörige Schloss hat er mit meiner Zustimmung dem Trust überschrieben und sich dabei als findiger Verhandlungsführer bewiesen, der es dem Trust nicht leicht gemacht hat, sich mit ihm, zu seinen, unseren Bedingungen zu einigen!« Gabriel musste bei der Erinnerung an die verzweifelten Versuche des Trusts, Geoffrey ihre Bedingungen aufzuzwingen, lachen, denn sein Bruder hatte all die Jahre gut gewirtschaftet und konnte sie lange hinhalten, denn die Kosten für das Schloss waren gedeckt und er war auf das Geld und die Almosen des Trusts schlicht und ergreifend nicht angewiesen! »Und du bereust es wirklich nicht?«, fragte sie abermals sehr vorsichtig. Gabriel schüttelte vehement den Kopf. »Nein, das tue ich nicht! Ich habe meine Arbeit! Und durch die Verwandtschaft mit Nathan mehr Privilegien, als ich jemals nutzen könnte! Nein, ich bereue es wirklich nicht!« Dann blieb er stehen, sah sie an und fragte ein wenig beleidigt: »Wieso fragst du das eigentlich! Ich dachte, du kennst mich in der Zwischenzeit gut genug, dass du dir das eigentlich doch denken konntest!« Ophelia hob entschuldigend die Schultern und meinte versöhnlich: »Ich wollte tatsächlich nur sichergehen, Gabriel! Immerhin habe ich dir vorhin ziemlich heftige, wenn auch veraltete Vorwürfe an den Kopf geschmissen! Jemand, wie dein Cousin hätte darauf nicht so gelassen reagiert wie du! Immerhin habe ich dich illegaler Machenschaften beschuldigt!« Gabriel lachte, wenn auch gequält. »Um Himmels willen, Ophelia! Ich nehme es nicht persönlich, glaub mir! Denn ganz abgesehen davon, dass es mich tatsächlich beschäftigt, was da genau ablief und was Nathan vorhat, betrifft es mich nicht mehr! Und sollten meine Bedenken, dass sich deine Forschungen unmittelbar auf meine Familie manifestieren, größer oder erwähnenswert darstellen, werde ich Geoffrey informieren, damit er gewarnt ist! Versprochen!« Ophelia nickte, endlich zufrieden, als er ihre Besorgnis, zwischen den Zeilen gesprochen, erkannte. Sie waren am Gärtnerhäuschen angekommen und Ophelia setzte sich noch auf die Terrasse, da der Abend noch immer lau und warm war. »Whisky?«, fragte Gabriel schlicht und als sie nickte, ging er hinein und bediente sich am Vorrat, den Ernest in der Küche deponiert hatte, nachdem Gabriel ihn dezent darauf hingewiesen hatte, dass Ophelia ihn genauso gern mochte wie er. Er kam mit zwei gut gefüllten Gläsern zurück und setzte sich zu ihr. »Wann wirst du morgen aufbrechen!«, fragte er nach dem ersten genussvollen Schluck. »Ziemlich früh!«, meinte Ophelia nachdenklich. »Ich möchte gerne noch einige Sachen in meinem Büro erledigen, die diese Woche liegen geblieben sind! Und die Post durchsehen, denn falls ich auf diesem Wege Anfragen bekommen habe, muss ich sie mir auf jeden Fall ansehen und bearbeiten. Dann würde ich mir gerne noch die Adresse des Katasteramtes heraussuchen, die ich nur in meinem altmodischen Karteikasten führe, damit ich auch dorthin eine Anfrage schicken kann! Ich kenne dort jemanden! Vielleicht kann er uns bezüglich der Urkunden der Landüberschreibung weiterhelfen! Außerdem habe ich Melisande versprochen, mit ihr zu Abend zu essen! Also muss ich die Dinge vorher erledigen, denn sonst komme ich nicht mehr dazu! Sie wird mich mit Beschlag belegen!« »Tratsch aus erster Hand, oder?«, lachte Gabriel, der sich an Ophelias Beschreibung ihrer Freundin erinnerte, die sie ihm vor ein paar Tagen bei einem Spaziergang gegeben hatte. »Natürlich!«, gab sie grinsend zurück. »Was denkst du denn? Sie war schon schockiert, dass ich nicht in Panik ausgebrochen bin, als Lord Belmont anrief, um mich zurückzuholen und ich musste sie bremsen, damit sie es nicht in ganz Coventry herumerzählt, für wen ihre Freundin exklusiv arbeitet!« Gabriel musste schmunzeln, sah sie an und meinte lakonisch: »Ganz zu schweigen davon, wer mit dir den Abend auf der Terrasse verbringt!« »Sie würde sich überschlagen, Gabriel!«, antwortete Ophelia. »Wenn sie das wüsste, hätten wir keine ruhige Minute mehr!« Dann sah sie ihn grinsend an und meinte zweideutig: »Aber was sie nicht weiß, macht sie nicht neugieriger, als sie ohnehin schon ist!« Erneut lachte Gabriel. »Ich freue mich schon darauf, sie kennen zu lernen!« Er nahm versonnen einen Schluck. »Dann werden wir uns wohl bis nächste Woche nicht sehen, Ophelia! Ich werde voraussichtlich bis Freitag in London bleiben! Denkst du, du bist noch da, wenn ich wiederkomme?« Sie holte tief Luft, sah ihn an, hob die Schultern und erwiderte: »Ich habe keine Ahnung, Gabriel! Ich werde auf jeden Fall die

Antworten des Briefes abwarten, den ich am Montag, wenn du mir dein Einverständnis gibst, losschicken werde. Zumindest einige davon. Und dann sollte ich, wenn es mir möglich ist, Lord Belmont wohl noch so lange hinhalten, bis ich von dir etwas höre, denn ich denke, solltest auch du etwas in London finden, brauchen wir unbedingt den Kontext, um etwas Konkretes sagen zu können!« Er sah sie lange nachdenklich an. »Du willst ihn nicht gerne belügen, oder?«, fragte er mit einem Mal. »Nein, das würde ich tatsächlich nicht gerne, da gebe ich dir Recht!«, meinte sie, das Glas schwenkend. »Ich würde es nicht richtig finden, mich auf seine Kosten hier festzubeißen, obwohl ich seine Erwartungen nicht erfüllen kann!« »Dann tue es bitte um meinetwillen, Ophelia!« Verblüfft stellte sie das Glas auf den Tisch und musterte ihn mit ernstem Gesichtsausdruck. »Warum, Gabriel?«, fragte Ophelia ehrlich erstaunt. Er holte tief Luft, wollte etwas sagen, doch erst beim zweiten Anlauf konnte er ihr antworten. »Weil ich den Verdacht habe, dass er tatsächlich etwas verheimlicht! Etwas, was ihn zwingt, nicht mit offenen Karten zu spielen! Und ich kenne ihn lange und gut genug, um sagen zu können, dass dies normalerweise nicht seine Art ist, Ophelia! Irgendwas veranlasste ihn, explizit dich auf diese Geschichte anzusetzen, und mich so gut, wie nur irgendwie möglich, mit hineinzuziehen!« Sie sah ihn mit undurchdringlichem Blick an, sagte aber nichts. »Versteh mich bitte nicht falsch!«, stöhnte Gabriel leise, als er ihren skeptischen Blick bemerkte. »Vielleicht ist er tatsächlich so naiv, wie ich es ihm manchmal unterstelle! Aber irgendwie kommt mir das alles seltsam vor und ich würde gerne wissen, was wirklich dahintersteckt!« »Und mich als Mittel zum Zweck missbrauchen!«, konterte sie ein wenig erbost. »Oder wie soll ich diese Offerte jetzt verstehen?« »Nein, Ophelia!«, gab er zurück. »Das auf keinen Fall! Aber vielleicht als einmalige Gelegenheit der Sache genau auf den Grund zu gehen!« Ophelia keuchte auf, blickte ihm direkt in die Augen und erkannte sehr zu ihrem Leidwesen, dass er dies gerade vollkommen ehrlich meinte. Sie stand auf und meinte kühl: »Lass mich in Ruhe darüber nachdenken, Gabriel! Gute Nacht!« Dann wandte sie sich ab, ging hinein und schnurstracks nach oben, wie er bemerkte, als in ihrem Zimmer, das zum Park hinaus lag, das Licht anging. Er seufzte, denn ihm war durchaus bewusst, dass er sich gerade weit aus dem Fenster gelehnt hatte und wenn er nicht achtgab, würde er tief fallen. Eigentlich war es unentschuldbar, was er Ophelia gerade angeboten hatte und er wusste, sollte Nathan davon erfahren, würde er ihn dafür hassen. Er trank seinen Whisky aus, nahm Ophelias Glas und ging ebenfalls hinein. Er war sich sicher, selbst wenn er sie am nächsten Tag nicht mehr sah, würde sie ihm auf irgendeine Weise wissen lassen, wie sie sich entschieden hatte. Momentan musste er sich auf die nächste Woche konzentrieren. Der Kunsthändler hatte ihm Bescheid gegeben, dass man auf sein Angebot eingegangen war und einem Deal nichts im Wege stand. Man müsse sich nur noch auf das genau, wann und wo einigen. Es würde eine anstrengende Woche werden, aber mit ein wenig Glück konnte man die Übergabe sogar in London arrangieren.

Als er am nächsten Tag, für ihn ungewöhnlich spät, erwachte und nach unten ging, war Ophelia bereits weg. Seufzend machte er sich Kaffee und setzte sich an den Küchentisch. Auch er wollte noch einiges erledigen, ehe er aufbrach. Noch in der Nacht hatte er beschlossen, bereits an diesem Tag nach London zu fahren und er rief nach der ersten Tasse Ernest an, um ihm Bescheid zu geben, dass er am Wochenende die Gelegenheit haben würde, ungestört die Vorräte im Gärtnerhäuschen aufzufüllen. Gabriel wusste, er würde auch sauber machen und für Ophelia das Bett frisch beziehen, damit sie sich am Montag wieder wohl fühlte. Er hatte den Verdacht, dass der Butler sie gern mochte und die Herausgabe seines eigentlich streng geheimen Scones-Rezeptes bestätigte dies nur. Er musste lächeln und nahm sich die zwei noch verbliebenen und genoss sie zum Frühstück, ehe er sich ans Packen machte.

Ophelia war am späten Vormittag bereits in Coventry angekommen und machte sich, wie sie es Gabriel erklärt hatte, zuerst auf in ihr Büro, um die dort aufgelaufene Post zu sortieren. Ihre Gedanken schweiften immer wieder zu dem Gespräch am Vorabend mit Gabriel! Schon auf der Fahrt war es ihr schwergefallen, sich auf den Verkehr zu konzentrieren. Seufzend setzte sie sich an ihren Schreibtisch und öffnete die Post. Zum Glück schien nicht wirklich etwas Wichtiges dabei zu sein und als sie alles erledigt hatte, machte sie sich daran, einige Adressen herauszusuchen, die sie noch benötigte, aber tatsächlich nur in ihrer Kartei ganz altmodisch in Papierform verwahrte. Sie würde am Montagmorgen als erstes das Schreiben verfassen und es Gabriel schicken, damit er sein OK geben konnte. Sie wusste, es würde unweigerlich ein paar Tage dauern, ehe die ersten Antworten eintrafen. Zumindest in der Beziehung hatte sie Lord Belmont nicht belogen, auch wenn sie bei den anderen Tatsachen ein wenig um den Kern der Sache herum formuliert hatte. Ophelia war sich sicher, dass er nichts dagegen einzuwenden hatte, wenn sie bis zum Ende der nächsten Woche bleiben würde. Wohl eher das Gegenteil war der Fall. Dennoch wünschte sie sich, Gabriel hätte ihr sein Kommen bereits für Mitte der Woche zugesichert. Doch er war sehr eindeutig gewesen, dass es nicht früher ging, und sie fragte sich, was es wohl Wichtiges in London für ihn zu tun gab, denn ausgelassen hatte er sich darüber nicht. Sie nahm an, dass es seine Arbeit war, die in dort festhielt. Sie war gespannt, ob er in dem Haus, das er erwähnte, etwas fand, was ihr beziehungsweise ihnen beiden weiterhelfen würde. Bei dem Gedanken fiel ihr ein, dass sie noch zwei Nachschlagewerke der englischen Geschichte mitnehmen wollte, die es nicht in digitaler Form gab und welche auch nicht in den beiden Bibliotheken, zu die sie momentan Zugriff hatte, vorrätig waren. Sie steckte sie in die Tasche, in der sie bereits einen Aktendeckel mit den Adressen und ihren offiziellen Stempel gesteckt hatte. Die darauf vermerkte Zulassungsnummer der British Library, für die sie immer wieder einmal freiberuflich Aufträge übernahm, die mit den handschriftlichen Briefen zusammen mit Gabriels Namen und Dienstgrad, die nötige Dringlichkeit verleihen würde. Als sie am Nachmittag alles zusammen in den Wagen packte und das Büro hinter sich wieder sorgfältig verschloss, war sie sich sicher, dass sie die Woche ohnehin noch brauchen würde, ehe sie, wenn überhaupt, zu einem Ergebnis kommen konnte. Sie beschloss, nachdem sie in ihrer Wohnung nach dem Rechten gesehen hatte, Gabriel darüber zu informieren, wie sie sich entschieden hatte.

Doch Gabriel wartete den ganzen Tag vergeblich auf ein Lebenszeichen von Ophelia, da Melisande sie derart in Beschlag nahm, nachdem sie ihre Freundin aus dem Blumenladen abgeholt und zum Essen ausgeführt hatte. Wie von Ophelia bereits erahnt, musste sie bis in das kleinste Detail Bericht erstatten und so verging der Abend wie im Fluge und sie war beinah ein wenig erleichtert, als die Kellner sie zu fortgeschrittener Stunde aus dem Lokal warfen. Sie ging in ihre Wohnung, kümmerte sich noch um ihre Wäsche und als sie, weit nach Mitternacht, erschöpft ins Bett fiel, hatte sie die Nachricht an Gabriel vollkommen vergessen. Sie war bereits wieder auf dem Weg nach Harlech, als es ihr einfiel und sie verschob es ein wenig beschämt auf die Ankunft im Gärtnerhäuschen. Es dämmerte bereits, als sie dort ankam. Nachdem sie ausgepackt und sich einen Whisky genommen hatte, setzte sie sich auf die Terrasse und zog ihr Mobiltelefon aus der Tasche. Sie schrieb Gabriel, in der Hoffnung, trotz der späten Stunden, noch eine Antwort zu bekommen. Die Antwort kam schnell und sie ahnte, dass er auf ein Lebenszeichen von ihr gewartet hatte. Sie nahm einen Schluck und wollte eigentlich zurückschreiben, als er plötzlich anrief. Lächelnd nahm sie ab. »Entschuldige bitte, dass ich mich erst so spät melde, Gabriel!« Sie versuchte dabei versöhnlich zu klingen. »Es war wie befürchtet, Melisande hat mich voll und ganz mit Beschlag belegt!« Gabriel lachte, wurde aber sogleich wieder ernst. »Ich habe mir Sorgen gemacht, Ophelia!« Sie hörte es an seiner Stimme und sie war sich in diesem Moment nicht sicher, ob sie das wollte. Sie seufzte lautlos und erwiderte: »Es war wirklich nur ein langer Abend mit zu viel Gequatsche!« »Wie war die Fahrt nach Harlech?«, fragte er vorsichtig, als er bemerkte, dass es ihr unangenehm war. »Es ging!«, antwortete sie, erleichtert über den Themenwechsel. »Und Ernest hat den Kühlschrank aufgefüllt, als ob er eine ganze Kompanie versorgen wollte! Also werde ich es mir morgen gleich als erstes vor dem Rechner gemütlich machen und den Brief verfassen!« Wieder lachte Gabriel. Auch er saß mit einem Glas Whisky gemütlich vor dem Kamin des Stadthauses, den er befeuert hatte. »Schick ihn mir, wenn du fertig bist!« »Ich werde ihn, sobald ich kann, lesen, damit du weitermachen kannst!« »Ich hoffe nur, es ist richtig, was wir tun, Gabriel!«, und ihre Stimme klang belegt. Er konnte ihre Bedenken deutlich spüren. »Wenn es dich beruhigt, ich weiß es auch nicht!« Ophelia musste lachen. »Das war eindeutig die falsche Antwort, Gabriel! Ausgerechnet das wollte ich nicht von dir hören! Aber lass gut sein! Ich werde tun, um was du mich gebeten hast und am Ende der Woche werden wir hoffentlich mehr wissen!« Seine Antwort wartete sie nicht ab, sondern legte auf. Ophelia wollte nicht weiter mit ihm darüber reden! Schon gar nicht am Telefon. Ein wenig verdutzt sah Gabriel das Telefon an, ahnte aber, dass sie momentan nicht willens war, länger darüber zu diskutieren, was sie machten. Also beschloss er, nach einem weiteren Glas Whisky, zu Bett zu gehen.

Kapitel 4

Ophelia saß noch nicht einmal richtig an ihrem Schreibtisch, als das Haustelefon klingelte. Sie musste schmunzeln, denn sie ahnte, wer so früh am Morgen am anderen Ende der Leitung sein würde. Ernest war hocherfreut, als sie sofort abhob und er war noch mehr erfreut, als sie sein Angebot annahm, am Nachmittag zu ihr kommen zu dürfen, um für sie beide zu kochen, da Lord Belmont über Nacht nicht in Harlech weilte. Nur zu gerne kam er Master Gabriels Bitte nach, wenn es ihm die Zeit erlaubte, ein wenig auf Ophelia zu achten, denn er wusste, die Tage in London würden für ihn anstrengend werden und es würde ihm vielleicht nicht möglich sein, sich bei Ophelia zu melden. Sie war gerade dabei, das Anschreiben, wie mit Gabriel besprochen, zu verfassen und setzte zu guter Letzt seinen sowie ihren Namen darunter. Ophelia gelang es, wie Gabriel nach mehrmaligem Lesen feststellte, so elegant zu formulieren, dass man wirklich nicht auf den Gedanken kam, was genau dahintersteckte. Ophelia, seinen Rang beim Scotland Yard voll und ganz ausnutzend, bat darin um die Mithilfe bei der Aufklärung eines möglichen Verbrechens, bei dem sie als beratende Literaturwissenschaftlerin hinzugezogen worden war. Voller Bewunderung las er, wie sie dazu ganz dezent und eher zwischen den Zeilen auf den Überfall vor vielen Jahren ansprach, ohne diesen als tatsächlichen Grund ihrer Anfrage zu benennen. Niemand, der auch nur ansatzweise ahnte, was sie vorhatten, wäre auf die Idee gekommen, dass sie, und eigentlich in Nathans Namen, nach etwas ganz anderem suchten. Er musste ihr allerdings sehr zu seinem Bedauern per kurzer Sprachnachricht seinen Segen geben, denn der Termin, der ihn schon zu Beginn der Woche nach London reisen ließ, rückte unaufhaltsam näher, weshalb ihm keine Zeit mehr blieb, persönlich und länger mit ihr zu sprechen. Als Ophelia die Nachricht abhörte, war sein Mobiltelefon bereits abgeschaltet. Seufzend legte sie das ihre zur Seite und machte sich daran, den Brief an die Adressen zu schicken, die sie sich für ihre gezieltere Suche zurecht gelegt hatte. Gerade, als sie nach einer gefühlten Ewigkeit endlich den letzten Brief in ein Kuvert steckte und fest verschloss, tauchte Ernest sich leise räuspernd in der Tür der Bibliothek auf. Lächelnd sah sie ihn an. »Ich bin gerade fertig, Ernest! Könnten Sie die morgen auf die Post bringen oder soll ich selbst fahren?« Der Butler schüttelte energisch den Kopf. »Nein, Ophelia! Das erledige ich sehr gerne für Sie. Ich muss am Morgen ohnehin in die Stadt, um auf den Markt zu gehen! Master Nathan hat sich für den Nachmittag angekündigt, inklusive dem Bürgermeister und ein paar anderen wichtigen Persönlichkeiten der Stadt! Ich nehme an, es geht um die Ausstellung am kommenden Wochenende! Und ich vermute beinah, sie werden zum Essen bleiben!« Sie kam ihm entgegen, legte den, trotz der vielen Mails, die sie versendete, doch ganz ansehnlich gewordenen Stapel Briefe auf die Kommode im Flur und folgte Ernest in die Küche. »Ich dachte, ich mache uns einen deftigen Eintopf!«, sagte er, als sie dort angekommen waren und er ihr eine frische Tasse Kaffee in die Hand drückte. »Das Wetter zeigt sich heute von seiner britischsten Seite und ich denke, etwas Warmes wird uns beiden guttun!« Ophelia nickte, setzte sich an den Küchentisch und begann, Kartoffeln und Möhren zu schälen, damit Ernest nicht alles allein machen musste. Sie wusste, er sah dies nicht gern, aber sie war es einfach nicht gewohnt, sich von vorne bis hinten bedienen zu lassen. »Um was für eine Ausstellung handelt es sich denn eigentlich, Ernest?«, fragte sie, während sie ruhig vor sich hin schälte. Der Butler seufzte, und erstaunt sah Ophelia ihn an. Er schüttelte leicht belustigt, wie sie bemerkte, den Kopf und erwiderte: »Ein Projekt, das Master Nathan schon seit einigen Jahren betreut! Ortsansässige Künstler, die ihre Werke dort ausstellen können, in der Hoffnung, zahlungskräftige Abnehmer ihrer Kunst zu finden!« »Sie hören sich an, als ob Sie nicht begeistert davon wären!«, schmunzelte Ophelia. Der Butler lachte leise auf. »Verstehen Sie mich nicht falsch, meine Liebe! Für die Künstler ist dies tatsächlich eine gute Sache, da sie meist so unbekannt sind, dass sie diese Plattform, die ihnen Master Nathan bietet, gerne nutzen. Aber die Klientel, die sich so manches Mal dort einfindet, ist gewöhnungsbedürftig!« »Inwiefern?«, hakte Ophelia neugierig geworden nach. »Vornehmlich Leute, die denken, sie verstehen etwas von Kunst! Oder welche, die vorgeben, das Geld für etwas ausgeben zu wollen, was in Zukunft ihre vier Wände zieren sollte! Doch die meisten kommen einfach nur, um sich an Master Nathans Wein und den Häppchen gütlich zu tun!« Ophelia musste über Ernests gespielte Verzweiflung lachen und erwiderte: »Diese Individuen sind mir durchaus bekannt, Ernest! Auch im Literaturbetrieb finden Sie genügend solcher Leute, die denken, sie haben Ahnung!« Ernest briet das Fleisch an, und während er darauf wartete, dass es weitergehen konnte, schenkte er ihnen ein Glas Rotwein ein und hielt es Ophelia hin. Ein kleiner Luxus, den sich der Butler anscheinend gerne hin und wieder gönnte. Sie hatte schon des Öfteren in der Küche des Herrenhauses ein gefülltes Glas neben ihm stehend bemerkt. Ophelia nahm ihn lächelnd an, roch und nahm vorsichtig einen Schluck. »Oh, der ist gut, Ernest!«, meinte sie, nahm die Flasche und besah sich das Etikett. »Sie verwöhnen mich! Ich hoffe, Lord Belmont zieht Ihnen den Wein nicht vom Lohn ab!« Ernest lachte herzhaft, angetan davon, dass er Ophelia schmeckte. Dann schüttelte er den Kopf und erwiderte augenzwinkernd: »Ein kleines, von Lord Belmont persönlich zugestandenes Privileg, das ich hin und wieder gerne nutze, ist der freie Zugang zu Lord Belmonts gut sortiertem Weinkeller, Ophelia! Und ich weiß es sehr zu schätzen!« Ophelia hätte sich beinah an ihrem Wein verschluckt, grinste ihn an und freute sich einfach auf das Essen mit dem guten Geist von Lord Belmont! Wenn sie ehrlich war, genoss sie die Gegenwart von Ernest, der immer zu Späßen aufgelegt war. Doch konnte man sich auch mit ihm über Gott und die Welt unterhalten, sodass auch dieser Abend kurzweilig und viel zu schnell verging. Als Ernest sich verabschiedete, nahm er die Briefe an sich, um sie am nächsten Tag zur Post zu bringen und bemerkte dabei Ophelias leises Stöhnen, als er sie einsteckte. »Es sind wohl wichtige Briefe, nicht wahr?«, fragte er vorsichtig. Ophelia sah ihn ein wenig zweifelnd an, wie er fand, und antwortete: »Ja, das sind sie! Und ich erwarte mir einige Antworten auf noch offene Fragen!« Der Butler sah sie an, nickte und meinte dann augenzwinkernd: »Und Master Gabriel wohl auch, oder?« Sie lächelte ihn an, nickte aber nur. Ernest lächelte zurück. »Es ist gut, dass Sie nun doch mit ihm zusammen daran arbeiten, Ophelia! Ich denke, auch er wird ein paar Antworten bekommen, deren Fragen er, wie es scheint, nie offen gestellt hat!« Erstaunt über Ernests Aussage sah sie ihn an, bekam aber keinen weiteren Kommentar von ihm zu hören. Stattdessen verabschiedete er sich von ihr und fuhr zurück zum Herrenhaus. Ophelia sah ihm in der Tür stehend lange nach, schüttelte dann den Kopf und ging hinein. Sie wollte noch ein Glas Whisky trinken und dann zu Bett gehen, denn die Küche hatten sie noch gemeinsam aufgeräumt, sodass ihr nichts mehr zu tun blieb.

Der nächste Tag verlief ruhig und Ophelia grub sich weiter in die Familiengeschichte der Belmonts ein, sodass sie erst am späten Nachmittag wieder dazu kam, ihre Mails einzusehen, doch obwohl sie insgeheim gehofft hatte, etwas in ihrem Postfach zu finden, erspähte sie nur eine von Gabriel. Kurz angebunden und mit einigen gescannten Dokumenten, die er wohl in London ausgegraben hatte. Stirnrunzelnd las sie, konnte aber zumindest im ersten Moment keinen Kontext finden. Seufzend lehnte sie sich zurück und beschloss, sich einen Kaffee zu machen. Es war zwar noch Eintopf vom Vortag da, aber ein Blick in die Vorräte, die Ernest ihr am Vortag aufgefüllt hatte, konnte nicht schaden. Sie musste sich eingestehen, dass sie über Gabriels kurze Mail ein wenig irritiert war, denn wenn er auch nicht, wie schon oft von ihr bemerkt, unbedingt über ein ausgeprägtes Mitteilungsbedürfnis verfügte, so war die Mail auch für ihn ungewöhnlich knapp. Sie vermutete, dass er beruflich wenig Zeit hatte und darum so kurz angebunden war.

Gabriel hatte momentan wirklich wenig Zeit, aber nicht aus beruflichen Gründen, obwohl er sich dies gewünscht hätte. Und als er die Dokumente scannte, um sie Ophelia zu schicken, quälten ihn grausame Kopfschmerzen und er hätte viel darum gegeben, nicht mit ständiger Übelkeit kämpfen zu müssen. Dennoch war er froh, dass er von Ernest am Morgen eine kurze Nachricht erhalten hatte, dass sie den Vorabend zusammen verbracht und zusammen gegessen hatten. Außerdem erwähnte der Butler, dass er einige Briefe für Ophelia zum Postamt bringen wollte und er nahm an, dass sie bereits am Vortag alles für ihre kleine Scharade in die Wege geleitet hatte. Nun blieb auch für ihn nur noch abzuwarten, was dabei herauskommen würde. Vor allem aber musste er versuchen, die nächsten Tage wieder einen klaren Kopf zu bekommen, denn der, mit dem Kunsthändler vereinbarte Deal sollte sehr zu seiner Erleichterung tatsächlich in zwei Tagen in London über die Bühne gehen. Er musste noch ein paar Telefonate führen und Kollegen organisieren, die als Kunden getarnt in der Galerie, in der sie sich treffen wollten, anwesend sein würden. Alles andere war bereits von oberster Stelle abgesegnet und er war neugierig, was passieren würde. Er nahm zwar an, dass der Mann, der sich als Kunsthändler aus Newcastle angekündigt hatte, in Wahrheit nur ein Hehler war, aber er ging auch davon aus, dass man mit ein wenig Motivation seitens der Polizei, durch ihn vielleicht an die Hintermänner herankam. In der Zwischenzeit waren noch mehr der gestohlenen Gegenstände aufgetaucht und zwei seiner Kollegen, die sich zusammen mit ihm um Raub- und Betrugsdelikte kümmerten, waren bereits daran, ähnliche Deals einzufädeln. Zufrieden lehnte er sich zurück, nahm sich die Schmerzen ignorierend ein Gals Whisky und hoffte am nächsten Tag auf einen klaren Kopf.

Der nächste Tag verlief ereignislos und Ophelia begann allmählich zu glauben, dass sie sich zusammen mit Gabriel in etwas verrannt hatte, was so wohl nicht existent war und doch beschloss sie, sich wieder an den Rechner zu setzen, um weiterzumachen, denn sie wusste, sie war Lord Belmont einen Zwischenbericht schuldig und sie wollte wenigstens etwas vorlegen können. Tatsächlich hatte sie in alten Aufzeichnungen immer wieder davon gelesen oder Andeutungen gefunden. Jedoch schien es, als ob es kurz vor dem Überfall vom Erdboden verschluckt worden war, oder von Lord Belmonts Vorfahren endgültig in das Reich der Mythen geschickt worden war. In der Zwischenzeit begann sie fast zu glauben, dass es doch existiert hatte, nur um dann durch ein ominöses Dokument ersetzt worden zu sein, das ihr nur noch mehr Rätsel aufgab. Irgendetwas musste vor circa fünfzig Jahren geschehen sein, was jemanden zu diesem Schritt veranlasst hatte. Ophelia war aber klar, dass im Endeffekt nur die Antworten der Bibliotheken und anderen diversen Institutionen Aufschluss darüber geben konnten, was genau da geschehen war. Sie rieb sich über die Stirn und dachte angestrengt nach, ob es vielleicht jemanden gab, den sie zusätzlich noch anschreiben konnte, doch ihr fiel beim besten Willen niemand mehr ein. Am frühen Nachmittag rief sie im Herrenhaus an, um Lord Belmont einzuladen, doch Ernest meinte nur, dass Master Nathan wohl nicht den Kopf dafür hatte. Aber sie würde ihm Bescheid geben, damit er sie zum gegebenen Zeitpunkt kontaktieren konnte. Ophelia wurde stutzig, beließ es aber dabei, denn Ernest versicherte ihr glaubhaft, dass es nur Probleme mit der Ausstellung waren, die seinen Herrn ein wenig in Trab hielten. Als sie am Abend immer noch nichts von ihm gehört hatte, verschob sie es auf den nächsten Tag.

Am nächsten Morgen, völlig unerwartet, kam eine Mail nach der anderen und Ophelia wusste nicht so recht, ob sie es wirklich wagen sollte, sie zu lesen. Auch aus Deutschland war eine dabei. Die Agentur, die jene aus Ungarn übernommen hatte, schickte ihr noch weitere, offen zugängliche Dokumente, um sie zu sichten, und bestätigte, dass sie mit der Kontaktaufnahme mit dem Notar noch auf ihre Zusage warten würden. Ophelia hatte sich mit Gabriel darauf geeinigt, momentan noch nicht um die Herausgabe der bei dem Notar hinterlegten Dokumente zu bitten, um nicht zu viel Aufmerksamkeit auf sich und Gabriel zu lenken. Sie ging in die Küche und machte sich mit zittrigen Händen Kaffee. Irgendwie sträubte sich alles in ihr, die Sache, die sie angeleiert hatten, nun weiter zu verfolgen und sie hätte sich gewünscht, Gabriel wäre hier. Doch hörte sie nichts weiter von ihm, außer einer Mail, die er wohl am Vorabend noch geschickt hatte. Wieder mit gescannten Dokumenten und wenigen Worten dazu. Er schrieb nur, dass er sich am nächsten Tag abends melden wollte. Ophelia trank ihren Kaffee und schloss die Augen. Es half nichts. Sie würde die Mails öffnen müssen.

Je mehr sie las, umso ungläubiger wurde sie. Und sie füllte eine um die andere Seite ihres Notizblockes mit den Informationen, die sie den Mails entnahm. Zwischendurch versuchte sie immer wieder, Gabriel zu erreichen, doch sein Mobiltelefon war nach wie vor ausgeschaltet, sodass sie noch nicht einmal die Möglichkeit bekam, ihm eine Nachricht zu hinterlassen. Sie legte es ein weiteres Mal entnervt zur Seite, als plötzlich Ernest in der Bibliothek erschien, was Ophelia vor Schreck leise aufschreien ließ. »Entschuldigen Sie bitte, Ophelia!«, sagte er sichtlich besorgt.

»Ich wollte Sie nicht erschrecken, aber alle Türen waren auf und ich dachte, Sie hätten mich gehört!« Sie schüttelte noch immer ein wenig unter Schock den Kopf, erhob sich aber von ihrem Schreibtisch. Sie brauchte einen Kaffee! Dringend! Sie ging zusammen mit Ernest in die Küche. »Sie sehen ein wenig durch den Wind aus, meine Liebe!«, meinte der Butler zögerlich, als er sah, dass ihre Hände zitterten, während sie die Maschine bediente. Ophelia fuhr sich über die Stirn, nickte und meinte dann: »Ja, das kann gut möglich sein, Ernest!« Sie sah ihn an. »Ich muss mit Gabriel sprechen, Ernest! Es ist wichtig! Und ich kann ihn nicht erreichen! Nicht einmal eine Nachricht hinterlassen! Was zum Teufel treibt er in London?« Sie wusste, diese Frage stand ihr nicht zu und sie entschuldigte sich sofort bei Ernest. »Schon gut, Ophelia!«, sagte er lächelnd. »Ich kann es Ihnen nicht sagen, da ich es selbst nicht so genau weiß! Aber ich verspreche Ihnen, nachher, wenn ich zurück bin, versuche ich Ihn zu erreichen!« Gabriel vertraute ihm wohl sehr, denn anscheinend hatte der Butler ein paar Notfallnummern, um ihn in wirklich wichtigen Dingen kontaktieren zu können. »Danke, Ernest! Es ist wirklich wichtig!« Der Butler packte den Korb mit frischen Vorräten aus. »Es sind wohl die ersehnten Antworten gekommen, auf die Sie und Master Gabriel gewartet haben, oder?« »Ja durchaus!«, keuchte Ophelia. »Aber ich bin mir ziemlich sicher, dass sie Gabriel nicht gefallen werden. Ebenso wenig, wie mir, Ernest!« »Fragen Sie nicht!«, erwiderte sie leicht lächelnd, als sie den fragenden Gesichtsausdruck des Butlers sah. »Noch ist es zu früh, darüber zu sprechen, aber es gibt ein paar schockierende Details, die ich gerne mit ihm besprechen möchte, ehe ich Lord Belmont damit konfrontiere!« Der Butler machte sich ebenfalls einen Kaffee, setzte sich zu ihr an den Tisch und sagte halb fragend, halb feststellend: »Dann hat also Master Gabriel recht, wenn er vermutet, Lord Belmont hat mit einigen Dingen hinter dem Berg gehalten!« »Ja, das hat er! Und ich bin mir sicher, dass wird ihm nicht gefallen!« Wen sie damit genau meinte, definierte sie nicht näher, wohl wissend, dass Ernest seine Schlüsse daraus ziehen würde. »Ich hoffe nur, er wird nicht allzu ungehalten darüber sein!« »So schlimm?«, fragte Ernest. Ophelia hob die Schultern. »Wie schlimm, kann ich nicht wirklich

abschätzen, Ernest! Aber unangenehm! Für alle Beteiligten!«
»Herrje!«, stöhnte Ernest. »Lord Belmont hat es schon immer
verstanden, sich in Schwierigkeiten zu bringen, aber diesmal
scheint er es eindeutig übertrieben zu haben!« Dann sah er sie
an und schob nach. »Apropos, Lord Belmont! Eigentlich bin ich
nur gekommen, weil er mich zu Ihnen geschickt hat! Er würde
sich gerne ihren Zwischenbricht anhören, Ophelia, aber die Vorbereitungen für die Ausstellung vereinnahmen ihn derart, dass
er sich dafür keine Zeit nehmen möchte, um Sie nicht zu brüskieren!« Ophelia sah ihn an und lachte. »So, so! Er will mich nicht
brüskieren! Das Ganze scheint ihn wahrlich zu fordern, dass er
nicht einmal eine halbe Stunde Zeit für mich hat!« Ernest nickte
grinsend. »Ja, dem ist so! Und Sie können sich nicht vorstellen,
was gerade im Herrenhaus abgeht! Der neue Bürgermeister ist
nicht mit allem, was Lord Belmont vorschlägt, einverstanden
und so wird heftig über jedes noch so kleine Detail diskutiert!
Ich denke, er würde seinen Kopf wirklich nicht bei der Sache
haben. Aber ich soll Ihnen sagen, dass er sich am Freitagabend
frei nimmt, um sich Ihrer gemeinsamen Sache voll und ganz zu
widmen!« Nachdenklich sah Ophelia ihn erleichtert an. »Das
gibt mir vielleicht die Möglichkeit, vorher noch mit Gabriel zu
sprechen, wenn er bis dahin aus London zurück sein sollte!« »Ich
bin mir sicher, er wird rechtzeitig aufschlagen, meine Liebe!«,
meinte Ernest verhalten lächelnd. »Zumindest besprachen wir
dies am Wochenende so, bevor er aufbrach! Und ich solle Ihm
auch sein Zimmer richten, da er mindestens zwei Tage bleiben
wollte!« Ophelia holte tief Luft, erhob sich und meinte: »Wenn
das so ist, werde ich in der Zwischenzeit versuchen, ein wenig
Ordnung in das Chaos meiner Notizen zu bringen!« Ernest sah
ihr nachdenklich und ein wenig in Sorge nach, als sie hinüber
in die Bibliothek ging. Er würde wirklich versuchen, Master Gabriel zu erreichen, denn der Zustand, in dem sich Ophelia befand, ließ ihn darauf schließen, dass es wohl nicht nur bei einer
Suche nach einem verschwundenen Buch geblieben war und er
würde nur zu gerne wissen, was Master Gabriel dazu zu sagen
hatte, denn auch er schien beim letzten Abendessen wenig amüsiert gewesen zu sein, was Ophelias Recherchen betraf. Er hatte
von der Küche aus gesehen, wie sie sich angeregt im Park, auf

dem Weg zum Herrenhaus, unterhielten. Und Master Gabriel war sehr nachdenklich gewesen, als sie angekommen waren. Er packte seine Sachen und machte sich auf den Weg zurück. Er begann sich bereits einen Plan zurecht zu legen, um Master Nathan von dem, über alle Maßen anstrengenden Bürgermeister zu retten und stieg grinsend in den Wagen, mit dem er kurz herübergekommen war.

Gabriel war als letzter in die Galerie gekommen und sah, sehr zu seiner Zufriedenheit, dass alle mobilisierten Kollegen bereits ihre Positionen eingenommen hatten. Der Besitzer der Galerie war eingeweiht und der Kunsthändler war ebenfalls an dem, mit dem Hehler vereinbarten Standort. Es herrschte gespielte, emsige Geschäftigkeit und Gabriel gab vor, sich für eines der an der Wand hängenden Gemälde aus dem neunzehnten Jahrhundert zu interessieren, was den Besitzer veranlasste, sich mit ihm zu unterhalten, als die Tür geöffnet wurde und ein gut gekleideter Herr mittleren Alters eintrat. Einen Augenblick lang sah er sich suchend um und ging dann direkt auf Mr. Porter zu, der sich vorsichtig zu ihm umdrehte. Gabriel konnte nicht verstehen, was sie sprachen, da sie darauf verzichtet hatten, den Kunsthändler zu verkabeln. Er wollte auf keinen Fall, dass er sich, wenn auch nur unbedarft, an das Ohr oder an den Hals fasste und somit die Aufmerksamkeit auf den Sender lenken konnte. An dem zufriedenen Gesichtsausdruck des Herrn konnte er jedoch erkennen, dass die Verhandlungen wohl zu dessen voller Zufriedenheit liefen und seine innere Anspannung wuchs, als er bemerkte, dass man definitiv zu einem Abschluss gekommen war. Der Mann ging auf den Ausgang zu und mit einem Blick zu Gabriel ließ Mr. Porter ihn erkennen, dass das Kuvert mit dem Geld tatsächlich den Besitzer gewechselt hatte. Gabriel setzte sich in Bewegung und folgte dem Mann zum Ausgang. Kurz davor fasste er ihn vorsichtig am Arm und meinte freundlich lächelnd: »Einen kurzen Augenblick bitte!« Der Mann drehte sich um, sah Gabriel verblüfft an und erkannte im selben Augenblick, dass er auf einen fingierten Kauf hereingefallen war. Gabriel spürte, wie sich im Hintergrund die anderen Beamten in Bewegung setzten und in diesem winzigen Moment der Unaufmerksamkeit Gabriels beschloss der Mann zu türmen. Er warf Gabriel mit einem kräftigen Stoß auf die Brust von sich weg, was Gabriel vor Schmerz und Überraschung aufschreien und gegen den Türrahmen fallen ließ. Dann verpasste er ihm wohl, um wirklich sicherzugehen, noch einen heftigen Schlag ins Gesicht, was Gabriel endgültig zu Boden gehen ließ. Keuchend versuchte er sich aufzurichten, doch zum Glück, war es nicht nötig, da die Kollegen ihn bereits packten und zurück in den Verkaufsraum zerrten. Gabriel zog sich auf die Knie und versuchte wieder zu Atem zu kommen, aber der Schlag auf die Brust war heftig gewesen und er krümmte sich vor Schmerzen. Mr. Porter half ihm zusammen mit einem Kollegen Gabriels hoch auf die Füße und sie lehnten ihn an die Wand, wo er kreideweiß im Gesicht die beiden ansah. Er spürte Blut an seiner Nase, die mit ziemlicher Sicherheit gebrochen war, und auch seine Unterlippe war durch den zweiten Schlag aufgeplatzt. Als er sich wieder ein wenig gefasst hatte, kam einer der Beamten auf ihn zu und sagte: »Er ist in Gewahrsam, Chief Inspector! Sollen wir ihn auf das Revier bringen?« Gabriel nickte nur, sah zu dem Mann hinüber, der ihn in Handschellen mit bösem Blick musterte. »Ja, tun Sie das und informieren Sie unverzüglich Captain Manson, damit wir ihn gleich verhören können!«, sagte er leise mit angeschlagener Stimme. »Ja, Sir!«, kam die knappe Antwort und der Beamte gab den anderen ein Zeichen, damit sie ihn zum Wagen bringen konnten, den sie im Hinterhof abgestellt hatten. »Mr. Cavendish!«, hörte er mit einem Mal den Besitzer der Galerie sagen. »Wollen Sie sich einen Moment setzen! Sie sehen ein wenig drangiert aus!« Gabriel schüttelte den Kopf. »Nein, danke! Es geht schon wieder! Ich würde mir nur gerne das Blut aus dem Gesicht waschen. Dann sind Sie uns los!« Der Besitzer brachte ihn zusammen mit Mr. Porter nach hinten, wo sich ein kleiner Waschraum befand und Gabriel säuberte sich, das permanente Pochen in seiner Brust ignorierend. Kopfschüttelnd betrachtete er sein Spiegelbild und ging wieder nach draußen. »Ich danke Ihnen, dass Sie uns Ihren Laden zu Verfügung gestellt haben!«, sagte er schniefend. »Ich werde mich gleich auf den Weg machen, um ihn zu verhören!« Dann wandte er sich an Mr. Porter und meinte: »Auch Ihnen danke ich! Wenn Sie möchten, können Sie gerne schon heute zurück nach Cardiff fahren, Mr. Porter! Ich werde Sergeant Travis vorbeischicken, um Ihre

Aussage aufzunehmen. Auch, um die übrigen Papiere unterschreiben zu lassen!« Porter nickte, lächelte und meinte leise: »Ich werde mich melden, sollte ich noch etwas erfahren oder jemand erneut an mich herantreten!« Gabriel verabschiedete sich von den beiden und machte sich mit dem letzten, noch vor Ort verbliebenen Beamten auf den Weg zurück zum Revier, wo ihn sein Vorgesetzter bereits erwartete. »Wie sehen Sie denn aus, Chief Inspektor?«, fragte der ihn entsetzt, als er Gabriel ansichtig wurde. Gabriel winkte ab. »Nur eine gebrochene Nase und ein wenig verletzter Stolz, Captain! Mehr nicht! Aber letztendlich haben wir ihn ja erwischt!« Captain Manson nickte. »Na dann wollen wir mal sehen, was das Vögelchen uns so zwitschert!«

Drei Stunden später konnte Gabriel sich endlich aus dem Verhörraum zurückziehen! Länger hätte er es wohl auch nicht mehr durchgehalten. Das Pochen war unerträglich geworden und er ahnte, dass er eigentlich einen Arzt aufsuchen sollte. Doch den guten Rat seines Captains diesbezüglich vollkommen ignorierend, fuhr er nach Kensington, holte seine Sachen und stieg in seinen Wagen, um nach Harlech zu fahren. Als sie aus dem Verhörraum getreten waren, hatte er den Captain gebeten, sich vorzeitig in das Wochenende verabschieden zu dürfen, was dieser ihm nur zu gern gewährt hatte, nachdem sein Chief Inspector deutlich sichtbar unter Schmerzen litt. Der Mann hatte tatsächlich nach ein wenig Druck seitens der Beamten etliche interessante Informationen herausgerückt und es würde ohnehin einige Tage dauern, um das Protokoll und die Hinweise auszuwerten. Das konnten andere ebenso gut erledigen. Gabriel beschloss, sich lieber in Ernests kundige Hände zu geben, und atmete erleichtert auf, als er die Stadtgrenze Londons hinter sich ließ.

Auch an diesem Morgen kamen noch vereinzelt Antworten auf die Mails, doch keine auf die Briefe, die Ophelia verschickt hatte. Sie brachte den ganzen Vormittag damit zu, ihre Notizen zu ordnen, mit dem von Lord Belmont zur Verfügung gestellten Material zu vergleichen und in Kontext zu stellen. Als der Nachmittag schon weit fortgeschritten war, beschloss sie einen Spaziergang zu machen. Es war nicht so sonnig, wie an den vorangegangenen Tagen, aber die Luft war klar und angenehm warm. Sie wollte durch den Park und vielleicht auf dem Rückweg bei Ernest auf eine Tasse Kaffee vorbeischauen. Vorausgesetzt, er hatte Zeit und musste nicht ein Abendessen für die Gäste von Lord Belmont ausrichten. Bei dem Gedanken daran, dass er sich trotz allem Zeit für eine Tasse mit ihr nehmen würden, musste sie grinsen und machte sich auf den Weg. Als Ophelia nach der Runde gemächlich auf das Herrenhaus zu schlenderte, bemerkte sie, zu ihrem Bedauern, dass die Terrassentür nicht wie sonst, wenn Ernest zu Hause war, einladend offen stand und sie beschloss, vorne herumzugehen, um, sollte Ernest wirklich nicht im Haus sein, dann die Auffahrt hinunter, zurück zum Gärtnerhäuschen zu marschieren. Als sie um das Haus herum war, erkannte sie Gabriels Wagen vor der Tür, die sperrangelweit offen stand, stehen. Stirnrunzelnd ging sie zu dem Range Rover, sah, dass auf dem Rücksitz Gabriels Tasche stand, der Zündschlüssel aber steckte. Ophelia beschlich ein zunehmend ungutes Gefühl und sie ging auf die Haustür zu. Im ersten Moment lag die Eingangshalle vollkommen still und verlassen vor ihr. Erst, als sie ein wenig nach hinten in Richtung Küche ging, hörte sie Stimmen. Ernest redete leise, aber eindringlich auf jemanden ein und sie vernahm ein kurzes Stöhnen. Ihr lag nichts ferner, als zu lauschen, aber sie begann sich allmählich ernste Sorgen zu machen und ging, ohne weiter zu zögern, auf die Tür zur Küche zu. Auch diese stand offen und sie wollte gerade an den Türrahmen klopfen, um sich bemerkbar zu machen, als sie erkannte, dass Gabriel tatsächlich in Harlech House aufgeschlagen war. Er stand mit nacktem Oberkörper von ihr abgewandt an der Küchenanrichte abgestützt und kämpfte, deutlich sichtbar, mit Schmerzen. »Es war nur ein Zugriff, der gehörig schiefgelaufen ist, Ernest!«, hörte sie ihn keuchen. Plötzlich bemerkte er, dass sie beobachtet wurden und er drehte sich um. Ophelia schrie auf, als sie ihn ansah. Leichenblass, mit aufgerissener Unterlippe und blutüberströmten Oberkörper! Vom Brustbein abwärts, bis über den Nabel, zog sich eine entsetzlich anzusehende Narbe, deren oberer Teil stark blutete. Gabriel keuchte erschrocken auf und wollte auf sie zugehen, als er sie erkannte, doch die Schmerzen ließen ihn wieder in sich zusammensacken und sein Atem kam unstet und schwer. Ophelia hielt die Hand vor den Mund

und starrte ihn mit vor Schreck geweiteten Augen an, dann, mit einem Mal, keuchte sie markerschütternd auf, wandte sich um und stürmte aus dem Haus. »Ophelia!«, schrie Gabriel voller Entsetzen. »Oh, Gott! Nein! Ophelia, so warte doch!« Er stieß sich ab und wollte ihr folgen, als er in ihrem Blick erkannte, wer sie war, doch Ernest hielt ihn mit erstaunlich festem Griff zurück. »Master Gabriel!« Gabriel sah ihn an und Ernest wünschte sich in diesem Augenblick nichts sehnlicher, als dass er ihm niemals diesen Blick zugeworfen hätte. Er war sich sicher, sich den Rest seines Lebens an diesen Moment zu erinnern. Er sah darin Entsetzen, Ungläubigkeit und vor allem unbändige Wut, nur noch übertroffen von Hass. »Ernest!«, keuchte Gabriel heiser. »Ophelia, sie ist ...!« Weiter kam er nicht, als ihn erneut eine Welle von undefinierbaren Schmerzen überrollte und ihn stöhnend zum Verstummen brachte und er zurück an die Anrichte sank. »Lassen Sie sich doch helfen, Master Gabriel!«, sagte er vorsichtig, ihn noch stützend, da er beinah komplett in sich zusammengesackt und zu Boden gegangen wäre. »Was immer gerade Sie erkannt haben, das muss warten! Ihre Wunde! Ich muss sie zumindest verbinden!« Gabriel stöhnte auf, schloss die Augen und flüsterte: »Tun Sie, was Sie nicht lassen können, Ernest! Aber machen Sie schnell! Ich muss mit Ophelia reden! So schnell wie möglich! Um Himmels willen!« Ernest nahm die Flasche mit dem Alkohol in die Hand und säuberte die Wunde, was Gabriel vor Schmerz erneut aufschreien ließ. »Was ist denn nur los?«, fragte Ernest irritiert, als er von dem noch immer schwer atmenden Gabriel abließ, um ein Pflaster auf die Wunde zu drücken. Gabriel sah hoch, ihn direkt an und in seinem Blick lag etwas, was den Butler zutiefst erschaudern ließ. »All die Zeit, Ernest, nachdem diese gottverdammte Bombe hochgegangen war, habt ihr alle zusammen behauptet, ich hätte mir nur eingebildet, dass eine Frau neben mir kniete, als ich ...!«, flüsterte Gabriel mit brüchiger Stimme. »Wenn ich mich richtig erinnere, wollte mich mein eigener Cousin sogar einweisen lassen, nicht wahr? Gnade ihm Gott, wenn ich Nathan zu fassen bekomme! Verdammt noch eins!« Ernest nickte verhalten, nicht ahnend, auf was Gabriel hinauswollte, als er ihm dies mit Zorn in der Stimme vorhielt. »Herrgott, Ernest!«, keuchte Gabriel ungehalten. »Ich habe es mir nicht eingebildet! Ophelia ist die Frau aus dem Hinterhof! Und wenn ich ihren Blick gerade richtig interpretiert habe, hat auch sie mich erst jetzt erkannt! Verdammt und nun machen Sie endlich, damit ich mit ihr reden kann, denn ich werde das Gefühl nicht los, dass es ihr ganz ähnlich erging wie mir, so derart ungläubig und entsetzt, wie sie mich gerade angesehen hat!« »Das ist nicht Ihr Ernst, oder?, fragte Ernest sichtlich erschüttert. »Und ich dachte wirklich, Sie hatten sich das nur eingebildet! Bei den Mengen Morphium, die Sie die ganze Zeit intus hatten!« Der Blick, den Gabriel ihm zuwarf, während er sich sein Shirt wieder überstreifte, sprach für sich. »Sehen Sie zu, dass sie nichts Dummes macht, Master Gabriel!«, sie sah gerade aus, als ob Sie …!« Weiter kam er nicht, denn Gabriel war schon auf dem Weg zur Tür. Er rannte zur Vordertür hinaus und zum Wagen, denn um Ophelia zu Fuß zu folgen, fühlte er sich momentan nicht in der Lage. Er hatte noch immer Schmerzen und Ernest wollte die Wunde eigentlich gerade gerne nähen, als Ophelia zur Tür hereinkam. Die Fäden, erst ein paar Tage alt, waren am Morgen nach dem Schlag auf seine Brust aufgerissen. Stöhnend stieg er ein und fuhr mit kiesspritzenden Reifen los, die Auffahrt hinunter. Er bemerkte im Rückspiegel, wie Ernest ihm zur Tür gefolgt war und ihm kopfschüttelnd nachsah. Gabriel sprang aus dem Wagen, um das Gärtnerhäuschen herum, da er annahm, sie war, wenn überhaupt, schon angekommen, von der Terrasse her hineingegangen. Doch es war leer und Gabriel blickte im Garten sich draußen suchend um, ob sie ihm vielleicht entgegenkam, obwohl er sich ziemlich sicher war, dass ausgerechnet er der Letzte sein würde, den sie jetzt sehen wollte. Aber er konnte und wollte sie in diesem Moment nicht allein lassen! Nicht nach dem Blick, den sie ihm zugeworfen hatte, als sie in ihm erkannte, wer er wirklich war. Gabriel musste mit aller Macht die Übelkeit unterdrücken, die nun in Wellen hochkam und er hatte das Gefühl, dass die Wunde trotz Ernests Behandlung erneut begonnen hatte zu bluten. Er zog sein Telefon aus der Tasche und wählte Ernests Nummer. Der Butler nahm augenblicklich ab. »Sie ist nicht im Haus, Ernest!«, sagte Gabriel bemüht, die aufkeimende Panik in seiner Stimme zu unterdrücken. »Und der Wagen, den Nathan ihr besorgt hat, steht unangetastet vor dem Eingang!

Ernest, wo steckt sie?« Der Butler überlegte fieberhaft und er erkannte deutlich an Gabriels Stimme, dass ihn allmählich seine Kräfte verließen. »Am Teich, Master Gabriel!«, hörte Gabriel ihn plötzlich erleichtert sagen. »Sie erzählte mir letztens, dass Sie nachmittags gerne dort spazieren geht! Ich denke, dort werden Sie Ophelia finden!« »Danke Ernest!«, sagte Gabriel kurz, als er nochmal Ernests Stimme vernahm, ehe er auflegen wollte. »Master Gabriel?« »Ja, Ernest, was noch?«, fragte er voller Ungeduld. »Wenn Sie Ophelia dort nicht finden, rufen Sie um Himmels willen an! Dann helfe ich Ihnen suchen! Verstanden?« Unwillkürlich musste Gabriel grinsen, als er die tiefe Besorgnis in Ernests Stimme bemerkte, bejahte aber und legte dann auf, um sich auf den Weg zu machen, in der stillen Hoffnung, sie tatsächlich dort vorzufinden, denn er würde nicht mehr lange durchhalten. Er versuchte, während er das kleine Wäldchen durchquerte, das den Park von dem kleinen Teich trennte, seine zum Zerreißen gespannten Nerven ein wenig zu beruhigen. Bilder jenen Tages, die er wohl unwissend gemeinsam mit Ophelia teilte, kamen in ihm hoch und er versuchte krampfhaft, die Erinnerung daran zu verscheuchen. Er machte sich schwere Vorwürfe, sie nicht früher erkannt zu haben und fragte sich, ob ihm sein Unterbewusstsein diesen üblen Streich gespielt hatte. Und doch schien es, als wäre es ihr ähnlich ergangen und er vermutete beinah, dass es eine Art Selbstschutz war, der sie einander nicht früher erkennen ließ. Er konnte am Ende des Weges bereits die silbrig glänzende Oberfläche des Teiches sehen und ging weiter. Als Gabriel aus dem Schatten der Bäume trat, sah er am gegenüberliegenden Ufer die kleine Kapelle, die sich dort, schon seit er denken konnte, befand. Und Ophelia auf der Bank davor sitzen. In sich zusammengekauert und das Gesicht in den Händen verborgen. Ophelia weinte und Gabriel zerriss es schier das Herz, als er sie so auf der Bank kauern sah. Er ging leise weiter und kurz bevor er bei ihr war, blickte sie hoch und ihm direkt in die Augen. Er hatte es geahnt. Ihr Blick wich dem Seinem nicht aus und er erkannte darin all die unbeantworteten Fragen, die auch er immer und immer wieder stellte, und nie eine Antwort darauf bekam. »Man hat mich für verrückt erklärt, Gabriel!«, flüsterte Ophelia, mit von Tränen erstickter Stimme. »Niemand wollte mir glauben und als ich nicht aufhörte, ihnen zu versichern, dass da noch jemand war, der in meinen Armen gestorben ist, wollte man mich einweisen!« Er konnte nur nicken, setzte sich neben sie und erwiderte leise, um Worte ringend: »Ich kann es dir leider nur zu gut nachfühlen, Ophelia!« Sie sah ihn an. Ruhig und ohne die Panik, die er vorhin in ihren Augen erkannte und schluchzte: »Ist das ein Albtraum, aus dem ich irgendwann erwachen werde, oder spielt mir mein Gehirn einen Streich, Gabriel? Bitte sag, dass dies alles nicht wahr ist! Du müsstet tot sein und nicht hier sitzen und dich mit einer durchgeknallten Literaturwissen-schaftlerin unterhalten!« Er grinste sie, wenn auch verhalten, an, erwiderte aber nichts darauf, denn im Endeffekt hatte Ophelia recht. Er sollte hier nicht sitzen, doch jemand verfolgte damals wohl andere Pläne mit ihm und allmählich dämmerte Gabriel etwas, was er die ganze Zeit versucht hatte, zu ignorieren. Ophelia wandte sich zu ihm und fasste ihm unendlich sachte an das Shirt. »Du blutest, Gabriel!«, schniefte sie. »Ich dachte Ernest hat dich vorhin verarztet!« Er sah an sich herunter und bemerkte, dass das Pflaster zwischenzeitlich wieder durchgeweicht war und begann, den beigen Stoff seines frischen Shirts rot zu fär-ben. »Es ist nichts Ophelia!«, erwiderte er vorsichtig. »Man hat nur am Montag Narbengewebe entfernt, das mit dem Knochen verwachsen war! Und heute Morgen bei einer Festnahme habe ich einen Schlag auf die Naht bekommen!« »Nichts gegen den Metallsplitter, der in deiner Brust steckte, nicht wahr?« »Er muss nach Ernests Beschreibung wahrlich beeindruckend gewesen sein!« Ophelia lachte freudlos. »Beindruckend ist gut, Gabriel! Er steckte fast komplett in deinem Leib, als ich dich umdrehte!« Er nahm Ophelias Hand, so wie damals in dem Hinterhof, sah sie an und gab leise zu: »Ich kann mich wohl zum Glück nicht mehr daran erinnern! Aber an dich, Ophelia! Auch wenn ich zu meiner Schande zugeben muss, dass ich dich tatsächlich erst vorhing erkannte! Es tut mir so unendlich leid!« »Es tut dir leid!«, keuchte Ophelia erbost. »Ausgerechnet dir! Verdammt Gabriel! Meine Karriere wäre beinah den Bach hinuntergegangen und als ich nicht aufhörte darauf zu bestehen, dass du dort warst, wollten sie mich für den Rest meines Lebens wegsperren. Es wäre nur zu meinem Wohl, sagten sie! Und jeder, wirklich jeder, mit dem ich irgendwie zu tun hatte, erklärte mich für paranoid und verrückt! Und nun, als ich mich damit arrangiert habe, dass ich es mir anscheinend doch nur eingebildet habe, erkenne ich in dir Gabriel Cavendish, jenen Mann wieder, der schwer verletzt in meinen Armen starb! Also, was genau tut dir leid?« Sie stand auf, ging ein paar Schritte zum See, um ihn nicht ansehen zu müssen und versuchte, ihre Gefühle wieder unter Kontrolle zu bekommen. »Ophelia, bitte!«, stöhnte Gabriel leise, blieb aber, wo er war, denn er wollte ihr nicht zu nahetreten, obwohl er in diesem Moment nichts lieber getan hätte, als sie in seine Arme zu ziehen und Ophelia an sich zu drücken. Sie schloss einen Moment die Augen, dann drehte sie sich um und sah ihn einfach nur stumm an. »Auch mich wollten sie einliefern, Ophelia! Und ich habe es nur Ernest zu verdanken, dass man irgendwann endlich davon absah, denn er konnte Nathan und die Ärzte glaubhaft davon überzeugen, dass wohl das Morphium und die anderen Schmerzmittel, die man mir verabreichte, die Sinne vernebelten!« Sie erwiderte seinen Blick ruhig. »Ist das wahr?« »Ja!«, meinte er knapp. »Frag Ernest, wenn du mir nicht glaubst! Er war es, der, nachdem ich wieder einigermaßen aufrecht sitzen konnte, mich auf Entzug setzte und weiter versorgte, damit die Ärzte und Psychologen ihre Finger von mir ließen! Selbst er glaubte bis gerade eben an ein Hirngespinst von mir!« Sie wollte etwas erwidern, ließ es aber und ging zurück zur Bank. Sie setzte sich neben Gabriel. »Wie kommt es eigentlich, dass du überhaupt noch am Leben bist, Gabriel! Du warst so schwer verletzt und zu dem Zeitpunkt, als ich in den Hof kam, hattest du schon unglaublich viel Blut verloren! Ich meine, ich dachte, du bist dort ...!« Sie sprach es nicht aus, denn noch immer erschien es ihr seltsam, ihn für tot zu halten, wenn er doch äußerst lebendig neben ihr saß. Gabriel schloss die Augen. Eine Zeit lang sagte er nichts. Dann öffnete er seine Augen, sah ihr direkt in das Gesicht und meinte: »Zu verdanken habe ich es letztendlich wohl Nathan, der mich, aus welchen Beweggründen auch immer, von dort wegholte und mich in die Obhut eines mit ihm befreundeten Schönheitschirurgen gab, der in Kensington eine Privatpraxis führt!« Nachdenklich sah Ophelia ihn an. »Einfach so! Ohne jemandem Bescheid zu sagen, oder wie soll ich das jetzt verstehen?

Da waren außer dir noch zwei tote Beamte, Gabriel! Ich habe sie mit eigenen Augen gesehen, als ich nach unten kam, um zu sehen, welchen Schaden die Bombe angerichtet hatte!« »Die ich auf dem Gewissen habe!«, konterte Gabriel. »Da der Anschlag allein mir galt, wie man mir im Nachhinein erklärte!« Ophelia stöhnte. »Und wie passt Lord Belmont dann in die Geschichte?« Gabriel gab einen unwilligen Laut von sich. »Er behauptete stets, dort rein zufällig gewesen zu sein, um sich in einer Kunstgalerie, die sich dort in der Nähe befand, umzusehen. Seit vorhin allerdings denke ich, dass er doch etwas ganz anderes vorhatte und ich werde ihm den Kopf abreißen, sollte sich mein Verdacht bestätigen, Ophelia! Dessen kannst du dir sicher sein!« Fragend sah sie ihn an, denn auch sie konnte nicht so recht an einen Zufall glauben. Dafür war jener Teil von Belgravia etwas zu abgelegen, als dass man keinen triftigen Grund bräuchte, um dort einfach nur zufällig zu sein. »Ich nehme an, dass er schon damals, eben an jenem Tag, zu dir in dein Büro wollte, um dich dort aufzusuchen!« Erschrocken blickte sie auf, schüttelte den Kopf und meinte: »Ernsthaft! Denkst du das wirklich!« »Ja, das tue ich!«, erwiderte er und seine Stimme bebte vor verhaltenem Zorn. »Ein paar Tage zuvor hatten wir uns eben wegen dem Buch, das du nun suchen sollst, fürchterlich gestritten! So heftig, dass ich ihn aus dem Haus warf und ihm drohte, sollte er den Unsinn weiterverfolgen, ich kein Wort mehr mit ihm rede!« »Er scheint davon nicht sonderlich beeindruckt gewesen zu sein!«, meinte Ophelia nachdenklich. »Wenn er sich dann doch auf den Weg zu mir machte!« »Es sieht fast danach aus!« Gabriel richtete sich ein wenig auf. »Er musste wohl auf dem Weg zu deinem Büro die Explosion gehört haben und sich dann über die Trümmer hinweg in den Hinterhof gekämpft haben, um zu helfen!« »Wo er seinen Cousin halb tot fand!«, ergänzte Ophelia leise. »Ja! Und aus irgendeinem Grund wollte er nicht, dass ich dort verrecke und hat mich mitgenommen! Ich selbst habe davon nichts mitbekommen, Ophelia, denn ich erwachte erst sechs Wochen später in dieser Praxis wieder!« »Sechs Wochen?«, stöhnte Ophelia ungläubig. »Sechs Wochen! Schwebend zwischen Leben und Tod! Zumindest hat es Ernest mir so beschrieben! Immer wieder versetzten sie mich in künstliche Komas, um in mühevoller Kleinarbeit diesen Metallkeil aus meinem Leib zu holen! Ich wurde mehrfach operiert, da die inneren Verletzungen so schwerwiegend waren, dass sie ihn immer nur in kleinen Teilen herausbrachten. Und auch nur dann, wenn die Wunde der vorangegangenen Operation wieder ein wenig verheilt war! Nach sechs Wochen wachte ich auf, lag da und konnte weder sprechen noch richtig ohne Hilfe atmen! Ich bin mir bis heute noch nicht sicher, ob ich Nathan dafür dankbar sein soll oder nicht, denn das, was danach kam, glich einem Höllenritt, der nur mit Morphium und noch viel heftigeren Schmerzmitteln zu ertragen war. Wie das nun aussieht, hast du vorhin selbst gesehen und auch wenn ich soweit wieder vollständig genesen bin, muss ich immer wieder Narbengewebe entfernen lassen, das mit meinem Brustbein verwächst, welches bei dem Einschlag vollständig zertrümmert wurde! Darum habe ich mich auch die letzten Tage nicht bei dir gemeldet, Ophelia! Ich hatte Schmerzen und wie du dir vorstellen kannst, vermeide ich es tunlichst, Medikamente dagegen zu nehmen, bin aber dementsprechend reizbar! Ich wollte dir gegenüber einfach nicht unhöflich werden am Telefon! Dass dies passiert, ist nur dem Umstand zu verdanken, dass ich bei einem Zugriff, der nicht wie geplant ablief, einen Schlag auf die genähte Wunde abbekommen habe, und früher als geplant, zurückgefahren bin, damit Ernest mir, wie schon so oft, hilft!« »Das ist grauenvoll, Gabriel!« Gabriel wusste im ersten Moment nicht genau, was sie meinte, also schwieg er und ließ sie in Ruhe über das nachdenken, was er ihr gerade erzählt hatte. Sie war wieder zum See gegangen, und starrte auf die Wasseroberfläche, ohne wirklich etwas zu erkennen. Erst, als sie dachte, ihre Gefühle wieder unter Kontrolle zu haben, drehte sie sich um, schüttelte den Kopf und sagte leise mit belegter Stimme: »Wir sind wohl beide einmal durch die Hölle und retour gegangen! Dennoch würde mich interessieren, wie Lord Belmont darauf kam, mich dort aufzusuchen, selbst, wenn du nur zufällig dort gewesen sein willst, was ich dir momentan noch nicht so ganz abnehme!« Irritiert sah er sie an: »Wie kommst du darauf, Ophelia! Ich war zufällig dort! Ich sollte in einem der Büros in dem Haus einen Durchsuchungsbefehl vollstrecken. Ich wusste aber wirklich nicht, dass du dort ebenfalls eines gemietet hattest! Nathan hatte dich mir gegenüber, bis vor einigen Wochen, bis dieser Artikel erschienen war, mit keinem Wort erwähnt, obwohl ich in der Zwischenzeit annehme, dass er an jenem Tag explizit zu dir wollte! Aber ich werde ihn mit Sicherheit danach fragen!« Sie musterte ihn aufmerksam, ließ ihn aber nicht erkennen, was sie gerade dachte. »Du denkst doch nicht etwa?«, schnappte Gabriel erschrocken nach Luft. »Dass ich ihn erst darauf gebracht habe, oder? Ophelia ich bitte dich! In dem Streit ging es nur generell um das Unterfangen, mehr über dieses ominöse Buch herauszufinden, und die Tatsache, dass ich ihm nach dem Drama ein paar Jahre zuvor verbot, sich weiter darum zu bemühen, um sich nicht erneut zum Gespött zu machen! Übrigens eine Vermutung, die du ebenfalls geäußert hast, wenn du dich an unser erstes Gespräch mit ihm erinnerst!« Ophelia schüttelte den Kopf. »Entschuldige Gabriel! Ich wollte dich nicht provozieren, aber das alles ist wohl ein wenig viel auf einmal!« Er sah sie an und meinte plötzlich mit gedämpfter Stimme: »Du hast ein paar Antworten auf unseren Brief bekommen, nicht wahr? Und ich nehme an, welche, die mir nicht gefallen werden, da du mit einem Mal sogar meine Rolle in diesem, sich von Nathan ausgedachten Spiel anzweifelst!« »Ja, so ist es!«, antwortete sie. »Dennoch wollte ich nicht an deinen Absichten zweifeln, Gabriel! Ich war nur in keiner Weise darauf vorbereitet, dir so völlig unvorbereitet zu begegnen!« »Halbnackt und blutend in Ernests Küche?«, feixte er. »Oder was genau meinst du damit?« Ophelia musste unwillkürlich lachen. »Ein Anblick, den ich mir zugegebenermaßen anders vorgestellt hätte!« Sie setzte sich zu ihm. »Nein, im Ernst, Gabriel! Wir müssen reden, bevor wir mit Lord Belmont sprechen! Aber ich glaube hier und jetzt ist nicht der richtige Zeitpunkt dafür, und wenn ich Ernest gestern richtig verstanden habe, ist Lord Belmont heute nicht in Harlech! Lass uns zu Ernest gehen und versuchen, dich wieder zusammenzuflicken! Du siehst grauenvoll aus! Erschöpft und müde! Und ich glaube du hast große Schmerzen! Also komm! Mit etwas Glück bekommen wir sogar etwas zu essen!« Einen Augenblick lang sah Gabriel sie nur an, erkannte aber in ihrem Blick, den sie offen erwiderte, dass sie zumindest im Augenblick mit sich selbst und ihm so einigermaßen im Reinen war. Dann nickte er, stand auf und sie gingen langsam und ihr dabei schildernd, was sich am Vormittag zugetragen hatte, zurück zum Herrenhaus. »Dem Himmel sei Dank!«, hörten sie Ernest erleichtert ausrufen, als sie sich der Terrasse näherten und der Butler ihnen entgegengelaufen kam. »Sie sind beide wohlauf!« Ophelia lächelte ihn an, denn sie spürte, dass Ernest sich auch um sie Sorgen gemacht hatte, warum auch immer. Als er bei ihnen angekommen war, schob er Gabriel sanft, aber mit Nachdruck in Richtung Küche und Ophelia folgte ihnen, mit ein wenig Abstand. »Ernest, bitte!«, stöhnte Gabriel. »Es geht schon! Den Weg in Ihre als Küche getarnte Folterkammer werde ich nun auch noch bewältigen!« Der Butler erwiderte nichts, sondern warf Ophelia nur einen vielsagenden Blick zu und verdrehte die Augen. Ernest zwang Gabriel auf einen Stuhl, auf den er sich widerstandslos verfrachten ließ. Erleichtert, endlich zu sitzen. Er war noch blasser als zuvor und auch das Atmen fiel ihm wieder schwer, obwohl sie langsam gegangen waren. Ernest half ihm das nun wieder blutige Shirt auszuziehen und machte sich daran, das Pflaster vorsichtig zu entfernen. »Sie wissen, was nun kommt, oder?«, fragte er Gabriel vorsichtig und als dieser nur nickte, griff Ernest in einen der Schränke und holte eine kleine Tasche heraus, die er zusammen mit Desinfektionsmittel neben Gabriel ablegte. Ophelia hatte sich in der Zwischenzeit Kaffee gemacht und saß auf der Anrichte, von wo aus sie Ernest beobachtete, wie er alles sorgfältig vorbereitete, um die aufgerissene Naht zu nähen. Gabriel schloss die Augen und lehnte sich deutlich angespannt zurück. »Der Mann muss aber fest zugeschlagen haben!«, meinte Ernest, während er die Wunde säuberte. Gabriel schüttelte den Kopf. »Eigentlich nicht, Ernest! Der Schlag ins Gesicht war härter! Aber er hat die Stelle unglücklich erwischt. Ich spürte, wie die Naht augenblicklich gerissen ist, als er mich erwischte!« »Und ihre Nase!« »Vom Polizeiarzt wieder eingerichtet und versorgt, Ernest!«, antwortete Gabriel wahrheitsgemäß. »Und sie bereitet keine Probleme!« Prüfend, ob sein Schützling wirklich die Wahrheit sagte, musterte Ernest ihn, ehe er nickte und sich daran machte, die Nadel vorzubereiten. Er warf Ophelia einen ersten Blick zu. »Das wird jetzt ein wenig unschön, meine Liebe! Wenn sie kein Blut sehen können, dann sollten Sie jetzt besser gehen!«

Sie schüttelte den Kopf. »Schon gut, Ernest! Ich werde Ihnen nicht ohnmächtig von der Anrichte rutschen! Ich habe schon Schlimmeres gesehen!« »Wohl wahr!«, konterte der Butler. »Ich kann mir vorstellen, dass Master Gabriels Anblick Sie schockiert haben muss!« Sie nickte nur und Ernest setzte den ersten Stich, was Gabriel scharf die Luft einsaugen ließ. Verzweifelt versuchte er den Schmerz, der ihn durchfuhr, zu ignorieren, doch so wirklich wollte es ihm nicht gelingen. Ein Schaudern durchlief ihn, aber er hielt weiterhin krampfhaft still. Sechs Stiche später saß Gabriel schwer atmend auf dem Stuhl und schloss erleichtert die Augen, als Ernest endlich von ihm abließ. Der Butler gab ihm Zeit, sich ein wenig zu fassen, ehe er die Naht desinfizierte und neuerlich ein Pflaster darauf gab. »Ich hole Ihnen nur kurz ein frisches Hemd, Master Gabriel, dann haben Sie es überstanden!«, sagte er und bat Ophelia im Gehen, Gabriel einen Kaffee zu machen. Für den Whisky, den sie alle bitter nötig hatten, würde er sorgen, wenn er zurückkam. Als Ophelia ihm die Tasse reichte, sah sie, dass die Narbe des Metallsplitters nicht die einzige war, die seinen ansonsten vollkommen durchtrainierten Oberkörper verunstaltete und sie nahm an, dass diese von den unzähligen Operationen stammten, von denen er vorhin sprach. »Danke, Ophelia!«, flüsterte Gabriel heiser und nahm einen großen Schluck. Sie setzte sich wieder auf die Anrichte und ließ ihre Beine baumeln, ohne Gabriel aus den Augen zu lassen. »Es ist ein seltsames Bild, Sie hier beide so sitzen zu sehen!«, sagte Ernest bedrückt, als er zurückkam und Gabriel ein frisches Poloshirt reichte. Die Flasche Whisky, die er mitgebracht hatte, stellte er neben Ophelia auf die Anrichte und holte Gläser. Gabriel zog sich grinsend an und nahm dankbar das gut gefüllte Glas, welches Ernest ihm unter die Nase hielt. Auch Ophelia bekam eines, doch mit wesentlich weniger Inhalt, wie sie amüsiert feststellte. Zu guter Letzt schenkte auch Ernest sich ein und meinte: »Und auf was wollen wir nun anstoßen?« »Seien Sie still, Ernest!«, wies Gabriel ihn ernst zurecht. »Es gibt nichts, worauf es sich lohnen würde! Dazu ist die ganze Situation wohl ein wenig zu obskur, finden Sie nicht!« Ernest hob die Schultern und trank. »Zugegeben, das ist es!« Und ich dachte wahrlich, Sie hätten es sich nur eingebildet!« Gabriel gab einen unwilligen Laut von sich, sah den Butler mit verschleiertem Blick an und meinte ruhig: »Nur, weil ich nicht mehr davon sprach, als ich Gefahr lief, eingewiesen zu werden, habe ich nicht aufgehört, weiter daran zu glauben, Ernest!« Der Butler sah ihn einen Augenblick lang einfach nur an und schüttelte den Kopf. »Das, Master Gabriel, habe ich mir, wenn auch insgeheim, fast gedacht!« Ophelia sah die beiden an. »Darf ich dich etwas fragen, Gabriel?«, meinte sie nach einer Weile. Er erwiderte ihren Blick nicht, nickte aber. »Hast du, nachdem du wieder genesen warst, nicht nachgefragt, was genau dort geschehen ist?« Gabriel lachte auf, hart, heiser und ohne jeglichen Humor. »Was denkst du denn? Natürlich, Ophelia! Und die Antworten, die ich bekam, ließen mich tatsächlich beinah glauben, dass ich einem Hirngespinst erlegen war! Niemand, weder Nathan noch mein Vorgesetzter, gab zu, dass da auch eine Frau gewesen war. Man hat sämtliche Spuren verwischt und die beiden Kollegen, die ich in den Tod gerissen habe, konnten mir keine Antwort mehr darauf geben, ob du dort warst oder nicht. So musste ich es bei den Aussagen der beiden belassen. Auch sonst hatte dich an jenem Tag scheinbar niemand in der Nähe deines Büros gesehen. Das sagte man mir zumindest, obwohl ich stark annehme, dass man dich ebenfalls in dem Hof liegend gefunden und dich in ein Krankenhaus gebracht hat!« »Das stimmt, Gabriel!« Ophelia schloss kurz die Augen, um die Erinnerungen, die sie mit aller Macht zu überwältigen drohten, zu verdrängen. »So hat man es mir erzählt! Sie fanden mich zwischen den Trümmern, in der Nähe des einen toten Kollegen von dir! Ohnmächtig! Man brachte mich ins London City Hospital und fragte mich dann dort, was ich denn in dem Hof zu suchen gehabt habe! Als ich ihnen meine Version der Geschehnisse erzählte, dementierten alle vehement, einschließlich des Beamten, der mich befragte, dass noch jemand außer den beiden toten Beamten, die im Hinterhof lagen, dort war! Punktum! Und als ich begann, rigoroser nachzufragen, unterstellte man mir, ich würde fantasieren. Den Rest kannst du dir ja denken!« »Also hatte Master Gabriel recht, als er vorhin dachte, in ihrem Blick erkannt zu haben, dass es Ihnen ähnlich erging wie Ihm?«, fragte Ernest neugierig geworden. »Was aber die Frage aufwirft, warum man beschloss, Master Gabriel zu verleugnen und Sie, Ophelia, der Lüge zu bezichtigen!« »Somit, mein Lieber, haben Sie genau die Fragen gestellt!«, konterte Gabriel mit zorniger Stimme. »Die ich mir selbst schon die ganze Zeit, seit ich Ophelia erkannte, stelle!« »Bei Ihnen vielleicht noch nachvollziehbar!«, erwiderte Ernest nachdenklich, sich über das Kinn streichend. »Denn man ließ Sie ja, nachdem Master Nathan sie dort weggeholt hatte, erst einmal untertauchen, um Sie nicht erneut Ziel eines Anschlages werden zu lassen! Aber darüber hätte man Ophelia auch informieren können, dass es im Zuge der Ermittlungen unabdingbar war, in der Öffentlichkeit nicht zu erwähnen, dass dort noch ein dritter Beamter anwesend gewesen war!« Gabriel sah den Butler lange an und in seinem Blick lag etwas Gefährliches. »Ich vermute, Nathan wird uns diese Frage beantworten können. Und in der Zwischenzeit gehe ich davon aus, dass es nicht der Zufall war, wie er stets behauptete, der ihn nach Belgravia führte!« »Ach du lieber Himmel!«, stöhnte Ernest auf, als er mit einem Mal begriff, auf was Gabriel damit anspielte und er sah Ophelia an, die sachte nickte. »Ich hatte ein Büro in dem Haus, Ernest! Es wurde bei dem Anschlag vollkommen verwüstet.« Ernest, sichtlich schockiert, schenkte ihnen allen erst einmal nach, ehe er sich mit nachdenklichem Gesicht neben Ophelia an die Anrichte lehnte. »Kann es sein, Gabriel?«, fragte Ophelia plötzlich, »dass du Lord Belmont bei dem Streit, den du vorhin erwähntest, ein wenig zu nahegekommen bist und er dachte, du störst ihn bei seinem, wie auch immer gearteten Vorhaben! Und er dann diese, wenn auch zugegebenermaßen, äußerst obskure Gelegenheit nutzte, um dich, ebenso wie mich, ein wenig aus dem Verkehr zu ziehen?« »Darüber habe ich auch schon nachgedacht!«, antwortete Gabriel. »Und der Gedanke daran gefällt mir ganz und gar nicht!« Er stand auf, kam zu ihnen, nahm sich nochmals Whisky. »Aber ich verstehe nicht, warum er dann zwei Jahre später wieder mit dem Thema anfängt, obwohl er doch mit der Möglichkeit rechnen musste, dass wir einander früher oder später erkennen würden!« Ophelia lachte humorlos. »Anscheinend war er wohl bereit, das Risiko einzugehen! Und ich nehme an, dein Besuch in Warwick Castle, als er dich auf mich ansetzte, war eine Art Probelauf! Begegneten wir einander, ohne uns zu erkennen, konnte er sich ziemlich sicher sein, dass sich unser beider Unterbewusstsein in einer Art Amnesie selbst schützen würde! Jeder Psychologe wird dir bestätigen, dass es diesen Art Selbstschutz des Gehirns tatsächlich gibt, Gabriel!« Gabriel stellte das Glas hart auf die Anrichte und sagte wütend: »Und wieder einmal hat er es geschafft, mich für seine Zwecke zu missbrauchen! Herrgott, wie ich das hasse!« Er war zornig, ungehalten und am liebsten hätte er an irgendetwas seine Wut ausgelassen. Stattdessen drehte er sich schwer atmend um und stürmte aus der Küche. »Es ist wohl besser, ich lasse ihn alleine, oder?«, fragte Ophelia vorsichtig, ihm nachblickend. Ernest folgte ihrem Blick und seufzte, als er Master Gabriel im Garten verschwinden sah. »Ja, ich denke es wäre klüger, Ihn in Ruhe zu lassen!« Dann lächelte er Ophelia mit einem Mal an. »Kommen Sie meine Liebe! Lassen sie uns verschwinden!« Erstaunt sah sie ihn an und Ernest lachte, als er ihren etwas ungläubigen Blick sah. »Fahren wir zum Gärtnerhäuschen und bereiten das Abendessen vor! Lord Belmont wird erst morgen im Laufe des Vormittags wieder hier aufschlagen und Master Gabriel fühlt sich dort ohnehin wohler als im Herrenhaus. Genauso wie Sie! Ich lege ihm eine Notiz zurecht, wo er uns findet und wenn er sich beruhigt hat, wird er uns folgen!« Er reichte Ophelia die Hand, um ihr von der Anrichte zu helfen. »Gehen Sie schon mal zum Wagen! Ich hole nur noch eine gute Flasche Wein aus dem Keller, dann machen wir uns auf den Weg!« Sie nickte und ging nachdenklich aus der Küche, um zum Wagen zu gehen, der sicherlich noch vor der Haustür stehen würde.

Kurze Zeit später waren die Sachen, die Ernest eingepackt hatte, verstaut, der Wein entkorkt und sie machten sich gemeinsam daran, das Essen vorzubereiten. Sie sprachen nicht viel und der Butler spürte deutlich, dass sich Ophelia Sorgen um Master Gabriel machte. Immer wieder sah sie aus dem Fenster, das in den Garten hinausging und ließ ihren Blick suchend schweifen. »Er wird bald kommen, Ophelia!«, versuchte Ernest sie zu beruhigen, als sie wieder einmal hinausgesehen hatte. »Was wollten Sie eigentlich heute im Herrenhaus, wenn ich fragen darf?«, wollte er von ihr wissen, um ihre Aufmerksamkeit auf sich zu lenken. Ophelia seufzte vernehmlich. »Eigentlich nur eine Tasse

Kaffee, wenn ich ehrlich bin!«, antwortete sie. »Ich war es irgendwann leid, diese ganzen Mails und Briefe zu sortieren und ging spazieren, als ich spontan beschloss, Sie zu besuchen, Ernest!« Der Butler legte das Messer, das er gerade in der Hand hielt, zur Seite, blickte in ihr Gesicht und fragte verlegen: »Und haben ganz nebenbei mehr bekommen als nur eine Tasse Kaffee, nicht wahr?« Ophelia lachte. »Das stimmt! Dennoch bin ich auch irgendwie erleichtert!« Verwundert über ihre Aussage, sah er sie an. »Inwiefern?« Sie stützte sich ab, schloss kurz die Augen und sah ihn, als Ophelia sie wieder öffnete, direkt an. »Endlich kenne ich die Wahrheit! Wissen Sie, Ernest! Es gab Tage, da zweifelte ich an meinem Verstand und es war nicht unbedingt hilfreich, dass ich mit niemandem darüber reden konnte. Mein ganzes persönliches Umfeld ließ keinerlei Gespräch in diese Richtung zu, da alle dachten, ich sei verrückt! Wenn ich nur versuchte, dahingehend etwas zu sagen, blockten alle ab!« »Sie konnten wirklich mit niemandem sprechen?«, hakte Ernest sachte nach. Ophelia schüttelte den Kopf. »Schon seltsam, nicht wahr? Da stirbt jemand in meinen Armen und alle leugnen es, dass dort noch jemand anderes war, außer mir und den Kollegen von Gabriel! Es ist ohnehin schon schwer in Worte zu fassen, was dort in dem Hinterhof geschehen ist und dann glaubt einem niemand!« »Und das aus dem Mund einer Philologin!«, lächelte sie Ernest an. Ophelia grinste. »Das sagte der Psychologe, der mich behandelte, auch! Er schrieb es meiner lebhaften Fantasie zu!« »Verständlich, dass man dann beginnt, an sich selbst zu zweifeln!«, erwiderte Ernest wieder ernst. »Genau! Und aus diesem Grund bin ich nicht sonderlich schockiert, sondern vielmehr darüber erleichtert, dass es sich aufgeklärt hat! Auch, wenn es mir für Gabriel unendlich leidtut, dass es auf diese Art und Weise geschehen ist! Für ihn muss der Schock genauso groß gewesen sein wie für mich!« Ernest stellte den Auflauf in den Ofen, kontrollierte die Temperatur und als er damit zufrieden war, meinte er nachdenklich: »War er, mit ziemlicher Sicherheit sogar, obwohl ich glaube, dass Master Gabriel es ähnlich sieht wie Sie Ophelia, denn in diesem Punkt gleichen sich Ihrer beider Geschichten fast bis auf das Haar! Selbst wenn Master Gabriel es wohl freiwillig nicht zugeben würde!« Dann schenkte er ihnen ein Glas Rotwein ein, hielt es Ophelia hin und fügte betreten hinzu: »Und sehr zu meinem Bedauern muss ich gestehen, dass auch ich an Ihm zweifelte und dieses vermeintliche Hirngespinst auf den Drogencocktail schob, den er einige Zeit fast permanent intus hatte. Dafür werde ich mich bei Ihm entschuldigen müssen, Ophelia!« Dann drehte er das Glas nachdenklich in der Hand und schüttelte den Kopf. »Er war noch nicht einmal richtig wach und bei Sinnen, als er schon begann, von der Frau, also von Ihnen, zu erzählen! Er wurde regelrecht ungehalten, als ich Ihn nach dem Stand der Informationen, die man mir gegeben hatte, versuchte zu erklären, dass dort keine Frau gewesen war, in deren Armen er vermeintlich starb!« »Ganz zu schweigen«, fuhr er fort, »von den unglaublichen Schmerzen, die Ihn zu diesem Zeitpunkt quälten, da noch immer die Hälfte des Splitters in seiner Brust steckte. Der Arzt pumpte Master Gabriel fast permanent mit Morphium voll, um es Ihm erträglicher zu machen. Doch immer und immer fing er wieder davon an!« Ernest erschauderte bei der Erinnerung daran, wie Master Gabriel vor ihm lag, voller Schmerzmittel, dem Tod immer noch näher als dem Leben. Ophelia spürte, dass dem Butler die Geschichte nahegegangen war. Noch immer, tat ...! »Nach der x-ten Operation und erst, als auch die inneren Verletzungen langsam begannen zu heilen, konnte ich den Arzt und Master Nathan davon überzeugen, Ihn nach Harlech zu holen! Auch, um ihm weitere Befragungen zu ersparen und den Polizeipsychologen abzuwimmeln, der Lord Belmont nahelegte, Master Gabriel einzuweisen!« »Sie haben ihn dann hier weiter versorgt, oder?«, fragte Ophelia neugierig. »Ja, fast ein halbes Jahr lang lag er im ersten Stock des Herrenhauses und versuchte, wieder gesund zu werden! Ich tat mein Möglichstes, Ihm dabei zu helfen, aber wenn ich bedenke, ...!« Ernest kam ins Stottern, brach ab und nahm einen Schluck Wein. »Irgendwann, er war noch nicht vollständig auf dem Damm«, erzählte Ernest weiter, »beschloss er seinen Dienst wieder aufzunehmen! Was meiner Meinung nach viel zu früh war, doch ich stieß mit meinen Argumenten auf wenig Gegenliebe von Seiten Master Gabriels. Seitdem ist er ständig im ganzen Land unterwegs, um Kollegen helfend unter die Arme zu greifen oder selbst zu ermitteln! Je nachdem, für was er gerade gebraucht wird!« »Und unter vermeintlich falschem Namen!«, murmelte Ophelia. »Ich wäre niemals auf die Idee gekommen, aus welchem Hause er stammt, wenn Sie es mir nicht verraten hätten!« »Um Ihm damit wahrscheinlich die nächsten Schwierigkeiten einzubrocken, wenn ich Sie gestern richtig verstanden habe, Ophelia!«, meinte Ernest ein wenig geknickt. Vehement schüttelte sie den Kopf. »Nein, Ernest! Schwierigkeiten sind es eigentlich nicht! Aber in dem ganzen Kontext stellt sich die Frage, inwieweit Gabriels Familie in Dinge verstrickt ist oder war, die unmittelbar Lord Belmonts Anliegen betreffen. Und das Ganze hat scheinbar nichts mit diesem Buch zu tun, wie er immer behauptet!« »Das hört sich nicht unbedingt gut an, was Sie da sagen, Ophelia!« Ernest sah sie besorgt an. »Ich hoffe nur, dass Master Nathan nicht Sie damit in Verlegenheit bringt!« Ophelia lachte. »Im Moment sieht es nicht so aus, als würde ich mich damit in Schwierigkeiten bringen. Dank Gabriels Hilfe! Ich durfte seinen Namen und Dienstgrad verwenden, um ein wenig expliziter nachfragen zu können! Aber Tatsache ist und bleibt, dass Lord Belmont nicht nur hinter diesem Buch her ist und mein Fachwissen und meine Kontakte wohl nutzt, um an etwas anderes heranzukommen!« »Herrje!«, stöhnte Ernest. »Das sieht ihm zwar eigentlich nicht ähnlich, aber ich gebe Ihnen recht, wenn Sie denken, er verfolgt zurzeit einige Dinge, über die noch nicht einmal ich informiert bin!« Ophelia runzelte die Stirn, nickte und sagte: »Ihre Buchführung sieht auch dementsprechend aus, als ob Sie, sollte ich recht behalten, von all dem nichts wissen konnten! Und die Verkäufe der Bücher, die Sie mir darin markiert haben, lassen sich eindeutig in den Inventarlisten der Bibliotheken und Museen nachvollziehen! Dort gibt es nichts, was auch nur den Anschein hätte, illegal zu sein!« Sie ging um den Tisch herum, sah wieder nach draußen und fragte: »Und vor Ihrer Zeit? Wer hat sich da um die Buchführung gekümmert?« »Master Nathans Vater, Ophelia!«, antwortete der Butler. »Ich übernahm erst nach dessen verfrühten Tod die Sache! Master Nathan bat mich darum, da sein Studium noch nicht beendet war und er sich plötzlich genügend anderen Verpflichtungen gegenüberstehend fand, die es erst zu koordinieren galt, nachdem er etwas unvermittelt zu Lord Belmont wurde!« »Und Gabriel?«, hakte sie neugierig nach. »Lernte ich erst einige Zeit später kennen!«, meinte Ernest, während er begann, den Tisch für drei zu decken. »Er war bereits ein junger Mann und verdiente sich als frischgebackener Sergeant in London die ersten Sporen. Er trat dort fast gleichzeitig mit mir hier seinen Dienst an. Erst auf Lord Belmonts Beerdigung lernte ich Ihn persönlich kennen! Er hatte es bis dahin vermieden, nach Harlech zu kommen, da er sich nicht sonderlich gut mit Nathans Vater verstand! Es gab da wohl familienintern einige Streitereien, was Gabriels Mutter betraf! Ich habe aber ehrlich gesagt nie nachgefragt, da ich fand, es ginge mich nichts an!« »Was nur für Sie und Ihre Stellung in diesem Haus spricht, Ernest!«, konterte Ophelia ein wenig amüsiert. »Und tut auch nichts zur Sache!« »Denken Sie, dass der verstorbene Lord Belmont etwas an den Büchern gedreht hat?«, fragte Ernest. Ophelia schüttelte den Kopf. »Das kann ich beim besten Willen nicht sagen! So gut kenne ich mich nicht in dieser Materie aus, als dass ich das auf den ersten Blick erkennen würde! Außerdem liegt es zu weit zurück, um solche Ungereimtheiten mit den Geschehnissen der letzten Tage in Verbindung zu bringen. Da bin ich mir ziemlich sicher!« »Aber lassen wir das Thema bitte, Ernest!«, sagte sie plötzlich und fuhr sich angestrengt über die Stirn, als ob sie Kopfschmerzen hätte. »Mir schwirrt der Kopf und die Aussicht, das Ganze erst noch mit Gabriel besprechen zu müssen, ehe Lord Belmont, wie angekündigt, hier aufschlägt, lässt mich ohnehin nicht zur Ruhe kommen!« »Das kann ich mir denken, Ophelia!«, sagte Gabriel, als er lautlos und völlig unbemerkt von den beiden zur Tür hereinkam. »Und es wird mich auch nicht von meinem Entschluss abbringen, Nathan dafür gehörig die Leviten zu lesen!« Dann setzte er sich, scheinbar ruhig, an den Tisch, nahm sich Wein und trank einen großen Schluck. Ophelia musterte ihn unverhohlen und bemerkte, dass ihm der Spaziergang an der frischen Luft sichtlich gutgetan hatte. Sein Gesicht war bei weitem nicht mehr so blass wie zuvor, als er aus der Küche stürmte und es schien, als hielten sich auch die Schmerzen nun in Grenzen. »Wie immer pünktlich zum Essen, Master Gabriel!«, schmunzelte Ernest, aber erleichtert, als er ihn endlich in der Tür erblickte, denn wenn er ehrlich zu sich selbst war, hatte auch er sich allmählich begonnen, ernsthafte Sorgen um ihn zu machen. »Und nun setzen Sie sich beide erst einmal an den Tisch, dann essen wir in aller Ruhe!« Eigentlich war Hunger das letzte, was Gabriel verspürte, als er in das Gärtnerhäuschen kam. Doch roch es drinnen derart verführerisch, dass sein Magen seine Meinung spontan änderte und vernehmlich knurrte. Und auch wenn es laut Ernest Behauptung nur ein »Shepard´s Pie« war, den er auf die Kürze der Zeit zaubern konnte, griffen beide kräftig zu und ließen es sich schmecken, wie der Butler mit großer Freude feststellte. Satt und zufrieden, lehnte sich Gabriel nach dem Essen auf seinen Stuhl zurück und beobachtete Ophelia und Ernest, die sich angeregt über Kochrezepte unterhielten und für einen kleinen Moment vergaß er vollkommen, was an dem Tag alles geschehen war. Er lächelte bei dem Gedanken daran, dass beide Freude an ihrer Unterhaltung hatten und lauschte gebannt. Einen Augenblick lang spürte er Ernests besorgten Blick auf sich ruhen, doch er schüttelte ganz sachte den Kopf und der Butler schenkte Ophelia wieder seine ganze Aufmerksamkeit. Wider Erwarten wurde der Abend sehr angenehm und als sich Ernest verabschiedete, saßen Ophelia und Gabriel noch eine Zeit lang in der Küche und ließen sich den Whisky schmecken, den der Butler am Nachmittag in der Küche deponierte. Beide versuchten die Themen, aus deren Grund sie eigentlich zusammen in der Küche saßen, zu meiden und es gelang ihnen, sich bis weit nach Mitternacht auf das Beste zu unterhalten. Erst als Ophelia ein Gähnen nicht mehr unterdrücken konnte, beschlossen sie, es für diesen Tag gut sein zu lassen und gingen nach oben. Der nächste Tag würde unangenehm genug werden und es war mit Sicherheit nicht klug, ihn unausgeschlafen zu beginnen. Als sie oben angekommen waren und Gabriel ihr eine gute Nacht wünschte, wurde ihm tatsächlich erst bewusst, wie anstrengend der Tag für ihn gewesen war und er sehnte sich nach ein paar Stunden Ruhe und Schlaf.

KAPITEL 5

Als er am nächsten Morgen erwachte, fühlte Gabriel sich seit langem einmal wieder erholt und ausgeruht. Die Schmerzen in seiner Brust waren erträglich, bis kaum spürbar und er freute sich ehrlich auf eine Tasse Kaffee. Ein Blick nach draußen ließ ihn hoffen, diesen auf der Terrasse in der morgendlichen Sonne genießen zu können. Das leise Fauchen der Kaffeemaschine im Erdgeschoss holte ihn endgültig aus den Federn und er zog sich an, um nach unten zu gehen. Als er in die Küche trat, bemerkte er, dass Ernest ihnen wohl schon in aller Frühe frische Brötchen vorbeigebracht hatte, denn es roch verführerisch nach Backwerk. Gabriel machte sich eine Tasse, nahm ein Plunderstück und ging nach draußen zu der kleinen Sitzgruppe, wo Ophelia bereits am Tisch saß. Die Tasse in der Hand und die Tageszeitung vor sich ausgebreitet, die Ernest auch mitgebrachte. Sie sah kurz hoch. Lächelnd. Widmete sich aber wieder dem Artikel, in den sie gerade vertieft war. Gabriel warf einen kurzen Blick über ihre Schulter und setzte sich dann zu ihr. Sie las gerade den Klatschteil, wie er amüsiert feststellte und sie schien ihn mit einigem Genuss zu lesen, denn es ging einmal mehr um die Skandale des britischen Königshauses. Als sie fertig war und die Zeitung sorgsam zusammen legte, musterte sie ihn eingehend und meinte: »Guten Morgen, Gabriel! Es scheint, der Schlaf hat dir gutgetan! Wie geht es deiner Wunde?« »Gut! Ernest hat ein kleines Wunder vollbracht! Ich habe so gut wie keine Schmerzen und der Schlaf hat sein Übriges dazu getan! Und du?« Sie lachte. »Wenn ich ehrlich sein soll, Gabriel, habe ich schon seit langem nicht mehr so gut geschlafen!« Dann sah sie ihn wieder ernster an. »Es schläft sich doch wesentlich besser, wenn man nicht ständig darüber nachdenken muss, ob man verrückt ist oder nicht!« Gabriel grinste. »Da hast du vollkommen recht, Ophelia!« Auch er hatte am Vortag mehr als nur eine Tasse Kaffee und Hilfe von Ernest bekommen, und war auch mehr als erleichtert als schockiert darüber, was passiert war. Ophelia lächelte, als sie dies in seinem Blick erkannte, widmete sich dann ihrem Teilchen, das sie sich mit nach draußen genommen hatte, während Gabriel ihnen abermals Kaffee holte. »Wann hat sich Nathan für heute angekündigt?«, fragte er, als er ihr die Tasse reichte. »Er wollte etwa gegen vier hier sein, meinte Ernest!«, erwiderte sie. »Damit er wieder rechtzeitig zum Abendessen zurück ist! Ich glaube, im Herrenhaus werden Gäste erwartet! Morgen ist doch die Ausstellung auf Harlech Castle!« »Das kann gut möglich sein! Ich erinnere mich dunkel, dass er letztes Wochenende so etwas in der Art erwähnte! Wirst du hingehen?« Erstaunt sah sie ihn an und schüttelte den Kopf. »Ich denke eher nicht, Gabriel! Ich habe keine offizielle Einladung und ich bin mir sicher, dass ich morgen mit Packen beschäftigt sein werde!« Fragend sah er sie an und Ophelia hob die Schultern. »Ich bin mir sicher, er wird mich hinauswerfen, wenn ich ihn mit dem konfrontiere, was ich herausgefunden habe!« Gabriel stöhnte. »Bist du dir da so sicher?« Wieder lachte sie, nickte und erwiderte gelassen: »Warte ab, was ich dir nachher präsentiere, dann wirst du seine Meinung sicherlich teilen, Gabriel!« »Das kann ich mir zwar nicht vorstellen, aber wir werden sehen!«, sagte Gabriel über den Rand seiner Tasse hinweg. »Wie gesagt, Ophelia! Ich teile nicht immer meine Interessen mit ihm und gleicher Meinung sind wir selten! Also warten wir es am besten ab!« Etwas an ihrer Wortwahl zuvor ließ ihn allerdings stutzen. »Du willst ihn nicht mit den Dingen konfrontieren, die wir gestern durch diesen, zugegebenermaßen unglücklichen Zufall herausbekommen haben!« Ophelia lehnte sich zurück, verschränkte die Arme vor der Brust und musterte ihn. »Denkst du, es wäre klug, Gabriel? Vor allem, wenn du herausfinden willst, was er wirklich vorhat?« Eine Weile erwiderte er nur stumm ihren Blick. »Gegenfrage!«, meinte er dann. »Warum würdest du es nicht tun?« Sie nahm einen Schluck Kaffee und stellte die Tasse zurück auf den Tisch. »Gabriel, bitte! Ich kenne ihn nicht so gut, wie du! Was glaubst du, wird passieren, wenn wir ihn mit der Nase darauf stoßen und du ihm, zu allem Übel auch noch, unterstellst, dass er damals nicht, wie von ihm behauptet, zufällig dort war! Denkst du ernsthaft, er würde dann noch mit der Wahrheit herausrücken?« Nachdenklich erwiderte er ihren Blick, dann schüttelte er den Kopf und sagte ruhig, aber mit leicht bedrohlichem Unterton in der Stimme: »Ich werde mich schwerlich beherrschen können, Ophelia, aber in diesem Punkt stimme ich dir leider zu. Selbst ich vermag nicht abzuschätzen, wie er darauf reagieren würde. Aber, und ich bitte dich inständig darum, Folgendes zur Kenntnis zu nehmen! Eine Entscheidung, ob ich ihn damit konfrontiere, mache ich davon abhängig, was du mir nachher erzählen wirst!« Sie nickte versöhnlich, denn im Endeffekt konnte sie ihn verstehen. Lord Belmonts damalige Entscheidung, Gabriel zu retten, betraf sie persönlich nicht in dem gleichen Maße wie Gabriel. Sie war letztlich nur eine Nebendarstellerin in diesem Drama. Es war nicht das ihre, auch wenn sie von dessen Auswirkungen ebenfalls betroffen gewesen war. Sie stand auf, bedeutete ihm, er solle doch ruhig sitzen bleiben, als er sich ebenfalls erheben wollte. »Warte einen Moment, ich hole die Sachen, denn ich denke, deine Neugierde wird sich nicht länger zügeln lassen. Aber wir können gerne hier in der Sonne sitzen bleiben, wenn du möchtest!« Gabriel nickte dankbar, lächelnd und Ophelia ging hinüber zur Bibliothek, deren Türen zum Garten offen standen, da sie früher am Morgen dort gewesen war. Als sie zurückkam, hatte sie in der einen Hand einen dicken Aktendeckel und in der anderen ihren Laptop, den er schon aus Warwick kannte. Sie legte es auf den Tisch und während sie es hochfuhr, holte Gabriel ihnen neuerlich Kaffee. Ophelia hatte recht, wenn sie vermutete, seine Neugierde wäre geweckt und seine Nerven vibrierten regelrecht, als er die beiden Tassen nahm und wieder nach draußen ging. Er zog seinen Stuhl neben den ihren und beobachtete Ophelia aufmerksam, wie sie diverse Programme öffnete. Als alles zu ihrer Zufriedenheit eingerichtet war, nahm sie den Aktendeckel und drückte ihn Gabriel in die Hand. »Das ist ein Teil der Antworten, die ich auf unseren gemeinsamen Brief bekommen habe!«, begann sie dann ruhig und ihre Stimme nahm etwas Geschäftsmäßiges an, was Gabriel kurz schaudern ließ. Er ahnte, dass sie ihm Folgenschweres zu sagen hatte. »Ich werde dir nicht jeden einzelnen zeigen, da die meisten sowieso nur Absagen oder Belanglosigkeiten enthalten, aber an oberster Stelle liegt eine Mail der British Library! Man hat die Mail, als man meinen Namen las, gleich an die richtige Stelle im Archiv geschickt und dort sitzt, wie ich erfahren habe, ein Studienkollege von mir, mit dem ich mich seit jeher gut verstanden habe. Darum gehe ich davon aus, dass auch er gründlich und vor allem genau recherchiert hat, als er meinen Namen auf der Anfrage las. Und er ist fündig geworden. Im Nationalarchiv!« Sie sah ihn an und Gabriel bedeutete, sie solle fortfahren. »Um zu verstehen, auf was ich hinauswill, musst du wissen«, erklärte sie kühl, aber professionell, »dass dort sämtlich Aufzeichnungen verwahrt werden, die mit Landbesitz zu tun haben. Und das seit circa achthundert Jahren! Heißt auch, dort sind Enteignungen, Eroberungen im In- und Ausland, oder bedingt durch diverse Machtwechsel, Übereignungen von Landbesitz verzeichnet! Er fand mehrere Urkunden, die tatsächlich den vermeintlichen Landkauf der Beaulys in Ungarn beurkunden! Dann, ganz ohne mein Zutun, wurde er neugieriger, stöberte ein wenig herum und stieß dabei auf die Vorfahren von Lord Belmont und deren Umtriebe in Ungarn und im österreichischen Kaiserreich. Er fand einen alten Aktendeckel, den wohl Lord Belmonts Vorfahr bereits aus Ungarn mitgebracht hatte. Darin befanden sich Dokumente, in denen es bereits damals um Landvermessung und um geologische Gutachten ging!« Sie nahm ihm das erste Blatt ab und gab ihm dafür ein neues. »Als ich die Antwort bekam, setzte ich mich mit der National Bibliothek in Ungarn in Verbindung und bat zu überprüfen, ob auch sie diverse Dokumente dieser Art verwahren. Die Antwort aus Budapest war sehr aufschlussreich, Gabriel, denn sie berichteten mir, dass diese Dokumente, die während eines Machtwechsels zu jener Zeit angefertigt worden waren, aber bereits seit vielen Jahren spurlos verschwunden sind. Doch, wie so oft bei sozialistischen Regierungen, scherte sich niemand darum. Man sagte mir jedoch, es sei bekannt, dass es in diesen Aufzeichnungen um Bodenschätze und Kulturgüter ging und dass es sehr bedauerlich war, dass sie gestohlen oder entwendet wurden, da zwischenzeitlich auch die UNESCO Interesse daran angemeldet hatte!« »So weit so gut, Ophelia!«, meinte Gabriel nachdenklich. »Und was schlussfolgerst du nun daraus?« Ophelia, setzte sich ein wenig aufrechter hin. »Pass auf! Lord Belmonts Vorfahr kam zurück und behauptete, ein Buch bekommen zu haben. Mit obskuren Inhalt und verbreitete dies mit zunehmender Freude in der britischen Oberschicht. Es kam ihm mit Sicherheit nicht ungelegen, dass Bram Stoker sich an seinen Erzählungen interessiert zeigte und das Ganze zu einer Art frühem Fantasyroman aufbereitete. Ich vermute jedoch, die Frau von Fürst Vlad hat ihm, aus welchen Beweggründen heraus auch immer, Dokumente ausgehändigt, auf denen eben jene diverse geologischen Gutachten und Landvermessungspläne dokumentiert waren! Diese waren anscheinend von großem Wert und Interesse für Lord Belmont, denn bereits zwei Jahre später gelang es der Familie Beauly, die ersten Grundstücke in der Nähe des Fürstentums der Familie Vlad zu erwerben. Direkt an der Grenze zu deren Land, und mit dem Segen des damaligen ungarischen Königs, respektive österreichischen Kaisers, der dort ebenfalls fleißig Land erwarb. Man wollte sich gemeinsam unter dem Deckmantel diplomatischer Beziehungen Land aneignen, um Ungarn vornehmlich in Handelsdingen zu unterstützen. Sie begannen zu jener Zeit somit auf internationalem Boden, und im größerem Stil, den von ihnen angebauten Tabak zu verkaufen. Das fand ich heraus, als ich ein gescanntes Dokument aus Weimar bekommen habe, das diese Handelspartnerschaften genau aufzeigt, da auch der deutsche Kaiser Tabak aus Ungarn beziehen und sich in die bestehenden Handelsbeziehungen einklinken wollte. Man hat es mir zusammen mit einer Inventarliste von Büchern geschickt, die im Laufe der Zeit von Ungarn nach Deutschland verliehen, verkauft und zur Restauration geschickt worden waren. Dort fand ich dann auch noch einen Vermerk, über eben jene Dokumentenmappe, die in der British Library aufbewahrt wird!« »Gott im Himmel!«, stöhnte Gabriel. »Das ist alles sehr verwirrend, Ophelia! Und wie ging es dann weiter?« »Kurz vor Ausbruch des Zweiten Weltkrieges bekundete eine ungarische Adelsfamilie Anspruch auf diese Mappe! Doch im Zuge der Machtübernahme der Nationalsozialisten wurden viele solcher Mappen, Schriften und Bücher als Leihgaben in die ganze Welt versandt. Wohl in weiser Voraussicht, was passieren würde. Ich fand die Spur dieser Mappe erst wieder in den frühen fünfziger Jahren hier in England, wo sie, auf welchem Wege auch immer, in der Klosterbibliothek in Canterbury gelandet war. Wie man mir interessanterweise von dort bestätigte, wurde sie bei einer gründlichen Sichtung, sprich Ausmistaktion, gefunden!

Von dort aus schickte man sie zur British Library, von wo aus sie im Nationalarchiv landete, wohin sie letztendlich auch gehört!« Ophelia endete an dieser Stelle, bat Gabriel nochmals um Kaffee und nahm ihm den Aktendeckel ab, da sie ab da ihren Rechner brauchte. Als Gabriel zurückkam und die unendlich vielen Fragen in seinem Gesichtsausdruck erkannte, meinte sie nur: »Frag nicht, ich werde dir augenblicklich den Zusammenhang zu Lord Belmont, deiner Familie und der Familie Vlad erklären! Ich selbst brauchte eine Weile, bis ich den Kontext fand. Aber ich verspreche dir, es wird nicht langweilig!« Gabriel grinste. Das kann ich mir denken, es hört sich ja bis jetzt schon sehr spannend an, ohne dass einer der Hauptakteure überhaupt in Erscheinung getreten ist!« »Gut!«, sagte sie lächelnd, erfreut über seine gespannte Aufmerksamkeit. »Dann behalte bitte diese kleine Anekdote in Bezug auf Deutschland im Hinterkopf, denn sie wird noch mal wichtig! Doch zuerst wenden wir uns den Dingen zu, die passierten, als diese Mappe in Canterbury und somit auf britischem Boden landete!« Gabriel schmunzelte, lehnte sich zurück und forderte Ophelia auf, weiterzuerzählen. »Ab diesem Zeitpunkt tritt nämlich die Familie Belmont aktiv auf den Plan. Der Urgroßvater deines Cousins erfuhr, wie auch immer dies zugegangen sein mag, dass diese Mappe hier aufgeschlagen war, und zeigte sich von diesem Moment an als großer Förderer der Abtei in Canterbury! Er finanzierte Renovierungsarbeiten an Altargemälden und mehreren Gebäuden! Wie es in solchen Fällen üblich ist, wird Förderern und Finanziers freier Zutritt oder der Genuss anderer Privilegien zugesprochen. Als ich den Namen auf einer Liste des Klosters fand, die man mir praktischerweise in Kopie mitgeschickt hatte, war mir klar, dass Lord Belmont gewusst haben musste, was diese Mappe enthielt. Und er war einer der Hauptinitiatoren, die den Umzug diverser Bücher, Dokumente und Kunstwerke anregte, um sie dann in London den jeweils zuständigen Museen oder Bibliotheken zuzuführen! Sogar die Organisation des Transportes übernahm er!« »Wo die Mappe dann in der British Library eingelagert im Nationalarchiv landete, nicht wahr?«, warf Gabriel zu seinem besseren Verständnis ein. Ophelia nickte. »Wo sie völlig unschuldig und vermeintlich in der Versenkung verschwunden lag! Doch nicht völlig vergessen, wie ich herausfand! Immer wieder einmal in größeren Zeitabständen gab es Anfragen, explizit nach dieser Mappe! Von verschiedenen Seiten. Aus Ungarn, aus Deutschland und auch von Lord Belmonts Vater, der unter dem Vorgabe, seine Familiengeschichte aufarbeiten zu wollen, Anfragen stellte. Jedoch nach einem Buch. Vermeintlich jenes, dass ich suchen sollte. Letztendlich war dies nur als Tarnung gedacht, um, wenn auch über Umwege, an die Mappe zu kommen!« »So weit verstanden, Ophelia!«, meinte Gabriel sinnierend. »Doch allmählich komme ich nicht umhin zu denken, dass du ernsthaft glaubst, dass hinter all dem etwas völlig anderes steckt, oder?« Ophelia erwiderte seinen Blick ernst. »Du hast recht, Gabriel! Doch von nun an sind es Spekulationen, die ich zwar bruchstückhaft belegen, aber nicht beweisen kann, solange Lord Belmont nicht mit der Wahrheit herausrückt!« Gabriel beugte sich zu ihr vor und strich sich nachdenklich über den Bart. »Nun gut! Sag mir, was genau du vermutest und dazu das, was du belegen kannst! Dann sehen wir weiter!« Sie nickte. »Belegen kann ich, dass ab dem Zeitpunkt, als die Mappe Deutschland verlassen hat, immer wieder, oft versteckt, manchmal auch offen, Anfragen danach gestellt wurden. Auch die Tatsache, dass Lord Belmonts Urgroßvater den Transport aus Canterbury begleitet hat und bei den Einlagerungen auch im Nationalarchiv anwesend war. Es gibt sogar diverse Zeitungsartikel inklusive Bildmaterial davon. Dann wird es eine Zeit lang ruhig um die Sache, ehe Lord Belmonts Vater, aus welchem Anlass heraus auch immer, wieder beginnt danach zu suchen. Doch, was nun kommt, erscheint im Kontext ein wenig seltsam und ich kann darüber nur spekulieren. Aus deinen früheren Recherchen und dem Bericht deines Amtskollegen geht hervor, dass sämtliche gestohlenen Wertgegenstände des Überfalls einige Zeit später auftauchten und ich nehme an, dass sie gar nicht das erklärte Ziel des Raubes waren, Gabriel. Irgendwann drängte sich mir der Verdacht auf, dass Lord Belmonts Urgroßvater das wirklich entscheidende Dokument während des Transportes aus Canterbury entwendet und im Herrenhaus versteckt hat. Bei dem vermeintlichen Raubüberfall wurde es schließlich entwendet, da anscheinend jemand gezielt darauf angesetzt wurde. Und genau zu jener Zeit hat die Familie Vlad ganz offiziell und mit Hilfe einer ungarischen Agentur, von der ich dir bereits erzählte und die während ihres Bestehens auf solche Fälle spezialisiert war, erneut Anfragen nach dem Buch gestellt. Doch plötzlich, wie aus heiterem Himmel, verfolgte man die Sache, zumindest offiziell, nicht weiter. Dann wird es nochmals spannend, Gabriel. Denn explizit von dieser Anfrage wusste Lord Belmonts Vater definitiv, da er sie selbst schriftlich dementierte. Dabei wehrte er sich vehement gegen die Vorwürfe der Familie Vlad und drohte sogar mit einer Klage, sollten sie ihn damit nochmals behelligen. Er selbst wiederum hat kaum ein halbes Jahr danach begonnen, Nachforschungen anzustellen, was uns wieder nach Deutschland der dreißiger Jahre bringt. Dort war kurz vor Machtübernahme der Nationalsozialisten eine britische Delegation zu Gast. Lord Belmonts Urgroßvater war Mitglied dieser Delegation und er hat sich damals gezielt in der Bibliothek umgesehen. Diesen Vermerk im Besucherbuch hat mir der Kurator nach unserem ersten Kontakt vor ein paar Tagen wohl eher zufällig mitgeschickt. Was zu der Schlussfolgerung führt, dass Lord Belmont wusste, ahnte oder es sogar selbst angeregt hat, gewisse, vielleicht brisante Dokumente aus Deutschland heraus auf verschiedene Länder, die den Nazis nicht wohlgesonnen waren, zu verteilen!«

»Wow!«, sagte Gabriel ehrlich beeindruckt und sah sie ernst an. »Aber was passierte danach und weshalb ist Nathan nun plötzlich an der Sache dran!« »Das war«, erwiderte Ophelia schief grinsend, »die spannende Frage, die mich fast bis zum Schluss beschäftigte. Sie schien irgendwie aus dem Zusammenhang gerissen, da er uns ja beharrlich weismachen wollte, es handele sich um ein Buch, welches er sucht und von dem ich persönlich noch immer denke, dass es nicht existiert!« »Und wie passt das nun zusammen, Ophelia?« »Du hast mir doch erzählt, dass Lord Belmonts Vater bei einem Unfall ums Leben kam und dein Cousin etwas unvermittelt der nächste Lord wurde!«, sagte sie. Gabriel nickte. »Und ebenso kurz darauf eine Tante, wie du erwähntest, die wohl, wenn ich dich richtig verstanden hatte, Zugang zu den Inventarlisten hatte, oder?« Gabriel nickte verwirrt. »Ja, das ist richtig!« »Gestern, als ich mich mit Ernest unterhielt, erzählte er mir, dass er die Buchführung für ihn macht, da er zu diesem Zeitpunkt, als er etwas unvermittelt Lord wurde, noch nicht einmal mit seinem Studium fertig war!« »Auch das ist korrekt! Er übernahm zwar du dieser Zeit schon die Geschäfte, sprich die Landwirtschaft und die Pferdezucht, mit denen seit jeher Harlech und die Familie Belmont sich finanziert, aber die Buchführung machte Ernest!« »So, dass Ernest keinerlei Einblick in irgendwelche Urkunden oder andere Vermögenswerte hatte!«, erklärte Ophelia beruhigend, das sie spürte, Gabriel glaubte, sie hätte den Butler im Verdacht, etwas Illegales getan zu haben. »Aber zu keiner Zeit Einblick in das Testament von Lord Belmont, Senior. In dem, wie ich stark vermute, ein Hinweis für seinen Erben versteckt war, dass Dokumente existieren, die diesen Landbesitz in Ungarn beweisen würden. Doch der junge Lord Belmont ist erst einmal beschäftigt, das Tagesgeschäft zu bewältigen und die alte Familienlegende um dieses Buch kümmert ihn vorerst nicht weiter! Vor etwa drei Jahren begann eine internationale Forschungsgruppe in Ungarn, Ausgrabungen zu starten. In der Nähe des ehemaligen Familienbesitzes der Vlads und Belmonts, die in der Zwischenzeit urkundlich vermerkt waren, da deine Familie das Land ihnen übertragen hat. Tatsächlich ging es hier aber nur um eine alte Siedlung diverser Volksstämme, die Handel mit den Kelten getrieben haben, wie ein, dem vorausgegangener Fund belegt. Doch dabei stieß man auf Bodenschätze! Und laut einem geologischen Gutachten eines der wenigen natürlichen Platinvorkommen auf der Welt. Ein Bodenschatz von unermesslichem Wert, Gabriel! Was auch die Familie Vlad erneut auf den Plan ruft. Über eine Agentur und unter falschem Namen stellte man erneut an diverse Bibliotheken und Institutionen Anfragen nach diesem Buch. Diesmal stellte man auch eine direkt an Lord Belmont und sie landete prompt auf seinem Schreibtisch. Ab diesem Zeitpunkt, mit dem Wissen und dem Verdacht im Hinterkopf, dass an diesen Familiengeschichten etwas Wahres dran sein könnte. Ein Testament, das ihn nie wirklich interessierte, und der bestätigte Fund der Geologen machten ihm schnell klar, dass er unbedingt an das Dokument kommen musste! Und zwar, vor allen anderen! Koste es, was es wolle!« »Warum so dringend, Ophelia?«, fragte Gabriel nachdenklich. »Weil, sollten sie es vor ihm in die Hände bekommen, mehrere Dinge gleichzeitig passieren würden, Gabriel!«, erläuterte sie. »Es würde an das Tageslicht kommen, dass dieser ganze Landbesitz Lügen, Intrigen und illegalen Machenschaften entsprungen ist. Was ihn seinen Ruf und auch den eurer Familie gründlich ruinieren würde. Ganz zu schweigen davon, dass deine Familie sowie auch die Familie Vlad Anspruch darauf erheben und es wieder zurückfordern könnten. Was ihn höchstwahrscheinlich finanziell vollkommen überfordern würde. Wenn ich Ernests Bemerkungen zwischen den Zeilen richtig interpretiere, verfügt Lord Belmont über kein so derart großes Vermögen, wie er wohl nach außen hin vorgibt! Würde er jedoch diese Dokumente als erster finden, säße er nun, geologisch bestätigt, auf einem unschätzbaren Vermögen!«

Unvermittelt sprang Gabriel auf und ging in den Garten. Augenblicklich unfähig auf das Erzählte von Ophelia zu reagieren. Er atmete tief durch, schloss die Augen und fragte, ohne sie anzusehen: »Aber wenn ich das bis jetzt alles richtig verstanden habe, ist dieses Dokument nach wie vor wie vom Erdboden verschluckt. Und nun versuchen ihm gleich mehrere Parteien habhaft zu werden?« »Somit kommen wir an den Punkt, an dem ich mir begann, wirklich Sorgen zu machen, Gabriel!« Er drehte sich zu ihr um. »Wieso?« »Bis jetzt ging es immer nur um Bücher oder Dokumente, Gabriel! Doch seit der letzten Anfrage vor drei Jahren auch um Geld! Und ich denke …!«, Ophelia kam ins Stottern, sprach aber nicht weiter, als sie Gabriels erschrockenen Gesichtsausdruck sah, als er erkannte, was genau sie damit meinte. Sie holte tief Luft. »Bei dem Überfall ging es nur um das Dokument und man hat, wen auch immer damit beauftragt, diesen Raubüberfall zu fingieren, um es zu bekommen. Denn ab dann wurde es, wie wir nun wissen, sehr still um die Geschichte! Lord Belmonts Vater wagte es nicht, es als gestohlen zu melden und dein Cousin wusste schlicht und ergreifend nichts davon. Die Familie Vlad verhielt sich ebenfalls ruhig, da sie es meiner Meinung nach nie bekommen hat. Sollten sie dennoch die Anregung zu dem Überfall gegeben haben, wagten sie es nicht, nachdem bekannt wurde, dass auf diesem Land ein Vermögen verborgen liegt, sich erneut zu Wort zu melden!« »Und Nathan erhält mit einem Mal die Möglichkeit, den Gesamtkontext zu erkennen, da er plötzlich ahnt, dass vielleicht in dem Testament Informationen enthalten sind, die den Sachverhalt um die Familienlegende klarstellen würden. Und er beginnt, eigenständig Nachforschungen anzustellen«, ergänzte Gabriel, sich angespannt über das Gesicht fahrend. »Du lieber Himmel!«, keuchte er. »Damit wir wohl bei der finalen Frage angekommen wären, wer das Dokument nun schlussendlich hat? Vor allem, was derjenige damit bezwecken will?« Ophelia nickte sachte. »Und ich glaube, Lord Belmont setzte mich darauf an, in der Hoffnung, dass ich, hätte ich erst einmal Feuer gefangen, viel weiter in die Tiefe gehe, als ich sollte. Um ganz nebenbei vielleicht herauszufinden, in wessen Besitz es sich momentan befindet!« »Aber ...!«, konterte Gabriel, doch Ophelia winkte ab. »Gabriel, ich bitte dich!«, sagte sie ruhig, sehr wohl wissend, was er sagen wollte. »Er wusste, mein Ruf war nach der Geschichte mit meinem verstorbenen Ehemann nicht der beste! Dann spielte ihm der Zufall noch diesen vermaledeiten Anschlag auf dich zu, als er sich entschlossen hatte, mich aufzusuchen, um mir ein, wie er dachte, unwiderstehliches Angebot zu unterbreiten! Er konnte jedoch, nachdem die Dinge nach dem Attentat einen anderen unvorhersehbaren Lauf gingen, nur noch hoffen, dass sich auch die Familie Vlad stillhalten würde! Doch irgendetwas zwang ihn aber aus der Reserve. Aber er hatte ja noch immer die durchgeknallte Philologin mit zweideutigem Ruf in der Hinterhand, die er offenbar schon einmal aufsuchen wollte!« Gabriel stöhnte, schloss die Augen und drehte sich wieder zum Garten, damit Ophelia nicht sehen konnte, was ihm gerade durch den Kopf ging. Sie hätte in seinem Gesicht die schiere Mordlust erkannt, die er, zumindest in diesem Augenblick, nur zu gerne an Nathan ausleben wollte. Als er sich wieder ein wenig gefasst hatte, drehte er sich um, sah Ophelia an und fragte behutsam: »Hast du eine Ahnung, wer dieses verdammte Dokument letztendlich haben könnte?« Sie schüttelte den Kopf. »Nein, leider nicht! Bei all den Recherchen bin ich nicht auf das letzte, aber entscheidende Puzzlestück gestoßen, Gabriel! Dieser Jemand hat seine Spuren gut verwischt und wie du ja weißt, fand man nie einen Täter und damit war jede Möglichkeit, dort anzusetzen, zunichtegemacht. Nur die gestohlenen Gegenstände tauchten nach und nach wieder auf! Wenn ich ehrlich bin, macht mir genau das Angst, Gabriel, denn ich kann noch nicht einmal Vermutungen darüber anstellen!« »Ich denke, um dieses Detail sollte ich mich besser kümmern, Ophelia!«, sagte Gabriel mit vor Zorn vibrierender Stimme. »Von nun an wirst du von weiteren Recherchen, in diese Richtung gehend, absehen. Ich nehme an, dass du trotz unserer Scharade und Vorsicht diesbezüglich Aufmerksamkeit erregt hast! Du selbst erwähntest, jemand beobachtet Nathans Umtriebe! Er wird dabei unweigerlich auf dich stoßen!« »Oder auf dich, Gabriel!«, konterte sie. »Vergiss das bitte nicht!« Dann schob sie eine Kopie des Anschreibens, welches sie verfasst hatte, über den Tisch in seine Richtung, zeigte mit dem Finger auf den Briefkopf und meinte streng: »Es stehen unser beider Namen darauf!« »Ich wünschte, es wäre nur meiner!«, erwiderte Gabriel nach einem wütenden Blick auf das Blatt, sie ansehend. »Komm schon, Gabriel!«, warf Ophelia ein. »Wer konnte denn ahnen, dass sich die Dinge derart absurd entwickeln würden!« Er gab einen unwilligen Laut von sich, von dem Ophelia nicht definieren konnte, was genau er damit sagen wollte, doch als sie etwas erwidern wollte, sah sie Ernest auf das Gärtnerhäuschen zukommen. Sie winkte ihm zu und Gabriel drehte sich um. Als der Butler näher gekommen war, musterte er die beiden und meinte lächelnd: »Himmel, Master Gabriel! Sie sehen aus, als wären Sie abermals einem Gespenst begegnet!« Er sah auf den Tisch, wo noch immer der Rechner stand und die Papiere lagen. »Wie ich sehe, hat Sie Ophelia in Ihre, die letzten Tage gewonnenen Erkenntnisse eingeweiht! Es macht aber nicht den Eindruck, als würde Ihnen gefallen, was Sie gehört haben!« »Nein, das tut es nicht, Ernest!«, raunte Gabriel. »Und das Wissen, auf das wir gestern, wenn auch unfreiwillig, gestoßen sind, macht es auch nicht besser!« Ernest nickte, schob ihn dann sanft zu einem der Gartenstühle zurück, ehe es sich Gabriel anders überlegen und in den Park flüchten konnte. »Ich bin nur kurz gekommen, um nach Ihrer Wunde zu sehen, Master Gabriel!«, sagte er, während er Gabriel dorthin bugsierte. »Dann werde ich Sie sogleich wieder verlassen, denn Master Nathan ist zurück und erwartet für den Abend Gäste zu einem kleinen Umtrunk! Sozusagen eine Voraberöffnung der Ausstellung! Ich habe dementsprechend noch einiges vorzubereiten!« Er ging in die Küche, um das Verbandszeug, das er gestern dort deponiert hatte, zu holen. »Bleiben Sie sitzen! Ich bin augenblicklich wieder bei Ihnen!«, raunte er vorsichtshalber, damit Gabriel sich auch wirklich daran hielt. Grinsend sah Ophelia ihm nach, den gequälten Blick von Gabriel schlicht ignorierend. Sie würde dem Butler nicht in den Rücken fallen, soviel stand fest. Gabriel ergab sich seinem Schicksal und zog sein Hemd aus. Ernest kam zurück und während er sachte das Pflaster abzog, um nach seiner von ihm am Vortag gesetzten Naht zu sehen, packte Ophelia ihre Sachen zusammen und brachte sie zurück in die Bibliothek. Als sie zurückkam, brachte sie für Gabriel und sich Kaffee und setzte sich wieder zu ihnen. Ernest desinfizierte die Wunde, gab ein neues Pflaster darauf und meinte, als Gabriel sich wieder anzog: »Die Naht sieht gut aus, Master Gabriel, aber Sie nicht! Sind die Schmerzen schlimm?« Gabriel schüttelte den Kopf. »Nein, sind sie nicht! Um ehrlich zu sein, Sie haben gute Arbeit geleistet. Sie halten sich wirklich in Grenzen!« »Dann waren es wohl schockierende Dinge, die Ihnen Ophelia erzählt hat! Sie sind weiß wie die Wand hinter Ihnen!«, erwiderte Ernest, ernsthaft besorgt. »Schockierend trifft es!«, antwortete Gabriel. »Und momentan versuche ich noch, das Gehörte richtig einzuordnen. Wir werden aber nicht umhinkommen, ein wirklich ernstes Wort mit Nathan wechseln zu müssen! Und das möglichst, bevor ich ihn erwürgt habe! Allein das wird schon ein schwieriges Unterfangen!« Ernest grinste. »Sollte ich Ihn vielleicht warnen, ehe er sich auf den Weg zu Ihnen macht!« »Unterstehen Sie sich!«, gab Gabriel lächelnd und sichtlich belustigt zurück. »Er soll selbst sehen, wie er seinen Kopf aus der Schlinge zieht, die Ophelia ihm geknüpft hat!« »Dann werde ich wohl gute Miene zum bösen Spiel machen!«, meinte Ernest amüsiert. »Und Ihn freudig in sein Verderben rennen lassen!« Gabriel lachte, was Ernest wie auch Ophelia freute, da er zuvor wirklich blass und aufgewühlt wirkte. »Bitte tun Sie das, Ernest! Geben Sie ihm der Höflichkeit halber noch eine Flasche Whisky mit, denn den werden Ophelia und ich, nachdem wir mit ihm fertig sind, mit ziemlicher Sicherheit nötig haben!«, instruierte er Ernest, schelmisch grinsend. Sofort wurde er wieder ernst und sah Ophelia an. »Er hat uns benutzt, Ophelia! Dich noch viel mehr als mich! Und mit der Gewissheit, dass ich dir helfen werde, solltest du mich darum bitten! Ihm das zu verzeihen, wird mir schwerfallen!« Nachdenklich erwiderte sie seinen Blick und fragte ruhig: »Und was, Gabriel, wenn er wirklich so naiv ist, wie du ihm hin und wieder unterstellst? Wenn er keinen blassen Schimmer hat, was ich auf seine Bitte hin ausgegraben habe?« Eine Zeit lang erwiderte er ihren Blick stumm, sah dann Ernest an, der entschuldigend die Schultern hob. »Das zu glauben, fällt mir momentan schwer, Ophelia!«, erwiderter er dann mit brüchiger Stimme, den Zorn, den er gerade für Nathan empfand, unterdrückend. »Auch, wenn ich dir mit deinem Einwurf, dass er mitunter zu einer gewissen Naivität neigt, recht gebe! Aber mir erscheint das Ganze ein wenig zu abgekartet, als dass es nur Zufall sein kann!« Dann fuhr er sich über das Gesicht. »Ich weiß momentan wirklich nicht, was ich denken soll!« Ernest hatte seine Sachen gepackt und sah Gabriel an. »Ich denke, Sie werden heute Nachmittag wohl einige Antworten auf Ihre Fragen bekommen, Master Gabriel!«, sagte er bedrückt. »Aber ich spüre deutlich, dass Sie Vorbehalte haben, ob auch er die Wahrheit sagen wird!« »Ja, die habe ich! Und zwar nicht zu knapp, Ernest! Wenn ich ehrlich sein soll, ärgert es mich maßlos, dass er Ophelia für seine Zwecke benutzt hat! Unter Vortäuschung falscher Tatsachen! Was mich im Grunde genommen noch viel mehr erzürnt!« Der Butler nickte, verabschiedete sich und sagte zum Schluss: »Wie auch immer das ausgehen wird, Master Gabriel! Reißen Sie Ihm nicht den Kopf ab! Er wird, wie Sie schon gesagt haben, genug mit Ophelias Schlinge zu tun haben!« »Nein, Ernest!«, konterte Gabriel. »Aber ich werde für nichts garantieren!« Er grinste Ernest an, der sachte nickte und sich endgültig abwandte, um zum Herrenhaus zurückzugehen. Gabriel sah ihm nach, schloss die Augen und wandte sich dann an Ophelia, die den beiden schweigend lauschte. »Und was denkst du, Ophelia?«, fragte Gabriel, als er ihre nachdenklichen Blicke bemerkte. »Auch ich bin mir im Augenblick nicht sicher, was ich denken soll, Gabriel!«, gab sie ehrlich zu. »Das war alles ein wenig viel auf einmal in den letzten Tagen!« Gabriel stand auf, ging in die Küche und brachte wieder einmal Kaffee. »Ernest hat uns eine Kleinigkeit zu essen gebracht!«, sagte er, als sie ihm die Tasse abnahm. »Ich denke, wir sollten es uns warm machen, ehe Nathan kommt!« Ophelia, verwundert über den heftigen

Themenwechsel, aber erleichtert, zumindest einen Moment lang nicht über Dinge zu sprechen, die ihr, nachdem sie diese Gabriel erzählte, noch befremdlicher erschienen, als sie ohnehin schon waren, erhob sie sich. Gabriel setzte sich nicht wieder zu ihr, sondern zog sich mitsamt seiner Tasse ein wenig in den Garten zurück. Er musste nachdenken und er wollte Ophelia nicht mit seinen düsteren Gedanken konfrontieren. Sein Verstand begann, ob er nun wollte oder nicht, bereits das Gehörte zu analysieren und er brauchte einen ruhigen Moment, damit er ihn arbeiten lassen konnte. Er wusste, sie würde es verstehen. Ihm fielen die letzten Tage auf, dass sie ihm in dieser Beziehung sehr ähnlich war, wenn sie an etwas arbeitete. Ophelia sah ihm nach, trank ruhig ihren Kaffee aus und ging in die Küche. Gabriel hatte recht! Hungrig und dementsprechend übellaunig sollten sie Nathan nicht gegenübertreten! Und das wollte sie auch nicht. Ernest hatte ihnen einige Kleinigkeiten eingepackt und unter anderem nicht wenig Antipasti mit frischem, von ihm selbst gemachten Weißbrot. Sie musste grinsen, als sie eine Flasche Wein in dem Korb fand, den er sicherlich wieder aus Lord Belmonts Weinkeller genommen hatte. Sie entkorkte ihn, obwohl es ihr ein wenig dekadent vorkam, bereits mittags Wein zu trinken, doch irgendwie beschlich sie das Gefühl, dass es vielleicht nicht die schlechteste Idee des Butlers war. Zumindest Gabriels Nerven würden sich damit ein wenig beruhigen lassen. Sie hatte seinen inneren Aufruhr nur zu deutlich wahrgenommen, als er sich von Ernest verabschiedet hatte. Sie ließ sich Zeit, die Sachen von Ernest schön herzurichten und als sie fertig war, deckte sie den Tisch auf der Terrasse ein. Gabriel stand noch immer ein wenig verloren, wie sie fand, im Garten und dachte nach. »Kommst du, Gabriel?«, fragte sie, als alles zu ihrer Zufriedenheit arrangiert war. Er musste unwillkürlich lächeln, als er sah, wie liebevoll sie die Mitbringsel von Ernest arrangiert hatte. Gabriel ging zurück, um sich an den Tisch zu setzen. Er nahm sich Brot, auch von dem Wein und begann wortlos zu essen. Er verspürte tatsächlich Appetit, obwohl sich seine Kehle vorhin wie zugeschnürt anfühlte. Er war noch immer sprachlos über die Ausführungen von Ophelia und er wusste nicht, wie er Nathan mit diesem Wissen ruhig unter die Augen treten sollte. »Hör auf zu grübeln, Gabriel!«, sagte Ophelia mit einem Mal, nach einem Schluck Wein. »Es hat keinen Sinn darüber nachzudenken, wie er reagieren wird! Wir werden schlicht und ergreifend abwarten müssen!« Er lehnte sich zurück, das Weinglas versonnen in der Hand drehend. »Du hast ja recht, Ophelia! Dennoch gebe ich gerne zu, dass es mich beschäftigt. Was er sich nur dabei gedacht hat?« Ophelia hob die Schultern. »Meine letzten Ausführungen beruhen wirklich nur auf Spekulationen! Er wird es uns schon selbst sagen müssen, Gabriel! Aber ich glaube nicht, dass es dir gefallen wird, was er vorhat. Naivität hin oder her! Ich denke, sollten wir dem Kern der Sache wirklich näher kommen, dass es für alle gefährlich wird!« Gabriel stellte das Glas auf den Tisch, sah sie eindringlich an. »Weshalb glaubst du das?« »Weil ich annehme, dass alles, was ab dem Zeitpunkt des Raubüberfalls geschah, ein Plan zu Grunde liegt! Schon der Mord an Lord Belmonts Urgroßvater gehörte dazu! Jahre später, als Lord Belmonts Vater begann, sich für das Dokument zu interessieren, kam er unter, wie du mir selbst erzähltest, seltsamen Umständen ums Leben. Ebenso wie eine vermeintliche Mitwisserin! Was denkst du, wird nun passieren, wenn Nathan offen zugibt, dass er nicht nur nach einem Buch sucht, wie allgemein angenommen! Als er mir anbot, alle Rechte meiner Recherchen auf mich zu überschreiben, geschah dies sicherlich nicht ohne Hintergedanken. Er muss sich darüber im Klaren gewesen sein, wenn ich es erst kapierte, dass ich nicht nach einem Buch suche, dass ich nicht herumposaunen kann, was genau ich hier mache! Somit läuft er auch nicht Gefahr, dass es ungewollt an die Öffentlichkeit dringt, da mir ab dem Moment an sämtliche Hände gebunden sind!« »Das wird immer besser!«, keuchte Gabriel verärgert. »Darum wollte er dir so bereitwillig die Zügel überlassen! Und ich Narr hab mich noch darüber gewundert!« »In dem Falle lag die Naivität eindeutig bei dir, Gabriel! Zugegebenermaßen!«, erwiderte Ophelia ruhig. »Er wusste, dass du dich in diesem Metier nicht gut genug auskennst, um zu verstehen, was genau er mir damit andeuten wollte!« »Aber du hast es mir nicht gesagt, obwohl dir in diesem Augenblick bewusst geworden sein muss, dass es wahrlich um etwas anderes ging!«, ergänzte Gabriel. »Ist das korrekt?« Ophelia nickte, ohne etwas darauf zu erwidern.

Gabriel holte tief Luft und fragte: »Und weshalb hast du mir nichts gesagt?« Sie hob entschuldigend die Schultern. »Weil ich leider gestehen muss, dass ich zu diesem Zeitpunkt einfach neugierig geworden bin, was in Wahrheit hinter Lord Belmonts Anliegen steckt und ich dich nicht dahin gehend verunsichern wollte!« »Oder vielleicht, weil du wusstest, dass du meine Hilfe brauchen würdest?«, fragte er, deutlich verstimmt. Ophelia lachte wider Erwarten auf und schüttelte, noch immer lächelnd, den Kopf. »Nein, Gabriel! Mir kam es nicht einen Augenblick lang in den Sinn, dich für meine Zwecke zu missbrauchen! Glaub mir! Ich war zu keinem Zeitpunkt auf deine Hilfe angewiesen! Auch, wenn Lord Belmont und du am Anfang davon überzeugt wart! Erstaunt sah er sie an und wollte sie fragen, weshalb sie ihm das etwas unvermittelt an den Kopf warf, als mit einem Mal Lord Belmont vor ihnen stand und zu Gabriel gewandt meinte: »Weil unsere liebe Dr. Cavill Quellen nutzen kann, von deren Existenz wir beide nicht den Hauch einer Ahnung haben! Nicht wahr, meine Liebe?« Ophelia lächelte ihn an, kommentierte seine Aussage aber nicht, woraufhin sich Lord Belmont an den Tisch setzte, nach Gabriels Weinglas griff und einen kräftigen Schluck nahm. »Auch du hättest in die Tiefe gehen sollen Gabriel!«, sagte er ruhig. »Als du Dr. Cavills Lebenslauf durchforstest hast!« »Gut, meinetwegen, Nathan!«, konterte Gabriel verstimmt. »Mitunter hätte ich das tun können! In Bezug auf das, was wir gestern erfahren haben, wäre es vielleicht nicht die schlechteste Idee gewesen! Dennoch glaube ich kaum, dass ich in Ophelias Vergangenheit etwas finden würde, was sie und dich gehindert hätte, meine Hilfe nicht in Anspruch zu nehmen! Immerhin ging es um Ermittlungsakten und meinen Dienstgrad, die wir für deine Zwecke ein wenig großzügig ausgelegt haben!« Lord Belmont schmunzelte. »Falls es dich tröstet, auch ich dachte nicht, dass sie uns etwas verheimlichen würde, Gabriel!« Ophelia schloss die Augen und schüttelte den Kopf. Leise, aber mit bedrohlichem Unterton in der Stimme, erwiderte sie: »Es gibt auch nichts, was ich verheimlichen müsste, Lord Belmont! Das sollten wir klarstellen, ehe Sie mich tatsächlich in Verlegenheit bringen! Und ich bitte Sie ernsthaft, überlegen Sie sich gut, was Sie ab jetzt sagen, denn die Konsequenzen wären für Sie eventuell etwas unangenehm!« »Ophelia, bitte! Was soll der Unsinn? Hättest du die Güte, mir zu erklären, was das gerade soll?« »Eigentlich nicht!«, gab sie ihm zur Antwort, sichtlich erbost. »Ich bin momentan nicht willens, diese Aussage zu kommentieren, Gabriel! Wir haben Wichtigeres zu besprechen! Mit Lord Belmont! Und dabei geht es nicht um meine Vergangenheit!« Ophelia erhob sich, sichtlich um Fassung ringend, und verließ den Tisch! Nathan lachte und Gabriel sah ihn vollkommen fassungslos an. In diesem Augenblick wurde es Gabriel zu viel. Er schoss hoch, riss Nathan von seinem Stuhl in Richtung Wand, gegen die er ihn am Kragen packend schleuderte. »Deine Heimlichkeiten, Nathan«, flüsterte er bedrohlich, während er seinem Cousin die Luft abdrückte, »sind es doch, die uns zusammengebracht haben! Und deine Heimlichkeiten sind es auch, die uns in Verlegenheit bringen!« Dann ließ er unvermittelt locker, drückte ihn jedoch weiter unerbittlich an die Wand. »Hast du eigentlich eine Ahnung, was du uns angetan hast? Oder willst du weiterhin leugnen, dass du nicht weißt, was damals in diesem gottverdammten Hinterhof passiert ist?« Gabriel stieß ihn von sich und drehte sich schwer atmend zu Ophelia um, die ihn erschrocken von seinem plötzlichen Gewaltausbruch anstarrte. Aber auch nichts unternahm, um Nathan zu helfen. Voller Zorn sah er Nathan an und keuchte: »Ich hätte gute Lust, dir den Hals umzudrehen, Nathan! Aber ich musste Ophelia versprechen, dir nichts anzutun! Was ich gerade sehr bedauere!« Dann wich er einen Schritt zurück, um Nathan wieder zu Atem kommen zu lassen und hob beruhigend die Hände zu Ophelia hin, damit sie erkannte, dass er ihn nicht weiter behelligen würde. »Ihr habt einander also erkannt!«, flüsterte Nathan erschrocken. »Und ich hatte so sehr gehofft, es würde nicht geschehen!« »Dann hättest du Ophelia niemals hierherholen dürfen, Nathan!«, raunte Gabriel resigniert, ohne ihn anzusehen. »Das muss dir doch klar gewesen sein, oder?« Lord Belmont zog sein Jackett zurecht und trat neben Gabriel. »Gabriel, ich ...!« Weiter kam er nicht. Gabriel winkte ab. »Dafür gibt es keine Entschuldigung, Nathan!«, stöhnte er, sich mühsam beherrschend. »Versuch es erst gar nicht! Ich denke, Ophelia stimmt mir in dem Punkt zu! Also lass es! Alleine der Schaden, den du durch dein damaliges Eingreifen verursacht hast, ist groß genug, dass es keinerlei Vergebung geben kann! Ich denke, wir brauchen dir nicht groß zu erklären, was einem jeden von uns beiden danach widerfahren ist!« Er sah Nathan direkt in die Augen und sein Blick war gefährlich und unberechenbar. »Doch wirst du uns jetzt auf der Stelle sagen, was genau du vorhast und was dich dazu bewegt hat, Ophelia und mich unter Vortäuschung falscher Tatsachen auf die Fährte dieses Buches zu setzen, obwohl du, wie wir nun wissen, etwas ganz anderes von ihr haben wolltest! Ich warne dich, Nathan! Ich will die ganze Wahrheit wissen! Sollte ich nur ansatzweise das Gefühl haben, du verzettelst dich wieder in irgendwelchen Ausflüchten oder Lügen, werden wir beide auf der Stelle unsere Sachen packen und gehen!« Dann sah er Ophelia an, die bestätigend nickte. »Erst, wenn du bereit bist, die von uns gestellten Bedingungen zu akzeptieren, solltest du den Mund aufmachen! Hast du mich verstanden, Nathan! Erst dann!« Nathan fasste sich unwillkürlich an den Hals, sich deutlich Gabriels festen Griff erinnernd, dann nickte er freudlos, wie Ophelia fand. »Also gut, Gabriel!«, räusperte er sich. »Ich habe dich klar und deutlich verstanden!« Dann setzte er sich an den Tisch und Ophelia war nach drinnen gegangen, um ihm ein Weinglas zu bringen, damit er sich nicht nochmals an Gabriels vergreifen musste. Sie stellte es ihm vor die Nase, schenkte ihm aber nicht ein, was er letztendlich leise seufzend selbst tat. »Ich nehme an, ihr habt herausgefunden, dass ich tatsächlich kein Buch suche, oder?« Ophelia und Gabriel sahen einander an und nickten gleichzeitig. Lord Belmont schloss die Augen. »Dann dürfte euch jetzt auch klar sein, dass es um ein Dokument geht, das ich vermisse!« »Ja, Nathan!«, sagte Gabriel scharf. »Das auf sehr spektakulärem Wege von Ungarn aus in den Besitz deiner Familie gekommen ist! Ophelia konnte den Werdegang dieses Dokuments ziemlich genau rekonstruieren! Doch ist sie nun an dem Punkt angekommen, an dem es ohne deine Hilfe nicht weitergehen wird, mein Lieber!« Ehrlich erstaunt sah Lord Belmont Gabriel an. »Ihr habt es nicht gefunden?« »Nein, haben wir nicht!«, erwiderte Ophelia unwillig. »Dachten Sie ernsthaft, ich würde es Ihnen am Ende meiner Recherchen in die Hand drücken oder mitteilen können, wer es hat?« »Eigentlich schon!«, seufzte Lord Belmont schwer enttäuscht. »Ich hoffte insgeheim, dass Sie mir genau diese Information am Ende geben würden, Dr. Cavill! Doch Ihrem und Gabriels Gesichtsausdruck nach zu urteilen, ist dem nicht der Fall!« »Moment mal, Nathan!«, warf Gabriel plötzlich ein. »Du weißt nicht, wer es hat und du wolltest, dass wir es für dich finden? Verstehe ich das gerade richtig?« Nathan nickte, erwiderte aber seinen fragenden Blick nicht. »Genau! Aus diesem Grund wollte ich unbedingt Dr. Cavill engagieren!« »Wie eigentlich schon vor zwei Jahren!«, stöhnte Gabriel. »Als du natürlich rein zufällig in diesem Hinterhof aufgetaucht bist!« »Herrgott, Gabriel!«, rief Lord Belmont laut aus. »Es ist, wie du sagst! Aber ich habe nicht damit gerechnet, dich halbtot dort zu finden! Das war tatsächlich Zufall, ob du dies nun glauben willst oder nicht!« Gabriel gab einen unartikulierten Laut von sich, sah Nathan um Worte verlegen stumm an. »Schon damals wurde mir Dr. Cavill wärmstens empfohlen, als ich mich ein wenig umhörte, wer mir vielleicht helfen könnte! Daraufhin machte ich mich an jenem unglückseligen Tag auf den Weg nach Belgravia, um mit Ihr zu reden! Noch immer unseren Streit im Hinterkopf, Gabriel! Was wohl letztendlich den Ausschlag dafür gegeben hat, dass ich dich von dort wegholte, als ich Dr. Cavill neben dir und deinem toten Kollegen liegen sah! Und ich gebe dir Recht damit, dass es dafür keine Entschuldigung gibt. Was aber dann geschah, lag teilweise nicht mehr in meiner Macht!« »Wann ist Ihnen klar geworden, dass es kein Buch war, um das es bei den Legenden und Gutenachtgeschichten ihrer Familie ging?«, fragte Ophelia, um Nathan von dem leidigen Thema abzulenken. Sie spürte, dass Gabriel ganz allmählich der Geduldsfaden riss. Er sah sie an und lächelte verlegen. »Den Verdacht hatte ich schon früher und aus diesem Grund wollte ich bereits ein paar Jahre zuvor gezielter danach suchen, was mir prompt großen Ärger mit Gabriel einbrachte und sozusagen als Zugabe nicht wenig Spott von Seiten Ihrer Kollegen, die ich, zumindest dachte ich das, diskret danach fragte! Doch dann, einige Wochen vor dem Streit, Gabriel dachte, die Sache hätte sich nach der Häme, die ich einstecken musste, erledigt, flatterte eine Anfrage ins Haus! Hier in Harlech House und persönlich an mich und nicht an die Verwaltung des Gutsbetriebes gerichtet! Er kam direkt aus Ungarn von der Familie Vlad selbst, in dem man mich bat, vermeintlich ein letztes Mal Stellung zu beziehen, ob es dieses Buch nun gab oder nicht, und ob ich etwas zu dessen Verbleib kenne. Als ich es las, fiel mir etwas ein und ich war mir nicht ganz sicher, ob ich meinem Gedächtnis trauen konnte! Also rief ich den Anwalt der Familie an und bat um Einsicht in das Testament meines Vaters, das dort verwahrt lag!« »Und fand einen Hinweis darauf, dass es sich um eine Überschreibungsurkunde über Landbesitz in Ungarn handelte und nicht um ein Buch, nicht wahr!«, fragte Ophelia lächelnd. »Ja, wenn auch sehr diskret und zwischen den Zeilen! Aber dem war so! Doch stellte er im weiteren Verlauf des Textes die Vermutung an, dass es wohl bei dem Überfall gestohlen worden war, denn auch er konnte es danach nicht mehr finden!« »Also doch!«, raunte Gabriel. »Der Raubüberfall zielte, wie von Ophelia vermutet, nicht auf diverse Gemälde oder Kunstgegenstände ab, sondern auf dieses Dokument!« Nathan nickte. »So war es, Gabriel! Obwohl ich zugeben muss, dass mir der Gedanke tatsächlich nicht gekommen war, bis ich das Testament nochmals las! Bei der Eröffnung nach Vaters Tod wäre ich wahrlich nicht auf die Idee gekommen, dass er mir eine mehr oder weniger geheime Botschaft darin hinterlassen hat!« »Das mag ja alles sein, Nathan!«, konterte Gabriel. »Aber warum hast du dann nicht einfach die Finger davon gelassen! Oder Ophelia früher kontaktiert, um gezielte Nachforschungen anzustellen? Warum diese ganze Scharade?« Einen kurzen Augenblick schloss Lord Belmont die Augen, sah Gabriel dann an und meinte beschämt: »Zu dem Zeitpunkt war nur wichtig, dass du überlebst! Alles andere konnte warten! Zumindest so lange, bis wir wussten, ob du überhaupt überleben würdest! Ich schrieb der Familie Vlad einen Brief, beteuerte anscheinend glaubhaft, dass ich nichts wusste und ich traf mich sogar ein paar Wochen später mit dem jungen Grafen Vlad in London, da er in England zu Besuch war! Wir verstanden uns auf Anhieb gut und ich dachte eigentlich, dass wir alles zumindest in dieser Beziehung klären konnten!« »Bis vor etwa zwei Monaten erneut ein Brief auf Ihrem persönlichen Schreibtisch landete, oder?«, fragte Ophelia nachdenklich. »Indem die Archäologische Gesellschaft Sie bat, Ihre Besitzungen in Ungarn offenzulegen, da man dort Grabungen machen wollte, und auf Vorkommen von Edelmetall gestoßen war!« »Das haben Sie herausgefunden?«, fragte Lord Belmont erstaunt, woraufhin Ophelia nur lächelnd die Schultern hob. »Ich dachte eigentlich, dass es geheim war! Jedenfalls hörte sich das Schreiben so an, da die britische Regierung bei den Grabungen involviert war!« »Natürlich!«, erwiderte Ophelia noch immer lächelnd. »Es geht dabei um Land, welches offenbar britischen Bürgern gehört, Lord Belmont! Denken Sie wirklich, man würde einfach so damit an die Öffentlichkeit gehen?« Er sah sie grübelnd an. Ebenso wie Gabriel, der sie erstaunt musterte, denn sie hatte ihm gegenüber zwar so etwas in der Art angedeutet, aber bis zu diesem Zeitpunkt nicht zugegeben, es beweisen zu können. »Wie dem auch immer sei! Tatsache ist, dass man mich aufforderte, die Besitzurkunde vorzulegen, was ich aber nicht kann, da sie gestohlen wurde!« »Und dir fiel daraufhin nichts Besseres ein, als Ophelia nun doch zu kontaktieren, in der Hoffnung, dass wir uns beide nicht mehr daran erinnern können, was uns vor zwei Jahren widerfahren ist!«, stöhnte Gabriel fassungslos. »Weshalb dieses Risiko, Nathan? Doch wohl kaum nur wegen diesem Artikel in einer deiner Literaturzeitschriften, oder?« Lord Belmont schüttelte den Kopf, doch Ophelia antwortete statt seiner: »Darum sicher nicht, Gabriel! Aber zwischenzeitlich hat sich auch die Familie Vlad wieder zu Wort gemeldet! Mit dem Wissen, dass damals nicht alles mit rechten Dingen zuging, und nun Ansprüche auf das Land geltend machen wollte. Ich persönlich nehme an, dass sie in der Zwischenzeit selbst intensiv genug recherchiert haben, um zu wissen, dass diese britische Familie Beauly in engerem Kontakt zur Familie Belmont stand oder noch steht, da sie, wie ich vermute, noch immer ein Auge auf die Vorgänge hier in England hat! Und wahrscheinlich darüber informiert sind, dass Gabriel seinen Titel vorzeitig und aus privaten Gründen abgegeben hat!« »Ich ahnte nicht, dass Sie derart tief graben würden, Dr. Cavill!«, gab Lord Belmont zu. »Was aber auch Ihren hervorragenden Kontakten geschuldet sein dürfte, wie ich vermute!« Sie hob nur abwehrend die Hände und lächelte ihn charmant an. »Die ich Ihnen mit Sicherheit nicht offenlegen werde! Und Sie, Lord Belmont, werden darüber auch kein weiteres Wort verlieren! Wie schon gesagt, bringen Sie mich bitte nicht in Verlegenheit!« Er lächelte sie wissend an, schüttelte den Kopf und sagte noch immer schmunzelnd, aber mit einem Augenzwinkern: »Das werde ich nicht, Dr. Ophelia Bingham! Ich habe es kapiert! Trotzdem ist es bedauerlich, dass ihr beide nicht herausbekommen habt, wer die Urkunde nun hat!« Sie erwiderte seinen amüsierten Blick und bemerkte gleichzeitig, wie Gabriel sie musterte. Ophelia schüttelte ganz sachte den Kopf in seine Richtung, sah dann Lord Belmont herausfordernd an. »Vielleicht, Lord Belmont, ist das auch besser so! Immerhin geht es hier nicht nur um geduldiges Papier, sondern auch um ein Verbrechen! Oder mehrere, wenn mich mein Instinkt nicht täuscht! Sie sollten vielleicht endgültig die Finger davon lassen, finden Sie nicht!« Lord Belmont lachte, schüttelte vehement den Kopf und wollte eigentlich etwas erwidern, doch ein weiteres Mal kam Ophelia ihm zuvor. »Oder steht Ihnen das Wasser derart zum Hals, Lord Belmont, dass Sie sich gezwungen sehen, dennoch weiterzumachen!« Das Lächeln verschwand schlagartig aus seinem jugendlichen Gesicht und er sah sie ein wenig erbost an. Er holte Luft und meinte: »Wie auch immer, Dr. Cavill! Das zu entscheiden, liegt nicht mehr in ihrem Aufgabengebiet! Und nun entschuldigt mich bitte, ich habe mich noch um Gäste zu kümmern, denen ich leider nicht absagen kann!« »Nathan!«, keuchte Gabriel und erhob sich ebenfalls. »Du kannst jetzt nicht einfach davonlaufen! Wie stellst du dir das vor! Wir müssen darüber reden, wie es weitergeht!« Nathan drehte sich um und sah Gabriel nickend an. Ein wenig derangiert, wie er fand. »Ja, das müssen wir, Gabriel! Aber momentan habe ich Verpflichtungen, die ich nicht vernachlässigen kann! Wir werden reden, versprochen!« Dann wandte er sich endgültig um und flüchtete vor ihnen. Mit eindeutig eingezogenem Schwanz. Gabriel sah ihm nach. Sichtlich schockiert. Er sah zu Ophelia, die noch immer lächelnd auf dem Stuhl saß. »Was sollte das, Ophelia?«, stöhnte Gabriel. »Du hast gerade meinen Cousin diskreditiert! Und zwar ordentlich!« Gabriel trat näher an die Sitzgruppe und musterte sie ernst. »Woher ...? Wie ...?«, stotterte er, doch Ophelia winkte ab und bat ihn, sich zu setzen. »Ich denke, ich bin dir eine Erklärung schuldig, Gabriel!« »Ja, das finde ich durchaus gerechtfertigt! Wenn ich ehrlich sein soll, habe ich das

Gefühl, du hast nicht nur Nathan ziemlich abgekanzelt! So wie es sich momentan für mich darstellt, hast auch du nicht mit offenen Karten gespielt!« Erbost sah sie ihn an, schüttelte energisch den Kopf und konterte: »Keineswegs, Gabriel! Doch Lord Belmont hatte schon recht, als er meinte, du hättest gründlicher nachsehen sollen! Doch um eines vornweg ein für alle Mal klarzustellen! Ich habe dich weder belogen noch etwas verheimlicht, oder dich, wie angedeutet, für meine Zwecke benutzt!« »Wohl aber manche Dinge einfach nicht erwähnt, oder wie?«, fragte Gabriel ein wenig gereizt. »Wie zum Beispiel deinen richtigen Namen!« Ophelia lachte. »Himmel, Gabriel! Cavill ist mein Mädchenname, den ich wieder annahm, als mein Mann verstorben war. Nichts weiter! Ganz legal! Ich wollte es so, obwohl mein Schwiegervater vehement dagegen war, als ich ihn darüber informierte!« Gabriel fuhr sich über die Stirn, sah sie an und schüttelte kommentarlos den Kopf. Ophelia schenkte sich Wein ein, nahm einen Schluck. Sie wusste, sie musste ihm erklären, was geschehen war und das war selbst nach all den Jahren nicht einfach. »Bitte Gabriel!«, meinte sie dann. »Ich wollte dich einfach nicht vor den Kopf stoßen und im Endeffekt hat Lord Belmont recht! Ich habe andere Quellen zur Verfügung! Auch, wenn ich sie nicht unbedingt gerne nutze! Aber in seinem Fall musste ich es, um Klarheit in die Sache zu bringen! Schon um deinetwillen, denn ich bin nach wie vor der Meinung, dass du ebenso in Gefahr bist wie Lord Belmont!« Gabriel erwiderte stumm ihren Blick und spürte ihre tiefe Besorgnis um ihn. »Er hat auch mit der Annahme recht, dass ich diese Arbeit mache, um meinen Lebensunterhalt zu bestreiten, obwohl ich in dieser Beziehung mehr als versorgt bin!«, sagte sie erklärend, ihn dabei anlächelnd. »Mein Mann Matthew war aber nicht nur der älteste Sohn der Binghams! Jener industriellen Familie, die hier in Wales die Hälfte aller Bergwerke und Hochhöfen betreibt! Obwohl ich niemals darum bat, haben mich beide, mein Mann und mein Schwiegervater, gut versorgt, Gabriel!« »Und doch scheint es aber noch etwas Anderes zu geben, nicht wahr?«, hakte er sachte nach, da er deutlich erkannte, dass es ihr schwerfiel, mit der Sprache herauszurücken. Ophelia nickte. Dann straffte sie sich und sah ihn sorgenvoll an. »Das, was ich dir jetzt sage, Gabriel, werde ich nur ein einziges Mal aussprechen. Ich werde es danach keinesfalls weiter kommentieren und solltest du es, aus welchem Grund auch immer, gegen mich verwenden, auch dementieren. Davon wissen nur wenige Menschen und es ist auch nicht ungefährlich, dich einzuweihen. Aber Matthew war nicht nur der Sohn der Binghams, Gabriel! Er hat auch für den britischen Geheimdienst gearbeitet. Wir waren bereits einige Jahre verheiratet, als ich es durch einen Zufall erfuhr. Aus diesem Umstand heraus, verfüge ich noch über einige Kontakte, die ich speziell in diese Richtung nutzen kann, aber selten tue. Selbst ich laufe dabei in Gefahr, selbst ins Visier gewisser Leute zu geraten. Deshalb war es auch schwierig, Dinge in Erfahrung zu bringen, die deinen Cousin betreffen. Deshalb auch die Scharade mit deinem Namen und Dienstrang, Gabriel! Ich wollte mir diese Option nur für den Notfall aufheben, wenn gar nichts anderes mehr hilft!« »Was aber, wie es scheint, der Fall war?«, fragte Gabriel leise, sie ansehend. »Deine Worte vorhin waren mehr als eindringlich und vor allem warnend!« »Hör zu, bitte! Ab dem Moment, als ich auf deine Familie stieß und die Anfrage der Familie Vlad persönlich an Lord Belmont vor drei Jahren, kam noch ein anderes Räderwerk in Gang! Eines, das sich komplett im Hintergrund und unbemerkt von uns allen in Bewegung setzte. Ich wurde nachdrücklich gewarnt, nicht mehr Aufmerksamkeit auf uns zu ziehen, um nicht versehentlich auf etwas zu stoßen, was uns eventuell nicht gut bekommen würde! Ich weiß nicht, was genau da läuft, Gabriel! Man hat es mir nicht gesagt! Vielleicht auch, um mich, um Matthews Willen zu schützen! Ich kann es dir beim besten Willen nicht sagen. Was ich dir aber sagen kann, ist, dass, lässt du oder Lord Belmont nicht locker, gefährlich für euch wird. Ihr mischt euch offenbar in Dinge ein, die euch nichts angehen!« Eine Zeit lang erwiderte Gabriel nur ihren Blick und meinte dann, für Ophelia völlig unvermittelt: »Hast du ihn getötet, wie gemutmaßt wurde?« Ophelia keuchte entsetzt auf und sah ihn zutiefst verärgert an. »Was denkst du? Was denkst du wirklich über mich, wenn du mir eine solche Frage stellst! Verdammt, Gabriel! Ich habe ihn geliebt! Ich habe ihn nicht vergiftet! Das Einzige, was ich mir schon all die Jahre selbst zum Vorwurf mache, ist die Tatsache, dass ich diejenige war, die das

Strychnin, mit dem man ihn ermordet hat, in unser Haus gebracht habe! Ich habe mir auf Anraten von Matthew ein kleines Labor in unserem Haus eingerichtet, um von dort aus für die British Library arbeiten zu können! Ich war zu dieser Zeit dort fest angestellt. Es war ordentlich registriert und sicher verwahrt! Weggeschlossen, bis Matthews Mörder den Schrank gewaltsam öffnete und ihn damit umbrachte. Aber ich bin mir sicher, das weißt du alles! Genauso, wie du weißt, dass ich an jenem Tag nicht einmal in London war, sondern in Weimar auf einem Symposium, das ich im Auftrag der British Library besuchte! Warum zum Teufel fragst du mich das?« Sie stand auf, sah ihn ärgerlich an und raunte: »Sonst noch Fragen? Wenn nicht, werde ich packen und gehen!« Ophelia drehte sich um und ging hinein. »Scheiße!«, keuchte Gabriel. »Ophelia, bitte! Warte!« Er sprang von seinem Stuhl und hastete ihr nach. Ophelia wollte gerade in der Bibliothek aus der Tür, um nach oben in ihr Schlafzimmer zu gehen, als Gabriel sie aufhielt! »Ophelia, bitte!«, stöhnte er schwer atmend. Sie schüttelte nur den Kopf, wandte sich von ihm ab und flüsterte mit verletzter Stimme: »Geh, Gabriel! Ich kann deinen Anblick nicht länger ertragen!« Sie ging an ihm vorbei und zur Treppe. »Was hast du vor, Ophelia?«, rief er ihr vom Fuße der Treppe aus nach. Sie drehte sich um und fragte süffisant: »Nach was sieht es denn aus, Gabriel? Ich packe und werde dann zusehen, dass ich verschwinde! Du hast doch Lord Belmont gehört! Meine Dienste sind nicht mehr erwünscht!« Gabriel stöhnte laut auf: »Vergiss es, Ophelia!« Erstaunt blieb sie stehen. »Er ist und bleibt ein Idiot!«, sagte Gabriel, darum bemüht, seine Stimme ruhig klingen zu lassen. »Genauso, wie ich! Es ist unverzeihlich, was ich gerade eben getan habe! Bitte! Ich weiß nicht, ich ...!« Gabriel kam ins Stocken, sah sie an und holte tief Luft: »Ich hätte dich niemals danach fragen dürfen, Ophelia! Du hast recht! Im Grunde meines Herzens wusste ich ja, dass du es nicht gewesen bist!« »Und warum hast du es dann trotzdem getan, Gabriel?«, fragte sie verwirrt und Gabriel spürte beinah schmerzhaft, dass er sie tief verletzt hatte. Er hob entschuldigend die Schultern, blickte ihr direkt in die Augen und meinte beschämt: »Ich nehme an, mein verletzter Stolz ließ mich jegliche Vernunft vergessen! Ich kam mir da draußen genauso abgekanzelt vor wie Nathan! Obwohl ich irgendwie bereits seit einigen Tagen ahnte, dass du vielleicht Dinge erfährst, die ich nicht einmal im Ansatz nachvollziehen konnte! Und als du gerade sagtest, dass dein Mann für den Geheimdienst arbeitete, gab mir das wohl dann den Rest! Ich weiß, es hört sich alles nicht richtig an, Ophelia! Ich bin ein Idiot, aber ich entschuldige mich bei dir in aller Form dafür!« Schweigend erwiderte sie seinen Blick, ohne ihn erkennen zu lassen, was in ihr vorging. Dann setzte sie sich auf die oberste Stufe der Treppe. »Und mein Herz sagt mir gerade, dass du es ernst mit mir meinst, Gabriel! Entschuldigung angenommen!« Ophelia erhob sich und ging ohne weiteren Kommentar in ihr Zimmer. Gabriel atmete tief durch. Er hatte nicht einmal bemerkt, dass er die Luft anhielt und folgte ihr nach oben. Langsam, um ihr ein wenig Zeit zu geben, sich wieder zu fassen. Gabriel selbst musste es auch, wenn er ehrlich zu sich selbst war. Er blieb im Türrahmen stehen und sah ihr schweigend zu, wie sie ihren kleinen Koffer auf das Bett legte. »Was ist Gabriel?«, fragte sie mit dem Rücken zu ihm, als sie ihn bemerkte. »Was willst du noch? Es ist alles geklärt!« Er stöhnte leise auf, was Ophelia sich unwillkürlich umdrehen und ihn anblicken ließ. »Nichts ist geklärt! Weder, ob du mir wirklich verzeihen kannst, noch, wie die Sache weitergehen soll! Es ist mir egal, was Nathan gesagt hat! Ich habe deine Warnung, im Gegensatz zu ihm, durchaus wahrgenommen! Also sag du mir, was du jetzt tun willst?« Wider Erwarten lachte Ophelia auf, jedoch ohne Humor. »Ernsthaft, Gabriel?«, fragte sie grinsend und ging zum Schrank, um ein paar Klamotten herauszunehmen. Dann legte sie diese in den Koffer, sah ihn seufzend an. »Du meinst es wirklich ernst!« Sie kam ein paar Schritte auf ihn zu. »Ich werde das tun, was ich gesagt habe! Ich packe und verschwinde! Ich bin raus aus der Geschichte. Wenn ich ehrlich sein soll, wird es mir ein wenig zu heikel, noch länger für Lord Belmont zu schnüffeln!« »Die Warnung an dich war wohl ebenso eindringlich, oder?« »Ja!«, lachte Ophelia. »Da hast du recht! Eindringlich und mit dem Hinweis darauf, dass, sollte ich diese Geschichte nicht anderen überlassen, ich mir damit mächtig Ärger einhandeln werde! Selbst von Seiten meines Schwiegervaters kam der, wenn auch dezente Hinweis, mich aus Lord Belmonts Dunstkreis zurückzuziehen!« »Herrje!«, erwiderte Gabriel nur. Sie sah ihn an und schüttelte den Kopf. »Vergiss es so schnell, wie du es gedacht hast, Gabriel! Selbst, wenn du mich bittest zu bleiben, werde ich es nicht tun! Ich hätte schon vor Tagen gehen sollen. Wie man mir geraten hat. Und doch bin ich wegen dir geblieben! Noch einmal wirst du mich nicht aufhalten können. So sehr du das vielleicht auch möchtest! Du hast von meiner Seite alles bekommen, was du wissen musst, um die Sache selbst zu Ende zu bringen. Wenn du nachher hinuntergehst, wirst du in der Bibliothek einen Aktendeckel finden mit deinem Namen darauf. Alles, was ich dir heute Morgen erzählt habe, ist dort ordentlich sortiert verzeichnet. Zudem wirst du in deinem beruflichen E-Mail-Account viele der Dokumente finden, die es dir ermöglichen werden, weiterzumachen! Die Kopien habe ich zum größten Teil vernichtet und die Originale sind in Harlech bei dem Anwalt der Familie Belmont hinterlegt! Nennst du deinen Namen, wird man sie dir aushändigen.« Sie wandte sich wieder dem Koffer zu. »Du wärst so oder so nicht länger geblieben!«, stöhnte Gabriel erschrocken. »Verstehe ich das gerade richtig!« »Da bricht eindeutig der Polizist in dir durch!«, erwiderte sie ironisch. »Aber ja, so ist es, Gabriel! Ich hatte nicht die Absicht, länger zu bleiben!« Gabriel musterte sie stumm, während Ophelia sich umdrehte und weiter packte. Nach außen hin, vollkommen ruhig, legte sie ein Kleidungsstück nach dem anderen in den Koffer. Plötzlich hielt sie inne, drehte sich um und sah ihn verhalten stöhnend an. »Gabriel, bitte! Ich bin viel zu lange geblieben! Um deinetwillen! Aber nun ist es endgültig Zeit zu gehen! Ich wäre dir sehr zu Dank verpflichtet, wenn du mich in Ruhe packen ließest und mir ein Taxi rufst, das mich zum Bahnhof bringt!« Lange erwiderte er ihren Blick schweigend, dann nickte er völlig unvermittelt, drehte sich um und ging nach unten, um dort auf sie zu warten. Ophelia schloss die Augen, atmete tief durch und machte weiter. Gabriel ging in die Bibliothek und sah auf dem Schreibtisch liegend, wie von Ophelia beschrieben, den Aktendeckel. Er öffnete ihn und sah auf die eng mit Ophelias ordentlicher Handschrift beschriebenen Seiten. Gabriel schloss die Augen und dachte nach. Er wusste nur zu gut, dass er mit Nathan reden musste. Dringend! Wenn er Ophelias Andeutungen richtig interpretierte, gab es eine Partei in dieser vertrackten Sache, mit der er nicht gerechnet hatte. Diese zu reizen, würde gefährlich werden. Selbst für ihn, als Beamten des Scotland Yard. Er fuhr sich nachdenkend über die Stirn und holte dann sein Mobiltelefon aus der Tasche, um, wie von Ophelia gewünscht, ein Taxi zu rufen. Nachdem er es bestellt hatte, wählte er erneut eine Nummer und wartete geduldig, bis jemand abnahm. Geoffreys Frau Eleonore war mehr als nur erstaunt, als sie Gabriels Stimme in der Leitung vernahm, und als er meinte, er müsse mit seinem Bruder sprechen, meinte sie nur lachend: »Dann ist es wahrlich dringend, Gabriel! Wenn du sogar zum Telefon greifst, um ihn zu kontaktieren! Warte kurz, ich geh ihn holen! Er ist draußen, um die für morgen anstehenden Arbeiten zu delegieren!« Gabriel erwiderte nichts darauf, hörte, wie Eleonore den Hörer weglegte, und wohl durch das Küchenfenster hinaus nach seinem Bruder rief. Es dauerte trotzdem noch einige Zeit, ehe sein Bruder ein wenig außer Atem den Hörer nahm und sich meldete. »Entschuldige bitte, Geoffrey!«, sagte Gabriel. »Ich würde dich nicht stören, wenn es nicht dringend wäre! Sein Bruder lachte. »Das war mir schon klar, als Eleonore nach mir rief und meinte, du wärst am Telefon! Was ist los, Gabriel?« Einen Moment lang wusste er nicht, wie er es formulieren sollte, doch dann nahm er sich zusammen und meinte: »Nathan erwähnte doch letztens in London, dass er jemanden engagiert hat, der ihm bei der Suche nach diesem seltsamen Buch hilft?« Er hatte es vorsichtig als Frage formuliert in den Raum gestellt, denn er kannte Geoffreys Meinung zu der Geschichte, die der seinen ganz ähnlich war. »Ja, das hat er, Gabriel!«, antwortete Geoffrey zögernd. »Wir haben uns noch darüber lustig gemacht, als er es erzählte!« »Ja, das haben wir!«, stöhnte Gabriel. »Und doch sieht es im Moment so aus, als ob mehr dahintersteckt, als angenommen.« »Das ist doch nicht dein Ernst, oder?«, fragte Geoffrey ein wenig amüsiert. Gabriel konnte ihm seine Verwunderung nicht verdenken. »Leider doch, Geoffrey! Doch würde es jetzt zu weit führen, dir die Einzelheiten genau darzulegen! Aber solltest du wissen, dass es dabei letztendlich nicht um ein Buch, sondern um eine Urkunde geht, in der Landüberschreibungen vermerkt sind! In Ungarn! Und ich fürchte, unsere Vorfahren waren auch darin verwickelt!« »Du denkst, es geht um Betrug?«, fragte sein Bruder sachte. »Ja, es scheint so!«, erwiderte Gabriel. »Aber um es kurz zu machen, Geoffrey! Seit einiger Zeit bekunden mehrere Parteien Interesse an diesem Dokument! Scheinbar auch mit Nathans Wissen! Darum ließ er danach suchen, denn es ist definitiv nicht mehr im Besitz der Familie Belmont!« »Und du denkst, wir hätten es?«, fragte Geoffrey nun doch sehr irritiert, wie Gabriel an seiner Stimme erkannte. »Nein, das nicht, denn das Land wurde vor mehr als hundert Jahren wieder an die Belmonts zurück veräußert! Ich fürchte nur, dass man vielleicht doch an dich herantreten könnte, um herauszufinden, was du weißt, oder ob du es vielleicht doch in deinem Besitz hast! Ich vermute, unsere Aktion, als ich dir den Titel überschrieb, hat mehr Aufmerksamkeit erregt, als uns lieb war und es könnte durchaus Anfragen in dieser Art von Seiten der Regierung geben!« Nun war die Katze aus dem Sack! Als er die Stille am Ende der Leitung vernahm, spürte er, dass sein Bruder gerade darüber nachdachte, was er von Gabriels Aussage halten sollte. Geoffrey sog scharf die Luft ein. »Stecken wir in Schwierigkeiten, Gabriel, oder wie soll ich das verstehen?« Gabriel schloss die Augen. »Nein, wir oder respektive du Geoffrey stecken nicht in Schwierigkeiten, im üblichen Sinne! Ich wollte nur, dass du darauf vorbereitet bist, wenn jemand danach fragt, oder vielleicht sogar die Bücher des Betriebes einsehen will! Inklusive der alten Urkunden, die beim Anwalt hinterlegt sind! Du wirst dich in jeglicher Weise kooperativ zeigen und alles herausrücken, was gewünscht wird! Die Sache wird sich in diesem Moment für dich in Luft auflösen! Das verspreche ich dir! Ich wollte wirklich nur, dass du darauf gefasst bist!« Geoffrey lachte leise. »Danke für die Warnung!« Doch sofort wurde er wieder ernst. »Steckt Nathan in Schwierigkeiten, Gabriel? Und wenn ja, wie ernst ist es?« »Sehr ernst, Geoffrey!«, erwiderte Gabriel knapp, aber ehrlich. »Aber ich fürchte, er ist sich momentan noch nicht bewusst, wie ernst die Schwierigkeiten in Wahrheit sind! Darum werde ich nicht, wie besprochen, morgen zu euch kommen, sondern erst einmal versuchen, hier die Wogen zu glätten!« »Ist gut, Gabriel!«, meinte Geoffrey. »Sieh zu, was du machen kannst! Ich werde Eleonore Bescheid geben, dass du nicht kommst! Sie wird enttäuscht sein ebenso wie die

Kinder! Sie hatten sich auf deinen Besuch gefreut! Aber du hast recht, wenn du denkst, Nathan braucht deine Hilfe! Aber versprich mir, wenn du dann doch mal kommst, mir genau zu erzählen, was in Harlech los ist, hörst du?« Gabriel musste lachen. »Versprochen, Geoffrey! Und grüß Eleonore und die Kinder von mir! Bis bald!« Er wartete Geoffreys Antwort nicht ab, sondern legte auf. Dann legte er das Telefon versonnen auf den Tisch und ging zu der noch immer geöffneten Terrassentür. Gabriel sah hinaus, ohne wirklich etwas zu sehen! »Es war gut, dass du deinen Bruder angerufen hast!«, hörte er Ophelia in der Tür stehend sagen. Er hatte sie bereits bemerkt, als er die letzten Sätze mit Geoffrey gesprochen hatte. Er drehte sich nicht zu ihr um, sondern nickte nur. »Das Taxi wird gleich da sein!«, sagte er kühl und starrte weiter nach draußen. »Vielen Dank, Gabriel!«, erwiderte sie leise und begann, den Schreibtisch zu räumen. Er hörte, wie sie die beiden Laptops zusammenklappte und sie in ihre Ledertasche steckte, die, seit sie angekommen war, neben dem Tisch lehnte. Lautlos seufzte er und versuchte einen klaren Gedanken zu fassen. Doch es gelang ihm nicht und als er sich endlich umdrehte, war Ophelia schon hinaus in den Flur gegangen, denn in diesem Augenblick hatte jemand den altmodischen Türklopfer betätigt. Gabriel hörte, wie Ophelia den Taxifahrer grüßte und ihn bat, sie zum Bahnhof zu bringen. Er trat in den Flur und sah, wie der Fahrer ihre Taschen nahm und zum Wagen brachte. Es war eines der alten Cabs, die auch das Stadtbild von London prägten und er musste ein wenig lächeln, als er es sah. Ophelia drehte sich zu ihm um und in ihrem Blick lag etwas, was Gabriel nicht zu deuten vermochte. Vielleicht auch in diesem Moment nicht wollte. Sie nickte ihm zu. »Lebewohl, Gabriel!« Sie wandte sich augenblicklich von ihm ab und ging hinaus, um in das Taxi zu steigen, in dem der Fahrer schon auf sie wartete. Gabriel ging zur Tür, lehnte sich an den Rahmen und blickte dem Wagen nach, wie er den langen, von Bäumen gesäumten Weg in Richtung Auffahrt zum Herrenhaus entlangfuhr. Als das Dämmerlicht des Weges das Taxi verschluckte, drehte auch er sich endgültig um und beschloss, sich in den Ordner zu vertiefen, den Ophelia ihm gerichtet hatte. Er musste zusehen, dass er herausbekam, in wessen Besitz sich das Dokument jetzt befand. In der

Zwischenzeit war er sich fast sicher, dass Ophelia es herausfand und ihm den richtigen Hinweis wahrscheinlich gut versteckt zurückließ.

Kapitel 6

Der Fahrer brachte Ophelia zum Glück schweigend zum Bahnhof Barmouth, denn von dort verkehrten in regelmäßigeren Abständen Regionalzüge nach Birmingham, von wo aus es nur noch ein Katzensprung nach Coventry war. Sie war dem Fahrer dankbar für den Tipp. Sie verspürte wenig Lust, den Rest des Tages in irgendwelchen Bummelzügen zu verbringen. Als sie dort ankamen, wollte sie ihn gerade bezahlen. Doch irgendetwas ließ sie zögern. Das Gebäude vom Bahnhof war eines jener typisch englischen und der Backsteinbau lag friedlich in der Nachmittagssonne vor ihnen. Dennoch schien eine rege, schwer zu beschreibende Betriebsamkeit von ihm auszugehen. Die nicht so recht in das Bild zu passen schien! Sie sah sich um, ehe sie ihren Geldbeutel aus der Jackentasche zog. Mit einem Mal erkannte Ophelia, was sie stutzig werden ließ. Auf dem Pendlerparkplatz, neben dem Gebäude, standen mehrere Männer in Anzügen zusammen und unterhielten sich. »Was zum Henker …!«, flüsterte sie leise zu sich selbst. Der Fahrer sah sie fragend über den Rückspiegel an. »Einen kleinen Moment, bitte!«, meinte sie zu ihm, sich ein wenig zur Scheibe vorbeugend, um den Parkplatz besser im Blickfeld zu haben. Sie stöhnte verhalten auf, lächelte den Fahrer aber an und fragte vorsichtig: »Ich weiß, das hört sich jetzt ein wenig seltsam an! Aber ich habe gerade spontan beschlossen, doch noch einen Tag zu bleiben!« Er drehte sich zu ihr um. Ein sympathischer Mann, etwa Mitte fünfzig, der sie anlächelte und meinte: »Sehr gerne, Madame! Soll ich Sie zurück nach Harlech House bringen?« Ophelia schüttelte den Kopf, sah ihn einen Moment lang verlegen an, ihm solche Umstände zu bereiten und fragte: »Kennen Sie in oder in der Nähe von Harlech vielleicht ein kleines Bed and Breakfast? Nicht zu teuer, aber eventuell direkt am Meer?« Er dachte kurz nach, nickte und erwiderte dann, sie anlächelnd: »In Llanfair ist an der Promenade ein kleiner Pub! Das ShipGrave Inn! Es bietet auch Zimmer an, mit Blick auf das Meer. Es ist nichts Besonderes, aber sauber und die Küche dort ist hervorragend! Mit ein wenig Glück gib es am Abend sogar sehr gute Live-Musik! Und es ist nur einen kurzen

Spaziergang am Strand entlang von Harlech entfernt!« Ophelia lächelte ihn erfreut an. »Das hört sich gut an! Sind Sie doch bitte so gut und bringen mich dorthin!« Der Fahrer nickte erfreut, dass er ihr helfen konnte. »Sehr gerne, Madame! Ich werde gleich dort anrufen und Sie ankündigen!« Ophelia setzte sich wieder nach hinten. Nicht ohne einen letzten Blick auf die Männer am Parkplatz zu werfen. Sie hörte, wie der Fahrer um Kontakt mit seiner Funkzentrale bat, wo man ihm die Nummer des Pubs geben würde. Ophelia musste unwillkürlich grinsen, denn es war ein altes originales Taxi und definitiv nicht mit den neusten technischen Errungenschaften ausgestattet. Während man in der Zentrale die Nummer suchte, wendete der Fahrer und fuhr die gleiche Strecke zurück. Ophelia sah nachdenklich aus dem Fenster, fuhr sich über die Stirn und überlegte angestrengt, was sie tun sollte, wenn sie an dem Pub angekommen war. »Hier Taxi Jenkins!«, hörte sie den Fahrer. »James am Apparat! Ich habe gerade eine junge Dame im Wagen, die ein Zimmer mit Meerblick für die Nacht sucht!« Ophelia grinste, als sie ihn reden hörte, wandte aber ihren Blick nicht von der vorbeiziehenden Landschaft ab. »Sehr schön!«, sagte James mit einem Mal. »Ich bin in einer halben Stunde bei Ihnen! Vielen Dank!« Dann wandte er sich kurz nach hinten und meinte: »Die Dame an der Rezeption richtet Ihnen ihr schönstes Zimmer her! In einer halben Stunde sind wir dort und Sie werden erwartet!« »Vielen Dank, James!«, erwiderte Ophelia lächelnd. Als sie vor dem Pub standen, bedankte sie sich nochmals, bedachte James mit einem großzügigen Trinkgeld und winkte ihm lächelnd nach, als er wieder auf die Küstenstraße bog, um seiner Wege zu gehen. Sie hatte noch mitbekommen, dass er bereits wieder einen neuen Fahrgast zu holen sollte und freute sich für ihn, dass das Geschäft zumindest an diesem Tag wohl gut lief. Sie nahm ihren Koffer und die Tasche und ging in den Pub. Der Fahrer hatte recht gehabt, man erwartete sie bereits. Das Paar, dem der Pub gehörte, kam ihr entgegen und der Mann nahm ihr den Koffer ab. Auch der Pub selbst war so typisch englisch, dass Ophelia grinsen musste, als sie in das Innere getreten war. Windschiefe Wände, rußgeschwärzte Holzbalken, an denen gesammeltes Treibgut hing und eine Theke mit vielen verschiedenen Zapfhähnen. Die

Anmeldung war schnell erledigt und als der Besitzer sie nach oben brachte, wurden die Erwartungen, die James ihr gemacht hatte, mehr als übertroffen. Es war ein großzügiges Zimmer, mit großen Fenstern hinaus auf das Meer, das sie rauschen hörte, denn der Pub stand unmittelbar am Rande der Küstenstraße. Es war wirklich sehr sauber und entzückend, plüschig eingerichtet. Sie dankte dem Besitzer und als er das Zimmer verließ, nicht ohne sie darüber zu informieren, dass es ab achtzehn Uhr möglich war, im Haus zu essen und dass es an diesem Abend tatsächlich Musik geben würde, setzte sie sich auf das Bett, holte tief Atem und fragte sich, was sie gerade hier machte. Sie schloss die Augen, gönnte sich einen Moment der Ruhe, wobei sie immer wieder das Bild von Gabriels letzten, ihr wortlos zugeworfenen Blick vertreiben musste. Es wollte ihr nicht gelingen und letztendlich erhob sie sich seufzend und nahm eines der Laptops und ihr Mobiltelefon aus der Tasche und ging zum Strand.

Die Stunden, in denen Gabriel versuchte, in Ophelias Notizen zwischen den Zeilen zu lesen, waren wie im Fluge vergangen und es dämmerte bereits, als er bemerkte, dass jemand auf dem Fußweg vom Herrenhaus herüber auf ihn zukam. Er sah hoch! Es war Ernest, der sich auf den Weg zum Gärtnerhäuschen gemacht hatte. Seufzend legte er die Blätter zur Seite und blickte ihm entgegen. Er wusste, warum der Butler gekommen war und eigentlich stand ihm nicht der Sinn danach. Am liebsten hätte er ihn zurückgeschickt. Unter dem Arm trug er einen Korb, in dem, wie Gabriel vermutete, sich die Reste des Abendessens befanden, die Ernest ihnen mit Sicherheit zusammen mit einer Flasche Wein brachte. »Sie verderben sich die Augen, Master Gabriel!«, sagte Ernest, als er an der Terrasse angekommen war. »Ich wollte ohnehin gerade Schluss machen!«, erwiderte Gabriel und erhob sich umständlich, da ihm die Glieder von dem langen Sitzen schmerzten. »Ich habe Ihnen ein paar Kleinigkeiten mitgebracht! Ophelia kann sich darum kümmern, bis ich ihre Wunde versorgt habe!« Gabriel schüttelte den Kopf, drehte sich um und ging ohne einen Kommentar in die Küche. Ernest runzelte die Stirn und folgte ihm. »Master Gabriel?«, fragte Ernest verwirrt. »Was ist hier los?« Gabriel machte Licht, sah Ernest an, der erschrak, wie blass und mitgenommen er aussah. »Sie ist abgereist, Ernest!« Erstaunt sah Ernest ihn an, doch er spürte sogleich, dass er Master Gabriel sämtliche Informationen einzeln aus der Nase ziehen musste. Er schien nicht gewillt zu sein, freiwillig zu reden. Ernest stellte schweigend den Korb ab, nahm die Flasche Wein heraus und entkorkte sie, doch Gabriel stand nicht der Sinn danach. Er griff stattdessen in den Schrank neben dem Kühlschrank und holte die Whiskyflasche und zwei Gläser heraus. Noch immer schweigend, goss er ihnen ein, nahm sein Glas und trank es in einem Zug leer. Er sah Ernest nicht an, der entsetzt bemerkte, dass Gabriels Hand stark zitterte, während er sich nachschenkte! Er zog aber, als er das zweite Glas bereitgestellt hatte, sein Shirt aus und sagte dann endlich: »Tun Sie, weshalb Sie gekommen sind, Ernest! Aber nehmen Sie es mir dann bitte nicht übel, wenn ich Sie unverzüglich zurückschicke!« Ernest sah ihn besorgt an und erwiderte: »In Ordnung, Master Gabriel! Ich werde tun, was Sie verlangen, obwohl drüben alle versorgt und mit ausreichend geistigen Getränken ausgestattet sind!« Gabriel ahnte, dass sich der gute Geist des Hauses Belmont nicht so einfach würde abwimmeln lassen, dennoch wollte er nicht mit ihm sprechen. Im Augenblick war er sich nicht klar darüber, ob es wirklich klug gewesen war, Ophelia gehen zu lassen. Und er wusste auch, dass, sollte er Ernest die genaueren Umstände ihrer Abreise erzählen, dieser ihn mit Vorhaltungen überhäufen würde. Er konnte es ihm nicht einmal verdenken! Ruhig und ganz vorsichtig entfernte er das Pflaster, besah sich die Wunde, die gut heilte und versorgte sie wieder. »Ich denke, in ein paar Tagen ist es überstanden und ich kann die Fäden entfernen, Master Gabriel! Sie sollten aber noch ein wenig vorsichtig sein. Keine wilden Prügeleien, haben Sie verstanden!« Gabriel nickte stumm. »Verdammt, Ernest!«, keuchte Gabriel plötzlich, als er sein Shirt wieder überzog. »Sehen Sie mich nicht so an! Sie ist weg! Nathan hat sie, mehr oder weniger, gefeuert! Ophelia hat daraufhin sofort ihre Sachen gepackt und ist verschwunden!« »Und Sie haben Ophelia nicht aufgehalten!«, stellte Ernest nüchtern fest. Gabriel sah ihn an und konterte gereizt: »Warum auch! Sie hat, im Gegensatz zu mir, rechtzeitig die Reißleine gezogen, Ernest! Ich kann es ihr nicht einmal verübeln!« »Sind Sie da so sicher?«, fragte der Butler schief grinsend. Gabriel gab einen unwilligen Laut von sich. »Was genau meinen Sie damit? Dass ich Nathan nicht schon vor Tagen einen gewaltigen Tritt in den Hintern verpasst habe?« »Nein, das nicht, Master Gabriel! Obwohl ich Ihnen von Herzen beipflichte! Das hätten Sie in der Tat tun sollen, wenn ich das alles richtig verstehe! Aber Sie nehmen es Ophelia übel, dass Sie gegangen ist, Master Gabriel! Sie brauchen es nicht zu leugnen! Es steht Ihnen deutlich ins Gesicht geschrieben!«, erwiderte Ernest ruhig, ihn streng musternd. Gabriel stöhnte, nickte nur, um sofort darauf den Kopf zu schütteln. »Herrgott, ich weiß es nicht!« Dann fasste er nach seinem Glas, nahm aber im Gegensatz zu vorhin nur einen Schluck! Versonnen, das Glas zwischen seinen Fingern drehend, meinte er: »Ich habe mich aufgeführt, wie ein Idiot und sie zutiefst verärgert, Ernest! Und nun bin ich mir nicht einmal mehr sicher, ob es nun wegen mir oder Nathan war, dass sie packte und ging!« Ernest musterte ihn stumm. »Jetzt sitze ich hier, versuche die Dinge, die sie herausgefunden hat, in das richtige Verhältnis zu bringen und scheitere seit Stunden kläglich!« »Warum rufen Sie Ophelia nicht einfach an und bitten um Hilfe!«, fragte Ernest vorsichtig sachte. »Weil sie mir deutlich zu verstehen gegeben hat«, konterte Gabriel resigniert, »dass ich eigentlich auch meine Finger von der Sache lassen sollte, um mich nicht in die gleichen Schwierigkeiten hineinzumanövrieren, in denen Nathan bereits bis zum Hals steckt! Darum Ernest, kann ich sie nicht anrufen!« »So schlimm?« »So schlimm!«, stöhnte Gabriel ehrlich. »Die Geschichte hat eine Dimension angenommen, die weit über das hinausgeht, was wir auch nur ahnten. Und dieser Idiot hat Ophelia zum Teufel geschickt, ohne zu wissen, was er damit anrichtet!« Gabriel massierte seine Stirn. Er hatte rasende Kopfschmerzen und der Alkohol tat sein Übriges dazu. Trotzdem trank er den Rest des Glases aus und stellte es lautstark zurück auf die Anrichte. »Und nun?«, fragte Ernest, ernsthaft besorgt über Master Gabriels Zustand, in dem der sich befand. Gabriel sah ihn an, hob die Schultern. »Nun werde ich Sie bitten, mir ein Schlafmittel zu geben. Auch, wenn ich es nicht gerne zugebe, aber ich brauche dringend ein paar Stunden Schlaf! Die Narben brennen unerträglich und mein Kopf droht jeden Augenblick zu zerspringen! Und morgen werde ich weiter versuchen, ein wenig Klarheit in die Dinge zu bringen!« Ernest sah Gabriels flehentlichen Blick ernst erwidernd an: »Wollen Sie das wirklich, Master Gabriel? Ich meine, denken Sie nicht, dass ein Anruf bei Ophelia genügen würde, um alles wieder ins Lot zu bringen?« »Zum letzten Mal, Ernest!«, sagte Gabriel leise, mit bedrohlichem Unterton in der Stimme. »Auch wenn ich es war, der sich wie ein Idiot benommen hat, was ich unumwunden zugebe, werde ich sie nicht anrufen! Ophelias Anweisungen waren in dieser Hinsicht unumstößlich! Ich darf es einfach nicht! Will ich sie nicht ernsthaft in Gefahr bringen, Ernest! Daran gibt es leider nichts zu rütteln!« Der Butler nickte nur. Erschrocken, denn Gabriel wurde ihm gegenüber niemals ärgerlich. Selbst zu jener Zeit, als er ihm zu seinen Schmerzen noch mehr davon zufügen musste, um ihm zu helfen, hatte Master Gabriels Stimme niemals einen derart bedrohlichen Ton angenommen. »Essen Sie ein paar Bissen, während ich alles vorbereite!«, sagte er dann versöhnlich. »Dann verschaffe ich Ihnen ein paar Stunden Schlaf!« Erleichtert nickte Gabriel und ließ sich von Ernest ein wenig zu essen richten. Als er fertig war, ging er nach oben, duschte sich, bis Ernest die Küche aufräumte und als dieser endlich nach oben kam, hatte er eine Spritze dabei. Gabriel stöhnte leise, als er ihrer ansichtig wurde. Noch einmal sah Ernest ihn fragend an, doch Gabriel nickte. Ernest spürte deutlich, dass es ihm eigentlich zutiefst zuwider war. Er vermutete, dass Master Gabriel wirklich schlimme Schmerzen haben musste, wenn er ihn explizit darum bat, ihm ein Schmerzmittel zu verabreichen. Selbst, wenn er immer wieder beteuerte, dass es ihm gutging, erkannte Ernest nur allzu oft in seinem Gesicht, dass er noch immer mit den Folgen des Anschlags zu kämpfen hatte. Körperlich ebenso, wie physisch! Ernest wusste, dass es ihn mehr Kraft kostete, als er in Ophelia erkannte, wer ihm damals bei seinem vermeintlichen Tod beistand, als er sich jemals eingestehen wollte. Er setzte die Spritze und wünschte Gabriel eine gute Nacht, in der Hoffnung, sein Schützling würde sie auch wirklich haben. »Ernest!«, hörte er Gabriel schläfrig nach ihm rufen, als er bereits an der Tür war. »Rufen Sie Ophelia nicht an! Bitte!« Ernest lächelte ihn an und schüttelte kommentarlos den Kopf.

Als er am nächsten Tag erwachte, waren die Schmerzen weg und er fühlte sich, zumindest einigermaßen, erholt. Erleichtert drehte er sich im Bett herum und stand auf. Gabriel zog sich an und ging nach unten. »Was machen Sie denn hier?«, fragte er ehrlich erstaunt, als er Ernest in der Küche hantieren sah. »Haben Sie etwa die Nacht hier verbracht? Lachend schüttelte der Butler den Kopf. »Nein, Master Gabriel! Aber ich habe mich, nachdem ich Master Nathan das Frühstück gerichtet habe, gleich auf den Weg hierher gemacht!« Er sah ihn an und meinte plötzlich wieder ernst: »Ich habe mir Sorgen um Sie gemacht und wollte nur nach Ihnen sehen. Aber wie es aussieht, hat Ihnen der Schlaf gutgetan!« »Ja, das hat er, Ernest!«, erwiderte Gabriel. »Die Schmerzen halten sich momentan in Grenzen!« Er setzte sich an den Tisch. Dort lag ein Kuvert mit seinem Namen darauf. Er schob es von sich weg. »Ich nehme an, das ist eine Einladung zu der Ausstellung oben auf der Burg!« »Ja! Master Nathan gab sie mir mit und meinte, dass er auf Ihre Anwesenheit heute Abend beim offiziellen Empfang besteht! Sie sollen es ja nicht wagen, sich zu entschuldigen, drohte er noch, als er sie mir in die Hand drückte!« »So ein Unsinn!«, gab Gabriel zurück. »Als ob er ausgerechnet mich dabeihaben wollte, wenn er dort Hof hält! Ich denke vielmehr, das schlechte Gewissen plagt ihn!« Er nahm Ernest den Kaffee ab, als er ihm die Tasse vor die Nase hielt. »Werden Sie hingehen?«, fragte Ernest. »Ich fragte mich nur, ob ich Ihren Anzug aufbügeln sollte!« Gabriel erwiderte seinen Blick, zog eine Augenbraue hoch und meinte lakonisch: »Ich denke, Sie werden den ganzen Tag noch genug andere Dinge zu tun haben, als sich um meinen Anzug zu kümmern!« »Also nicht!«, meinte Ernest lachend. »Aber verraten Sie mich nicht!«, bat Gabriel. »Er soll keine Gelegenheit haben, hier aufzukreuzen, um mich vom Gegenteil zu überzeugen!« »Verstanden, Master Gabriel!«, antwortete Ernest grinsend. »Ich bitte Sie aber dennoch, sich ein wenig zu schonen und nicht wieder den ganzen Tag über den Papieren von Ophelia zu grübeln!« »Schön wäre es!«, seufzte Gabriel. »Aber ich fürchte, es wird mir nichts anderes übrigbleiben! Aber ich versprechen Ihnen, es heute ein wenig ruhiger angehen zu lassen!« Dann lächelte er Ernest an und schob noch nach: »Vielleicht überlege ich es mir doch noch und rufe sie an! Das ist es doch, was sie eigentlich sagen wollten oder nicht!« »Ertappt, Master Gabriel!«, grinste Ernest über beide Ohren. »Und sollte dies wirklich der Fall sein, grüßen Sie Ophelia bitte recht herzlich von mir!« Gabriel nickte und sah dem Butler, der sich wieder auf den Weg zurück ins Herrenhaus machte, nachdenklich nach. »Mach ich Ernest! Mach ich! Versprochen!« Er ging mit einer weiteren Tasse Kaffee hinüber in die Bibliothek und fuhr den Rechner hoch, um seine E-Mails durchzusehen. Vielleicht hatte er ja dort mehr Glück auf seiner Suche.

Der Vormittag ging langsam in den Mittag über und Gabriel wollte gerade in die Küche gehen, auf der Suche nach etwas Essbarem, als es an der Tür klopfte. Neugierig, wer sich wohl hierher verirrte, öffnete er sie und war überrascht, einen alten Woody vor der Tür stehend zu erblicken. Pastellfarben lackiert, und über und über mit bunten Blumen bemalt. Vor ihm stand eine Frau in ebenso farbenprächtigen Kleidern, die wirren, langen blonden Haare mit einem gelben Haarband gebändigt. Sie trug ein großes, braunes Kuvert in der Hand und lächelte ihn an. »Sie sind bestimmt Gabriel? Ophelia hat mir viel von Ihnen erzählt!« Im ersten Moment sah Gabriel sie nur an. Zugegebenermaßen ein wenig irritiert. »Ja, der bin ich! Wie kann ich Ihnen helfen!« Die Frau lachte, sah an ihm vorbei nach drinnen und rief in das Haus: »Ophelia nun komm endlich raus! Ich bin, wie gewünscht, da und möchte einen Kaffee!« Amüsiert trat Gabriel zur Seite, bat sie hinein und meinte grinsend: »Einen Kaffee kann auch ich Ihnen organisieren! Aber Ophelia ist nicht mehr hier! Sie ist gestern abgereist!« Dann sah er sie an, mit einem Mal ernst, und fragte vorsichtig: »Melisande, nicht wahr? Ophelia sprach oft von Ihnen!« Melisande wandte sich ihm zu und ihr Gesichtsausdruck ließ Gabriel stutzig werden. »Wie, sie ist abgereist? Schon gestern?«, fragte Melisande und sah ihn ungläubig an. Gabriel nickte nur, schob sie sachte in die Küche, wo sie das Kuvert auf den Tisch legte und sich Ophelia suchend umsah. »Sie ist gestern am frühen Nachmittag zum Bahnhof! Mit dem Taxi! Ich war der festen Meinung, dass sie zurück nach Coventry wollte!«, erklärte er, während er ihr Kaffee machte. »Das ist doch Blödsinn!«, echauffierte sich Ophelias Freundin. »Sie rief mich gestern Nachmittag an und bat mich, ich solle etwas aus ihrem Büro in

Coventry holen und hierherkommen. Sie meinte noch, ich könnte gerne über Nacht hierbleiben und wir würden abends zusammen schön essen gehen! Vielleicht sogar zusammen mit Ihnen, sofern es Ihre Zeit erlauben würde!« Gabriel musterte sie nachdenklich und schüttelte den Kopf. »Das ist aber seltsam, finden Sie nicht?« »Jedenfalls ist es normalerweise nicht ihre Art, mich anzulügen!«, antwortete Melisande, seinen Blick fest erwidernd. Gabriel sagte nichts darauf, denn er glaubte kaum, dass Ophelia sie wirklich anlügen würde! Ihr aber wahrscheinlich auch nicht alles erzählen! So, wie sie den Satz formulierte, ließ ihn vermuten, dass Ophelia ihr nicht erzählt hatte, wer genau er war. »Ophelia bat Sie, ihr etwas zu bringen?«, fragte er mit einem Mal. Melisande nickte, trotzig und deutete auf das Kuvert. »Ja, das hat sie!« Gabriel trat an den Tisch, sah das Kuvert an und nahm es an sich. »Hören Sie!«, dabei zupfte Melisande es wieder aus seinen Händen. »Ich glaube nicht, dass es in Ordnung ist, wenn Sie es einfach öffnen!« Gabriel nahm es ihr sachte aus der Hand. »Doch, das ist in Ordnung! Glauben Sie mir!« Der Blick, den er ihr dabei zuwarf, ließ Melisande erschaudern. »Aber ich nehme ihren Protest zur Kenntnis, Melisande!«, meinte er ruhig, während er es aufriss. Es war nur ein einzelnes Blatt darin. Gabriel zog es heraus und begann zu lesen. Melisande bemerkte, wie er blass wurde und noch ehe er es ganz zu Ende gelesen hatte, blickte er sich suchend um. Als er sein Mobiltelefon in der Nähe des Kühlschranks liegen sah, ging er weiterlesend hinüber. Gabriel wählte Ophelias Nummer, doch ihr Telefon war, wie er fast befürchtete, ausgeschaltet. »Verdammt, Ophelia!«, stöhnte er. »Wo steckst du?« Er blickte zu Melisande hinüber, die wie ein begossener Pudel am Tisch stand und ihn ungläubig ansah. »In der Bibliothek ist ein Telefon! Versuchen Sie es in ihrem Büro! Vielleicht ist sie in der Zwischenzeit zurück in Coventry! Und bei ihr zu Hause!« Melisande schüttelte stur den Kopf. »Wir sollten einfach auf sie warten, finden Sie nicht?« Gabriel schloss kurz die Augen und versuchte, seine Stimme so ruhig, wie nur möglich klingen zu lassen. »Sie ist weg, Melisande! Und nun machen Sie endlich!« Aufgeschreckt, nickte sie und ging in die Richtung, die Gabriel ihr zeigte. Erneut wählte er die Nummer, doch sie hatte sogar die Mailbox deaktiviert. »Scheiße!«, murmelte Gab-

riel. »Verdammt, Ophelia, was für ein Spiel spielen wir hier!«
Anscheinend hatte Melisande es mehrmals bei den Anschlüssen
Ophelias versucht, denn sie kam erst nach einer kleine Weile
zurück. Vollkommen aufgelöst und sichtlich verwirrt. »Was ist
hier los, Gabriel!«, fragte sie verschüchtert. »Wo ist Ophelia! Ich
kann sie unter keiner ihrer Nummern erreichen!« »Ich habe im
Moment keinen blassen Schimmer!«, erwiderte er ehrlich,
wählte dann aber Ernests Nummer, in der Hoffnung, dass dieser
sich nicht an seine gestrige Bitte gehalten habe. Doch der Butler
hatte sich ihm, sehr zu Gabriels Bedauern, nicht widersetzt, und
auch er wusste nichts über Ophelias Verbleib. Die tiefe Besorgnis
in Ernests Stimme machten Gabriels Sorgen auch nicht besser.
»Sie können Sie doch bestimmt orten, oder?«, fragte Melisande
plötzlich. »Ich meine, Sie sind doch Polizist! Sie müssen so etwas
können!« »Sie hat ihr Telefon ausgeschaltet!«, konterte er schärfer, als beabsichtigt. Er sah sie entschuldigend an, hob beschwichtigend die Hand und wählte die Nummer des Reviers in
Cardiff. Ihm war etwas eingefallen und mit ein wenig Glück
würden sie Ophelia auf diese Weise vielleicht doch finden. »Sergeant Travis, schön Sie zu hören!«, sagte er, darüber erleichtert,
dass ausgerechnet Travis Dienst hatte. »Chief Inspector Cavendish! Ich brauche Ihre Hilfe. Und es ist dringend! Wenn auch
nicht ganz offiziell!« Einen Augenblick lang war es still in der
Leitung und Melisande nahm an, dass der Sergeant sich einen
ruhigen Ort zum Telefonieren suchte. Dann sprach Gabriel wieder und erklärte dem Sergeant, was er von ihm wollte. Gabriel
war eingefallen, dass, sollte Ophelia ihre Standortkennung nicht
deaktiviert haben, noch eine geringe Chance bestand, sie zu orten. Als er geendet hatte, wählte er erneut. Er grüßte die andere
Person am Telefon und meinte: »Sie hatten gestern Nachmittag
eine Fahrt von Harlech House weg zum Bahnhof, nicht wahr!
Wäre es vielleicht möglich, den Fahrer kurz zu sprechen?« Die
Stimme am anderen Telefon klang ein wenig empört, als Gabriel
seine Bitte vorbrachte und er verdrehte die Augen. »Hören Sie!
Ich will ja nur wissen, wo der Fahrer sie abgesetzt hat!«, sagte er
streng. »Und Sie würden mir einen sehr großen Gefallen tun,
wenn ich diese Anfrage nicht erst auf offiziellem Dienstweg machen müsste! Es eilt ein wenig!« Dann nannte er ihr seinen Na-

men und Dienstrang, mit der Bitte um baldigen Rückruf. Er legte das Telefon zur Seite, nahm noch einmal das Blatt zur Hand und rief nochmals Ernest an. »Ist Nathan noch im Haus, Ernest?«, fragte er grübelnd, als der Butler sich meldete. »In Ordnung!«, seufzte er dann. »Und er ist den ganzen Tag oben auf der Burg, sagen Sie?« Er legte alles zurück auf den Tisch und ging, ungeachtet Melisandes Anwesenheit, nach draußen auf die Terrasse. Sie folgte ihm, obwohl er sich gerade nichts sehnlicher wünschte, als allein zu sein. Aber er spürte deutlich die Besorgnis von Ophelias Freundin. Und, dass sie Antworten von ihm wollte, die er ihr nicht geben konnte. Noch ehe Gabriel sie bitten konnte, ihn wenigstens einen Moment alleine und in Ruhe zu lassen, klingelte sein Telefon. Er nahm ab und es war Sergeant Travis, der sofort begann, Bericht zu erstatten. Melisande sah, wie er immer wieder nickte, sich dann zu ihr umwandte und den Sergeant unterbrach: »Hat Ophelia Sie so gegen vier Uhr angerufen?« Sie nickte und sah ihn fragend an, doch Gabriel winkte ab und hörte dem Sergeant weiter zu. »Das kommt zeitlich hin, Sergeant! Ich habe die Bestätigung der Person, deren Nummer sie in Coventry angerufen hat! Und Sie sind sich wirklich sicher, dass es aus Harlech war?« Wieder horchte er und bedankte sich bei Sergeant Travis, als dieser endete. In sich gekehrt, legte er auf und sagte zu Melisande gewandt: »Ophelia hat Ihre Nummer als letzte gewählt, ehe sie ihr Mobiltelefon ausgeschaltet hat! Und zwar gründlich! Seit diesem Moment gibt es kein Signal mehr von ihrem Telefon!« »Aber sie rief von Harlech aus an!«, meinte er, mehr zu sich selbst als zu Melisande. »Das kann aber zeitlich eigentlich nicht passen! Es sei denn ...?« Er sprach nicht weiter, denn er sah Ernest den Fußweg entlang hetzen. Wie es aussah, vollkommen aufgelöst. Als er bei Gabriel angekommen war, keuchte er außer Atem. »Master Gabriel! Was ist denn los?« Gabriel hob die Schultern und antwortete: »Ich habe beim besten Willen keine Ahnung, Ernest!« Er zog den Butler etwas zur Seite und erzählte ihm, was seit seinem Fortgang geschehen war. Ernest dachte nach und als Gabriel endete meinte er: »Was, wenn Sie nicht nach Hause gefahren ist, Master Gabriel?« »Verflucht, ich weiß es nicht!«, stöhnte Gabriel. Melisande war näher an die beiden herangetreten und fragte verängstigt: »Ob ihr etwas zugestoßen ist?« Gabriel schüttelte beruhigend den Kopf. »Nein, das glaube ich nicht! Aber irgendetwas hat sie veranlasst, mir das Kuvert zukommen zu lassen! So schnell als möglich! Obwohl ich beinahe annehme, dass Ophelia dies ohnehin vorhatte. Aber wahrscheinlich selbst und von Coventry aus!« Erneut klingelte das Telefon und er hatte James Jenkins in der Leitung! Den Besitzer des Taxiunternehmens, den er am Vortag anrief und der Ophelia persönlich fuhr. Vorsichtig fragte Gabriel, ob er sie zum Bahnhof brachte, woraufhin Jenkins nur meinte, dass dies wohl das eigentliche Ziel der jungen Dame gewesen war, sie es sich dort jedoch anders überlegte und um einen Tipp bat, wo sie übernachten konnte. Gabriel keuchte auf und versuchte ruhig zu bleiben, als er ihn bat, ihm zu sagen, wohin er sie danach gebracht hatte. Jenkins nannte ihm die Adresse und Gabriel wollte eigentlich auflegen, als er plötzlich noch hörte: »DCI Cavendish? Vor etwa einer Stunde rief jemand vom Pub an und bestellte ein Taxi! Ich selbst war unterwegs und ein Kollege hat die Fahrt übernommen. Soll ich nachfragen, ob es sich bei seinem Fahrgast um die gesuchte Person handelt?« Gabriel musste schmunzeln, verneinte aber. Zumindest vorerst! »Sollte ich Ihre Hilfe doch noch brauchen, melde ich mich bei Ihnen! Vorerst Danke ich Ihnen vielmals, Mr. Jenkins!« Gabriel legte endgültig auf, wandte sich zu Ernest und meinte: »Sie nehmen Melisande mit hinüber ins Herrenhaus! Ich denke, Sie wird sicherlich einen Kaffee vertragen!« Sie protestierte lautstark! Melisande ahnte, dass Gabriel anscheinend eine Ahnung hatte, wo Ophelia steckte und wollte mitkommen. Aber Gabriel bestand darauf, dass sie mit Ernest ging und seine Stimme ließ keinen Widerstand zu, als er ihr dies sagte. Er wollte sie nicht dabeihaben. Auch, wenn er ihre Besorgnis nachvollziehen konnte! Vor allem aber wollte er es ihr nicht direkt ins Gesicht sagen. Doch Ernest verstand, was genau er meinte, bohrte auch nicht weiter nach und ließ Melisande bei sich unterhaken, um sie nach Harlech House zu bringen. Gabriel drehte sich um und ging nach drinnen. Das letzte, was er noch hörte, war Melisande, wie sie Ernest leise fragte: »Habe ich das richtig gehört, Master Gabriel! Das müssen Sie mir genauer erklären!« Gabriel grinste. Ophelia hatte dichtgehalten und ihn nicht verraten. Er griff im Flur nach dem Autoschlüssel für den Wagen, den Nathan eigentlich für Ophelia dort deponiert hatte und ging zur Tür hinaus. Es schien, als ob sie die Nacht tatsächlich im ShipGrave Inn verbrachte. Doch die spannende Frage war nur, warum. Warum war sie nicht, wie wohl ursprünglich von ihr geplant, nach Coventry zurückgefahren? Jenkins hatte erwähnt, dass sie es sich tatsächlich erst am Bahnhof in Barthmouth anders überlegt hatte. Aber er konnte nicht sagen, weshalb. Oder was ausgerechnet dort passiert war, das ihren Sinneswandel hervorrief. Er beteuerte gegenüber Gabriel, dass ihm persönlich nichts aufgefallen wäre, was diesen Entschluss bewirkt haben könnte. Gabriel dachte nach, während er den Weg zur Auffahrt hinunterfuhr, doch auch ihm fiel dazu nichts Passendes ein. Selbst das Dokument im Kuvert, das zwar darüber Aufschluss gab, was Ophelia ihm und Nathan verschwiegen hatte, hielt nicht als Argument her. Es hätte gereicht, wenn sie es ihm am Montag geschickt hätte. Weshalb also hatte sie ihre Freundin geschickt? Anscheinend, bereits mit dem Wissen, dass sie doch bleiben würde. Gabriel schüttelte den Kopf. Gabriel konnte es drehen und wenden, wie er wollte, er wurde einfach nicht schlau aus Ophelias Verhalten.

Als er nach einer halben Stunde vor dem ShipGrave Inn stand, war er immer noch nicht weitergekommen und ging kurz entschlossen hinein, obwohl er wusste, dass Ophelia nicht mehr da war. Die Besitzer konnten sich an Ophelia erinnern! Sie hatte auch am Abend in dem Pub gegessen, dessen Küche einen guten Ruf genoss, wie Gabriel wusste, denn er war selbst schon einige Male dort gewesen. Sie war danach noch einige Zeit sitzen geblieben, als die Live-Musik begann und begab sich dann auf ihr Zimmer. Erst heute Mittag bat sie um ein Taxi! Als Gabriel fragte, ob sie wüssten, wohin sie eventuell gebracht werden wollte, verneinten sie. »Aber es fuhr in Richtung Harlech! Nicht zum Bahnhof!«, sagte die Besitzerin lächelnd. »Ich sah es zufällig, da sich draußen Gäste setzten, als das Taxi losfuhr und ich die Bestellung aufnahm!« Gabriel dankte ihr, ging wieder nach draußen und setzte sich nachdenklich auf die Steinmauer, welche die schmale Küstenstraße vom Strand trennte. Es half nichts. Er nahm sein Telefon und rief nochmals bei Mr. Jenkins an. Diesmal direkt ihn selbst und er versprach ihm, sich sofort zu erkundigen, um ihn dann zurückzurufen. Während er wartete, lauschte er dem Rauschen des Meeres. Es war Flut und das Wasser drängte mit aller Macht zurück an das Ufer. Er versuchte ruhig zu bleiben, doch es gelang ihm nur bedingt und er verfluchte sich dafür, am Vortag nicht selbst reagiert zu haben. Wenn er sie gefahren hätte, wäre das alles vielleicht gar nicht erst passiert! Oder er hätte zumindest mitbekommen, was genau geschehen war. Nach wie vor glaubte er, dass Ophelia etwas gehört oder gesehen hatte, was sie dazu bewog, zu bleiben. Er wollte sich gerade in den Wagen setzen, als das Telefon klingelte. »Sie werden es nicht glauben, DCI Cavendish!«, sagte Jenkins ein wenig atemlos. »Sie ließ sich nur nach Harlech bringen! Und Sie bat den Fahrer, sie an einem Bed and Breakfast abzusetzen, das sich, wenn möglich, in der Stadtmitte befindet!« »Ernsthaft?«, hakte Gabriel irritiert nach. Jenkins bestätigte es Gabriel und nannte ihm die Adresse. Erneut dankte Gabriel ihm und sah das Telefon lange an, ehe er es wieder einsteckte. Er ging zum Wagen und fuhr zu der Adresse, aber sie war nicht da. Ophelia hatte tatsächlich für eine Nacht gebucht, aber nur ihr Gepäck nach oben gebracht und war seitdem nicht mehr gesehen worden! Als Gabriel wieder im Wagen saß, stöhnte er leise und bemerkte bei einem Blick auf die Uhr, dass es nicht mehr lange dauern würde, ehe die Festlichkeiten auf der Burg begannen. Er startete den Wagen, wendete und fuhr zurück zum Gärtnerhäuschen. Er musste mit Nathan reden! Wenn möglich unter vier Augen! Das war jedoch im Augenblick nur dann zu bewerkstelligen, wenn er auf diese Ausstellungseröffnung ging. Er rief Ernest an. »Sind Sie schon auf der Burg?«, fragte er knapp. Der Butler stöhnte: »Nein, Master Gabriel! Aber ich muss bald los und ich werde die Dame, die Sie mir freundlicherweise überlassen haben, ins Gärtnerhäuschen bringen!« »Nein, Ernest!«, sagte Gabriel. »Nehmen Sie Melisande mit!« »Warum das denn?«, wollte Ernest erstaunt wissen. »Zum einen ist Sie dann aufgeräumt!«, erwiderte Gabriel ein wenig amüsiert. »Und zum anderen habe ich keine Zeit, mich um Sie zu kümmern! Ich muss mit Nathan reden! Dringend! Allein das wird schon schwierig!« Dann fiel ihm noch etwas ein und er fragte: »Sind Sie gerade alleine?« Ernest bejahte, denn er hatte Melisande mit Kaffee und Kuchen auf die Terrasse hinauskomplimentiert. Gabriel erzählte ihm, was er erfahren hat und meinte: »Ich denke fast, sie wird, warum auch immer, auf der Burg auftauchen, Ernest! Ich kann mir nach wie vor keinen Reim auf die ganze Sache machen, aber irgendetwas sagt mir, dass es so sein wird!« Es war kurz still in der Leitung. »Also gut, Master Gabriel!«, seufzte er. »Ich mache mich auf den Weg und Sie nehmen sich den Anzug, der in ihrem Schrank hängt! Nicht den im Bad! Der ist wenigstens halbwegs ordentlich gebügelt! Verstanden?« Gabriel musste lachen. »Sehr wohl, Ernest! Und nun sehen Sie zu, dass Sie Land gewinnen, ehe Nathan beginnt, Sie zu vermissen!« Der Butler legte kopfschüttelnd auf und machte sich daran, Melisande einzusammeln, um zur Burg hinaufzufahren!

Gabriel fuhr ein wenig schneller, als eigentlich erlaubt, zurück zum Gärtnerhäuschen und zog sich um. Als er den Anzug im Bad sah, musste er grinsen, nahm aber tatsächlich, um Ernest nicht zu enttäuschen, den aus dem Schrank, der zumindest halbwegs ordentlich aussah. Er hasste es in Anzug und Krawatte erscheinen zu müssen, verwendete aber große Sorgfalt darauf, sie anständig zu binden. Er wollte nicht auffallen oder bei Nathan den Eindruck erwecken, dass etwas nicht in Ordnung wäre. Nachdem er fertig war, kontrollierte er sein Äußeres ein letztes Mal im Spiegel und ging nach unten, um sich auf den Weg zur Burg zu machen. Wäre ihm jemand begegnet, hätte derjenige nicht erkannt, dass seine Nerven zum Zerreißen angespannt waren und er sich nur mühsam beherrschen konnte, den Wagen ruhig und mit normalen Tempo in Richtung Burg hoch zu bewegen. Man ließ die Besucher bereits weiter unten auf der Rasenfläche der ehemaligen Esplanade parken! Er war froh, noch rechtzeitig daran gedacht zu haben, die Einladung einzustecken. Denn die Parkwächter kontrollierten streng, wem sie Zutritt auf den Fußweg zur Burg gewährten. Gabriel nahm an, dass Nathan, wie immer darauf bedacht, die richtigen Leute einzuladen, bei der Auswahl der Gäste akribisch vorgegangen war. Er wollte den Künstlern eine reelle Chance geben, sich auch den Klientelen vorzustellen, die ihnen auch wirklich etwas einbrachten. Gabriel hatte zwar schon des Öfteren erlebt, dass dies ihm nicht immer zur Gänze gelang, doch meistens waren nach Ende der Ausstellung alle Beteiligten zufrieden mit dem erzielten Ergebnis. Ernest würde, wie er von ihm selbst wusste, sich persönlich um die betuchteren Gäste kümmern! Den Rest erledigte eine Catering-Firma, mit der Nathan schon viele Jahre zusammenarbeitete. Mit ein wenig Glück würde es ihm in absehbarer Zeit gelingen, Nathan allein zu erwischen. Auch oben am Eingang kontrollierte man nochmals die Einladung und er fragte sich, sollte Ophelia wirklich vorhaben, hier aufzutauchen, wie sie in das Innere des Castle kommen wollte. Drinnen angekommen, mischte er sich erst einmal unter die Gäste, kam jedoch nicht dazu, sich unauffällig umzusehen, denn Melisande hatte ihn erspäht und kam mit zwei gut gefüllten Champagnergläsern lächelnd und mit wehenden Gewändern auf ihn zu. Gabriel seufzte innerlich auf, grinste jedoch. Er würde sicherlich eine Gelegenheit finden, sie jemandem vorzustellen, der sich um sie kümmerte, da war er sich sicher.

Kapitel 7

Ophelia erreichte die Esplanade nach einem ausgedehnten Spaziergang, den sie am frühen Nachmittag am Strand begonnen hatte. Sie wollte auf keinen Fall die Aufmerksamkeit der Touristen erregen, die in Harlech Urlaub machten und mischte sich, zumindest den Nachmittag lang, unter sie. Als Ophelia bemerkte, dass sich die ersten Gäste der Ausstellung auf den Weg nach oben zur Burg machten, beschloss sie spontan, ihnen auf dem Wanderweg, der ebenfalls nach oben führte, zu folgen. Sie wusste von Ernest, dass Lord Belmont Einladungen verschickt hatte und sie überlegte fieberhaft, wie sie es bewerkstelligen sollte, ohne eben einer solchen, in das Innere zu gelangen. Jedoch kam ihr, zumindest auf dem Reitplatz, der Zufall zu Hilfe, als es eine kleinere Kollision zweier Fahrzeuge gab! Die streitenden Fahrer beanspruchten deshalb die volle Aufmerksamkeit der Parkwächter. Ophelia schloss sich unbemerkt einer Gruppe Gäste an, die sich gerade auf den Weg nach oben machten und bereits kontrolliert worden waren. Ein älterer Herr verwickelte sie in ein Gespräch und sie ging sofort darauf ein. Für jemand Außenstehenden würde es so aussehen, als würde Ophelia dieser Gruppe angehören. Sie erkannte jedoch bald, dass man am Burgtor ein weiteres Mal kontrollierte und stöhnte lautlos. Sie ließ sich aber nicht beeindrucken und blieb im Gespräch mit dem Herrn. Die ganze Gruppe zeigte geschlossen ihre Einladungen her, Ophelia aber, unerkannt von dem Mann, der seinen Blick über die Einladungen schweifen ließ, ihre Quittung vom ShipGrave Inn. Die ebenfalls reich verziert und farbig bedruckt, auf die Entfernung hin kaum von Lord Belmonts Einladung zu unterscheiden war. Sie musste grinsen, als es ihr tatsächlich gelungen war, mit der gesamten Gruppe durch das Tor zu marschieren. Eine Weile unterhielt Ophelia sich noch mit dem Herrn, wünschte ihm einen vergnüglichen Abend und verabschiedete sich dann in die Anonymität der unzähligen Gäste.

Gabriel hatte nach einiger Zeit Glück und Melisande entdeckte einen jungen Mann, der seine Blumenarrangements präsentierte. Sofort waren die beiden am fachsimpeln und Gabriel stahl sich davon. Er nahm an, Melisande bemerkte es nicht einmal, dass er sich verdrückte. Suchend blickte er sich um, aber von Ophelia fehlte nach wie vor jede Spur. Allmählich begann er zu hoffen, er lag mit seiner Vermutung falsch. Obwohl irgendetwas, ihn veranlasste, zu befürchten, dass dem nicht so war. Die offiziellen Ansprachen, Danksagungen und Eröffnungsreden waren bereits vorbei und die Gäste schlenderten mehr oder weniger ziellos an den unzähligen Ständen der Künstler vorbei, um sich umzusehen. Gabriel mischte sich unter die Leute und irgendwann, endlich, entdeckte er Nathan! Am Eingang des erst vor einigen Jahren renovierten Pallas. Vertieft in ein Gespräch mit dem Bürgermeister der Nachbargemeinde, und Gabriel ging langsam auf ihn zu. Gabriel beschlich der Eindruck, dass es Nathan nicht ungelegen war, und er kam, sich bei dem Mann entschuldigend, auf Gabriel zu. »Schön, dass du es einrichten konntest, Gabriel!«, sagte er grinsend. »Ich wagte es kaum zu hoffen!« Gabriel zog ihn unsanft zur Seite und raunte: »Ich muss mit dir reden, Nathan! Sofort! Unter vier Augen! Es ist dringend!« Nathan blickte ihn erstaunt an, denn Gabriels Stimme verriet ihm, dass es wahrlich dringend war. In seinem Blick lag etwas, was Nathan augenblicklich dazu veranlasste, zurück zum Pallas zu gehen. Drinnen waren nicht mehr viele Gäste anwesend, da die meisten draußen im Burghof flanierten und Nathan strebte die Leute grüßend auf einen der Alkoven zu, die sich an der Stirnseite befanden. »Was ist los, Gabriel?«, fragte er, ohne zu zögern. Gabriel holte tief Luft und erzählte ihm kurz und knapp, was geschehen war. Als er geendet hatte, sah er Nathan grimmig an. »Was zur Hölle geht hier vor, Nathan?« Lord Belmont sah ihn an und sein noch immer beinah jugendliches Gesicht wirkte in diesem Moment um Jahre gealtert. Doch er erwiderte nichts. »Herrgott, Nathan!«, stöhnte Gabriel. »Ist dir bewusst, was du da angezettelt hast? Die Kopie von Ophelia ist eindeutig und wenn ich mich nicht täusche, steckst du nicht nur ernsthaft in Schwierigkeiten, sondern bist auch wirklich in Gefahr!« Lord Belmont schüttelte den Kopf und Gabriel wusste im ersten Moment nicht genau, warum. »Ich hätte niemals gedacht, dass es wirklich so weit kommen würde, Gabriel!«, versuchte er sich zu verteidigen, leise und fast ein wenig beschämt, wie Gabriel erstaunt feststellte. »Ich denke, diesmal war ich tatsächlich so naiv, wie du mir stets vorwirfst! Und nein! Ich hatte keine Ahnung, dass ich in Schwierigkeiten stecke!« Gabriel schloss die Augen und massierte angestrengt die Nasenwurzel. Dann sah er Nathan streng an. »Also gut! Diesmal nehme ich dir das sogar ab, mein Lieber! Ich hoffe, du bist dir bewusst, dass diesmal du derjenige sein wirst, der, was immer von nun an geschieht, das zu verantworten hast!« Nathan nickte, sich Gabriels Drohung bewusst machend. Dann fragte er leise: »Und was sollen wir jetzt deiner Meinung nach tun?« »Ophelia finden!«, antwortete Gabriel knapp. »Ich bin mir sicher, dass sie hier ist! Und ich bin mir auch sicher, dass noch weitere Mitspieler hier aufgeschlagen sind! Auch, wenn ich noch nicht genau weiß, wer und warum!« Gabriel sah sich kurz um, und sagte dann ruhig: »Misch dich wieder unter die Gäste! Tu so, wie immer, Nathan! Ich werde versuchen, sie zu finden! Ophelia ist der Schlüssel zu allem! Sonst hätte sie mir das Schreiben nicht zukommen lassen! Selbst, wenn sie eigentlich einen anderen Plan verfolgen wollte!« Nathan nickte. »Wenn ich Ernest sehe, werde ich ihm sagen, dass auch er Ausschau halten soll! Er kann sich besser zwischen den Gästen bewegen und sieht vielleicht mehr!« »Gute Idee!«, erwiderte Gabriel bereits im Umdrehen und machte sich auf den Weg wieder hinaus.

Ophelia drückte sich bereits einige Zeit im Schatten der unzähligen Bogengänge herum, als sie den Mann entdeckte, von dem sie eigentlich gehofft hatte, ausgerechnet ihn hier nicht anzutreffen. Ruhig und ohne Hast schlenderte sie auf ihn zu und erst auf den letzten Metern drehte er sich um und erkannte Ophelia augenblicklich. Das Erstaunen, sie dort zu sehen, stand ihm deutlich ins Gesicht geschrieben! Bevor er jedoch auf sie zuging, schickte er den jungen Mann, der neben ihm stand, weg. Was ihm zwar einen irritierten Blick einbrachte, doch er wollte ungestört mit ihr sein. Ophelia blieb im Schatten und trat erst hervor, als er direkt vor ihr stand. »Was zum Henker machst du hier, Ophelia?«, fragte er mit Mühe, den Missmut, den er empfand, unterdrückend. Sie lächelte ihn an: »Das Gleiche könnte ich dich fragen, Jared!« Der Mann, etwa in ihrem Alter, adrett in Anzug und Krawatte, stöhnte. Er sah sich kurz um und zog Ophelia zurück in den Schatten. Dann musterte er sie eingehend. Sie hatten sich einige Zeit schon nicht mehr gesehen und meinte, bewusst vom Thema ablenkend: »Gut siehst du aus!« Ophelia lachte leise, schüttelte den Kopf und erwiderte grinsend: »Bitte, Jared! Lass die Spielchen! Ich denke, das ist nicht nötig! Nicht nach all den Jahren, die wir uns schon kennen!« Eine Weile sah er sie nur stumm an. »Dennoch würde mich interessieren, was du hier machst!« »Was glaubst du wohl?«, konterte sie nachdenklich. »Ophelia, ich ...!«, dann stockte er mit einem Mal, sah sie eindeutig erschrocken an und stöhnte: »Sag jetzt bitte nicht, dass du die Philologin bist, die Lord Belmont engagiert hat! Himmel, Ophelia! Ich hatte keine Ahnung, dass ausgerechnet du den Auftrag angenommen hast, als Henley meinte, Lord Belmont hätte nun doch begonnen, seine Familiengeschichte aufzuarbeiten!« Sie lächelte ihn vielsagend an, was ihn neuerlich stöhnen ließ. »Ich dachte, Henley wollte die Person warnen?« »Hat er auch!«, erwiderte Ophelia gelassen. »Und er hat mir sehr deutlich zu verstehen gegeben, dass ich mich aus Lord Belmonts Dunstkreis zurückziehen soll!« »Und weshalb bist du dann noch hier?«, keuchte Jared verzweifelt. »Du beziehungsweise die Person, die Henley erwähnte, sollte schon vor Tagen abgereist sein! Verdammt, Ophelia!« Sie spürte deutlich, dass er ahnungslos war! Und dass es sich tatsächlich dabei um sie handelte. Sie hob die Schultern. »Um ein Haar wäre dies auch so gekommen, Jared! Wenn auch mit ein paar Tagen Verspätung! Zugegeben! Ich stand schon am Bahnhof und wollte den nächsten Zug nach Birmingham nehmen, als ich dich und deine Männer am Bahnhof stehen sah. In dem Moment wurde mir klar, dass hier irgendetwas läuft! Vor allem, wenn du auf der Bildfläche erscheinst, Jared!« Er sah sie an, beinahe liebevoll und erwiderte: »Schon Matthew hat dein glasklarer Verstand zur Verzweiflung gebracht, Ophelia! Henley kann sich auf etwas gefasst machen, wenn ich ihn erwische!« Sie schmunzelte kurz, wurde aber sofort wieder ernst, als sie Jareds strengen Gesichtsausdruck bemerkte. »Bitte Ophelia, pack deine Sachen und lass dich sofort von einem Taxi zum Bahnhof bringen!«, sagte er warnend. »Es ist nicht gut, wenn du hier bist! Bitte, glaub mir!« Erstaunt sah sie ihn. »Das geht nicht, Jared! Dafür hänge ich zu tief in dieser Geschichte drin!« »Weshalb?«, fragte er und seine Stimme war schärfer, als er beabsichtigt hatte. »Was um alles in der Welt veranlasst dich, dies zu glauben! Ich denke, du hast deine Arbeit hier getan! Und sowieso mehr gefunden, als du solltest, wenn ich Henleys Anruf vor ein paar Tagen richtig interpretiere! Geh, Ophelia! Wenn nicht um meinetwillen, dann um Matthews!«

»Master Gabriel!«, hörte Gabriel plötzlich Ernests Stimme dicht hinter ihm. »Ich habe Ophelia gefunden!« Er drehte sich um und sah ihn drängend an. »Bei den alten Kreuzgängen! Sie unterhält sich dort mit einem Mann! Er sieht sehr wichtig aus, Master Gabriel!« Gabriel nickte, auch wenn ihm die Information von Ernest ein wenig eigenartig erschien. »Ich danke Ihnen, Ernest! Ich mache mich sofort auf den Weg zu ihr!« Dann sah er sich um, entdeckte Melisande noch immer bei dem Blumenstand und raunte Ernest leise zu: »Haben Sie bitte ein Auge auf Ophelias Freundin! Ich denke, es ist besser, ich rede zuerst mit ihr, ehe Melisande sie bemerkt. Ich glaube, sie ahnt noch immer nicht, warum wir uns alle hier oben versammelt haben!« Ernest grinste, packte sein Tablett, das er auf einem der vielen Stehtische abgestellt hatte und machte sich geschäftig auf den Weg zu Melisande. Sprach er sie jetzt an, erhob er sie damit automatisch in den Rang eines VIP-Gastes, was sie für die nächste Zeit beschäftigen würde. Gabriel wandte sich um, blickte zu den Kreuzgängen, konnte Ophelia aber nicht sehen. Er veränderte seine Position und als er sich dieser Seite des Burghofes zuwandte, die Ernest ihm andeutete, konnte er tatsächlich zwei Personen erkennen, die sich im Schatten der Bögen unterhielten. Es begann bereits zu dämmern und man hatte unzählige Fackeln und Kohlenbecken entzündet, die den Burghof in ein flackerndes, diffuses Zwielicht tauchten. Gabriel konnte nicht mit Sicherheit sagen, ob es sich wirklich um Ophelia handelte. Langsam machte er sich auf den Weg und je näher er den Bögen kam, umso sicher war er, dass es tatsächlich sie war. Erleichtert, Ophelia gefunden zu haben, aber ernstlich besorgt, da der Mann, der bei ihr stand, sie zu bedrängen schien. Ophelia spürte, dass jemand auf sie zukam und sie ahnte, um wen es sich dabei handelte. Lautlos stöhnte sie, wandte sich aber nicht zu Gabriel um. Auch Jared bemerkte ihn und trat ein wenig aus dem Schatten. »Schön dich wieder zu sehen, Ophelia!«, sagte Gabriel, als er nahe genug an die beiden herangekommen war. »Obwohl ich nicht damit gerechnet habe. Ich wähnte dich bereits wieder zu Hause in Coventry!« Sie drehte sich zu ihm und lächelte ihn freudlos an. »Das war eigentlich auch so geplant, Gabriel!« Ophelia straffte sich plötzlich. »Darf ich dir Agent Jared Marks vorstellen, Gabriel! Ein Freund meines verstorbenen Mannes!« Dann sah sie Jared an. »Jared, das ist ...«, doch Jared lächelte Gabriel an und vollendete den Satz, »Detektiv Chief Inspector Gabriel Cavendish! Oder sollte ich Sie, korrekterweise, mit Count Gabriel Beauly zu Beaumaris ansprechen! Was ist Ihnen lieber?« Ophelia sog scharf die Luft ein. »Ihr kennt euch?« »Kennen wäre übertrieben, Ophelia«, erwiderte Gabriel ruhig. »Aber wir hatten bereits einmal das Vergnügen!« Jared stöhnte. »So kann man es auch sagen! Wenn ich ehrlich bin, dachte ich nicht, dass ich Ihnen ein weiteres Mal begegnen würde!« »Ich ebenso wenig, Agent Marks!«, meinte Gabriel gelassen. »Glauben Sie mir! Nur befürchte ich, Ihr Auftauchen hier bedeutet nichts Gutes!« Gabriel formulierte den letzten Satz als Feststellung und Ophelia sah ihn erstaunt an! Er schüttelte jedoch nur den Kopf. »Und wie kommt es, dass du heute hier bist?« »Kannst du dir das nicht denken?«, konterte sie genervt. »Ich bin mir sicher, Melisande ist zwischenzeitlich bei dir aufgetaucht!« Gabriel lachte wider Erwarten, nickte und erwiderte grinsend: »Ja, das ist sie, Ophelia! Und sie hat mir gebracht, was du mir wahrscheinlich ohnehin hättest zukommen lassen wollen! Wenn auch vielleicht auf einem anderen Weg! Doch stellt sich mir nach wie vor die Frage auf, warum genau du zurückgekommen bist!« Ophelia sah zuerst ihn an, dann Jared. »Wegen ihm, Gabriel!«, sagte sie, auf Jared deutend. »Wie, wegen mir?«, fragte dieser verstimmt. »Verdammt, Jared!«, stöhnte Ophelia. »Ich stand am Bahnhof und sah dich und deine Männer dort!« Sie sah Gabriel an und rang um Fassung. »Gabriel, er arbeitet für den britischen Geheimdienst! Innere Sicherheit! Wo Jared auftaucht wird meist ...!« Sie stockte und schloss entsetzt die Augen. »Der Anschlag! Jetzt wird mir klar, weshalb ihr euch schon einmal begegnet seid!« Sie wandte sich zu Jared, nun ernsthaft besorgt. »Ich frage dich noch einmal, Jared! Warum bist du hier? Was geht hier vor? Und was hat Lord Belmont damit zu tun?« Jared wandte sich unter Ophelias strengen Blick, schüt-

telte aber den Kopf. »Oh Gott, Gabriel! Ich ahne Fürchterliches!«
»Es sind nur Gerüchte, Ophelia!«, versuchte Jared zu beschwich-
tigen. »Wir haben keinerlei konkreten Hinweise, dass tatsächlich etwas geplant ist!« Ophelia gab einen unwilligen Laut von
sich. »Das glaubst du doch selbst nicht, oder?« Gabriel hörte ihr
ein klein wenig amüsiert zu, fragte dann aber ernst: »Welche
Gerüchte, Agent Marks? Und was genau wissen Sie von dem ge-
suchten Dokument?« Ophelia blickte zu Gabriel und bemerkte,
dass er momentan nicht gewillt war, gegenüber Jared jene Informationen herauszurücken, die Melisande ihm zusammen mit
dem Kuvert überbracht hatte. Jared stöhnte. »Das kann ich Ihnen
nicht sagen, Chief Inspector! Wirklich nicht! Ich frage mich sowieso schon die ganze Zeit, was Sie hier eigentlich suchen?« Ihr
Erscheinen will nicht recht in das Bild passen, das wir uns von
Lord Belmont und seinen Umtrieben gemacht haben!« Gabriel
musterte den Agent nur stumm, bis Ophelia mit einem Mal verhalten grinsend fragte: »Kann es sein, dass ihr etwas nicht ganz
Unwesentliches übersehen habt? Ausgerechnet du und Henley!«
Erbost sah Jared sie an. »Dann klär mich bitte auf, Ophelia!« Ihr
Blick suchte Gabriels, der ganz sachte nickte. »Gabriel ist Lord
Belmonts Cousin, Jared!«, antwortete sie. »Und wenn wir schon
beim Aufklären diverser Familienstände sind, hoffe ich nur, dass
euch aufgefallen ist, dass auch die Familie Beauly nicht ganz
unbeteiligt ist!« »Wie genau meinst du das?« Ophelia verdrehte
entnervt die Augen. »Jared bitte! Habt ihr eure Hausaufgaben
nicht gemacht? Oder spielst du mir nur gerade den Unwissenden
vor?« Er hob entschuldigend die Schultern und erwiderte ihren
ungläubigen Blick irritiert. »Scheiße!«, keuchte Gabriel leise.
»Ehrlich Jared! Bei der nächsten Gelegenheit solltest du ein ernstes Wort mit Henley wechseln!«, raunte Ophelia deutlich verärgert. »Ich finde, du solltest dich mit Gabriel unterhalten! Sofort
und ohne etwaige Vorbehalte!« Der Agent sah sie an, schüttelte
den Kopf und erwiderte, zumindest äußerlich, vollkommen ruhig: »Das kann ich nicht und das weißt du auch!« Ophelia konterte erbost: »So wie du mir auch damals schon nicht die Wahrheit sagen konntest, nach dem Anschlag in London?« Sie baute
sich vor Jared auf und ihre Stimme wurde bedrohlich. »Warum
hast du dort ermittelt, Jared? Wenn du Gabriel kennst und mit

ihm in London zu tun bekommen hast, musste es etwas sein, was den Geheimdienst betrifft, nicht wahr? Umsonst hätte man nicht ausgerechnet dich geschickt! Oder hattet ihr eventuell damals schon den Verdacht, dass Lord Belmont zu mir wollte? Jared, verdammt! Es ist an der Zeit, mit offenen Karten zu spielen!« Jared schloss kurz die Augen und atmete tief durch. »Wenn ich das tue, Ophelia, mache ich drei Jahre Arbeit mit einem Schlag zunichte!« Eine Zeit lang musterte sie ihn und wandte sich an Gabriel: »Gehen wir! Wir sollten mit Lord Belmont reden!« »Ophelia, nein!«, stöhnte Jared rau, als sie sich zusammen mit Gabriel umdrehte. »Das wirst du nicht tun! Ihr beide nicht! Dafür wisst ihr zu viel, was ihr eigentlich nicht wissen dürftet! Aber ich befürchte, dass du, wie es nun einmal deine Art ist, sorgfältig und genau recherchiert hast!« Sie drehte sich ihn charmant anlächelnd um. »Und was willst du jetzt tun? Uns in den Kerker sperren?« Als sie Jareds Gesichtsausdruck sah, lachte sie. »Der Gedanke gefällt dir wohl, oder?« Er schüttelte verschämt den Kopf. »Nein, das tut es nicht, Ophelia! Aber, wenn du mir keine Wahl lässt, werde ich es wohl oder übel tun müssen. Und den Chief Inspector gleich dazu!« Gabriel zog erstaunt die Augenbrauen. »Wie komme ich denn zu der Ehre, Agent Marks? Wollen Sie mich etwa so an der Ausübung meines Berufes hindern? Oder mich vorsichtshalber wegsperren, aufgrund der Tatsache, dass ich Lord Belmonts Cousin bin?« Jared gab einen unartikulierten Laut von sich. »Interessante Frage, Gabriel!«, mischte sich Ophelia ein. Sie ahnte, dass Gabriel ihn in die Enge treiben wollte, um an Informationen zu kommen und sie würde ihm dabei helfen! Sie ahnte zwar mehr, als dass sie es tatsächlich wusste! Aber hier war etwas im Gange. Ophelia vermutete, Gabriel erging es ähnlich. »Ich muss zuerst mit Henley darüber sprechen!«, wich Jared aus, doch er hatte den Satz noch nicht zu Ende gesprochen, als Gabriel ihn am Hemdkragen fasste und an die Säule stieß, die dem Agent am nächsten war. Er raunte mit bedrohlichem Unterton in der Stimme. »Ich bin der Meinung, das sollten Sie zumindest vorerst besser bleiben lassen, Agent Marks! Denn, wenn ich bis jetzt alles richtig verstanden habe, hat Ihr Vorgesetzter das eine oder andere Detail vergessen mitzuteilen! Im Augenblick bin ich jedoch nicht willens, diesen Vorteil zugunsten irgendwelcher Halbwahrheiten, mit denen er uns abspeisen würde, aufzugeben. Sollten Sie sich also dazu entschließen, nicht mit mir zu kooperieren, werden es mit ziemlicher Sicherheit Sie sein, der im Verlies landet! Nicht wir!« Gabriel ließ ihn ebenso abrupt los, wie er ihn gepackt hatte, sah ihn an und meinte wieder vollkommen ruhig: »Es liegt an Ihnen, Agent Marks!« Er wandte sich zu Ophelia. »Hast du den Laptop dabei? Wenn ja, ist das Dokument, das du mir durch Melisande hast zukommen lassen, darauf gespeichert?« Ophelia bestätigte ihm beides, warf aber ein, dass sie, um dranzukommen, einen Internetzugang bräuchte. »Gut!«, erwiderte er dann, Agent Marks vollkommen ignorierend. »Dann lass uns zu Nathan gehen! Ich will es ihm zeigen! Wir hätten hier Zugriff auf einen Internetzugang! Aber nur Nathan hat das Passwort!« Sie wandten sich zum Gehen, als Agent Marks plötzlich leise rief: »Warten Sie! Ich werde mitkommen!« Gabriel nickte nur und bemerkte, wie Agent Marks dem jüngeren Beamten, der in einiger Entfernung wartete, ein Zeichen gab, dass er bleiben sollte, wo er war. Dann folgte er Gabriel und Ophelia. Sie ging zielstrebig auf das Häuschen am Burgtor zu und Gabriel nahm an, dass sie dort ihren Rucksack abgegeben hatte. Dort angekommen, bat sie den jungen Mann, der das emsige Treiben auf dem Burghof beobachtete und die Einladungen der verspätet ankommenden Nachzügler kontrollierte. Er händigte ihn ihr sofort aus. Gabriel nickte und deutete wortlos auf den Eingang des Pallas. »Geht schon mal hinein! Neben dem Kamin führt eine Tür in einen Nebenraum! Dort ist ein kleines Büro! Ich suche Nathan und bring ihn mit!« Ophelia lächelte ihn an und zog Agent Marks mit sich, der ein wenig bedröppelt aus der Wäsche sah. »Ist er immer so forsch?«, fragte er Ophelia, als er aufgeschlossen hatte. Sie lachte. »Mitunter, Jared!« Ophelia sah ihn streng an. »Ich vermute stark, dass euer erstes Zusammentreffen nicht unbedingt von der angenehmeren Sorte war, Jared! Darum reagiert er gerade wohl ein wenig, wie du es nanntest, forsch!« Jared seufzte. »Du hast recht, Ophelia! Das war es in der Tat nicht! Doch ich musste ihn damals so schnell wie möglich befragen, um herauszufinden, was genau er dort zu suchen hatte. In der Nähe deines Büros, das Lord Belmont aufsuchen wollte! Hätte ich geahnt, dass es speziell in seinem Fall tatsächlich nur ein Zufall war, der ihn ausgerechnet dort eine Hausdurchsuchung durchführen ließ, hätte ich es gelassen! Glaub mir!« Er schloss kurz die Augen, denn die Erinnerung daran war ihm äußerst unangenehm. »Ophelia, bitte ich ...!«, stotterte er und hielt sie am Arm zurück und zwang sie, ihn anzusehen. »Er war noch nicht einmal halbwegs wieder bei Sinnen, als man mich zu ihm schickte! Erst ein paar Tage zuvor entfernte man den Rest des Splitters und er war noch völlig neben der Spur. Und bis oben hin mit Morphium vollgepumpt. Die ganze Zeit über, als ich bei ihm war, beschuldigte er mich übelst, ihn zu belügen. Denn ich musste, von ihm direkt darauf angesprochen, leugnen, von einer Frau zu wissen, die angeblich bei ihm war, als er mit dem Tode ringend in diesem Hinterhof lag! Wir wollten dich doch nur schützen, Ophelia! Ebenso wie ihn!« Ophelia sah ihn mit undurchdringlichem Blick an. Dann erwiderte sie leise, aber gefasst: »Als ich vor ein paar Tagen den Zusammenhang erkannte, wurde mir bewusst, dass ihr bereits damals eure Finger im Spiel hattet, Jared! Und ich bin mir ziemlich sicher, dass ihr beziehungsweise du es gut gemeint hattet! Aber, du hast keine Ahnung, was ihr damit angerichtet habt!« Dann war sie es, die kurz ihre Augen schloss. Als sie sie wieder öffnete, hatte sie Tränen in den Augen und Jared schauderte es. Es war der gleiche, wissende Blick, als sie ihm die Tür zu ihrem Hotelzimmer öffnete, als er nach Bekanntwerden von Matthews Tod nach Weimar geflogen war, um es ihr selbst zu sagen. »Ophelia!«, stöhnte er, doch sie schüttelte den Kopf, um ihn zum Schweigen zu bringen. »Ich weiß, dass du um Matthews Willen alles machst, um mich zu schützen! Und ich weiß auch, dass er es genauso getan hätte!«, flüsterte sie heiser. Dann straffte sie sich, lächelte ihn, wenn auch verhalten, an und bat: »Wenn du mich wirklich beschützen willst, Jared, dann hilf mir, Lord Belmont zu helfen. Es sieht tatsächlich so aus, als ob es nur seiner Naivität geschuldet ist, dass er in Schwierigkeiten geraten ist! Und Gabriel dazu! Er kann nichts dafür, dass er mit ihm verwandt ist!« Jared nickte. Dann lächelte er sie an und antwortete: »In Ordnung, Ophelia! Aber du musst mir versprechen, dass du gehst, wenn ich es sage! Hörst du! Es wird der Moment kommen, an dem ich darum bitten muss! Und dann will ich, dass du auf mich hörst und gehst! Kommentarlos!« Zwischenzeitlich waren sie bei der Tür angekommen und Ophelia öffnete sie. Als sie ihn zuerst eintreten ließ, sah sie ihn an: »Versprochen, Jared!« Agent Marks war, zumindest für den Moment, beruhigt, auch wenn er wusste, dass sie genau das mit ziemlicher Sicherheit nicht tun würde.

Nur einen Augenblick später kam Gabriel zurück. Im Schlepptau Nathan, der ein wenig verwirrt aus der Wäsche blickte. Gabriel musste ihm wohl auf dem Weg eröffnet haben, wer genau sich noch außer Ophelia unter seinen Gästen befand. Dennoch sah er sie fast erleichtert an, nickte Ophelia zu und meinte leise: »Hättet ihr alle zusammen bitte die Güte, mir zu erklären, was hier los ist?« »Sie haben sich mit Leuten angelegt, die, mischt man sich in deren Angelegenheiten, keinerlei Spaß verstehen, Lord Belmont!«, erwiderte Jared prompt. Er hatte während des Gesprächs mit Ophelia beschlossen, ihr zu helfen! Koste es, was es wolle! Selbst wenn es sein Job war. Allmählich dämmerte es ihm, dass sein Vorgesetzter tatsächlich vermieden hatte, ein paar wesentliche Dinge zu erwähnen. Ophelia fuhr währenddessen ihren Laptop hoch und bat Lord Belmont um das Passwort! Er gab es ihr, Agent Marks eingehend musternd. Sein Blick ging zu Gabriel. »Und wie bitte passt der britische Geheimdienst jetzt in diese Geschichte, Gabriel?« Gabriel zuckte mit den Schultern. »Lass es dir von Ophelia zeigen! Dann erklärt es sich zum größten Teil von selbst! Lord Belmont trat neben sie und beobachtete Ophelia, wie sie sich durch ihre Ordner und Programme scrollte. Als sie fand, was sie suchte, drehte sie den Rechner so, dass Lord Belmont lesen konnte. Eine Zeit lang war es vollkommen still in dem Raum, dann, mit einem Mal, drehte sich Nathan um, und sah einen nach dem anderen an. Ungläubig! Der Schock, über das, was er gelesen hatte, stand ihm deutlich ins Gesicht geschrieben. Lord Belmont straffte sich. »Ihr wollt mir also allen Ernstes erzählen, der ungarische Geheimdienst ist im Besitz der Urkunde, welche der britische Geheimdienst vor über fünfzig Jahren meinem Großvater gestohlen hat?« Er fuhr sich über das Gesicht und stöhnte. »Das ist doch lächerlich!« »Aber genauso verhält es sich, Lord Belmont!«, erwiderte Jared gelassen, sich jedoch deutlich bewusst, wie obskur sich das für die Anwesenden anhören musste. Lord Belmont setzte sich auf den Stuhl an den Schreibtisch und begrub sein Gesicht in den Händen. »Lord Belmont ...!«, sagte Jared, doch Nathan brachte ihn mit einer unwilligen Handbewegung zum Schweigen. Dann sah er hoch, Ophelia an und fragte sie: »Und Sie, Dr. Cavill, glauben, die Familie Vlad hat trotz ihrer Beteuerung mir gegenüber, nicht länger nachzuhaken, weitergemacht, und somit die Aufmerksamkeit des ungarischen Geheimdienstes auf sich gezogen! Der nun wiederum herausgefunden haben will, dass die Vlads Meuchelmörder engagierten, die es auf mich abgesehen haben?« Ophelia nickte vorsichtig, erwiderte aber nichts darauf. »Das ist doch vollkommener Irrsinn!« »Leider nein, Lord Belmont!«, antwortete Jared an ihrer statt. »Der Mittelsmann war in seinen Mitteilungen an uns eindeutig! Woraufhin wir vorsichtig begannen, nachzuforschen und dabei auf ihre Offerte stießen, die sie einer Philologin und Bücherdetektivin machten!« Jared sah Ophelia mit undurchsichtigem Blick an. »Deren Namen mir bedauerlicherweise nicht mitgeteilt wurde!« Er blickte wieder Lord Belmont an. »Ab diesem Moment standen sie beinah permanent unter Beobachtung!« Gabriel spürte deutlich, dass Nathan, bis zu Ophelias Andeutungen am Vortag, wahrlich nicht wusste, was genau er angezettelt hatte. Gabriel spürte aber auch, dass Nathan noch etwas zu beschäftigen schien. Etwas, dass ihn allmählich ärgerlich werden ließ. Lord Belmont stand auf, baute sich vor Agent Marks auf und fragte ihn mit gefährlichem Unterton in der Stimme: »Aber weshalb musstet ihr meinen Großvater ermorden, um an dieses vermaledeite Dokument zu kommen?« »Nathan, bitte!«, warf Gabriel sachte ein, was ihm einen zutiefst verärgerten Blick von Nathan einbrachte. Jared schüttelte vehement den Kopf und sagte um Ruhe in seiner Stimme bemüht: »Das waren nicht wir, Lord Belmont!« Fragend sah Lord Belmont ihn an und Jared spürte auch DCI Cavendishs erstaunten Blick auf sich ruhen. »Ich gebe zu, dass der Überfall von unserer Seite geplant und ausgeführt worden war! Mit dem eindeutigen Ziel, dieses Dokument zu finden. Wir waren damals vom ungarischen Geheidienst um Mithilfe gebeten worden! Es zeichnete sich zu diesem Zeitpunkt bereits ab, dass es in Zukunft wohl noch an Bedeutung gewinnen würde! Aber die politische Lage war zu jener Zeit derart heikel, dass man den Ungarn diesen Gefallen tun wollte. Um sie ein wenig aus dem sozialistischen System herauszulocken und an das westliche zu binden. In der Hoffnung, sollte es zu einem Umsturz oder Putsch kommen, sich Ungarn an den Westen wenden würde. Und ihnen somit zu helfen, in einem vereinten Europa Fuß zu fassen. Was zugegebenermaßen nicht ganz funktioniert hat! Bereits zu jenem Zeitpunkt war auch die Familie Vlad bereits auf der Spur der Urkunde und ...!«, Jared stockte kurz, sah dann Gabriel an, der ihm lautlos zu verstehen gab, er solle sich ein wenig bremsen und zum Wesentlichen kommen. Jared nickte und meinte dann: »Tatsache ist, dass unsere Leute nicht mehr im Haus waren, als man Lord Belmont ermordete! Sie waren in diesem Moment bereits auf dem Rückweg nach London! Von wo aus man nach und nach die gestohlenen Kunstgegenstände und Gemälde wieder auftauchen lassen wollte, da deren Raub tatsächlich nur fingiert war! Man wollte der Familie Belmont diesbezüglich nicht schaden! Nein, Lord Belmont, es war jemand anderer, der ebenfalls engagiert worden war, um das Gleiche zu tu! Doch als derjenige dort ankam, war es zu spät und das Dokument bereits entwendet. Lord Belmont muss ihn beim Suchen überrascht haben und wurde sehr zu unserem Bedauern getötet!« Nathan keuchte auf. Zu Ungeheuerlich erschien ihm, was der Agent gerade erzählte, doch wenn er ehrlich zu sich selbst war, durchaus plausibel. »Und die Ermittlungsakten, Agent Marks?«, fragte Gabriel neugierig. »Sie waren vollkommen anders formuliert! Man wäre beim Lesen nicht auf die Idee gekommen, dass der Überfall anders als geplant verlaufen ist!« »Der Beamte, der den Fall bearbeitet, war einer von uns, Chief Inspector!«, erwiderte Jared. »Er wurde, als wir erfuhren, was passiert war, sofort darauf angesetzt!« Gabriel zog die Augenbrauen hoch. »Das erklärt natürlich so einiges! Aber noch immer nicht die Tatsache, dass sie zusammen mit ihren Agenten hier aufgetaucht sind!« Jared ahnte, dass er die Hosen nun endgültig herunterlassen musste. »Nachdem unser Mittelsmann vor ein paar Tagen den Sachverhalt mitteilte, wussten wir zwar mit einem Mal, zumindest so ungefähr, was los war! Aber sämtliche Spuren verliefen sich wieder im Sand. Im Endeffekt sind wir tatsächlich nur zur Vorsicht hier! Aber sollte man sich dazu entscheiden, Lord Belmont endgültig mundtot zu machen, erschien uns eine von ihm selbst ausgerichtete Veranstaltung, auf der er persönlich anwesend sein würde, eine perfekte Gelegenheit dafür! Wir wollten diesbezüglich einfach kein Risiko eingehen!« »Und wann gedachten Sie, mich über all das zu informieren?«, fragte Nathan verärgert. »Oder wollten Sie mich, Risiko hin oder her, weiter wie einen Idioten im Ungewissen herumstochern lassen?« »Lord Belmont, ich bitte Sie!«, Jared versuchte, seine Stimme versöhnlich klingen zu lassen. »Sie haben am Dienstag einen Termin in London vereinbart, nicht wahr? Mit einem befreundeten Anwalt, mit dem Sie sich in einem alten ehrwürdigen Herrenclub in London treffen wollten. Wir haben von dem Treffen erfahren und wären bei dieser Gelegenheit dazu gestoßen! Es war an der Zeit, mit Ihnen zu sprechen! Uns war allen bewusst, dass die von Ihnen engagierte Philologin irgendwann auf die Tatsache gestoßen wäre, dass es nicht um ein Buch ging! Ich muss aber zugeben, wäre ihr Name früher gefallen, wir schneller auf ein Treffen mit Ihnen gedrängt hätten. Ich weiß, wie gründlich Ophelia arbeitet und über welche Kontakte sie verfügt! Welche sie, wenn auch geschickt getarnt, zu nutzen weiß!« Bei den letzten Worten lächelte er liebevoll, wie Gabriel bemerkte, Ophelia an, die nur grinste und entschuldigend die Schultern hob. »Und nun?«, hakte Nathan nach. »Ich meine, was wollen Sie jetzt unternehmen?« Jared straffte sich und wandte sich direkt an Lord Belmont. »Ich weiß, die Veranstaltung muss um Mitternacht beendet sein! Gehen Sie wieder raus, kümmern Sie sich um Ihre Gäste. Wir werden weiter die Augen aufhalten, denn wir haben wirklich keine konkreten Hinweise darauf, dass ausgerechnet heute etwas passieren soll! Ich werde meine Männer dementsprechend instruieren! Ich würde vorschlagen, wir treffen uns dann alle zusammen in Ihrem Haus! Und wir reden! Ich verspreche Ihnen, all Ihre Fragen vorbehaltlos zu beantworten! Ich werde allein kommen! Und ich würde auch gerne Ophelias Unterlagen einsehen! Dann sehen wir weiter!« »Das ist ein guter Vorschlag!«, warf Gabriel, den Blick auf Nathan ruhend, ein. »Du solltest ihn annehmen, Nathan!« Nathan erwiderte seinen Blick lange, ohne in dem Seinem, erkennen, zu geben, was er wirklich darüber dachte. Plötzlich nickte er. Wenn auch wortlos, und ging an allen vorbei hinaus und zurück zu den Gästen.

Gabriel spürte, dass es ihm unendlich schwerfallen würde, weiter gute Miene zum bösen Spiel zu machen. Ein Spiel, das er, wie er sich gerade eingestehen musste, vollkommen unwissend selbst angezettelt hatte. Gabriel sah ihm nachdenklich nach. »Danke, Jared!«, sagte Ophelia. Jared gab einen unwilligen Laut von sich: »Ich hoffe, dir ist bewusst, was ich gerade getan habe!« »Ja, das ist es!«, antwortete sie. »Aber ich denke, dir ist in der Zwischenzeit selbst klar geworden, dass trotz allem irgendetwas nicht so läuft, wie du dir dachtest, oder?« »Ungeschönt und direkt zwischen die Augen!«, lachte er. »So kenn ich dich! Aber du hast recht, Ophelia! Irgendetwas passt noch nicht so ganz in das Gesamtbild! Aus diesem Grund will ich auch deine Aufzeichnungen sehen! Ich werde weder Henley anrufen, noch ihn über unser Gespräch informieren! Zumindest solange nicht, bis wir miteinander gesprochen haben! Das schließt Sie mit ein, Chief Inspector!« Gabriel lächelte ihn an. Ehrlich erleichtert darüber, dass Agent Marks bereit war, sich zuerst genauer zu informieren, bevor er weitere Schritte unternahm. Jared seufzte und ging zur Tür. »Nun gut! Dann werde ich mal mit meinen Leuten reden! Wir sehen uns dann nachher!« Lautlos schlüpfte er aus der Tür und war verschwunden. Ophelia sah ihm nach, ebenso wie Gabriel. »Er war ein Freund deines Mannes, sagtest du?«, meinte Gabriel nachdenklich und in seiner Stimme schwang etwas mit, was Ophelia nicht gefiel. Sie sah ihn an. »Ja, Gabriel! Sein bester! Und Jared war oft bei uns im Haus zu Gast! Wir haben uns viel über meine Arbeit unterhalten, falls dich die Vertrautheit zwischen uns irritieren sollte!« Er grinste sie frech an und schüttelte den Kopf. »Nein, das war es nicht, Ophelia. Obwohl ich zugeben muss, dass ich vorhin, als du ihn mir vorstelltest, überrascht war, dass du ihn derart gut kennst! Ich habe mich gerade nur gewundert, wie der Zufall manchmal so spielt!« »Doch hat auch er mich in Bezug auf dich belogen! Er versuchte mir weiszumachen, dass ich mir deine Gegenwart dort, von der ich ihm völlig unbedarft erzählte, nur einbildete!«, konterte Ophelia ein klein wenig erbost. »Und das über all die Jahre hinweg!« »Und die Tatsache, dass er dies uns beiden gegenüber getan hat, wenn auch nur, um dich zu beschützen, da du ansonsten schon viel früher in Nathans Dunstkreis geraten wärst, macht es meiner Meinung nach nur noch befremdlicher!«, erwiderte Gabriel mit brüchiger Stimme. »Ach, Gabriel!«, seufzte sie. »Ich weiß, es ergibt irgendwie keinen Sinn! Aber vielleicht werden wir den heute Abend doch noch finden!« Sie lächelte ihn an und ging auch aus dem Büro. »Lass uns deine Freundin suchen!«, meinte Gabriel, als er die Tür hinter ihnen geschlossen hatte. »Ich denke, sie wird sich freuen, dich zu sehen! Sie war heute Mittag, als sie ankam, ein wenig neben der Spur, als ich plötzlich begann, nach dir zu suchen!« »Melisande ist hier?«, fragte Ophelia erstaunt. »Ich hätte vermutet, dass sie wieder nach Hause gefahren wäre, als sie erfuhr, dass ich nicht hier bin! Zumindest hoffte ich das!« Gabriel lachte. »Um sich die Chance ihres Lebens entgehen zu lassen, den Tratsch wirklich aus erster Hand zu erfahren?« Er grinste sie ein bisschen unverschämt, wie Ophelia fand, an. »Nein, meine Liebe! Das war keine Option! Nachdem ich sie in Ernests Obhut gegeben habe, war ich mir aber ziemlich sicher, dass sie einen angenehmen Tag haben würde!« Ophelia verzog das Gesicht. »Es tut mir leid, Gabriel! Ich dachte wirklich, sie würde unverrichteter Dinge wieder fahren!« Er schüttelte amüsiert den Kopf. »Lass gut sein! Ich selbst habe ihr keinen Grund dazu gegeben, es zu tun! Sie war genauso besorgt wie ich, als uns klar wurde, dass etwas dich veranlasst hatte, nicht zurückzureisen!« »Obwohl ich es ernsthaft vorhatte, Gabriel!«, beteuerte sie lachend. »Doch als ich am Bahnhof stand und Jared sah, gab es diese Option nicht mehr!« »Du bist unfreiwillig zu tief in die Geschichte hineingerutscht, Ophelia!«, sagte er, während er sie ansah. »Dafür muss ich mich bei dir entschuldigen, Ophelia! Aber ich bin froh, dass du es dir anders überlegt hast!« Sie schmunzelte, hakte sich bei ihm unter, als Gabriel ihr seinen Arm anbot und sie ging zusammen mit ihm nach draußen, um Melisande zu suchen. »Ich wollte dich wirklich nicht beunruhigen, Gabriel!«, sagte sie leise, als sie sich suchend auf dem Burghof umblickte. Gabriel seufzte vernehmlich. »Das hast du aber! Sehr sogar! Zumal ich mich wie ein Idiot benommen habe und ich nicht wusste, ob du meinetwegen ohne ein Wort an, irgendjemanden, verschwunden bist!« Ophelia lachte. »Ich habe dir doch längst verziehen, Gabriel! Obwohl ich zugeben muss, dass mich dein Verhalten ein wenig verstört hat!« »Ach, vergiss es!«, stöhnte Gabriel. »Ich hätte dich niemals danach fragen dürfen! Aber ich kam mir derart abgekanzelt vor, dass ich anscheinend dachte, ich müsste mich genauso idiotisch wie Nathan benehmen!« »Das kann und will ich dir auch nicht verdenken!«, antwortete sie beschwichtigend. »Aber in der Zwischenzeit dürftest du bemerkt haben, dass ich es nur zu deinem Schutz tat!« Gabriel erwiderte nichts darauf. Melisande hatte die beiden mittendrin entdeckt und kam mit wehendem Kleid auf sie zugestürmt. Gabriel widerstand dem Drang, sich augenblicklich zu verziehen. Jedoch entließ Ophelia ihn nicht aus seinem ihr angebotenen Untergriff, auch wenn sie seinen Drang, sich zu verdrücken, deutlich spürte. »Ophelia!«, sagte Melisande laut und für alle Umstehenden zu hören, als sie bei ihnen angekommen war. »Was hast du dir nur dabei gedacht! Alle waren in großer Aufregung und Sorge um dich!« Dann umarmte Melisande sie, schob sie von sich und betrachtete sie eingehend, ob ihr etwas fehlte. »Was wird hier gespielt, meine Liebe!«, fragte sie Ophelia sofort, keinen Widerstand duldend. »Ich glaube, es wäre an der Zeit, mich mal einzuweihen, denkst du nicht?« Ophelia schüttelte sanft den Kopf. »Nein, Melisande! Das werde ich nicht tun! Im Moment sieht es nämlich so aus, dass es für dich einfach zu gefährlich werden würde!« »Soll das heißen, dass du mich vollkommen umsonst hierhergeschickt hast! Und mir das Sahnehäubchen vorenthalten willst?« Ophelia grinste, nickte und meinte: »Ja, so ist es! Und ich muss dich bitten, dass du noch heute Abend zurückfährst!« »Das ist die Höhe, Ophelia!«, echauffierte sie sich. »Zuerst lockst du mich her und dann schickst du mich wieder weg! Das ist doch ...!« Weiter kam sie nicht, denn Ernest war zu ihnen getreten. Ein Tablett mit Getränken in der Hand und sagte zu Ophelia gewandt: »Schön Sie gesund und munter zu sehen, meine Liebe!« Ophelia lächelte ihn an, während sie sich ein Glas Whisky vom Tablett nahm und Gabriel ebenfalls eines reichte. »Ernest, Sie müssen mir helfen!«, raunte Melisande und baute sich vor dem Butler auf. »Ophelia will mich noch heute nach Hause schicken! Nach allem, was ich für sie getan habe!« Ernest warf einen kurzen Blick auf Master Gabriel und Ophelia und bemerkte, wie Gabriel leicht die Augen verdrehte. Er zog mit der freien Hand Melisande ein wenig zur Seite und erwiderte: »Hören Sie, meine Gute! Ich denke, Ophelia wird das nicht ohne Grund tun!« Er bemerkte Melisandes beleidigten Gesichtsausdruck, sah kurz zu Ophelia, die sachte nickte und meinte dann, wieder Melisande zugewandt: »Was halten Sie davon, wenn wir uns nachher, wenn die Gäste weg sind, in das Gärtnerhäuschen zurückziehen, und sie auf jeden Fall bis morgen früh zum Frühstück bleiben! Dann können die Herrschaften, um Lord Belmont, ihre wichtigen Gespräche führen und wir stören sie dabei nicht!« Melisande hob bockig die Schultern, nickte aber dann wortlos. Doch drehte sie sich zu Ophelia um, bevor sie sich von Ernest sanft, aber bestimmt, wegziehen ließ und meinte mit trotziger Stimme: »Das wird ein Nachspiel für dich haben!« »Melisande, bitte!«, versuchte Ophelia sie zu besänftigen. »Ich verspreche dir, sobald alles vorbei ist, werde ich dir alles haarklein und bis ins kleinste Detail erzählen! Aber im Augenblick geht es einfach nicht!« Melisande sah sie kritisch an, nickte dann huldvoll und meinte: »Du wirst mir hier und jetzt versprechen, nicht das kleinste Detail auszulassen! Oder mir vorenthalten, mit welchen adeligen Herren genau du dich hier umgibst?« Bei den letzten Worten musterte sie Gabriel eingehend und er ahnte, dass Ernest, zumindest in Teilen, mit der Wahrheit hatte herausrücken müssen. Ophelia kicherte. »Versprochen! Jedes Detail, und sei es scheinbar noch so unwichtig!« Melisande gab einen undefinierten Laut von sich und zog, nicht ohne ein weiteres Glas Champagner, von Ernest in die Hand gedrückt, von dannen. Gabriel mutmaßte, dass sie sich wieder fürsorglich um den jungen Blumenkünstler kümmern würde, den sie vorhin schon mit Beschlag belegte. Es kam ihr mit Sicherheit nicht ungelegen, dass der Bursche noch nicht einmal übel aussah. Grinsend sah Gabriel ihr nach und stupste Ophelia sachte an: »Vielleicht müssen wir uns nicht mal Gedanken darüber machen, wo sie die Nacht verbringt!« Erstaunt über Gabriels Aussage, folgte sie Melisande mit ihrem Blick und sah, wie sie zielstrebig einen der Blumenstände ansteuerte, wo ein junger Mann die Stellung hielt. Irritiert sah sie Gabriel an, der nur leise lachte und erwiderte: »Sie war schon vorhin bei dem Stand! Fachsimpeln, wie ich vermute!« Ophelia hätte sich beinah an ihrem Whisky verschluckt, als sie kapierte, was Gabriel meinte und warf einen Blick zu Melisande: »Wäre möglich, Gabriel! Er würde tatsächlich in ihr übliches Beuteschema passen!« Er zog sie ein wenig zur Seite, deutete mit dem Kopf auf Agent Marks. »Ich bin mal gespannt, ob er nachher wirklich allein auftaucht! Ich bin mir nicht so ganz sicher, ob er Wort halten wird!« Ophelia bemerkte Gabriels nachdenklichen Blick in Jareds Richtung. »Ich denke schon! Er will unbedingt meine Unterlagen sehen. Das kann er aber nicht in Ruhe, wenn er seine Agenten im Rücken hat! Ich frage mich schon die ganze Zeit, ob ihm Henley tatsächlich nicht alles gesagt hat! Er war ehrlich überrascht, mich hier anzutreffen. Als ihm langsam dämmerte, dass ich es gewesen war, die Lord Belmont geholfen hat, wurde er regelrecht zornig!« »Kennst du auch diesen Henley?« Ophelia schüttelte den Kopf. »Nein, Gabriel! Er ist ein Mysterium! Kein Bild, keine Vita. Schon Matthew bekam ab und an Schwierigkeiten mit ihm. So manches Mal klagte er über dessen Borniertheit! Es scheint, als wäre es in den letzten Jahren nicht besser geworden. Auch Jared deutete so etwas in der Art an, wenn wir uns hin und wieder trafen!« »Darum wird er auch so erpicht auf deine Unterlagen sein!«, meinte Gabriel grübelnd und fuhr sich über das Kinn. »Wärst du mir beleidigt, wenn ich dich darum bitte, vorsichtig zu sein. Ihm vielleicht nicht alles, was du hast, zeigst?« Ophelia schüttelte den Kopf. »Ich muss leider zugeben, dass mir dieser Gedanke auch schon gekommen ist!« Als Gabriel sich nach Nathan umsah, um sich mit ihm abzusprechen, bemerkte er die allgemeine Aufbruchsstimmung, die von den Leuten Besitz ergriff. Ein kurzer Blick auf die Uhr bestätigte seine Vermutung, dass es allmählich auf Mitternacht zuging! Nathan war gerade dabei, die ersten Honoratioren zu verabschieden. Auch einige der Aussteller begannen bereits, ihre Sachen zusammenzupacken. Die Stände würden im Laufe des nächsten Tages abgebaut werden, sodass sie nur ihre Ausstellungsstücke mitnehmen mussten. Lächelnd stellte er fest, dass Melisande dem jungen Mann half und sich tatsächlich mit auf dem Weg zu seinem Wagen machen wollte. Kurz bevor er endgültig fertig war, kam sie auf Ophelia zu, die sich abermals mit dem älteren Herrn unterhielt, unter dessen Gruppe sie sich in die Burg geschmuggelt hatte. Melisande baute sich vor ihr auf und meinte mit ernstem

Gesicht, welches aber dennoch ein kleines Lächeln in den Mundwinkeln zeigen ließ: »Ich werde mit Jules fahren, Ophelia! Da ich hier, so wie es aussieht, ohnehin nicht erwünscht bin! Du brauchst also keine Rücksicht auf mich nehmen! Ich werde mir seinen Laden anschauen und weiter fachsimpeln, ehe ich morgen den Wagen hole und zurückfahre! Aber verlass dich drauf! Wir sprechen uns noch!« Gabriel, der Ophelia, seit sie wieder aufgetaucht war, wie ein dunkler Schatten folgte, war neben die beiden getreten und bekam die letzten Worte mit. »Ich bin mir sicher, Ophelia wird ihr Wort halten!«, raunte er, sein Grinsen nicht unterdrückend. »Wie sie es immer tut, nicht wahr, Melisande?« Ophelia musste sich ein Lachen verkneifen. Melisande warf theatralisch den Kopf nach hinten, gab einen unwilligen Laut von sich und zog mit wehenden Gewändern ab! »Das wird mit Sicherheit kein angenehmes Gespräch werden!«, meinte Gabriel versonnen. »Wenn ich dir dabei helfen soll, sag mir Bescheid! Hörst du!« Ophelia lächelte ihn ein wenig schief an. »Sie wird sich wieder einkriegen, Gabriel! Da bin ich mir sicher! Außerdem habe auch ich noch ein Hühnchen mit ihr zu rupfen! Immerhin war sie es, die meinte, man sollte mich doch zu meinem eigenen Wohle einweisen!« »Ach, herrje!«, stöhnte Gabriel. »Du hast ihr noch nichts davon gesagt, dass wir einander erkannt haben und deine, unsere Geschichte wahr ist?« Sie schüttelte den Kopf, erwiderte aber nichts darauf. »Komm, sehen wir zu, dass wir die restlichen Leute hinauskomplimentieren! Und Nathan einsammeln! Ich bin gespannt, was heute noch alles passiert!« Ophelia nickte und sah sich nach Ernest um, um ihm bei den letzten Aufräumarbeiten zu helfen. Gabriel machte sich auf die Suche, nicht ohne Agent Marks, der sich in der Nähe der beiden herumdrückte, einen warnenden Blick zuzuwerfen. Doch Jared nickte nur, ohne erkennen zu geben, was wirklich in ihm vorging.

Kapitel 8

Es dauerte nicht mehr lange, bis auch die letzten Gäste verschwunden waren und Ernest machte sich auf einen kleinen, letzten Rundgang. Er wollte sich versichern, dass wirklich niemand sich in den unzähligen Winkeln der Burg verirrt und nicht zum Ausgang gefunden hatte. Gabriel stand zusammen mit Ophelia und Nathan am Burgtor und sie unterhielten sich gerade, als Ernest lächelnd auf sie zukam! Zusammen wollten sie zurück zu den Wagen gehen, die auch Gabriel und Ernest auf der Esplanade abgestellt hatten. Mit einem Mal blieb Nathan stehen und meinte zu Ernest gewandt: »Herrgott, nochmal! Ich habe ganz vergessen, die beiden Gasflaschen abzudrehen!« Ernest verdrehte dezent die Augen. Er hatte Lord Belmont ausdrücklich darum gebeten, als er seinen Rundgang begann. »Ich gehe schon, Lord Belmont!«, sagte er, doch Nathan schüttelte energisch den Kopf. »Lassen Sie, Ernest! Ich werde kurz zurückgehen, immerhin haben Sie es explizit mir angeschafft!« Nathan wandte sich um und ging das kleine Stück auf dem Weg zur Esplanade zurück, den sie bereits nach unten gegangen waren und schloss nur die kleine Tür auf, die sich im rechten Flügel des geschlossenen Burgtores befand. Sie beschlossen, auf Nathan zu warten und Ophelia lehnte an der Mauer, die den Weg vom Berghang trennte. Mit einem Mal nahm sie Bewegung auf der Burgmauer wahr. »Herr im Himmel!«, keuchte sie plötzlich und stieß sich von der Mauer ab, um auf die Tür des Burgtores zuzustürmen. »Was ...?«, fragte Gabriel verunsichert, doch zu mehr kam er nicht! Ophelia war schon fast wieder am Burgtor. Gabriel und Ernest sahen einander erstaunt an, folgten ihr zuerst noch zögerlich, doch dann spürte auch Gabriel intuitiv, dass etwas nicht stimmte und er begann zu rennen. Dicht gefolgt von Ernest. Keuchend blickte sich Ophelia um, als sie durch die Tür gerannt war. Lord Belmont näherte sich dem Catering-Stand und Ophelia bemerkte erneut den dunklen Schatten auf der Mauer. Sie lief los, hielt sich aber rechts bei den Bogengängen und brüllte: »Weg von den Gasflaschen, Lord Belmont!« Nathan sah sie an, spürte aber unterbewusst, dass sie ihn vor irgendetwas warnen wollte!

Auch, wenn er nicht verstand, was sie ihm zurief! Er rannte los in ihre Richtung, als ein einzelner Schuss fiel. Ophelia schrie, nicht wissend, ob Lord Belmont getroffen worden war, und wandte sich dann doch noch immer rennend in Richtung des Innenhofs! Plötzlich gab es einen ohrenbetäubenden Schlag. Trotzdem hörte Ophelia, wie Lord Belmont schrie! Oder Gabriel! Ophelia hätte es in diesem Moment nicht sagen können! Wieder einmal wurde sie von einer gewaltigen Druckwelle erfasst und dabei hoch und nach hinten geschleudert. Gabriel war in diesem Augenblick, als die Gasflaschen hochgingen, zusammen mit Ernest in den Burghof getreten. Er keuchte entsetzt, packte Ernest und stieß ihn unsanft hinter das Kassenhäuschen, wohin er ihm mit einem beherzten Sprung folgte. Die Druckwelle war gewaltig und sie wurden mit den Trümmern des in sich zusammenstürzenden Holzhäuschens gegen die Burgmauer gedrückt. Es wurde still! Unheimlich still! Als er unter sich Ernests entsetztes Stöhnen vernahm, versuchte Gabriel die Trümmer von seinem Körper zu stemmen. Aber es wollte ihm nicht so recht gelingen. »Lord Belmont!«, keuchte Ernest. »Ophelia!« »Ich weiß, Ernest! Ich versuche ja schon, uns zu befreien!« Als er einen erneuten Versuch startete, wurde das Teil, das auf ihm lag, mit einem Mal weggehoben und er blickte in das erschrockene, vom Ruß verschmierte Gesicht von Agent Marks, der ihm nach Luft ringend die Hand reichte, um ihm aufzuhelfen. Gabriel stand auf und blickte sich suchend um. Der Agent befreite auch Ernest aus den Trümmern. »Da drüben, bei den Bogengängen!«, sagte er hustend. »Ophelia! Ich sehe nach, wo Lord Belmont ist!« Gabriel nickte, unfähig, irgendetwas zu erwidern. Er kämpfte mit den Bildern, die mit einem Mal ihn ihm hochkrochen. Er setzte sich in Bewegung und versuchte dabei einen klaren Kopf zu bekommen, was ihm unglaublich schwer fiel! Aber in diesem Moment vielmehr der Sorge um Ophelia geschuldet war. Agent Marks hatte richtig gesehen. Ihre leblose Gestalt lag an einem der Bögen, die den Eingang zum Pallas markierten. »Zu nahe!«, raunte er leise. »Verdammt, das war zu nahe, Ophelia!« Die letzten Meter rannte er auf sie zu und kniete neben ihr nieder. Gabriel drehte sie um und hätte beinah vor Entsetzen aufgeschrien, obwohl er sofort spürte, dass sie atmete! Ophelia war aber ohne

Bewusstsein und ebenso voller Ruß und Dreck wie Agent Marks. Er zog sie auf seinen Schoss, legte einen Arm unter ihren Kopf und flüsterte: »Ophelia, bitte! Wach auf! Tu mir den Gefallen!« Einen quälenden Augenblick lang befürchtete er, er habe sich getäuscht, doch plötzlich begann sie sich, in seinen Armen zu bewegen und schlug die Augen auf. Erleichtert lächelte er sie an, zog sie ein wenig höher, damit sie besser atmen konnte und fragte heiser: »Alles in Ordnung?« Sie sah ihn an, ihre Augen noch ein wenig glasig und Gabriel hatte nicht den Eindruck, als ob sie auf seine Frage reagieren würde. Auf einmal ging ein Ruck durch sie. »Ich denke, ja, Gabriel! Hilf mir auf! Bitte!«, stöhnte sie. Gabriel wusste nicht, ob dies eine gute Idee war. Er erwiderte ihren Blick ernst und schüttelte den Kopf: »Willst du nicht warten, bis ein Arzt hier ist?« »Nein!«, sagte sie bestimmt. Zumindest ihre Stimme klang wieder fest und entschlossen. »Hilf mir, dann werden wir schon sehen, ob es geht oder nicht!« Er hob sie auf die Knie und als sie so einen Moment verharrend wieder genug Luft bekam, half er ihr, sich vollends aufzurichten. Ophelia lehnte sich ein wenig außer Atem an den Steinbogen. Sie sah ihn an. »Lord Belmont, Gabriel?« »Ich weiß es nicht!«, gab er ihr ehrlich antwortend zurück, begann aber sich umzusehen. »Agent Marks wollte nach ihm sehen!« »Jared?«, keuchte sie. »Er ist noch hier?« Gabriel nickte, sich noch immer umblickend. »Ja! Ich vermute, er wollte auf uns warten. Unten auf der Esplanade. Er hat scheinbar den Tumult mitbekommen!« Ophelia stieß sich von der Mauer ab, trat neben Gabriel und stöhnte, als sie sah, welchen Schaden die Explosion angerichtet hatte. »Um Himmels willen!« Ophelia fasste ihn sachte am Arm. »Lass uns nach ihnen suchen!« Aufgeschreckt durch ihre Berührung, drehte er sich zu ihr, sah sie mit einem Blick, den Ophelia nicht mal im Ansatz hätte deuten können, an und keuchte: »Geht es dir wirklich gut, Ophelia? Bitte, ich ...!« Er kam ins Stottern. Gabriel holte tief Luft und meinte zögerlich: »Einen Augenblick lang, als ich dich dort leblos liegen sah, dachte ich, ich hätte dich verloren! Es war wie in dem Hinterhof! Nur andersherum und ich konnte den Gedanken nicht ertragen, dass dir etwas geschehen ist!« Sie erwiderte seinen Blick und flüsterte: »Ich weiß! Ein grausamer Gedanke!« Er zog sie in seine Arme und drückte sie fest an sich: »Mach das nie wieder! Bitte! Hörst du?« Erst nach einer gefühlten Ewigkeit entließ er sie aus seiner Umarmung und machte sich mit ihr auf die Suche nach den anderen. Allmählich legte sich die Staubwolke, die die Explosion verursacht hatte. Sie sahen bereits aus einiger Entfernung, dass Lord Belmont, sitzend wie er, an der Tür des Pallas lehnte. Scheinbar unversehrt. Vor ihm kniend Agent Marks und Ernest. Ophelia gab einen erleichterten Laut von sich und ging zielstrebig auf sie zu. Gabriel spürte, dass sie etwas beschäftigte. Er hätte aber niemals damit gerechnet, dass Ophelia, als sie bei Agent Marks angekommen war, diesen an der Jacke hochzog, ihn grob an den Schultern packte und ihn zwang, sie anzusehen. »Verdammt, Jared!«, sagte sie laut, ärgerlich und für alle deutlich vernehmbar. »Das war einer deiner Leute!« Gabriel sah sie ebenso erstaunt wie Jared an, der ihren Blick standhielt, jedoch nicht kommentierte. »Dr. Cavill! Ich bitte Sie!«, sagte Lord Belmont leise, sich gerade aufrichtend. Sie sah ihn mit funkelnden Augen an, dann Gabriel. »Ich weiß, was ich gesehen habe!« »Das ist doch Unsinn, Ophelia!«, sagte Jared irritiert. »Wie kommst du darauf! Du kannst unmöglich gesehen haben ...!« Plötzlich stockte er, erwiderte ihren Blick und fragte: »Was hast du überhaupt gesehen? Du hast so unglaublich schnell reagiert.« »Zuerst nur einen Schatten auf der Mauer, als wir draußen auf Lord Belmont warteten!«, erklärte sie ungehalten. »Doch als ich im Burghof nach oben sah, kurz vor dem Schuss, sah ich eindeutig einen Mann in Anzug, Krawatte! Mit gezogener Waffe!« Ophelia trat noch näher an Jared und sagte leise mit bedrohlicher Stimme: »Eindeutig jemanden, der mit einer Waffe umgehen kann, Jared! Also, was denkst du? Wie viele von Lord Belmonts Gästen, die sich heute Abend auf der Burg befanden, kamen in den Genuss einer Ausbildung zum Scharfschützen, um auf diese Entfernung einen Gasanschluss zu treffen?« Er sah sie an, herausfordernd, wie Gabriel ein wenig amüsiert beobachtete. »Ich habe sie alle ausnahmslos nach unten ins Hotel geschickt, Ophelia! Ich war dabei, als sie fuhren, denn ich habe mich dazu entschlossen, auf der Esplanade auf euch zu warten! Wenn du also andeuten willst, dass es einer von meinen Leuten war, brauchst du es nur zu sagen!« »Ja, das tue ich, Jared! Laut und deutlich! Vor allen Anwesenden«, gab sie beharrlich zurück.

»Wenn ich du wäre, würde ich mir schleunigst überlegen, wie wir das hier weiter gestalten! Ich habe den Eindruck, dass du momentan weder weißt, was los ist, noch dass du deine eigenen Leute unter Kontrolle hast!« Dann ließ sie ihn abrupt los und wandte sich von ihm ab. Ging auf Lord Belmont zu und fragte leise: »Wie geht es Ihnen?« Nathan sah sie lange eindringlich an und machte einen Schritt auf sie zu. »So einigermaßen, dank Ihnen! Es scheint nichts gebrochen zu sein! Er kam kurz ins Stottern: »Ophelia, ich weiß nicht, wie ich Ihnen danken soll! Sie haben mir das Leben gerettet!« Sie lächelte ihn an, winkte ab und meinte: »Bieten Sie mir einfach nie wieder einen Job an, Lord Belmont! Nie wieder! Haben Sie mich verstanden? Nochmal werde ich definitiv nicht annehmen!« Nathan musste unwillkürlich lachen. Wurde aber sogleich wieder ernst, sah Agent Marks an und fragte: »Was sagen Sie zu Dr. Cavills Beobachtungen?« Jared hob die Schultern und meinte kleinlaut: »Ehrlich gesagt, weiß ich nicht so recht, was ich sagen soll! Aber ich gebe ihr Recht! Ich bin mir momentan nicht sicher, was hier läuft!« Jared wandte sich an Ophelia. »Ich will auf jeden Fall deine Aufzeichnungen sehen! So schnell wie möglich!« Ophelia erwiderte seinen Blick ruhig, ohne preiszugeben, was sie dachte. »Ich würde vorschlagen, da zum Glück niemand verletzt worden ist, dass wir das tun, was wir eigentlich vorhatten!«, meinte er dann an alle gewandt. »Wie stellen Sie sich das vor?«, konterte Gabriel. »Hier wird mit ziemlicher Sicherheit bald die Hölle losbrechen! Ich glaube kaum, dass die Explosion nicht bemerkt worden ist!« Jared schüttelte den Kopf. »Ich denke nicht, Chief Inspector! Sonst wäre schon jemand heraufgekommen! Da kein sichtbarer Brand entstanden ist, wird auch die Feuerwehr nicht ausrücken! Ich bin mir fast sicher, dass sich in Harlech unten die zwei Schüsse wie von einem verspäteten Jäger angehört haben!« Lord Belmont nickte zustimmend. »Gut möglich! Dann sollten wir tun, was Sie vorschlagen!« Er wollte sich zum Gehen wenden, als Gabriel sie alle zurückhielt. »Stopp, nicht so hastig! Agent Marks hat recht, wenn er denkt, dass man das ganze Spektakel vielleicht nicht als das, was es war, registriert hat. Aber ich würde gerne wissen, was sich genau abgespielt hat! Vor allem will ich wissen, wie der Schütze hier herauf und wieder weg kam!« Gabriel sah Jared streng an und meinte leise mit bedrohlichem Unterton in der Stimme: »Ich werde meine Leute anrufen! Die Spurensicherung soll sich das Ansehen! Und darauf achten, dass sich keiner Ihrer Leute einmischt!« Gabriel drehte sich um, zog sein Mobiltelefon aus der Anzugtasche und telefonierte. Mit etwas Glück erwischte er Sergeant Travis, der sich, ihm noch einen Gefallen schuldend, darum kümmern würde. Tatsächlich war der Sergeant im Dienst und Gabriel erklärte ihm sein Anliegen, ohne allzu sehr ins Detail zu gehen. »Ich denke, es liegt in Lord Belmonts Interesse, dass wir auf jeden Fall schnell klären, ob es sich um einen Materialfehler oder Selbstverschulden handelt!«, hörte Ophelia ihn mit dem Sergeant sprechen. »Ja, Sergeant! Aus diesem Grund wäre es mir recht, wenn sich die Spurensicherung darum kümmern könnte! Stellen Sie sich vor, es wären noch Gäste anwesend gewesen! Auch wegen der Versicherung bedarf es schnell einer eindeutigen Klärung!« Sie konnte hören, wie Sergeant Travis am anderen Ende der Leitung etwas sagte, verstand aber nicht genau, was. Gabriel bedankte sich und meinte zum Schluss: »Ich danke Ihnen, Sergeant! Es wird jemand da sein, der Sie ins Innere begleitet und Ihnen alles zeigen wird!« Gabriel legte auf, sah sich suchend nach Ernest um und als er ihn bei den Trümmern des Catering-Standes fand, ging er zu ihm. »Sind Sie so gut und warten, bis die Damen und Herren der Spurensicherung kommen, Ernest?« Der Butler nickte und Gabriel besprach mit ihm, was genau er ihnen zeigen und sagen sollte. Ophelia schloss kurz die Augen! Ihr war schwindelig und sie bekam deutlich zu spüren, dass es ein langer Tag gewesen war. Sie hätte viel darum gegeben, sich in das Gärtnerhäuschen zurückziehen zu dürfen. Ophelia ahnte aber, dass auch die Nacht lang werden würde. Jared sah sie besorgt an, doch sie winkte nur ab und folgte Gabriel. Ophelia wollte nicht mit Jared sprechen. Insgeheim befürchtete sie, dass sie mit ihrer Vermutung richtig lag und der Gedanke gefiel ihr nicht. »Sie sehen furchtbar aus!«, sagte Ernest leise, sie anlächelnd, als sie neben Gabriel getreten war. »Vielen Dank auch!«, gab sie grinsend zurück. »Ein wenig drangiert, wie ich mir denken kann!« Als ob Gabriel ihre Gedanken gelesen hatte, zog er sie ein wenig zur Seite und sagte leise: »Komm! Lass uns nach Harlech fahren und deine Sachen holen. Ich bringe dich ins Gärtnerhäuschen. Dort kannst du duschen und vielleicht ein wenig zur Ruhe kommen! Die anderen können alle dorthin nachkommen, wenn sie hier fertig sind!« Sie sah ihn dankbar an und hakte sich augenblicklich bei ihm unter, als er ihr wieder seinen Arm anbot. »Master Gabriel!«, hielt Ernest in kurz auf. »Im Kühlschrank ist noch eine Flasche Chablis und ein Auflauf, den ich sowieso für sie beide vorbereitet habe! Sehen Sie zu, dass Ophelia etwas isst! Sie sieht aus, als könne Sie es gebrauchen! Und Sie ebenfalls!« Gabriel lächelte ihn an. Er schob Ophelia ein wenig an und sie machten sich, ohne auf die Proteste von Agent Marks und Lord Belmont zu achten, auf den Weg aus der Burg. Ernest würde ihnen erklären, was los war. Sie sammelten Ophelias Rucksack auf, der zum Glück noch immer unangetastet an der Mauer lehnte und Gabriel zog sie sachte zu dem Wagen, des Gärtnerhäuschens. Den, Gabriel sich, als er begann, nach Ophelia zu suchen, schnappte. Wortlos stieg Ophelia ein. Gabriel tat es ihr gleich, nicht ohne einen letzten Blick auf die erstaunlich ruhig daliegende Burg zu werfen. Es schien wohl tatsächlich unbemerkt geblieben zu sein, was passiert war. Oder jemand hatte alles daran gesetzt, dass es zumindest so blieb. Er fragte sich, inwieweit Agent Marks dabei seine Finger im Spiel hatte. Auch Ophelia dachte darüber nach und so fuhren sie schweigend, beide darüber nachdenkend, zu dem Bed and Breakfast, um ihre Sachen zu holen. Sie hatte im Voraus bezahlt, sodass sie nur nach oben ging, ihre Tasche holte und den Schlüssel mit einer kurzen Notiz an die Besitzer an das Schlüsselbrett der winzigen Rezeption hängte. Als sie wieder in den Wagen stieg, wirkte sie noch erschöpfter als zuvor. Gabriel machte sich große Sorgen um sie. Als sie aus der Ortschaft auf die Landstraße in Richtung Harlech House bogen, blieb er kurz. »Fehlt dir wirklich nichts, Ophelia?«, fragte er leise. Sie hatte die Augen geschlossen, als Gabriel losgefahren war und sich ein wenig zurückgelehnt. Sie schüttelte den Kopf, öffnete die Augen und sah ihn müde an. »Nein Gabriel!«, antwortete sie leise. »Körperlich fehlt mir rein gar nichts! Ehrlich! Aber ich bin ...!« Sie kam ins Stottern, sah ihn an, schüttelte sich kurz und meinte: »Ich kann mir nur keinen Reim auf das alles machen! Wenn ich ehrlich sein soll, irritiert mich von Anfang an Jareds Anwesenheit hier! Ich bin mir nicht sicher, was er vorhat oder eigentlich will!« Ein wenig beruhigt, dass es ihr einigermaßen gut ging, nickte er, startete den Wagen und sagte, als er wieder auf der Straße war: »Mir geht es ähnlich! Aber ich bin mir sicher, wir werden das nachher klären!« Einen Moment lang konzentrierte er sich nur auf die Straße. »Du hast Nathan das Leben gerettet, Ophelia!« »Du sagst das, als ob es dir nicht recht gewesen wäre!«, konterte sie, frech grinsend. »Unsinn!«, gab Gabriel schmunzelnd zurück, wurde aber gleich wieder ernst. »Aber ich mache mir Vorwürfe, dass ich es nicht bemerkt habe, dass noch jemand dort war!« »Das ist jetzt wirklich Unsinn, Gabriel!«, lachte Ophelia verhalten. »Als ob du permanent im Dienst sein müsstest! Es war reiner Zufall, dass ich den Schatten bemerkt habe! Und auch nur, weil ich zur Burg gewandt bei euch stand!« »Wenn du nicht sofort reagiert hättest, wäre die Sache übel ausgegangen!«, sinnierte Gabriel nachdenklich, sie kurz ansehend. Sie drehte sich im Sitz ein wenig zu ihm und fragte: »Was willst du damit eigentlich andeuten, Gabriel?« Er hob verlegen die Schultern und blickte sie erneut an. »Ich frage mich schon den ganzen Abend, wie viel du von deinem Mann gelernt oder dir abgeschaut hast!« Ophelia sah ihn an, ohne ihn erkennen zu lassen, was sie dachte. Sie fragte bewusst vorsichtig: »Wie genau meinst du das? Denkst du ernsthaft, ich hätte seine Stelle übernommen, oder wie soll ich das verstehen?« Abermals hob er fragend die Schultern. »Komm schon, Gabriel!«, lachte sie mit einem Mal. »Das meinst du doch nicht ernst oder?« Sie wandte sich ihm noch ein wenig mehr zu und sagte: »Wenn es dich beruhigt! Ich arbeite nicht für den britischen Geheimdienst! Habe ich nie getan! Aber es blieb natürlich nicht aus, dass Matthew hin und wieder etwas erzählte, was er eigentlich nicht sollte. Immerhin waren wir verheiratet und es war nicht immer einfach für ihn, seine Reisen oder Einsätze vor mir geheim zu halten! Irgendwann rückte er dann mit der Sprache heraus und beichtete mir, dass er nicht ausschließlich nur im Unternehmen seines Vaters tätig war. Das war es aber schon gewesen! Solltest du damit auf meine Kontakte anspielen, kann ich dir nur sagen, dass ich sie tatsächlich habe! Sie sind aber eher meiner früheren Tätigkeit für die British Library geschuldet. Jared würde ich um unserer Freundschaft Willen, die uns, seit ich

Matthew kennen gelernt habe, verbindet, nicht kontaktieren!
Nicht bei einer derart heiklen Geschichte.« »Das beruhigt mich
doch sehr, Ophelia!«, gab er schief grinsend zurück. »Ich bin froh,
dass wir das geklärt haben! Ich gebe, wenn auch nicht gerne, zu,
dass ich mir tatsächlich Gedanken machte, inwieweit ich dir
noch trauen konnte. Nach dem Auftritt, den du vor Agent Marks
geliefert hast!« Sie lachte herzlich auf. »Gabriel, bitte! Das konnte
ich auch nur, weil ich wusste, für wen er arbeitet! Auch er kann
mitunter die Klappe nicht halten!« Sie sah Gabriel wieder ernst
an. »Aber es schockierte mich, als er zugab, nicht zu wissen, dass
ich es war, die für Lord Belmont recherchierte! Ich kenne ihn gut
genug, um zu wissen, dass er, zumindest in Bezug darauf, völlig
aufrichtig war, Gabriel! Das ist der eigentliche Punkt, der mich
schon den ganzen Abend verunsichert! Es scheint tatsächlich so,
dass er nur um die Grundinformationen bezüglich Lord Belmont
weiß. Aber auch nicht mehr! Ich fürchte beinahe, erst nach meinem Auftritt vorhin und der Konfrontation mit meiner Beobachtung wurden ihm die Zusammenhänge bewusst, die dazu führ-
ten, dass man ihn nach Harlech schickte. Und ich denke, dass es
nun an uns ist, ihm genau diese Informationen zuerst zu entlo-
cken, ehe wir ihm die unseren geben!« In der Zwischenzeit waren
sie am Gärtnerhäuschen angekommen, wo noch immer Melisandes Wagen vor der Tür stand, wie Ophelia schmunzelnd feststellte. Gabriel nahm ihren Koffer aus dem Kofferraum und
schloss auf. Vor der Treppe nahm sie ihn, Gabriel ab und sah ihn
an. »Ich werde erst einmal duschen, Gabriel! Ich habe es wahrlich
nötig!« Ophelia straffte sich. »Sind die Unterlagen noch in der
Bibliothek?« Gabriel nickte. »Nimm die letzten zehn Seiten, die
extra geheftet sind, heraus und leg sie irgendwohin, wo man sie
nicht gleich sieht! Sollten sie schneller da sein, wird Jared, zumindest vorerst, nichts darin finden, was er ohnehin nicht weiß!
Dann sehen wir weiter! Den Rechner nehme ich mit nach oben,
damit niemand unbemerkt rankommt!«, meinte sie, während sie
die ersten Stufen der Treppe erklomm. Gabriel grinste. »Wird
erledigt! Und dann kümmere ich mich sofort um die Raubtier-
fütterung, bevor mich Ernest noch einen Kopf kürzer macht,
wenn er den Eindruck bekommt, ich kümmere mich nicht gut
genug um dich!« Ophelia lachte und ging nach oben.

Kapitel 9

Gabriel ging zuerst in die Bibliothek, wie Ophelia ihn gebeten hatte, öffnete den Aktendeckel und nahm die von ihr genannten Blätter heraus. Er legte sie in die abschließbare Schublade des Schreibtisches und steckte den Schlüssel in die Hosentasche. Gabriel ging, tief in Gedanken, hinüber in die Küche, nahm den Auflauf und den Wein aus dem Kühlschrank und öffnete die Flasche, damit er atmen konnte. Er vermutete, dass Ernest ihn am Vortag mitgebracht hatte, in der Hoffnung, Ophelia eine Freude zu machen. Sie mochte diesen Weißwein sehr gern, wie er wusste. Nachdem der Ofen aufgeheizt war, schob er den Auflauf hinein, nahm sich ein Glas und setzte sich an den Küchentisch, um auf Ophelia zu warten. Oder die anderen. Je nachdem, wer zuerst in der Küche aufschlagen würde. Er fuhr sich über das Gesicht und versuchte, seine Gedanken zu ordnen. Doch immer wieder schob sich das Bild der leblosen Ophelia vor sein inneres Auge und ebenso die Panik, die ihn beinah überwältigte, als er sie dort liegen sah. Er atmete tief durch, sich unbewusst die Narbe an der Brust massierend, die am späten Nachmittag wieder begonnen hatte, zu schmerzen. Er hatte Urlaub dringender nötig, als er sich selbst eingestehen wollte! Und doch würde er erst dies hier zu Ende bringen müssen. Ob er nun wollte oder nicht! Darüber gab es nichts zu diskutieren. Er konnte und wollte Nathan nicht zurücklassen, in dem Wissen, der britische Geheimdienst war hinter ihm her. Weshalb auch immer. Gabriel war gespannt, was Agent Marks dazu sagen würde, nachdem er Ophelias Aufzeichnungen eingesehen hatte. »Was denkst du, wie viel Zeit haben wir noch, ehe Lord Belmont und Jared hier aufschlagen werden?«, hörte er plötzlich Ophelia. Er öffnete die Augen, die er geschlossen hatte, um besser nachdenken zu können und sah sie müde an. »Nicht mehr viel, nehme ich an! Ich bin mir sicher, die Spurensicherung wird schon in Harlech sein. Ernest wird sie bereits angewiesen haben! Er wird auch dafür sorgen, dass Agent Marks nicht zu nahe an sie herankommt! Ich bin mir sicher, Sergeant Travis wird sie alle zusammen nicht im Weg rumstehen lassen!« Ophelia, die ihren Hosenanzug gegen

Jeans und Poloshirt getauscht hatte, setzte sich zu ihm und nahm sich ebenfalls ein Glas Wein. Lächelnd, wie Gabriel bemerkte. Sie griff nach ihrem Rucksack, nahm den Laptop heraus und fuhr ihn hoch. »Die Blätter habe ich im Schreibtisch eingeschlossen!«, sagte Gabriel. »Gut!«, antwortete sie knapp. »Ich werde nur noch hier aufräumen, dann kann Jared darauf rumspielen, soviel er will! Er wird vorerst nichts finden, was wir nicht wollen!« »Und was wollen wir, dass er nicht findet?« Gabriel lehnte sich zurück und drehte das Weinglas in seiner Hand. Sie sah hoch über den Bildschirm und grinste. »Auf jeden Fall nichts, was mich in Verbindung mit dem Geheimdienst bringt! Nein, im Ernst! Ich will nicht, dass er den genauen Werdegang des Dokuments erkennt, seit es sich hier in England befindet! Ich bin mir fast sicher, in diesem Verlauf finden sich derjenige oder diejenigen, die Lord Belmont gerne aus dem Weg räumen wollen!« »Und wie willst du diese Lücke erklären?«, fragte er neugierig geworden. »Ich werde keine Lücke hinterlassen, die Jared auf die Idee kommen lassen würde, es gäbe eine. Zumindest vorerst nicht! Ich will zuerst wissen, was hier läuft und auf welcher Seite er steht! Dann sehen wir weiter!« »Denkst du nicht, er wird merken, dass du deine eigenen Aufzeichnungen verändert hast?«, meinte er sichtlich besorgt. Ophelia lachte nur. »Selbst wenn, Gabriel! Was will er mir vorwerfen? Dass ich nicht die Wahrheit gesagt habe? Ausgerechnet Jared? Es sind immerhin meine Aufzeichnungen! Also, was solls!« Ophelia zog einen USB-Stick aus ihrem Rucksack, speicherte, was auch immer ab und entfernte ihn sorgfältig. Sie gab ihn Gabriel, mit der Bitte, ihn zu dem Schlüssel vom Schreibtisch zu stecken. Sie schloss den Laptop, schob ihn zurück in den Rucksack und widmete sich wieder dem Wein. Gabriel schmunzelte und erhob sich, um den Auflauf herauszunehmen, damit sie essen konnten.

Sie waren gerade fertig, als Lord Belmont, Jared und zu guter Letzt Ernest in der Küche erschienen. Der Butler nickte Gabriel wohlwollend zu und lächelte ihn an, als er bemerkte, dass er sich um des Essens angenommen hatte. »Setzt euch doch!«, sagte Gabriel, in die entstandene unangenehme Stille hinein und Ophelia beschlich der Verdacht, dass er ihnen damit unmissverständlich klar machen wollte, dass das Gärtnerhäuschen sein

Revier war. Jared, der noch immer ein wenig benommen wirkte, setzte sich dankend neben Ophelia an den Tisch. Nathan ging zu dem Küchenschrank, von dem er wusste, dass Ernest dort den Whisky aufbewahrte und nahm die Flasche, samt mehrere Gläser heraus, die er in die Mitte des Tisches stellte, ehe er sich neben Gabriel setzte. »Die Spurensicherung ist bereits bei der Arbeit, Master Gabriel!«, sagte Ernest. »Sergeant Travis wird den Schlüssel vorbeibringen, sobald sie fertig sind!« »Danke!«, sagte Gabriel und bat Ernest, sehr zum Erstaunen von Nathan und Jared, sich mit an den Tisch zu setzen. Er hatte nicht vor, die treue Seele einfach davon und in das leere Herrenhaus zu schicken. Er wusste, Ernest würde weder zu neugierig lauschen, noch kommentieren! Aber Gabriel hatte ihn einfach gerne um sich. Er störte sich nicht im Geringsten daran, dass er nur der Butler war. Ophelia schmunzelte, sah Gabriel an und zog dann erneut den Rechner aus dem Rucksack. Nachdem sie ihn scheinbar erst jetzt hochgefahren hatte, schob sie ihn Jared hinüber. »Das ist der Ordner, indem du alles findest, was mit Lord Belmonts Auftrag zu tun hat, Jared!«, sagte sie leise. »Wenn du Fragen hast, nur zu! Ich werde dir alles erklären!« Jared stöhnte leise. Dann zog er den Rechner wortlos zu sich heran und begann, sich in die Unterlagen zu vertiefen. »Ich habe noch oben auf der Burg der Firma abgesagt, die die Stände abbauen soll!«, meinte Nathan an Gabriel gewandt. »Ich hoffe, das war in deinem Sinne? Ich nehme an, dass sie sowieso nicht anfangen können, ehe die Spurensicherung fertig ist.« »Gut, dass du daran gedacht hast, Nathan!« Lord Belmont sah ihn an und fragte nachdenklich: »Meinst du, es war eine gute Idee, gleich die Spurensicherung anzufordern?« Gabriel lachte leise, warf einen kurzen Blick auf Jared und erwiderte: »Warum nicht, Nathan! Sie denken vorerst einmal, es handelt sich um einen Versicherungsfall! Nicht mehr oder weniger! Ich habe schon einige Male in diversen Betrugsfällen zusammen mit Sergeant Travis ermittelt. Er war nicht sonderlich erstaunt, als ich ihn darum bat! Aber keine Sorge, er ahnt nicht das Geringste! Und selbst wenn, wird er sich seinen Teil denken, es aber niemandem gegenüber erwähnen, ehe er nicht mit mir darüber gesprochen hat!« Gabriel straffte sich und sah seinen Cousin ernst an. »Und ja, um deine Frage zu beantworten, es war nötig! Ich will wissen, warum es dazu kommen konnte. Dazu werde ich jede sich mir bietende Gelegenheit nutzen! Immerhin behauptete Agent Marks am frühen Abend doch, eigentlich zu deinem Schutz anwesend zu sein!« »In Ordnung, Gabriel!«, stöhnte Nathan. Noch immer unter Schock stehend, wie Ophelia fand. »Herrgott, Nathan!«, raunte Gabriel leise, um Agent Marks nicht zu stören. »Mach dir endlich bewusst, dass die Dinge, von denen du dachtest, sie unter Kontrolle zu haben, vollkommen aus dem Ruder gelaufen sind! Wir versuchen nur deinen adligen Hintern einigermaßen unversehrt aus der Affäre zu ziehen! Kapier das doch endlich!« Er wollte eigentlich noch etwas nachschieben, doch er hielt sich zurück! Gabriel ahnte, er würde ansonsten ausfallend werden und das wollte er nicht. Er nahm sich Whisky und einen großen Schluck. Dann sah er Nathan an. »Weshalb eigentlich hast du Ophelia den Bären mit dem Buch aufgebunden? Du hättest sie doch einfach fragen können, ob sie dir auch dieses vermaledeite Dokument sucht!« Und warum hast du das Risiko in Kauf genommen, dass wir einander, sobald wir hier aufeinandertreffen, erkennen könnten! Es muss dir doch klar gewesen sein, dass dies durchaus im Bereich des Möglichen lag?« Nathan sah ihn an und er spürte, wie Ophelias Blick nach Gabriels Fragen auf ihm ruhte. Er nahm an, dass sie ihn mitunter dasselbe gefragt hätte. Er hob entschuldigend die Schultern, sah zuerst Gabriel, dann Ophelia an. »Ich weiß es nicht genau, Gabriel! Vielleicht dachte ich, ...! Ach, ich habe keine Ahnung!« »Das hilft uns aber gerade nicht weiter, Nathan!«, raunte Gabriel entnervt. »Immerhin hat man versucht, dich umzubringen! Ich denke, du solltest dir allmählich wirklich Gedanken machen, wie die Geschichte weitergehen soll!« Dann blickte er Ophelia an. »Und du hast wirklich keine Idee, wer genau dahinterstecken könnte?« Sie schüttelte den Kopf, warf einen Seitenblick zu Jared und erwiderte ruhig: »Nein! Nicht einmal eine Ahnung, wenn ich ehrlich sein soll! Alles, was ich herausfand, habe ich euch gesagt! Ich glaube, jetzt ist es an Jared, mit seinen Informationen herauszurücken, ehe wir uns darüber unterhalten, wie das alles zusammenpasst!« Jared sah sie kurz an, nickte und meinte dann lächelnd: »Aber, wenn ich das tun soll, Ophelia, solltest du mir nicht die interessanten Details vorenthalten!« Sie lächelte ihn charmant an und drehte sich direkt zu ihm. »Tut mir leid, Jared! Erst, wenn du uns sagst, was du weißt!« Jared betrachtete sie eine Zeit lang, seufzte und meinte dann: »Das, was du mir da zu lesen gibst, wissen wir! Aber ich bin mir sicher, dass du noch mehr hast! Aber auf die Schnelle nicht vollständig verbergen konntest! Ich nehme an, ich soll es nicht lesen!« Sie lachte. »Dachtest du tatsächlich, dass ich, nach allem, was oben auf der Burg passierte, meine Karten offenlege? Ernsthaft, Jared! So gut dürftest du mich in der Zwischenzeit kennen! Aber du hast recht, es gibt noch mehr! Doch du kennst die Spielregeln! Bevor du nicht darauf eingehst, werde ich dir nichts zeigen, was Gabriel und ich nicht wollen, dass du es siehst!« Jared holte tief Luft, aufgrund von Ophelias Offenheit, sah den Chief Inspector an, der nur grinste und erwiderte ein wenig resigniert: »In Ordnung! Aber zuerst will ich noch etwas klären!« Er stand auf, ging zu der Terrassentür und wählte sich mit seinem Smartphone in das Internet ein, nachdem er Lord Belmont um den Zugang gebeten hatte. Ophelia und Gabriel sahen einander an, doch niemand wagte es, etwas zu sagen und in der entstandenen angespannten Stille konnten sie nach einem kurzen Moment hören, wie Jared stöhnte. Als Ophelia ihn ansah, bemerkte sie, dass er die Augen geschlossen hatte und angestrengt nachdachte. Mit einem Mal öffnete er sie, kam zurück an den Tisch und meinte: »Zeig mir, was du hast, Ophelia! Bitte! Ich denke, wir sollten sofort handeln. Am Vormittag wird der Innenminister mich zu sich zitieren und auf nicht absehbare Zeit suspendieren! Henley hat ganze Arbeit geleistet. Es ist intern bereits kein Geheimnis mehr, dass ich mich auf Lord Belmonts Seite geschlagen habe! Wir haben nicht mehr viel Zeit!« Erstaunt sah sie ihn an und bat Gabriel um den USB-Stick, den er sofort aus der Hosentasche zog und ihn ihr gab. »Jared?«, fragte sie vorsichtig, doch er schüttelte nur den Kopf, dass sie still sein sollte und steckte ihn ein. Wieder vergingen ein paar Minuten, in der Jared angestrengt die Dokumente und Notizen sichtete, die Ophelia ihm vorenthalten hatte. Als er fertig war, lehnte er sich zurück. »Dir ist sicherlich aufgefallen, dass vor etwa drei Jahren noch weitere Anfragen gestartet worden sind, nicht wahr? Zumindest lassen darauf deine Notizen schließen!« Ophelia nickte. »Als wir herausfanden, dass

Lord Belmont damals tatsächlich zu dir wollte und bereits allgemein bekannt war, dass der Lord nach seinem »verschwundenen« Buch suchte, wussten wir bereits, dass er das Testament seines Vaters zwischenzeitlich gelesen und richtig interpretiert hatte. Er suchte schon ab diesem Moment kein Buch mehr!« Er blickte Lord Belmont streng an und sagte: »Aber Sie hätten niemals damit an die Öffentlichkeit gehen dürfen, Lord Belmont! Es gibt Leute, die ein unglaubliches Gespür für solche, ich nenne es mal vorsichtig, Prahlereien haben. Es gab jemanden in London, der Ihren Ausführungen höchste Aufmerksamkeit schenkte! Da dieser Jemand bereits um die näheren Umstände der Ausgrabungen in Ungarn wusste und was man dabei genau dort gefunden hat!« »Das hört sich beinah wie Betriebsspionage an, Agent Marks!«, warf Gabriel vorsichtig ein. Jared nickte. »Ja, so könnte man es im weitesten Sinne nennen! Ab diesem Moment kamen noch ein paar unglaublich prekäre Zufälle hinzu, die diesen Jemand handeln ließen, ehe es für ihn zu spät sein würde!« »Hättest du vielleicht die Güte, dich ein wenig genauer auszudrücken, Jared!«, stöhnte Ophelia. »Ich kann dir im Moment nicht ganz folgen!« Er lächelte sie an, straffte sich und sagte dann kleinlaut: »Ich rede von Sir Jonathan Bingham, Ophelia! Matthews Vater!« Sie keuchte vernehmlich auf, schüttelte den Kopf und sah Jared entsetzt an. »Niemals Jared! Doch nicht Jonathan!« In diesem Augenblick klopfte es für alle deutlich hörbar und zum denkbar ungünstigsten Zeitpunkt an der Tür. »Das wird Sergeant Travis sein!«, meinte Gabriel und erhob sich. »Wartet, bis ich zurück bin!« »Chief Inspector ...!«, warf Jared ein, doch Gabriel meinte nur kurz angebunden: »Ich weiß, ich weiß! Aber ich kenne ihn gut genug, dass ich ihn, zumindest für den Augenblick, abwimmeln kann!« Er ging hinaus, öffnete die Tür und es war tatsächlich, wie vermutet, der Sergeant. Gabriel begrüßte ihn, bat ihn aber nicht in das Haus. »Es war eindeutig Sabotage, Chief Inspector!«, sagte Travis, nachdem er Gabriel ein wenig von der Tür weggezogen hatte. »Man fand auf der Mauer eine Patronenhülse. Einer der Techniker meinte, der Anschluss der Gasflasche wurde von einer Kugel getroffen und so zur Explosion gebracht!« Gabriel nickte, sah ihn ernst an und raunte: »Ja, Sergeant Travis! Genauso war es!« Er zog ihn noch ein wenig weiter vom Haus weg und sagte leise: »Die Dame, die Sie für mich suchen sollten, war ebenfalls dort und hat einen Schatten auf der Mauer bemerkt! Wenn ich ehrlich sein soll, wollte ich nur die Bestätigung dafür!« Er sah ihn an und schloss kurz die Augen. »Hören Sie Sergeant Travis, ich weiß, wie sich das für Sie anhören muss, aber ich bitte Sie inständig, den Bericht dahingehend zu verfassen, dass es ein technischer Defekt war! Wenigstens vorerst!« Sergeant Travis sah ihn fragend an und Gabriel wusste, er musste ihm wenigstens ein paar Details geben! Auch, wenn sie sich schon viele Jahre kannten und sie gemeinsam schon einige durchaus ungewöhnliche Fälle gelöst hatten, würde Travis nicht so einfach nachgeben. »Hier ist etwas im Gange, Sergeant, was unser beider Kompetenzen weit mehr als nur überschreitet! Und wenn wir nicht aufpassen, wird definitiv mein Kopf rollen! Bitte versuchen Sie, zumindest für ein paar Stunden, den Schein aufrechtzuerhalten!« Travis erwiderte seinen Blick und grinste. »Chief, ich bitte Sie! Wollen Sie mir ernsthaft erzählen, wenn auch zwischen den Zeilen, dass der britische Geheimdienst etwa seine Finger im Spiel hat?« Gabriel stöhnte. »Wie kommen Sie denn darauf, Sergeant?« Travis hob entschuldigend die Schultern und meinte lächelnd: »Ich war lange Jahre in der Armee, Sir! Die Patronenhülse war eine 9-mm-Spezialanfertigung! Die verwenden nur Scharfschützen der Armee. Oder die des Geheimdienstes!« Gabriel schwieg. Travis lächelte erneut. »In Ordnung Chief Inspector! Keine Bange! Es waren Leute von der Spurensicherung, die verschwiegen genug sind, dass sie ihren Mund halten, wenn ich sie darum bete!« Dann drückte er Gabriel den Schlüssel zur Burg in die Hand. »Seien Sie auf der Hut, Chief Inspector! Ich kann Sie auf jeden Fall ein paar Stunden, eventuell auch einen Tag lang decken! Sie sollten aber zusehen, dass Sie den Schützen bald finden!« »Danke!«, sagte Gabriel nur und Travis nickte, während er sich von ihm verabschiedete und zu seinem Wagen ging. Es war ein ziviler, wie Gabriel erstaunt feststellte. Als er losfuhr, holte Gabriel tief Luft und ging wieder hinein, in der Hoffnung, Agent Marks hatte sich wirklich bis zu seiner Rückkehr zurückgehalten. Vor der Tür der Küche stehend, hörte er, wie Ophelia und Agent Marks heftig diskutierten und er war nicht überrascht, dass sie ihn gerade mit Vorwürfen überhäufte. Laut und ungehalten! Unfreiwillig musste er lächeln, trat aber dann wieder mit ernstem Gesicht ein. Augenblicklich verstummten die Gespräche und alle Gesichter wandten sich ihm zu. Er winkte nur ab. »Alles in Ordnung! Sergeant Travis weiß, was er zu tun hat!« Dann setzte er sich wieder auf seinen Stuhl, sah Agent Marks an und meinte scheinbar gelassen: »Wir waren gerade bei den prekären Zufällen, Agent Marks, die Sir Bingham mit in das Spiel brachten!« Jared verdrehte die Augen. Er mochte Gabriels direkte Art nicht. Auch, wenn er offenbar nur darauf bedacht war, seinen Cousin und vor allem auch Ophelia zu schützen. »Ja die Zufälle, Chief Inspector!«, dann sammelte er sich kurz und fuhr an diesem Punkt fort: »Sir Bingham hat, kurz bevor Lord Belmont begann, sein Vorhaben in die Tat um-zusetzen, jemanden für die Suche nach dem Buch zu finden, eine Anfrage bekommen. In der man ihn bat, mögliche Verfahren zum Abbau von Bodenschätzen in einem unzugänglichen Gebiet schematisch und kostentechnisch darzustellen. Die Anfrage selbst kam von der britischen Regierung. Da die Binghams über weitreichende Erfahrungen auf diesem Gebiet verfügen, be-schloss man, Sir Bingham dahin gehend zu informieren, dass man bei archäologischen Ausgrabungen auf ein natürliches Pla-tin-Vorkommen gestoßen war!« »Er war tatsächlich rein zufällig bei dem Treffen mit Lord Vlad in London, in dem, selben Herren-club? Oder wie soll ich das verstehen?«, fragte Nathan, mit einem Mal sehr nachdenklich. »Als ich mit dem jungen Lord eigentlich ein für alle Mal klärte, dass ich nichts über den Verbleib des Bu-ches, das er selbst auch suchte, wusste? An dem Abend beschlos-sen wir eigentlich, es einfach dabei bewenden zu lassen und unterhielten uns den Rest des Abends über Gott und die Welt! Das ist ja unglaublich!« »Und warum hast du es nicht dabei be-lassen, Nathan?«, fragte Gabriel neugierig. »Das Testament, Ga-briel!«, antwortete Nathan. »Ich habe erst, nachdem ich es noch-mals eingesehen habe, kapiert, was Vater mir damit sagen wollte! Ich muss leider zugeben, dass meine Neugierde von da an geweckt war!« »Was uns wieder zu Sir Bingham bringt!«, warf Jared ein. »Der ebenfalls neugierig geworden war und versuchte, die ganzen Informationen, die er bis dato gesammelt hatte, in Kontext zu bringen! Ich kann nur vermuten, dass mein Vorgesetzter Henley ihm dabei behilflich war, da sie sich durch Matthew, Jonathans Sohn und Ophelias Mann, kannten!« Er holte Luft und fuhr fort: »Anfänglich ging es tatsächlich nur um Informationen, um die Anfrage der Regierung zu bedienen! Da sich Kohleabbau scheinbar grundsätzlich vom Erzabbau unterscheidet! Sir Bingham wollte Gesteinsproben, geologische Gutachten und die genaue geographische Lage der Funde. Alles Informationen, die wir respektive ich selbst, ihm blind vertrauend lieferten! Ich weiß allerdings nicht, ob Henley von Anfang an ein anderes Interesse verfolgte! Oder, ob Sir Bingham ihn irgendwann mit in das Boot holte, nachdem er den ganzen komplexen Zusammenhang erkannte!« »Eine spannende Frage, Agent Marks!«, meinte Gabriel, sich nachdenkend über die Stirn fahrend. »Und durchaus berechtigt! Erklärt aber nicht, warum man letztendlich versuchte, Nathan zu ermorden! Und sollten wir uns leider nicht auch sehr zu meinem Bedauern die Frage stellen, inwieweit Ophelia in das Blickfeld ihres Vorgesetzten und/oder Sir Binghams geraten ist! Immerhin ist er ihr Schwiegervater!« Jared nahm sich Whisky, stürzte ihn in einem Zug hinunter und meinte dann leise: »Genau das ist es, was mich, seit ich Ophelia auf der Burg traf, beschäftigt. Immerhin verschwieg man mir, vorsätzlich, dass es sich um die Philologin, die Lord Belmont engagiert hatte, um Ophelia handelte! Wollte Henley nicht, dass ich es wusste, weil er ahnte, dass sie tiefer ins Detail gehen und ich sie warnen würde, fände ich heraus, dass sie den Auftrag angenommen hat? Oder hielt ihn Sir Bingham zurück, besorgt, dass seine Schwiegertochter unfreiwillig in das Kreuzfeuer geraten würde, das er und Henley vorbereitet haben!« »Herrgott, Jared!«, keuchte Ophelia entsetzt. »Hörst du dich gerade reden! Es geht hier um einen geplanten Mord!« Jared sah sie an und in seinen Augen funkelte es gefährlich. »Das, Ophelia, ist mir durchaus bewusst! Ich weiß, dass du mir gerade unterstellen willst, dass ich davon wissen müsste! Schließlich bin ich es, der für die innere Sicherheit arbeitet! Zum letzten Mal, ich habe nichts davon gewusst! Noch nicht einmal geahnt! Ich wurde nicht einmal darüber informiert, dass diesbezüglich Planungen im Gange wären! Ganz zu schweigen davon, dass man Lord Belmont wahrhaftig gezielt töten wollte. Ich sollte nur das Risiko eines etwaigen Anschlags auf ein Minimum reduzieren und die Augen aufhalten. Nur aus diesem Grund war ich heute auf dieser Veranstaltung!« »Das würde jedoch bedeuten, dass die britische Regierung oder der Geheimdienst den Auftrag gegeben hat, Nathan zu töten! Je nachdem, wessen Interesse an diesem Fund größer ist! Habe ich das gerade richtig verstanden?«, hakte Gabriel sachte nach. »Himmel, ja!«, keuchte Jared. »So sieht es aus! Aber ohne mein Wissen! Ich wusste noch nicht einmal, dass sich unter den mir zugeteilten Agenten ein Scharfschütze befindet! Es hieß nur: observieren, Ausschau halten und wenn tatsächlich Verdacht bestünde, eingreifen, ohne viel Aufmerksamkeit zu erregen!« Vollkommen derangiert stand er auf und raufte sich die Haare. »Ich kann es doch selbst kaum glauben! Aber alles spricht dafür, dass es so ist! Und das alles nur, wegen einem uralten, wohl nicht einmal legitimen Grundbesitz, der urkundlich verbrieft bei der Regierung in Ungarn liegt!« »Ich bin zwar nicht sehr bewandert in der hohen Kunst der Diplomatie!«, warf Nathan vorsichtig ein. »Aber wäre ich durch einen bedauerlichen Unfall ums Leben gekommen, könnte man bei einem entsprechenden Deal mit der britischen Regierung durchaus darüber nachdenken, die ursprüngliche Urkunde dem Schredder zuzuführen und sie zugunsten der Binghams zu ändern!« Jared nickte. »Ich gebe Ihnen Recht, Lord Belmont! Wenn man alles zusammen in das rechte Licht rückt, drängt sich dieser Verdacht geradezu auf!« »Der Fluch der Belmonts!«, meinte Gabriel sarkastisch, sah Ophelia dabei nachdenklich an und fragte dann Agent Marks: »Wäre es im Bereich des Möglichen, dass Sir Bingham von dem Raubüberfall auf Nathans Großvater wusste und vielleicht aus diesem Grund den Geheimdienst in seine Spekulationen überhaupt erst miteinbezog?« Jared hob die Schultern, sah Gabriel an und erwiderte: »Schon möglich! Natürlich nicht offiziell, aber wer weiß! Vielleicht hat sich Matthew irgendwann einmal verplappert! Oder Henley! Das kann ich Ihnen leider beim besten Willen nicht sagen! Fakt ist jedoch, dass diese Story intern bekannt ist! Sie hat damals viel Staub aufgewirbelt. Auch bei dem Versuch, zu vertuschen, wer genau hinter dem Raub stand! Und leider wissen wir nach wie vor nicht, wer den damaligen Lord Belmont getötet hat! Es wird vermutet, dass der ungarische Geheimdienst dahintersteckte! Man vertraute uns wohl nicht und wollte deshalb auf Nummer sichergehen! Oder vielleicht ...?« »Sprich es nicht aus, Jared!«, tadelte Ophelia ihn leise. »Ich glaube nicht, dass Jonathan schon damals seine Finger mit im Spiel hatte!« Erneut hob Jared die Schultern, erwiderte aber nichts auf Ophelias leise geäußerte Fürsprache. »Das ist letztendlich auch egal!«, warf Gabriel ein. »Ich finde es wesentlich erschreckender, dass dieser Anschlag vor drei Jahren vielmehr Nathan und Ophelia galt, als mir! Es sieht wahrhaftig so aus, als wäre ich tatsächlich nur durch diesen unglücklichen Zufall dieser Hausdurchsuchung das vermeintliche Opfer gewesen! Was aber dem ein oder anderen anscheinend nicht ungelegen kam!« Nathan keuchte ungewollt, als ihm die Tragweite bewusst wurde. »Und heute Abend auf der Burg bot sich die einzigartige Gelegenheit, sich sämtlicher Protagonisten, welche auch nur im entferntesten mit dieser Geschichte zu tun haben, auf einen Schlag zu entledigen!«, warf mit einem Mal Ernest ein, der bis zu diesem Zeitpunkt schweigend zugehört hatte. Alle Blicke ruhten auf ihm und er lächelte, als er meinte: »Das alles hört sich für mich durchaus plausibel an! Doch Frage ich Sie, meine Herren und die Dame, wie wollen Sie das beweisen? Sie haben sich in dem Moment, als Sie den Kontext herstellten, wie Ophelias Suche nach dem Dokument mit Agent Marks Anwesenheit auf der Burg zusammenpasste, mit dem britischen Geheimdienst und einem mächtigen und vermögenden Großindustriellen angelegt! Eine gewagte Kombination! Wenn Sie mich fragen, stehen sie alle zusammen auf einer ziemlich illustren Abschussliste! Das kann nicht jeder von sich behaupten!« »Schön, dass Sie dies so sportlich sehen, Ernest!«, meinte Gabriel ihn angrinsend. »Aber Sie haben recht! Ohne Beweise werden wir uns kaum mehr auf die Straße trauen können!« Jared sah Ophelia an. »Du weißt, wir haben nicht mehr viel Zeit!« Sie erwiderte seinen Blick lange schweigend, schüttelte energisch den Kopf und raunte leise: »Du denkst doch nicht ernsthaft darüber nach, dich in den Zentralrechner des Geheimdienstes zu hacken, oder?« Er grinste sie unverschämt an. Doch mit Ophelias heftiger Reaktion hatte er nicht gerechnet. Sie stand auf und wandte sich mit den Worten: »Vergiss es, Jared!«, von ihm ab und zur Terrassentür hin.

Gabriel sah zuerst Jared an, dann Ophelia, die nach draußen in die Nacht starrte. »Es ist unsere einzige Chance, Ophelia!«, sagte Jared beschwichtigend. »Das weißt du so gut wie ich! Nur zusammen mit dir schaffe ich es, genügend Material zu sichern, ehe ich beim Innenminister antanzen muss! Hilfst du mir nicht, werde ich dies ohne Beweise machen müssen und keine Gelegenheit bekommen, ihn darüber aufzuklären, dass hier eine ziemlich üble Verschwörung am Laufen ist!« Gabriel sah ihn fragend an und Jared verdrehte die Augen. »Ophelia ist in diesen Dingen äußerst versiert, Chief Inspector! Wenn sie mir hilft, und sie ist nun mal darauf spezialisiert, Dinge zu finden, die vor anderen verborgen bleiben sollten, gelingt es uns vielleicht, genügend Beweise zu sichern, ehe man meinen Account sperrt und ich nicht mehr darauf zugreifen kann! Momentan ist es mir noch möglich, wie ich vorhin vorsichtshalber überprüft habe! Aber ich sage es zum letzten Mal, wir haben nicht mehr lange Zeit! Mit ein wenig Glück haben wir noch ein paar Stunden!« Jared blickte zu Ophelia, ehe er sich an Gabriel wandte. »Wir müssen es versuchen, Chief Inspector! Tauche ich beim Innenminister ohnehin mit Verspätung auf und habe keine handfesten Beweise, sind sie alle zusammen nicht mehr sicher. Ganz zu schweigen von mir!« Gabriel musterte ihn nachdenklich, ahnend, dass man wohl nur auf einen Fehler von Agent Marks wartete, um ihn zu akkreditieren. Oder schlimmstenfalls, ihn aus dem Weg zu schaffen. Der Scharfschütze war mit ziemlicher Sicherheit noch vor Ort und wartete auf den entsprechenden Befehl. Plötzlich drehte Ophelia sich um, musterte Jared, der ihren Blick scheinbar ruhig erwiderte. Mit einem Mal nickte sie. »Also gut! Lass uns in die Bibliothek gehen!« Sie bedeutete ihm, ihr zu folgen und ging hinüber. Dicht gefolgt von Jared und Gabriel, der Nathan und Ernest bat, in der Küche zu warten. Sie fuhr den Rechner hoch und ihren Laptop, den sie aus der Küche mit hinübergenommen hatte. »Wähl dich ein!«, sagte sie knapp zu Jared und Gabriel hörte deutlich die Nervosität in ihrer Stimme. Gabriel sah ihr in die Augen, doch sie schüttelte nur den Kopf, seinem Blick ausweichend. Jared bemerkte Gabriels fragenden Blick und meinte, während er sich auf der Tastatur des Laptops zu schaffen machte: »Ophelia hat, auch wenn sie es niemals zugeben würde, schon diverse Rechner gehackt! Ich bin mir aber sicher, vornehmlich, nur um an Informationen über ihre geliebten Bücher zu bekommen! Und schon ganze Programme umgekrempelt, um sie für sich selbst nutzbar zu machen!« Er sah sie augenzwinkernd an. »Nicht wahr meine Liebe!« »Solltest du auf das Programm der British Library anspielen, Jared«, konterte Ophelia genervt, »so war das nicht allein mein Verdienst, wie du weißt! Ich habe nur die entsprechenden Anregungen gegeben!« Jared lachte. »Dein Kollege erzählte mir aber etwas ganz anderes!« Jared stand auf und gab Ophelia den Stuhl frei. Sie warf ihm einen vernichtenden Blick zu, setzte sich und legte los. Gabriel hätte beim besten Willen nicht sagen können, was sie da genau machte, denn das ursprüngliche Bild, das erschienen war, als Agent Marks ihr Platz machte, veränderte sich nicht, als sie anfing. »Henley ist online!«, sagte sie plötzlich und drehte sich zu Jared um. »So viel Glück ist beinah unheimlich!« Jared beugte sich zu ihr hinunter. »Wird er dich bemerken, wenn du seinen Account durchwühlst!« Ophelia schüttelte den Kopf. »Nein! Er ist über sein Telefon eingewählt und ich über den Server! Nach was soll ich suchen, Jared?« »Gesprächsprotokolle, private Aufzeichnungen! Irgendetwas, was ihn mit Sir Bingham und Lord Belmont in Verbindung bringen würde!« Gabriel sah, dass ein weiteres Fenster aufging am großen Rechner und sie zog sich die Tastatur herüber, um auf dieser zu schreiben. »Wie lange hast du?«, fragte Jared, doch Ophelia bedeutete ihm, still zu sein und arbeitete weiter, konzentriert und versunken. Erst, als sie nach einiger Zeit auf die Befehlstaste gedrückt hatte, meinte sie: »Maximal zehn Minuten! Aber auch nur dann, wenn er sich zwischenzeitlich nicht abmeldet!« »Na, dann hoffen wir mal das Beste!«, sagte Jared leise. Ophelia konnte nur nicken, denn sie wollte sich gar nicht so genau ausmalen, was geschah, würde man sie erwischen. Gabriel nahm Whisky von dem kleinen Tischchen an der Sitzgruppe der Bibliothek und schenkte ihnen allen ein. Als er Ophelia das Glas gab, lächelte sie und bedankte sich. Mit einem Mal zog etwas ihre Aufmerksamkeit auf sich und sie stellte das Glas ab! Ophelia wandte sich dem Laptop zu und stöhnte leise. »Was ist?«, fragte Gabriel neugierig geworden und trat neben sie, da Jared an die Terrassentür getreten war. »Er hat gerade seine E-Mails geöffnet! Die internen. Er wird gerade darüber informiert, dass der Anschlag am Abend geglückt ist! Es sieht fast so aus, als hätte man unser Treiben tatsächlich nicht bemerkt!« »Dann ist der Schütze sofort nach dem Schuss verschwunden!«, sinnierte Gabriel. »Wahrscheinlich über die Feuertreppe, die sich dort ganz in der Nähe befindet!« »Und auf dem Wanderweg, der darunter verläuft und runter in das Dorf, um sich dort wieder mit den anderen zu treffen! Wir bemerkten den Weg, als wir uns am Nachmittag unauffällig umsahen«, ergänzte Jared. »Was für ein Wahnsinn!« Ophelia konzentrierte sich wieder darauf, in den Ordnern von Henley zu stöbern und die Suchparameter neu einzugeben, damit sie in der Kürze der Zeit so viel wie nur irgendwie möglich herunterziehen konnte. Sichten würde sie die Sachen erst danach. Die Gefahr, dass er sich vorzeitig abmelden würde, war einfach zu groß. »Wie sieht es aus, Ophelia?«, fragte Gabriel, als er sah, dass ihre Blicke zwischen den Rechnern hin und her schweiften. »Ich habe nicht die geringste Ahnung!«, erwiderte sie leise. »Aber ich versuche alles abzugreifen, was ich nur erwischen kann!« Er sah Agent Marks an und meinte: »Und was wollen Sie dann genau damit anfangen?« Jared erwiderte seinen Blick, hob die Schultern. »Das weiß ich noch nicht so genau, Chief Inspector! Was ich Ihnen aber sagen kann, ist, dass ich in der Zentrale einen ziemlich heftigen Skandal provozieren werde!« Fragend erwiderte Gabriel seinen Blick. »Im Endeffekt ist es gar nicht so wichtig, welche Notizen Ophelia finden wird! Die Hauptsache ist eigentlich nur ein oder zwei Mails oder Notizen, die belegen, dass Henley Kontakt mit Sir Bingham hatte! Mit etwas Glück, darin ein paar verhängnisvolle Sätze, die meine Vorwürfe untermauern würden! Wenn ich ihn damit in die Ecke treiben kann, bekämen wir die Möglichkeit, dem Innenminister Ophelias gesamten Ausführungen vorzulegen und ihm damit die Geschichte in ihrer ganzen Komplexität darzulegen!«, antwortete er Gabriel ehrlich. »Sie denken wirklich, dass würde reichen, um interne Ermittlungen anzustoßen und Lord Belmont aus der Schusslinie zu bringen?«, versicherte sich Gabriel. Jared, der einen kurzen Blick auf den Bildschirm geworfen hatte, sah ihn wieder an. »Ja, mit ziemlicher Sicherheit sogar! Der neue Innenminister ist kein großer Freund von Geheimdienstaktivitäten! Das ist allgemein bekannt! Auf einen Skandal wie diesen wartet er wahrscheinlich nur. So kann er ordentlich in die, wie ich leider zugeben muss, derart veralteten Strukturen und Machenschaften hineingrätschen und aufräumen! Ich biete ihm lediglich die Gelegenheit dazu!« Gabriel musste grinsen, gab ihm innerlich jedoch recht! Auch der Scotland Yard hatte schon den unbedingten Reformwillen des Ministers zu spüren bekommen. »Sobald Ophelia genug hat, werde ich mich auf den Weg machen und versuchen, ihn im Laufe des Vormittags allein zu erwischen!«, sagte Jared ruhig. »Erwarten wird er mich ohnehin, nachdem Henley ihn schon dezent darauf hingewiesen hat, dass ich mehr oder weniger abtrünnig geworden bin!« Ophelia sah kurz hoch, mit besorgtem Blick. »Glaubst du, dass es klug ist, wenn du dich allein auf den Weg zu ihm machst? Du weißt nicht hundertprozentig sicher, ob deine Leute, inklusive dem Scharfschützen, nicht irgendwo nur darauf warten, dich abzufangen?« Jared hob die Schultern und erwiderte knapp: »Dieses Risiko werde ich wohl eingehen müssen, Ophelia!« »Kannst du erkennen, wo Henley sich aufhält?«, fragte Gabriel mit einem Mal. Ophelia schüttelte den Kopf. »Wenn ich das versuche, Gabriel, merkt er, dass sich jemand über seinen Zugang eingewählt hat! Wir würden damit die Hosen runterlassen. Ich denke, dass ist angesichts der Tatsache, dass wir uns gerade auf ziemlich illegalem Weg Informationen beschaffen, keine gute Idee!« »Schade!«, erwiderte Gabriel. »Es hätte mich irgendwie schon interessiert, wo er sich gerade rumtreibt! Mitten in der Nacht!« Sie hob nur entschuldigend die Schultern. »Es wird ohnehin schwierig, mich wieder unbemerkt aus dem System zu schleichen! Ich habe alles heruntergezogen, was ich zu fassen bekam und werde mich nun verabschieden!« Sie zog sich wieder die Tastatur des großen Rechners heran und begann, sich vorsichtig und in der Hoffnung, keine Spuren zu hinterlassen, aus dem Zentralrechner zu mogeln. Irgendwann atmete sie erleichtert auf, fuhr den großen Rechner herunter und begann, die Ordner, die sie sich auf das Laptop gezogen hatte, zu öffnen! »Und jetzt?«, fragte Gabriel gespannt. Ophelia lachte, sah ihn an und fragte: »Kannst du dich noch erinnern, als ich dir erklärte, wie ich anhand der Fotos in Warwick Castle versuchte, das Buch zu finden, welches der Kurator vermisste?« Gabriel lächelte, als ihm dämmerte, was sie nun vorhatte und bejahte ihre Frage. »Nur, dass ich diesmal nicht anhand von Fotos suche, sondern andere Suchparameter vorgebe! In unserem Fall Namen und präzise Stichwörter! Mit etwas Glück werden wir relativ schnell erfahren, ob die beiden tatsächlich Kontakt hielten! Sollte Henley so dumm gewesen sein, sich darüber Notizen zu machen, werden wir vielleicht auch schriftliche Beweise finden!« Gabriel grinste. »Herrje! Ich hatte keine Ahnung, dass Bücherwürmer derart viel von Computern verstehen! Ich dachte immer, ihr versteckt euch in den Bibliotheken dieser Welt und traut euch nur in Ausnahmefällen vor die Tür!« »Siehst du, so kann man sich täuschen!«, erwiderte sie schmunzelnd. Mit einem Mal gab der Rechner ein Geräusch von sich und Ophelia meinte triumphierend: »Volltreffer!« Sie öffnete die aussortierten Dokumente und meinte zu Jared: »Ich werde dir die Mails zu meinen Aufzeichnungen dazu speichern! Und dann steck um Himmels willen diesen USB-Stick in die Tasche!« Jared nickte, während er gebannt auf den Bildschirm sah und die geöffneten Mails und Gesprächsnotizen las. Kopfschüttelnd sah er Gabriel an und stöhnte: »Er stand wirklich in regen Kontakt mit Sir Bingham! Der Idiot hat die Mails tatsächlich gespeichert! Unglaublich! Das wird reichen, selbst wenn ich nicht genau erkennen kann, ob sie sich wirklich über das Thema Lord Belmont unterhalten haben!« Grinsend reichte Ophelia ihm den Stick. »Nun gut!«, meinte Gabriel. »Dann lassen Sie uns aufbrechen! Der Weg nach London ist von dieser Ecke des Landes aus weit.« Erstaunt sah Jared ihn an, schüttelte aber den Kopf. »Ich denke nicht, dass es klug wäre, wenn Sie mitkommen, Chief Inspector! Sollte in der Zwischenzeit tatsächlich jemand überrissen haben, dass Sie mit Lord Belmont verwandt sind, wird es für Sie ungemütlich, blieben Sie noch länger in meinem Dunstkreis. Meine Leute haben Sie am Abend auf der Burg gesehen. Wenigstens als guten Bekannten von Lord Belmont!« »Hören Sie, Agent Marks!«, konterte Gabriel, äußerlich vollkommen ruhig. »Ich stecke in dieser Geschichte mindestens genauso tief drin wie Nathan! Ich nehme an, Sie haben bemerkt, wer das Land in Ungarn ursprünglich erworben hat, ehe es in den Besitz der Belmonts überging! Ich, für meinen Teil, will mit allen Mitteln verhindern, dass meine Familie mit in diese Affäre hineingezogen wird! Und ich will Sie nicht, nach allem was Sie für Lord Belmont getan haben, allein auf weiter Flur wissen! Mit einem Scharfschützen des Geheimdienstes im Genick! Das ist keine Option!« Dann wandte er sich um, nahm das Mobiltelefon, das er auf den Schreibtisch gelegt hatte und wählte eine Nummer aus dem Gedächtnis, während er zu Jared sagte: »Je mehr Leute wir sind, die bestätigen können, was passiert ist und in welchem Zusammenhang, umso eher wird uns der Innenminister glauben! Ich werde Sergeant Travis anrufen! Er ist bestimmt noch in Harlech. Er soll den Beamten der Spurensicherung mitnehmen, der die Patronenhülse gefunden hat oder den Techniker, der erkannte, dass der Anschluss der Gasflasche mit einer Kugel getroffen wurde!« Jared wollte etwas erwidern, doch Gabriel bedeutete ihm, dass er still sein solle, da Sergeant Travis gerade abhob. Gabriel erklärte ihm kurz, was er vorhatte, nachdem der Sergeant ihm bestätigte, noch in Harlech zu sein. Sie verabredeten sich am Ortseingang, wo er und der Techniker, der ebenfalls noch vor Ort war, zu ihnen stoßen würden. Erstaunt, wie viel Gabriel preisgegeben hatte, sah Jared ihn an, doch Gabriel meinte nur: »Der Sergeant selbst hat erkannt, dass es sich bei der Hülse um eine Spezialanfertigung handelte. Er war viele Jahre in der Armee und ihm war ab diesem Zeitpunkt bewusst, als man ihm die Hülle zeigte, dass ich ihn nicht holte, um einen technischen Defekt zu bestätigen! Er wird uns, zumindest in dieser Beziehung, mehr als nur hilfreich sein, Agent Marks!« Sachte nickte Jared! Es passte ihm schlichtweg nicht, noch jemanden mit in das Boot zu holen. »Es wäre vielleicht hilfreich, wenn auch ich mitkommen würde!«, warf Ophelia leise in den Raum. Jared und Gabriel protestierten gleichzeitig und Ophelia musste unwillkürlich lächeln, als sie die Besorgnis beider spürte. Sie schüttelte vehement den Kopf. »Keine Widerrede! Niemand, außer ich selbst, kann meine Aufzeichnungen besser erörtern! Ich bin mir sicher, dass eben dies dringend erforderlich ist, um den Innenminister davon zu überzeugen, dass er weitergehende Maßnahmen ergreifen muss!« Gabriel verdrehte die Augen. »Das gefällt mir nicht! Und das weißt du auch! Du steckst ohnehin schon tiefer drin, als du es jemals hättest sein sollen! Auch Nathan wird

das nicht gutheißen, Ophelia! Da bin ich mir ziemlich sicher.«
Sie erwiderte seinen Blick wortlos. »Du wirst mich nicht aufhalten können, Gabriel! So sehr du dir das vielleicht auch wünschen würdest! Aber auch ich werde zu Ende bringen, was ich angefangen habe! Schließlich war ich es, die Lord Belmont und dich erst in diese prekäre Situation gebracht hat! Vergiss das nicht!« »Herrgott, Ophelia!«, keuchte Gabriel. »Nur, weil du freiwillig geblieben bist, als du gehen solltest, trägst du doch keine Schuld daran! Vergiss es! Genauso schnell, wie es dir in den Sinn gekommen ist! Agent Marks hat den Stick und mich als Zeugen! Außerdem, Sergeant Travis und den Techniker! Du wirst bleiben, wo du bist! Und brav mit Melisande zurück nach Coventry fahren, sobald sie hier aufschlägt! Ich will dich sicher zu Hause wissen und nichts von dir hören, ehe wir in London zu einem Ergebnis gekommen sind! Ich verspreche dir, ich werde mich, sobald es geht, bei dir melden!« Ophelia hielt seinem strengen Blick stand. Sie gab noch nicht einmal Kontra. »Diesen Blick kenne ich, Chief Inspector!«, kicherte Jared plötzlich. »Sie wird sich von Ihnen nicht von ihrem Vorhaben abbringen lassen! Sie werden Ophelia schon mit Handschellen irgendwo anketten müssen, um sie daran zu hindern, mitzukommen!« Gabriel stöhnte auf, fuhr sich angestrengt über das Gesicht und meinte dann an Jared gewandt: »Ich finde es nicht gut, dass sie Ophelia auch noch bestärken, Agent Marks!« Jared hob entschuldigend die Schultern, erwiderte aber nichts darauf. Er wusste, würde er dem Chief Inspector zustimmen, zog er sich Ophelias Zorn zu! Das war für ihn überhaupt keine Option, da er Ophelia zu sehr mochte, als dies zu riskieren. Als Gabriel merkte, dass er überstimmt war, stöhnte er tonlos auf mit verkniffenem Gesicht und sagte dann mit resignierter Stimme: »Also gut! Ich werde Nathan erklären, was wir vorhaben und dann sollten wir uns so schnell es geht auf den Weg machen!« Gabriel hatte Mühe, ruhig aus der Bibliothek zu gehen und musste den Drang, etwas Ausfallendes zu sagen, mühsam unterdrücken. »Danke, Jared!«, sagte Ophelia, als sie die Küchentür hörten. Jared winkte ab, sah sie ernst an und antwortete: »Du weißt, dass ich eigentlich der gleichen Meinung wie der Chief Inspector bin! Aber ich kenne dich gut genug, um zu wissen, dass du uns, wie auch immer, folgen würdest! Mo-

mentan will ich dich lieber in meiner Nähe wissen, als ständig darüber nachdenken zu müssen, welchen Unsinn du als Nächstes anstellen wirst!« Ophelia musste lachen, nickte aber folgsam. Insgeheim hatte sie tatsächlich darüber nachgedacht, wie sie ihnen hätte folgen können. Hätte Gabriel seine Drohung, sie hier zu lassen, um sie mit Melisande zurück nach Coventry zu schicken, wahr gemacht. Ein paar Minuten später kam Gabriel zurück. Im Schlepptau, Lord Belmont und Ernest! Beide mit bedrückten Gesichtern und scheinbar nicht erfreut über die Pläne, die Gabriel ihnen unterbreitet hat. »Seid ihr wirklich sicher, dass ihr das tun wollt?«, fragte Nathan vorsichtig. Alle nickten. »Nun gut! Dann nehmt wenigstens einen der Range Rover!«, meinte er und gab Gabriel den Wagenschlüssel. Nathan wusste, mehr brauchte er nicht zu sagen. Sie hatten alle zusammen den Entschluss gefasst und es würde nichts bringen, sie davon abzuhalten. Ophelia ging zu dem Schreibtisch, packte den Laptop ein und ging, ungeachtet der anderen, als erste in den Flur. Gabriel grinste, verabschiedete sich von Ernest und Nathan und folgte ihr. Als sie draußen vor dem Wagen standen, warf Gabriel Agent Marks den Schlüssel zu. »Bitte fahren Sie! Es war ein langer Tag! Ich werde Sie später ablösen!« Jared nickte kommentarlos. Er hatte schon vor einiger Zeit bemerkt, dass der Chief Inspector blass geworden war und er nahm an, dass er Schmerzen hatte. Gabriel stieg zusammen mit Ophelia hinten ein und versuchte, es sich so bequem wie nur möglich zu machen. Seine Narben brannten unangenehm und er hoffte, auf der Fahrt nach London ein wenig schlafen zu können, ehe die Kopfschmerzen einsetzten, die oft mit den Narbenschmerzen einhergingen! Jared und Ophelia sahen einander kurz an und nickten sich zu, als Jared den Wagen startete. Sie waren noch nicht am Ende des Weges, der von der Allee aus zum Gärtnerhäuschen führte, angekommen, als Ophelia und Jared gleichzeitig bemerkten, dass ihnen ein Wagen entgegenkam. Sie beugte sich nach vorne zu Jared und sagte leise, da Gabriel scheinbar augenblicklich eingeschlafen war: »Da kommt ein Auto, Jared!« »Und es fährt direkt auf uns zu, Ophelia!« Er wurde langsamer, da ihn das Fernlicht, das der Wagen scheinbar in voller Absicht brennen ließ, blendete. Gabriel regte sich, setzte sich auf und meinte nach einem kurzen

Blick nach vorne: »Verdammter Mist!« Jared blieb nichts anderes übrig, als stehen zu bleiben, wollte er nicht mit dem Wagen kollidieren. Fast augenblicklich öffnete sich die Wagentür und Jared keuchte erschrocken. »Henley!«, flüsterte Ophelia entsetzt. »Er war hier! Nicht in London!« »Steigen sie aus!«, hörte sie den Mann sagen, als er sich vor seinem Wagen aufbaute. Eine Waffe in der Hand und mit unverschämtem Grinsen im Gesicht. »Alle zusammen!« »Haben Sie Ihre Waffe dabei, Chief Inspector?«, fragte Jared leise, den Blick nach vorne gewandt. Gabriel verneinte und bedauerte in diesem Moment nichts mehr, als dass er diese, bei der Aussicht auf ein verlängertes Wochenende, in den Safe seines Hauses gesperrt hatte! Vor einer halben Ewigkeit, wie es ihm vorkam. »Wie gut kennen Sie sich hier aus?«, fragte Jared erneut, darum bemüht, die in ihm aufkeimende Panik in seiner Stimme zu unterdrücken. »Ist der Wald weitläufig genug, um zumindest zurück zum Haus zu fliehen?« »Ja, das ist er!«, erwiderte Gabriel flüsternd. »Was haben Sie vor, Agent Marks?« Er drehte sich kurz um, sah zuerst Gabriel, dann Ophelia an. »Wir werden zusammen aussteigen! Aber Sie werden sich sofort in die Büsche schlagen, Chief Inspector! Zusammen mit Ophelia! Holen Sie Hilfe! Henley wird nicht gleich merken, was los ist! Das Licht unserer Scheinwerfer blendet ihn zu sehr, als dass er gezielt schießen könnte! Ich werde versuchen ihn hinzuhalten!« Gabriel sah ihn lange eindringlich an. Dann Ophelia, die ihn mit vor Schreck geweiteten Augen ansah, aber ohne erkennbare Panik in ihnen. »Ich fordere Sie ein letztes Mal auf, Agent Marks!«, hörten sie Henley erneut rufen. Gabriel zog Ophelia zu sich herüber und Jared öffnete die Fahrertür, als Gabriel ihm ein Zeichen gab. Jared stieg aus, mit erhobenen Händen, die Tür schützend vor sich. Gabriel ließ sich hinter ihm nach unten fallen, während er Ophelia mit sich riss. So rollten sie eng umschlungen die Böschung hinunter. Selbst, wenn Henley in diesem Moment mitbekommen hatte, dass die Tür hinter Jared aufgegangen, war, konnte er nicht sehen, wohin genau die Passagiere im Fond verschwanden. Gabriel hörte unterdrücktes Fluchen, drückte Ophelias Kopf ein wenig unsanft nach unten, und sah kurz hoch, um sich zu orientieren. Jared war ebenfalls geblendet von den Scheinwerfern vor die Tür und letztendlich vor den Wagen getreten. Seinen Vorgesetzten stumm betrachtend! Noch immer mit erhobenen Händen. Gabriel richtete sich ein wenig auf und zog Ophelia so sachte und leise, wie nur möglich, nach hinten in den Schatten der ersten Baumreihe. Dort lehnte er sich schwer atmend an einen Baum. Henley grinste Jared an. Es war kein angenehmes Grinsen! Jared lief es eiskalt den Rücken hinunter. »Ich denke, es ist keine gute Idee, mitten in der Nacht durch den Wald fliehen zu wollen, Chief Inspector!«, rief Henley in Gabriels und Ophelias ungefähre Richtung, ohne den Blick von Jared zu nehmen. Gabriel gab einen undefinierbaren Laut von sich und sah vorsichtig um den Baum herum zu den Wagen. »Denken Sie ernsthaft, Sie würden entkommen, um Hilfe zu holen!«, rief Henley darauf hoffend, Antwort und damit die genaue Position zu bekommen. »Ganz zu schweigen davon, wer Ihnen die Story abkaufen würde!«, provozierte er Gabriel weiter. Er trat einen Schritt auf Jared zu und Gabriel hörte zu seinem Entsetzen, wie er die Waffe entsicherte. Er zog Ophelia zu sich heran, sodass sie nicht an ihm vorbei sehen konnte, was vorne auf dem Weg passierte. »Ich meine mich zu erinnern, dass man Ihnen schon einmal unterstellt hat, gerne zu phantasieren, Chief Inspector!«, rief Henley diesmal lauter. Vor allem, ungehaltener. »Sie sollen damals kurz vor der Einweisung gestanden haben, nicht wahr!« Gabriel stöhnte und rief, ohne ihre Deckung zu verlassen: »Und ich denke, dass dies hier rein gar nichts zur Sache tut, Henley! Was wollen Sie? Und warum sollten wir uns ausgerechnet von Ihnen aufhalten lassen?« Er wusste, es war nur ein Spiel auf Zeit, das sie hier betrieben. Gabriel überlegte fieberhaft, was er tun sollte. In den Wald fliehen, war durchaus eine Option. Es war stockdunkel und Henley hatte somit keine Chance auf einen gezielten Schuss. Aber das Gärtnerhäuschen war ihnen verwehrt. Henley würde sofort nach ihrem Verschwinden dorthin fahren, um sich Nathan vorzunehmen. Harlech House lag in der anderen Richtung. Sie würden nicht ungesehen an Henley vorbeikommen und dabei noch Jared gefährden. Tiefer in den Wald aber bedeutete, dass sie mindestens fünf Kilometer zur nächsten Ortschaft laufen mussten, ehe sie die Gelegenheit bekamen, etwas zu unternehmen. Gabriel sah Ophelia an. Sie würde es schaffen, daran bestand kein Zweifel.

Er wollte ihr gerade zuflüstern, was er vorhatte, als Henley mit einem Mal ungehalten schrie: »Kommen Sie endlich heraus und bringen Sie Dr. Cavill mit! Ich weiß, dass sie bei Ihnen ist!« Gabriel drehte sich ein wenig aus dem Schatten und wollte etwas erwidern, als er bemerkte, dass Henley die Waffe hob. Und ohne Vorwarnung abdrückte. Gabriel konnte Ophelias Gesicht, die sich ebenfalls nach vorne gewandt hatte, gerade noch rechtzeitig an seine Brust drücken, um ihren Schrei zu ersticken. Der in diesem Moment ihre genaue Position verraten hätte. Jared ging getroffen vor Henley auf die Knie! Er sah ihn ungläubig an, dann die Hand, die er auf seinen Leib drückte und zwischen deren Fingern das Blut hervorquoll. Mit einem erstickten Aufschrei und unter Schmerzen ging er zu Boden und verlor das Bewusstsein. Gabriel, einen entsetzten Aufschrei unterdrückend, zog sich und Ophelia in den Schatten des Baumes zurück und kauerte sich auf den Boden. Ophelia noch immer fest an seine Brust gedrückt. Schwer atmend und schockiert, versuchte er sie festzuhalten, was ihm unendlich schwerfiel, da sie sich unter seinem harten Griff wandte, um intuitiv aufzuspringen, um zu Jared zu laufen. »Ophelia, bitte!«, flüsterte er keuchend. »Still! Er wird uns sonst sehen!« Seine Worte holten sie anscheinend wieder ein wenig auf den Boden der Tatsachen zurück und sie sah noch immer fest in seiner, beinah groben Umarmung gefangen, hoch. In ihrem Blick, unterdrückte Panik und Tränen. »Gabriel!«, stöhnte sie. »Er hat …! Jared! Oh, Gott, bitte nein!« Auch Gabriel konnte kaum fassen, was er gesehen hatte. »Ich weiß, Ophelia!« Dann ließ er sie los, packte sie erneut fest bei den Schultern und zwang sie, ihm direkt in die Augen zu sehen und flüsterte: »Wir müssen zusehen, dass wir verschwinden, Ophelia! Er wird sonst Nathan und Ernest umbringen! Wir müssen Hilfe holen! Hast du mich verstanden?« Sie sah ihn noch immer mit Tränen in den Augen an, nickend, aber stumm. »Chief Inspector es wird Zeit! Kommen Sie mit Dr. Cavill heraus. Ihnen wird zumindest vorerst nichts geschehen!«, rief Henley in den Wald, darum bemüht, zumindest einen Schatten zu erkennen, der die Position des Chief Inspector verraten würde. Er ahnte allerdings, dass dieser nicht auf den Kopf gefallen war! Er würde sich keinesfalls unbedarft bewegen. Henley drehte sich um, gab der Person, die sich in seinem Wagen wartend befand, ein Zeichen auszusteigen und rief: »Wenn Sie nicht auf mich hören wollen, ist das durchaus in Ordnung, Chief!«, meinte er mit versöhnlichem Ton in der Stimme. »Aber Dr. Cavill sollte doch zumindest auf das Wort Ihres Schwiegervaters vertrauen!« Ophelia stöhnte und sah Gabriel verschreckt an. Ihr wurde schlagartig bewusst, dass Jonathan tiefer in die Geschichte verstrickt war, als sie sich im Laufe des Gespräches mit Jared eingestehen wollte. »Ophelia, komm raus!«, hörten sie die dunkle Stimme von Sir Bingham. »Ich verspreche, dir wird nichts passieren!« Ophelia sah Gabriel wütend an, vollkommen außer sich. Sie rief nach vorne, ohne ihre Deckung zu verlassen: »Zum Teufel, Jonathan! Er hat gerade den besten Freund deines Sohnes ermordet! Vor deinen Augen! Denkst du wirklich, er würde mich verschonen?« Sie hörten, wie Henley etwas zu Sir Bingham sagte, ohne es zu verstehen. Dann durchbrach erneut ein Schuss die Stille der Nacht und Gabriel musste ein Stöhnen unterdrücken, als die Kugel Splitter aus dem Baum unmittelbar neben ihnen riss und auf sie herabregnen ließ. »Ophelia, bitte! Du hättest dich nicht einmischen dürfen! War meine Warnung an dich so unmissverständlich?«, hörten sie Sir Bingham. Ophelia keuchte unartikuliert, schloss die Augen, erwiderte aber nichts darauf. Plötzlich sah sie Gabriel an: »Geh! Versuch Hilfe zu holen! Aber geh, um Himmels willen! Ich werde versuchen, ihn von Schlimmerem abzuhalten!« Gabriel schüttelte vehement den Kopf. »Nein, niemals! Ich lass dich nicht allein ...! Ich ...! Bitte Ophelia, ich würde es mir nie verzeihen, geschähe dir etwas!« Mit einem Mal lächelte sie, wenn auch der momentanen Situation geschuldet, in der sie sich befanden, verhalten. »Gabriel!«, sagte sie leise, fast mit tadelnder Stimme. »Retten sollst du mich! Nicht allein lassen! Aber wir haben nur diese eine Chance!« Er erwiderte ihren Blick ruhig, und strich ihr dann sanft über das Gesicht. Langsam erhob er sich im Schatten des Baumes und wollte sich gerade auf den Weg machen, als er ein Geräusch wahrnahm. Ein wenig seitlich von ihnen. Zu weit entfernt, um es genau zu lokalisieren. Er bedeutete Ophelia, zu bleiben, wo sie war und kniete sich wieder neben sie. Vorsichtig den Blick um den Baum herum nach vorne richtend. »Ein letztes Mal!«, hörten sie wieder Henley, dessen Ungeduld deutlich in seiner Stimme hörbar war. »Sie kommen jetzt beide raus! Und zwar auf der Stelle!« Plötzlich konnte Gabriel deutlich Bewegung zwischen den Bäumen erkennen. Etliche Meter hinter Henleys Wagen! Er sah, wie zwei dunkle Gestalten vorsichtig und beinah lautlos aus den Schatten der Bäume auf den unbeleuchteten Teil des Weges traten. »Und wenn nicht!«, rief Gabriel. Wer auch immer das sein mochte, er musste ihnen ein wenig Zeit verschaffen. »Was wollen Sie tun? Wen wollen Sie als nächstes erschießen! Ihnen bleiben nicht mehr viele Optionen Henley!« Henley schien sich nicht auf ein Gespräch mit Gabriel einlassen zu wollen und gab einen unwilligen Laut von sich. Er klang gereizt und verärgert. »Ich denke nicht, dass es der richtige Augenblick ist, mit Ihnen darüber zu diskutieren, wen ich als Nächstes erschießen werde, Chief Inspector!« Gabriel hörte, wie er anscheinend seine Position veränderte, um ihn vielleicht auf diese Weise aus der Reserve zu locken. Gabriel schloss die Augen und überlegte, wie er Henley noch ein wenig hinhalten konnte, doch es war nicht nötig.enHenle »Das mit dem Erschießen lassen wir erst einmal sein!«, vernahmen sie plötzlich eine Stimme, die aus der Dunkelheit kam. In der kühlen Nachtluft, laut und deutlich, vernehmbar. »Legen Sie die Waffe zu Boden und legen sie die Hände auf die Motorhaube! Sofort!« Gabriel hätte am liebsten vor Erleichterung laut aufgelacht, als er Sergeant Travis Stimme erkannte. Der Sergeant stand in voller Montur mit gezogener und entsicherter Dienstwaffe vor Henley und Sir Bingham. Im Schlepptau anscheinend den Techniker, dem er wohl in weiser Voraussicht ebenfalls eine Waffe verpasst hatte. Langsam ging er nach vorne. Als Henley vollkommen überrumpelt seine Waffe zu Boden gelegt hatte, zog er ihn ein wenig aus dem Lichtkegel der Scheinwerfer, um nicht länger geblendet zu werden, während er ihm seelenruhig Handschellen anlegte. »Kommen Sie raus, Chief Inspector!«, rief er nach einem kurzen Moment verharrend, bis der Techniker Sir Bingham abgetastet hatte und dieser ihm ein Zeichen gab, dass Sir Bingham unbewaffnet war. »Alles unter Kontrolle!« Gabriel atmete erleichtert auf und erhob sich, um Ophelia zu folgen, die sofort nach den Worten des Sergeanten losgelaufen war, um nach Jared zu sehen. Gabriel bemerkte, als er auf den Weg trat, dass sich unter Agent Marks Körper eine große Blutlache bildete. Der Techniker fasste in Henleys Wagen und löschte das Licht, sodass die Szene nur durch die Scheinwerfer des Rovers beleuchtet war und niemand geblendet wurde. Ophelia zog Jared auf den Rücken, ohne Hoffnung auf einen Funken Leben in ihm. Fast gleichzeitig bemerkten Ophelia und Gabriel, dass er noch atmete. Ophelia sah hoch zu Sergeant Travis an und rief mit verzweifelter Stimme: »Einen Krankenwagen! Schnell! Er ist noch am Leben!« Gabriel kniete sich neben sie und sah, dass Henleys Kugel ihn in den Leib getroffen hatte. Ophelia stöhnte erschrocken, als sie es sah. Auch, dass Jared unglaublich viel Blut verlor. Sie drückte die Wunde mit ihren bloßen Händen ab und sah Gabriel voller Verzweiflung an. »Hier!«, sagte Travis. »Drücken Sie damit die Wunde ab, bis der Rettungswagen eintrifft!«, und gab ihr seine Dienstjacke, zusammengefaltet zu einem straffen Bündel. Ophelia nickte dankend. »Jared, bitte!«, stöhnte sie leise. »Komm zu dir!« Gabriel stand auf, ahnend, dass er für den Augenblick nichts mehr für Agent Marks tun konnte und trat neben Travis. »Das war allerhöchste Eisenbahn, Sergeant! Uns gingen allmählich die Optionen aus!« Der Sergeant nickte lächelnd und erwiderte: »So etwas in der Art haben wir uns fast gedacht!« »Wie kommt es überhaupt, dass Sie hier sind, Sergeant?«, fragte Gabriel und hoffte, dabei nicht unverschämt zu klingen, aufgrund der unverhofften Rettung. Sergeant Travis lachte leise, zog ihn ein wenig zur Seite und meinte: »Wir haben, wie Sie mir sagten, am Ortseingang auf Sie gewartet! Doch Sie kamen nicht! Ehrlich gesagt machten Sie mir bei unserem Telefonat nicht den Eindruck, dass Sie bis zum Morgengrauen warten wollten! Dann kam dieser Wagen vorbei und wir wurden ein wenig stutzig. Der Techniker der Spurensicherung meinte, dass dies irgendwie nichts Gutes bedeute, einigten wir uns darauf, noch eine viertel Stunde zu warten. Als Sie dann immer noch nicht da waren, beschlossen wir, Ihnen zumindest entgegenzukommen. Doch schon auf der Allee sahen wir die Lichter auf dem Weg. Wir ließen den Wagen stehen und machten uns zu Fuß auf, um nach dem Rechten zu sehen! Den Rest kennen Sie!« »Danke, Sergeant!«, sagte Gabriel, sah den Techniker an, der gerade dabei war, Henley und Sir Bingham in Henleys Wagen im Fond zu verstauen. »Auch Ihnen danke ich! Ohne sie beide hätte das Ganze ein böses Ende genommen!« Der Techniker grinste nur nickend und Travis griff nach seinem Funkgerät, nachdem sich die Zentrale meldete und wissen wollte, wohin die bestellten Streifenwagen genau mussten. »Gabriel, bitte!«, hörte er mit einem Mal Ophelia leise nach ihm rufen. Er wandte sich zu ihr und sah, dass Agent Marks mit offenen Augen vor ihr lag. Er kniet sich zu ihnen, löste Ophelia ab und meinte beruhigend: »Der Krankenwagen ist jeden Augenblick hier, Agent Marks!« Jared lächelte, wollte etwas sagen, doch seine Stimme gehorchte ihm nicht. Sein blutiges Röcheln ging Ophelia und Gabriel durch Mark und Bein. Trotzdem lächelte Gabriel ihn an und versuchte, ruhig zu bleiben. »Still, jetzt! Wir haben sie! Beide! Sie werden das gefälligst überleben! Haben sie mich verstanden, Agent Marks? Das ist ein Befehl!« Jared grinste hustend, konnte aber nur stumm nicken! Ihm schwanden allmählich wieder die Sinne und er drohte in die Bewusstlosigkeit abzudriften. »Jared!«, flüsterte Ophelia, als sie bemerkte, dass er wieder ohnmächtig werden würde. »Noch einen Augenblick! Bitte! Du musst wach bleiben!« Jared erwiderte ihren Blick und versuchte sich, auf seinen Atem zu konzentrieren, der immer schwerer und unsteter wurde. Ophelia und Gabriel sahen einander, sich schaudernd erinnernd, an und Gabriel zog ihn daraufhin höher auf seine Knie, damit er leichter atmen konnte. Sie konnten beide den herannahenden Krankenwagen hören und wenige Augenblicke später nahm man Ophelia die Kompresse sachte, aber bestimmt aus der Hand. Ophelia und Gabriel wurden ein wenig unsanft weggestoßen. Beide erleichtert, denn es war höchste Zeit geworden, dass Jared Hilfe bekam. Ophelia beobachtete zusammen mit Gabriel stumm, wie man Jared verarztete. Unfähig, auf irgendetwas in ihrer unmittelbaren Umgebung zu reagieren. In der Zwischenzeit waren mehrere Streifenwagen eingetroffen und auf dem Weg herrschte emsige Geschäftigkeit. Gabriel sah, hin und wieder, Ophelia kurz, allein lassend, nach dem Rechten. Um koordinierend einzugreifen oder Sergeant Travis zu unterstützen. Nach einer gefühlten Ewigkeit war Jared soweit stabilisiert und man schob ihn endlich in den Krankenwagen. Erleichtert blickte Ophelia zu Gabriel, der sie anlächelte. Dann sackte sie völlig unvermittelt, blutverschmiert, wie sie war, und am Ende ihrer Kräfte, in sich zusammen! Gabriel bekam sie gerade noch rechtzeitig zu fassen, ehe sie bewusstlos hart zu Boden aufschlagen konnte.

Als sie erwachte, schien ihr die Sonne in das Gesicht. Sie wagte es nicht, die Augen zu öffnen! Die warmen Strahlen auf ihrer Haut fühlten sich einfach zu gut an. »Ernest, bitte!«, hörte sie mit einem Mal Gabriel leise lamentieren. »Zum letzten Mal! Es ist nichts! Nur ein paar Kratzer von den Büschen! Nichts weiter!« Ernest gab einen unwilligen Laut von sich. Als Ophelia sich entschloss, doch die Augen zu öffnen, sah sie sehr zu ihrer Belustigung, wie Ernest, ohne auf Gabriels Protest zu achten, ihm sein Poloshirt über den Kopf zog. Er legte es zur Seite und Ophelia sah Gabriels verärgertes Gesicht, das sie direkt ansah. »Ophelia!«, augenblicklich erschien ein Lächeln auf seinem Gesicht. »Du bist endlich aufgewacht!« Er wollte aufstehen, doch Ernest drückte ihn vehement zurück auf den Stuhl. »Lassen Sie mich zuerst sehen, Master Gabriel! Das mit den Kratzern nehme ich Ihnen nicht ganz ab!« Ophelia richtete sich auf und bemerkte, dass sie in ihrem Schlafzimmer im ersten Stock des Gärtnerhäuschens lag. Still schmunzelnd, beobachtete sie, wie Ernest die vielen kleinen Wunden an Gabriels Armen begutachtete. Aber dann doch zu dem Schluss kam, dass seinem Schützling nichts weiter fehlte. In dem Augenblick, als er von Gabriel abließ, stand dieser sofort auf und kam zu Ophelia an das Bett. Er setzte sich, ungeachtet der Tatsache, dass er noch immer halbnackt war, neben sie. »Wir dachten schon, du willst gar nicht mehr aufwachen!« Sie grinste, wurde aber schnell wieder ernst, als sie Gabriels, von den Narben entstellten Oberkörper sah. »Jared?«, fragte sie leise. Gabriel nahm ihre Hand, was sie einen Augenblick lang das Schlimmste befürchten ließ. Gabriel lächelte sie sofort an, als er merkte, dass er sie gerade verunsichert hatte und erklärte ohne Umschweife: »Er ist bereits operiert, Ophelia! Zwar noch auf der Intensivstation, aber außer Lebensgefahr! Ich habe gerade eben, bevor ich heraufkam, mit dem Krankenhaus in Cardiff telefoniert, wohin man ihn gebracht hat! Sergeant Travis ist mit ihm gefahren.« Erleichtert atmete Ophelia auf. »Und du? Ernest hörte sich besorgt

an!« Gabriel schüttelte den Kopf. »Wirklich nur Kratzer, Ophelia!
Ebenso, wie bei dir! Ernest hat dich, als wir hier blutverschmiert
und dreckig angekommen sind, sofort nach oben gebracht und
nachgesehen, während er dir das Blut von den Händen wusch!«
Ernest war zu ihnen an das Bett gekommen. »Ich wollte nicht
warten, bis sich ein Arzt hierher bequemen würde, meine Liebe!
Ich hoffe das war in Ihrem Sinne. Aber Sie waren so voller Blut,
dass ich es wirklich mit der Angst zu tun bekommen habe!«
»Schon gut, Ernest!«, erwiderte Ophelia leise. »Das ist vollkommen in Ordnung!« Sie zog sich ein wenig weiter nach oben und
gab Gabriel die Gelegenheit, sich ein frisches Hemd anzuziehen,
das Ernest ihm reichte. »Und Lord Belmont?« Gabriel lachte auf
und sah sie verschwörerisch grinsend an. »Sitzt zusammen mit
dem Innenminister am Küchentisch und erläutert die Geschehnisse der Nacht!« »Der Innenminister ist hier?«, fragte sie ehrlich
erstaunt. »Ja, tatsächlich! Er kam ein paar Minuten nach uns
hier an! Völlig desolat, angesichts der Tatsache, dass er bei der
Anfahrt ein Heer von Polizisten antraf, welches gerade dabei
war, seinen Oberst des Geheimdienstes zusammen mit einem
Zivilisten in einen Streifenwagen abzutransportieren!« Gabriel
wurde ernst und warf ein: »Agent Marks hat anscheinend bereits
am Nachmittag nach unserem Gespräch im Burghof eine Mail
an ihn geschrieben! Mit der Bitte um einen genauen Einsatz-
plan. Der Innenminister rief daraufhin Henley an und bekam
widersprüchliche, nicht mit ihm abgesprochene Informationen.
Er benannte es zwar nicht konkret, aber der Innenminister erkannte, wie er uns sagte, zwischen den Zeilen, dass etwas nicht
mit rechten Dingen zuging. Von Henley bekam er, trotz mehr-
maliger Nachfrage, keine konkrete Aussage, sodass er sich veranlasst sah, sich den letzten Einsatzort von Agent Marks nennen
zu lassen und sich unverzüglich auf den Weg machte, um persönlich nachzusehen, was hier los ist!« »Du lieber Himmel!«,
raunte Ophelia. »Und kam mitten hinein in das Schlamassel!«
»Naja!«, erwiderte Gabriel. »Immerhin kann er sich so gleich
ein Bild von der Situation machen! Und sich dann überlegen,
was er tun wird! Sergeant Travis hat Henley in der Zwischenzeit
ordentlich verpackt, wegen Terrorverdachtes, in Cardiff hinter
Schloss und Riegel festgesetzt, sodass der Innenminister auch

genug Zeit hat, sich Gedanken zu machen!« Er setzte sich ein wenig um und sagte nachdenklich: »So gesehen ging der Plan von Agent Marks mehr oder weniger auf, Ophelia! Der Skandal, den er losgetreten hat, wird gewaltig sein! Auch wenn ich ihm nicht gewünscht habe, dass er sich dabei eine Kugel einfängt!« »Wer wünscht sich schon so etwas, Master Gabriel!«, warf Ernest ein. »Ich denke, Sie wissen am besten von uns, wie es sich anfühlt, halb umgebracht zu werden!« Gabriel musste unweigerlich grinsen und konterte: »Durchaus! Aber mit dem Unterschied, dass Agent Marks schneller wieder seinen Dienst antreten wird!« In seinem Ton lag etwas Unterschwelliges und Ophelia sah ihn fragend an. Er winkte ab. »Keine Sorge! Wenn das alles vorbei ist, brauche ich einfach nur Urlaub! Richtigen Urlaub! Weit weg von alldem!« Ophelia lächelte. Sie konnte es ihm nicht verdenken. Eigentlich wollte sie etwas zu ihm sagen. Doch die Tür zu ihrem Zimmer wurde mit Schwung geöffnet und Melisande rauschte, anders konnte man es nicht bezeichnen, herein. »Was zur Hölle«, rief sie laut, mit deutlich erregter Stimme, »geht hier vor?« Ophelia lächelte sie an und erwiderte nur: »Du hast, wie immer, das Beste verpasst!« Melisande schnappte vernehmbar nach Luft. »Und du, wie immer mittendrin, habe ich recht?« Ophelia nickte und lächelte sie liebevoll an. »Ja, so ist es, Melisande! Aber bevor du dich vollends echauffierst, bring mich bitte einfach nach Hause!« Melisande erwiderte ihr Lächeln, sah dann Gabriel und Ernest an, die beide sachte nickten. »Du hältst dich aber an dein Versprechen, oder?«, kokettierte sie dann frech grinsend. Ophelia lachte. »Mit allen Details, Melisande! Wie versprochen!«

Epilog

Ophelia war nach einem langen anstrengenden Tag in Melisandes Blumenladen zurück in ihre Wohnung gegangen und schloss erleichtert die Tür hinter sich. Ein Blick auf ihren altmodischen Anrufbeantworter sagte ihr, dass auch an diesem Tag das Telefon während ihrer Abwesenheit nicht stillgestanden hatte. Wie in den vergangenen zwei Wochen nicht. Sie beschloss, das Blinken einfach zu ignorieren und sich eine Badewanne einzulassen. Allmählich beschlich sie das beängstigende Gefühl, dass es in Zukunft immer so sein würde. Ophelia wünschte sich nichts sehnlicher, als dass dieser ganze Albtraum, zumindest in absehbarer Zeit, ein Ende hätte. Der Skandal, den Jared nichts ahnend mit seiner Mail an den Innenminister losgetreten hatte, zog immer weitere Kreise. Gabriel und sie kamen die ersten Tage nach dem Mordversuch an Lord Belmont und Jared kaum zur Ruhe. Sie war noch nicht einmal richtig zu Hause in Coventry angekommen, als ihr Telefon bereits klingelte. Man bat sie, inklusive ihrer Unterlagen, nach London zu kommen. Auch Gabriel beorderte man zurück und die ewig während Befragungen zehrten an ihrer beider Nerven. Zumal sie der Innenminister persönlich, zusammen mit Gabriels Vorgesetzten, dem Captain des Londoner Yard, durchführte. So waren sie gezwungen, alles bis ins kleinste Detail immer und immer wieder zu erzählen. Gabriel lud Ophelia ein, während der Zeit in London in seinem Haus in Kensington zu bleiben, was sie gerne annahm. Beinah jeden Abend fielen die beiden zutiefst erschöpft ins Bett, nachdem Ernest sie abgefüttert hatte. Nathan bat den Butler, ihnen in London unter die Arme zu greifen und schickte ihn den beiden nach. Gabriel vermutete zwar, dass es Nathans schlechtes Gewissen war, das ihn Ernest darum bitten ließ. Letztendlich war es ihm jedoch einerlei, aus welchem Grund Nathan es getan hatte. Bereits am zweiten Tag der Befragungen beschloss man, einen Untersuchungsausschuss einzuberufen. Die Details, die Gabriel und Ophelia offenlegten, waren einfach zu umfangreich. Gabriel war erleichtert, denn somit war klar, dass sie in absehbarer Zeit London verlassen konnten. Doch erst am Ende der Woche entließ man sie, mit dem diskreten Hinweis, sich für eventuelle Rückfragen bereitzuhalten, nach Hause. Gabriel brachte Ophelia, die auf der ganzen Fahrt die meiste Zeit schwieg, nach Coventry. Noch immer unter dem Eindruck der Geschehnisse stehend. Ab dem Moment, als sie ihre Wohnung betrat, nachdem Gabriel sie abgesetzt hatte, wusste Ophelia, dass es, zumindest für sie, nie wieder so sein würde wie zuvor. Ständig bekam sie Mails mit Auftragsangeboten und Anrufe von diversen Bibliotheken, die ihr eine Stellung anboten. Zwischenzeitlich bekam auch die Presse Wind von der Geschichte und ihr Name war verschiedentlich genannt worden. Irgendwann hatte sie Melisande vollkommen entnervt gebeten, sie zumindest für ein paar Tage im Laden untertauchen zu lassen, um diesem Wahnsinn zu entfliehen. Melisande wiederum war dies mehr als recht. Sie hatten bis dato noch immer keine Gelegenheit gefunden, darüber zu reden, was genau passiert war. Und, in was Ophelia hineingeriet, als sie den Auftrag von Lord Belmont annahm. Irgendwann, im Laufe der unzähligen Gespräche, erzählte Ophelia ihr auch, wer genau sich hinter DCI Gabriel Cavendish verbarg. Ihre Freundin, beschämt über ihre unbändige Neugierde, versuchte dadurch, Abbitte zu leisten, indem sie Ophelia einfach im Hintergrund ihres Geschäftes ein wenig arbeiten ließ. Melisande hoffte, ihr auf diese Art und Weise ein wenig Ruhe zu verschaffen.

Als sie in der Wanne lag, dachte sie darüber nach, wie weit sich die Kreise des Skandals letztendlich zogen und sie war noch immer schockiert, welche Rolle ihr Schwiegervater dabei gespielt hatte. Er hatte tatsächlich schon den Anschlag vor drei Jahren auf Nathan gegenüber Henley als Option angeregt, um sich Lord Belmont zu entledigen. Ophelia war entsetzt, als sie dies zusammen mit Gabriel erfuhr. Lord Belmont sollte nach Möglichkeit keine Chance bekommen, sie aufzusuchen. Doch die Bombe war zu früh hochgegangen! Und erwischte eindeutig die falschen Leute. Sie selbst war nicht das erklärte Ziel gewesen, wie Sir Bingham mehrmals beteuerte. Genauso wenig wie Gabriel. Sir Bingham wollte eigentlich Ophelia schützen. Im Endeffekt vor sich selbst, da er wusste, Lord Belmont würde sich an sie wenden. Vorrangig aber sich selbst, da er ahnte, seine Schwiegertochter würde, über kurz oder lang, herausfinden, sollte sie, Lord Belmonts Angebot annehmen, welche Rolle er dabei spielte!

Als ihr Mobiltelefon eine angehende Nachricht ankündigte, seufzte sie, zog es aber dann doch zu sich heran. Ihre Mobilnummer kannten nur wenige. Sie vermutete, dass es Melisande war, die etwas von ihr wollte. Sie war am Nachmittag, ohne sich zu verabschieden, verschwunden. Es waren viele Kunden im Geschäft und sie wollte ihre Freundin einfach nicht stören. Erstaunt bemerkte sie, dass es Gabriel war, der sich gemeldet hatte. Die letzten Tage tauschten sie ein paar Nachrichten aus, aber eher Belanglosigkeiten. Ophelia nahm an, dass die Ermittlungen ihn noch immer auf Trab hielten. Er war, mit ziemlicher Sicherheit, mehr darin eingebunden als sie. Gabriel bat sie, anrufen zu dürfen und sie schrieb ihm zurück, dass es kein Problem wäre. Bereits wenige Sekunden später klingelte das Telefon. Ein wenig irritiert, dass er sich so schnell meldete, hob sie ab. Er wirkte ein wenig verlegen, als er sich meldete, bekam sich aber sofort wieder unter Kontrolle, als er fragte, wie es ihr ginge. Ophelia lachte und schilderte ihm, dass sie es sich gerade in der Wanne gemütlich gemacht hatte. »Was ist los, Gabriel!«, wollte sie wissen. »Es hört sich nicht so an, als ob du dich tatsächlich nur nach meinem Befinden erkundigen wolltest!« Gabriel klang beleidigt. »Es ist nichts, Ophelia! Ich wollte tatsächlich nur von dir selbst hören, dass es dir gut geht! Außerdem wurde ich zu dem Anruf genötigt!« Ophelia hörte im Hintergrund eine Stimme, die mit Gabriel zu schimpfen schien, obwohl sie nicht genau verstand, was derjenige sagte. »Ernest bestand darauf, dass ich in seiner Gegenwart anrufe, um sich selbst davon zu überzeugen! Er wollte anscheinend sichergehen, dass ich die Wahrheit sage!«, meinte Gabriel und seine Stimme klang amüsiert. »Ich bitte Sie, Master Gabriel!«, hörte sie Ernest plötzlich näher am Telefon. »Wir wissen beide, dass Sie in dieser Beziehung ziemlich maulfaul sind!« Ophelia lachte laut. »Es ist schön, Sie Lachen zu hören, meine Liebe!«, rief Ernest, sich anscheinend wieder seiner Arbeit widmend. »Sie müssen uns unbedingt bald besuchen! Ich habe einige neue Rezepte, die ich gerne mit Ihnen teilen würde!« »Sehr gerne, Ernest!«, sagte Ophelia, wohl wissend, dass sie mit ziemlicher Sicherheit so schnell keinen Fuß mehr auf Lord Belmonts Landsitz setzen würde. »Bedrängt man dich sehr, Ophelia?«, fragte Gabriel sie plötzlich leise und mit ernster Stimme. Sie stöhnte, verneinte aber. »Wahrscheinlich nicht so sehr, wie dich, Gabriel! Ich bin mir sicher, du kommst kaum zur Ruhe! Der Untersuchungsausschuss geht, wie es scheint, sehr gründlich vor! Ich musste schon einige Rückfragen per Mail abklären! Du sicherlich ebenso!« Gabriel gab einen unwilligen Laut von sich. »Ja, das ist richtig! Aber dennoch will ich mich nicht beklagen! Es wird alles seinen Gang gehen und irgendwann wird Ruhe einkehren!« »Na ja!«, konterte sie. »So wie es aussieht, bei mir nicht! Seit die Presse davon erfahren hat, kann ich mich kaum vor Aufträgen und Anfragen retten!« Ophelia schloss die Augen. »Aber du hast recht! Auch ich will mich nicht beschweren!« Sie richtete sich ein wenig in der Wanne auf. »Warst du schon bei Jared?« Sie hörte, wie Gabriel eine Tür öffnete und nach draußen ging! Sie vernahm mit einem Mal Vogelgezwitscher und hatte den Eindruck, er befand sich gerade im Gärtnerhäuschen. »Ja, das war ich!«, hörte sie ihn. »Auf dem Rückweg fuhr ich in Cardiff vorbei! Er ist auf dem Weg der Besserung und wird wahrscheinlich bereits Mitte nächster Woche nach Hause entlassen! Sergeant Travis und seine Frau kümmern sich rührend um ihn, seit er wieder aufgewacht ist! Ich soll dich von ihm grüßen, als ich ihm erzählte, dass ich mich bei dir melden wollte! Und ich soll dir ausrichten, er hat sich sehr über deinen Besuch gefreut! Er hat ihn wahrgenommen, war aber einfach noch zu benebelt, um zu reagieren!« »Ja, das war er!«, erwiderte Ophelia lachend, bei der Erinnerung an ihren Besuch bei Jared. E sprach sie die ganze Zeit mit einem anderen Namen an. »Ich dachte nicht, dass er mich doch erkannte!« Wieder hörte sie Ernest im Hintergrund. Dann Gabriel: »Ophelia, ich ...« »Schon gut!«, würgte sie ihn ab. »Ich weiß, Ernest nimmt es mit den Essenszeiten sehr genau!« »Wiedersehen, Ophelia!«, meinte er kurz angebunden und sie war sich irgendwie sicher, dass er dabei lächelte. »Hoffentlich bald!« Gabriel legte genauso abrupt wie immer auf. Nachdenklich betrachtete Ophelia das Telefon in ihrer Hand und legte es dann kopfschüttelnd zur Seite! Nur, um es sofort wieder an sich zu nehmen, denn es klingelte erneut. Seufzend hob sie ab. Diesmal war es Melisande. »Wo bist du und was treibst du gerade?«, wollte sie ohne Umschweife wissen. Ophelia erklärte auch ihr, in der Hoffnung, nicht allzu genervt zu klingen, dass sie gerade in der Wanne lag. »Sehr schön!«, meinte Melisande. »Dann schwing dich raus, zieh dir was Nettes an und komm in den Laden! Ich habe eine Überraschung für dich! Außerdem bin ich hungrig!« Ophelia protestierte! Sie versuchte es zumindest! Stieß jedoch auf heftigen Widerstand seitens Melisande, sodass ihr letztendlich nichts anderes übrigblieb, als zu tun, was ihre Freundin von ihr verlangte. Sie zog sich, über sich selbst verärgert, an. Wie so oft konnte sie Melisande nicht Kontra bieten. Nach einem letzten prüfenden Blick in den Spiegel verließ sie die Wohnung. In den zehn Minuten, die sie von der Wohnung zu Melisandes Laden brauchte, überlegte sie, ob sie nicht doch noch eine passende Ausrede fände, um dem Abend zu entgehen. Aber es wollte ihr nichts Rechtes einfallen und die Aussicht auf ein leckeres Abendessen war dabei nicht gerade hilfreich. Ihr Kühlschrank war definitiv leer! Da sie wieder einmal vergessen hatte, auf dem Heimweg einzukaufen. Ophelia gab ihren inneren Widerstand auf und ging die letzten Meter auf den Laden zu, hinter dessen Tür Melisande bereits auf sie wartete. Ebenfalls umgezogen und mit hochgesteckten Haaren. Sie schloss auf und ließ Ophelia eintreten. Sie sah Melisande skeptisch an und raunte: »Ich war gerade in der Badewanne und habe es mir mit einem Buch gemütlich gemacht!« Melisande lachte, schüttelte den Kopf und erwiderte: »Und ich sagte dir, ich habe eine Überraschung für dich! Also stell dich nicht so an!« Sie deutete nach hinten in den kleinen Abstellraum. Ophelia ging mit gerunzelter Stirn in den hinteren verwinkelten Teil des Ladens. »Was soll der Unsinn, mit der ...!« Sie blieb wie angewurzelt stehen, als Gabriel leibhaftig vor ihr stand! Er lächelte sie an und drückte ihr einen Blumenstrauß in die Hand. »Überraschung!« Ophelia sah sich nach Melisande um, die nur dümmlich grinste. Dann Gabriel! »Der ist von Ernest und mir!«, meinte Gabriel. »Er meinte, es würde sich nicht gehören, ohne Blumen bei einer Dame aufzutauchen!« Plötzlich lachte Ophelia. »Ich dachte, du bist im Gärtnerhäuschen! Als wir vorhin telefonierten, hörte es sich jedenfalls so an!« Sie sah sich suchend um. »Wo hast du Ernest gelassen?« »Er muss jeden Moment auftauchen, Ophelia!«, antwortete Gabriel

grinsend. »Er wollte sich selbst noch ein wenig zurecht machen!
Nachdem es ihm bei mir einmal mehr nicht gelungen ist!« »Das
ist wahrlich eine Überraschung, Gabriel!«, sagte sie lächelnd.
»Es freut mich sehr, dich zu sehen!« »Ich wollte dir nicht einfach so am Telefon sagen, dass ich seit heute Morgen aus dem
Ermittlungsausschuss entlassen bin! Und ich wollte dich sehen,
Ophelia.« Er betrachtete sie einen Augenblick. Es freut mich,
dass es dir gut geht!« Gabriel grinste. »Außerdem nötigte Ernest
mich!«, schob er nach. »Er bestand darauf, sich persönlich zu
vergewissern, dass es dir gut geht! Genauso wie ich!« Gabriel bot
ihr seinen Arm an und sie hakte sich, den Blumenstrauß in der
anderen Hand, unter. Gemeinsam gingen sie nach vorne, wo in
der Zwischenzeit Melisande sie zusammen mit Ernest vor dem
Laden erwarteten.